BETHANY-KRIS

LUCIAN

Série Filthy Marcellos
Livro Um

Tradução
ArianeSoares

DEA
editora

Título Original: Lucian - A Filthy Marcellos, Book One

Editor-Chefe | Patrícia Azevedo
Assistente de Desenvolvimento | Ana Oliveira
Tradução |Ariane Soares
Revisão | Milena Assis
Ilustrador | Murillo G. Magalhães
Imagem | www.depositphotos.com/Mr.Cat_50536023

Texto de acordo com as normas do Novo Acordo Ortográfico da Língua Portuguesa (1990), em vigor desde 1° de Janeiro de 2009.

Dados Internacionais de Catalogação na Publicação (CIP)

F8273 Fournier, Kristen
Lucian/ Kristen Fournier
ISBN 978-85-93964-08-4
1. Literatura Estrangeira. I. Título.

CDD: B869

Para os meus três meninos

Amo vocês.

Sempre

"Essa nossa vida é uma vida maravilhosa. Se você conseguir seguir em frente na vida desse jeito e se safar disso, ei, isso é ótimo. Mas é muito, muito improvável. Há tantas maneiras de você ferrar com tudo."

Paul "Big Paulie" Castellano
Antigo chefe da máfia Gambino Cosa Nostra

PRÓLOGO

Agachado, Luciano Grovatti, de oito anos de idade, esperava que ninguém que passasse pelo beco escuro pudesse ver sua forma pequena descansando ao lado do lixo do restaurante. A rua e a calçada pareciam estar ocupadas esta noite, mas ele se arriscava de qualquer maneira. Era o melhor lugar para encontrar comida, mesmo que fosse perigoso. Em mais de uma ocasião, ele ouviu gritos vindos do interior do estabelecimento. Ele sempre se certificava de correr o mais rápido possível quando acontecia.

O beco tinha um cheiro horrível, como lixo e morte. Mas era quente, e o telhado inclinado acima fornecia abrigo da umidade da primavera na cidade. Também era relativamente mais quente por causa dos exaustores soprando um fluxo constante de ar quente do interior do restaurante.

Logo, ele faria nove anos.

Não era assim que ele achava que passaria seus aniversários.

Quantos aniversários se passaram desde que ele estava nas ruas mesmo?

Levantando a mão suja, Luciano numerou as estações que ele assistira irem e virem. Primavera, outono, inverno e verão. Elas se repetiram duas vezes pela sua conta e memória. *Dois anos,* ele pensou. Era muito tempo para um garotinho estar nas ruas de Nova York, vagando em becos para encontrar comida e lutando com os sem-teto mais velhos por um abrigo seguro para dormir.

Luciano não conhecia outro lugar.

Pelo menos, esse era quente o suficiente para controlar os tremores esta noite.

"Você está com fome, filho?"

A voz veio do nada. Era sombria e profunda, de um homem. Também era vagamente familiar. Ele falou em italiano, não em inglês, embora Luciano pudesse entender os dois idiomas. Os olhos de Luciano se abriram para a escuridão, o medo preenchendo seu interior. Instantaneamente, seu olhar varreu a entrada do beco para ver se alguém tinha entrado e visto quando ele baixou a guarda.

Quão estúpido ele poderia ser?

Olhando por cima do ombro, Luciano deu de cara com os olhos verdes de um homem que se ajoelhou até sua altura. Um cheiro quente e açucarado flutuou sob o cheiro picante da colônia do homem. Em seu terno limpo e bem passado, o homem parecia quase real para o Luciano sujo e pequeno. Até seus sapatos brilhavam no beco úmido.

Segurando uma embalagem, o homem disse: "Pegue".

Luciano hesitou. "Não, obrigado".

"Não vou te machucar, eu prometo. São apenas biscoitos com gotas de chocolate. Acabaram de sair do forno. Meus favoritos."

Luciano ainda se recusou a aceitar o pacote. Preso em um concurso de encarar com o homem desconhecido, o menino sentiu que estava sendo visualmente examinado pelos olhos observadores. Cuidadosamente, uma mão se aproximou e afastou o cabelo muito longo da testa de Luciano com uma ternura que o assustava.

Como um rato assustado, Luciano recuou rapidamente, suas costas acertaram a lixeira. O homem franziu o cenho para a aparência óbvia de medo. "Eu não vou te machucar, filho. Eu jamais te machucaria".

O que esse homem queria dele?

"Seu nome?" Perguntou o homem em italiano.

Luciano gemeu. "Por favor, não me machuque."

"Eu disse que não vou lhe machucar. Seu nome, filho.

"Luciano."

"Seu sobrenome?" Ele pressionou suavemente. "Por favor, me fale o nome que seu pai lhe deu."

Luciano balançou a cabeça com força. Era algo que ele sabia que nunca deveria contar a ninguém. Sua mãe tinha sido irredutível, seu sobrenome não era uma coisa segura para dizer em voz alta. Havia pessoas que iriam machucá-lo apenas por saber de onde ele veio.

Suspirando, o homem esfregou a testa. "Por quanto tempo você tem vivido assim, então?"

Levantando a mão novamente, Luciano estendeu os dois dedos.

O homem se encolheu. "E a sua mãe?"

"Ela me disse para me esconder."

"É claro que sim." O homem ficou de pé, escovando as pernas das calças. "Você achou que estava sendo cuidadoso, filho, mas meus homens viram você entrar aqui mais de uma vez. Eu possuo este restaurante, sabe? A única coisa que os impediu de assustá-lo foi o fato de eles terem ouvido você murmurar em italiano. Quando eles descreveram você... eu tive que ver por mim mesmo."

Ver o quê?

Luciano não conseguiu encarar os olhos do homem por mais tempo. Passaram de examinadores para tristes e piedosos. "Por favor, senhor, se eu prometer não voltar aqui, me deixará ir?"

"Não."

"O-o quê? Por quê?"

"Eu conheci seu pai, filho. Ele era meu melhor amigo. Ele ficaria muito decepcionado comigo se eu deixasse você continuar desse jeito."

Luciano se forçou a engolir um gosto ruim na boca. "Meu pai?"

"Meu nome é Antony. Eu era, assim como seu pai, um *caporegime*[1]. Eu sou o chefe agora. *O* chefe, filho. Você entende o que isso significa?"

Memórias fracas borbulharam até a superfície. Palavras de homens que Luciano não entendia bem o suficiente, embora soubesse que seu pai era um deles. *La Cosa Nostra*. A família. Sua mãe, uma *goomah*[2] para seu pai.

Antony estava falando novamente, trazendo o menino de seus pensamentos. "Eu sabia de sua mãe, mas eu não sabia de você até tarde demais. E, por isso, sinto muito."

"*Mamãe?*" Luciano conseguiu perguntar.

Antony deu um único aceno em resposta, sorrindo amplamente. "Você gostaria de dormir em uma cama esta noite, Luciano?"

"Eu..." Ele poderia confiar neste Antony?

"Eu tenho dois filhos", Antony continuou, seu tom ficava mais suave. "Dante e Giovanni. Dante acabou de completar oito anos. Gio tem seis, indo para os sete. Aposto que eles gostariam de conhecer você e de ter alguém novo para brincar."

"Ela me disse para me esconder", Luciano disse calmamente, querendo que o homem entendesse. "Eu não deveria."

"Você não precisa mais se esconder, ok? Fiz com que os homens que machucaram sua *madre* e seu *padre* fossem embora. Eu sou um chefe, lembra?"

"Chefe", ecoou Luciano.

---

1 Ou capo, é um cargo de muita importância na família de uma máfia italiana (N.T.)

2 Goomah era o termo usado para as namoradas dos mafiosos. Todo mafioso tinha uma namorada fixa ao mesmo tempo que as esposas, alguns as levavam tão a sério que preservavam com elas uma vida paralela.

"Uma cama?" Antony perguntou mais uma vez.

"Por favor."

O sorriso de Antony se transformou em um sorriso brilhante. Então, dois homens entraram no beco, obscurecendo a pouca luz que a rua oferecia. Um, segurava um cobertor enquanto o outro, simplesmente ficou em silêncio e estoico, com os braços cruzados. Com um estalar dos dedos de Antony, o homem com o cobertor se aproximou e o ofereceu. Antony o usou para cobrir Luciano sem dizer uma palavra.

"Quer que eu o leve, chefe?"

"Não", Antony disse com firmeza, mal olhou para o outro homem. "Ele será criado como meu filho, agora. Vou levá-lo."

Meu filho.

Antes que Luciano pudesse dizer uma palavra, ele se viu apanhado por Antony como se ele não pesasse nada. Instintivamente, ele envolveu seus braços ao redor do pescoço do homem e suas pernas em volta da cintura dele. Antony soltou uma respiração instável em resposta, mas não disse nada sobre o cheiro vindo do menino ou sobre a sujeira manchando seu terno novo.

"De agora em diante, chamaremos você de Lucian. Lucian Marcello. Você entendeu?"

Luciano assentiu. *"Sì."*

"Vamos para casa, Lucian. Minha esposa esperou muito tempo para conhecê-lo."

CAPÍTULO I

Lucian acordou com um solavanco. Suor irrompeu em sua pele, fazendo com que gotas de transpiração salpicassem seu peito nu. Por um breve momento, ele lutou para ajustar seus olhos ao quarto escuro, mas não demorou muito para ele se lembrar de onde estava ou do espaço familiar escoando conforto em seus músculos de repente doloridos com suas velhas lembranças.

Não era muito frequente para ele sonhar com aquela noite no Brooklyn, não mais. Às vezes, a lembrança se arrastava para sua mente e não ia embora. A própria memória não era um pesadelo. Antony tirando-o das ruas, dando a ele uma casa, irmãos, mãe e pai, tinha sido o melhor para Lucian. Era todo o resto que cercava aquela noite, as coisas que vieram antes... esses eram os pesadelos agora.

Lucian soltou um suspiro pesado, enfiando os dedos nos cabelos enquanto se sentava em sua velha cama. Por mais que ele tenha se esforçado, ele não conseguiu encontrar uma boa razão para o que ele estava sonhando naquela noite. Não era como se seus pais biológicos passassem em mente ultimamente.

Ele tinha pais — que o amavam muito.

Não havia nada que Lucian ficasse querendo enquanto crescia na casa dos Marcello, embora ele tivesse passado um mês inteiro dormindo em um armário antes de se sentir confortável com o tamanho de seu novo quarto. Sua hesitação em confiar em Antony ou Cecelia — mãe adotiva de Lucian — quebrou seus corações, mas eles lhe deram espaço e tempo até ele estar pronto para todo aquele amor, apoio e cuidado que eles deram a ele.

Seus novos irmãos foram os mais acolhedores e, provavelmente, os mais intimidadores. Agora era engraçado, mas os dois meninos cheios de nada além de tolice, energia e uma abundância de palavrões em italiano assustaram Lucian pra caramba. Eles gostavam de baderna, tanto naquela época quanto agora, como adultos. Dante meninos Marcello, embora agora Lucian tivesse um par de centímetros a mais que ele. Giovanni — Gio para sua família e amigos — era, definitivamente, o mais esperto e mais inteligente dos três, sempre os enfiando em algum tipo de problema e conseguindo se safar quando eram pegos mais tarde.

Lucian tinha boas lembranças de sua infância. Antony e Cecelia deram a ele tudo o que ele tinha perdido e até mesmo coisas que ele não teve antes da morte de sua mãe.

Eles também nunca esconderam a verdade dele.

A mãe que ele adorava era, de fato, a amante de seu pai. Alguém que ele amava, sim, mas não era alguém com quem ele queria se casar ou por quem deixaria sua esposa. Afinal, o casamento era para uma vida toda em seu mundo. Não precisava ser sobre o amor, e o casamento de seu pai, certamente, não era por isso.

John Grovatti casou-se com sua esposa em um acordo feito entre seu próprio pai e o pai de sua esposa. Sua esposa, Kate, era uma pessoa cruel em mais de um sentido. Ela mentiu sobre o pai de Lucian para seu próprio pai, dizendo a ele o quão mal seu marido a tratava, como ele batia nela e como ele não compartilhava sua cama porque ele estava muito ocupado na cama de outra mulher.

Bem, pelo menos esse último não era uma mentira total.

Nem é preciso dizer que houve consequências para as ações de John.

Um chefe não precisa ter permissão para mandar matar, não importa quem seja.

"Cazzo", Lucian amaldiçoou em voz baixa, afastando o lençol e levando os pés descalços para o piso de madeira fria. "Droga."

Essas não eram as memórias ou coisas que ele queria pensar hoje à noite. Era sábado, e os irmãos Marcello sempre passavam a noite na casa de seus pais e iam à missa no dia seguinte como uma família. A mãe deles sempre fazia um grande banquete de café da manhã, depois iam para a igreja e passavam o dia juntos, terminando a noite com um jantar em família e bebidas. Era algo que eles faziam desde o primeiro filho, seguindo, também, até o último. Não havia negócios aos domingos, mas também não havia descanso.

Aqui, Lucian não tinha seu saco de pancada para descontar suas frustrações até que ele estivesse exausto demais para ficar acordado por mais um segundo. Em vez disso, ele se sentou para vasculhar sua mesa de cabeceira na esperança de que sua mãe não tivesse esvaziado seu esconderijo de vícios.

Claro, Cecelia tinha feito isso.

Lucian ficou surpreso de ainda não ter levado um sermão se ela tivesse mesmo encontrado.

Mais agitado do que antes, ele saiu da cama de casal, pegou a calça de moletom que ele tinha tirado no início da noite e a vestiu. Não demorou muito para começar sua caminhada silenciosa pelo andar de cima da casa de três andares, como ele fez tantas vezes antes. Se não houvesse nada para acalmar seus nervos hiperativos em seu antigo quarto, ele encontraria algo no escritório de seu pai.

Afinal, Antony gostava de uísque e charutos também. Além disso, ter vinte e sete anos não era nenhuma restrição para Lucian quando ele queria alguma coisa, assim como o resto dos homens em sua família.

Talvez fosse coisa dos Marcello.

Lucian entrou, ainda se recuperando dos efeitos de seu sonho, no escritório de seu pai e encontrou exatamente o que ele não esperava. Antony estava sentado atrás de sua mesa, bebendo de um copo parcialmente cheio de líquido âmbar enquanto Dante estava esticado no sofá de couro, assentindo para o que quer que seu pai houvesse dito antes de Lucian ter chegado.

Antony mal olhou para o copo. "Você não tem roupas para vestir?"

Lucian encolheu os ombros não se importando de estar meio nu. "Não achei que alguém estivesse acordado."

"Espero que você tenha trago algo melhor para usar na missa de amanhã além dessas calças que você tanto gosta. Sua mãe não irá gostar se você for à missa de jeans escuro de novo, Lucian."

Dante bufou discretamente. "Mamãe se certificou de que ele vá vestido. O armário dele agora possui mais seis ternos Armani feitos sob medida, e acho que ela mandou mais alguns para cá, para que ele não aja como se tivesse esquecido de trazer de casa."

Bem, essa conversa não ia a lugar nenhum, Lucian decidiu.

"*Vaffanculo*", Lucian murmurou, efetivamente mandando seu irmão ir se foder. "Deixe-me em paz. Não é normal usar um terno todos os dias da semana, está bem? Eu uso um de segunda a sábado, em todo o caso. O mínimo que eu poderia pedir é o domingo para usar o que eu quero."

"É bom se vestir adequadamente", acrescentou seu pai do canto. "E olhe a boca."

"Que seja."

"O que você está fazendo?" Antony perguntou, colocando o copo na mesa.

Os nervos de Lucian ficaram à flor da pele sob o olhar atento de seu pai e irmão. "Nada. Algo me despertou, um barulho, talvez. Onde está Gio?"

Não era como se seu pai comumente fizesse uma reunião com um irmão e excluísse os outros. Lucian não gostou disso.

Dante acenou com uma mão no ar, indiferente. "Espantando o porre antes de se arrastar para a cama."

Lucian viu seu pai se encolher pelo canto do olho. Não era exatamente um segredo que o Marcello mais novo tinha seus problemas. A maioria deles girava em torno de seu gosto por álcool e, às vezes, coisas um pouco mais fortes que bebidas. Ser o caçula dos meninos proporcionava a ele uma colher de chá a mais que para os outros dois, mas Lucian sabia que Antony estava prestes a enviar seu filho mais novo para uma reabilitação fora do país para se recompor se ele não conseguisse fazer isso sozinho.

"Foi ruim?" Lucian ousou perguntar.

"Ele não foi para casa e veio para cá, para a missa de amanhã", disse Antony. "Foi melhor do que a semana passada."

"Talvez eu deva ficar de olho..."

"Não, não faça nada", interrompeu Dante com firmeza. "Ainda não. Dê a ele uma chance de lidar com isso."

Lucian lançou um olhar a seu pai que, silenciosamente, perguntava se era o que ele queria também. Antony não disse nada, apenas deu de ombros antes de pegar seu copo e dar outro gole no que Lucian suspeitava que fosse uísque.

"Só estou dizendo que eu poderia mantê-lo um pouco mais perto, é tudo."

"Claro", Antony disse balançando a cabeça. "Mas o que isso vai fazer, Lucian? Até agora, ele manteve os problemas longe dos negócios. Espero que continue assim. Senão..."

Lucian franziu a testa. "Senão..."

"Senão nada. Ele tem mais de vinte e cinco anos, não é um garotinho."

Sim, mas Gio ainda era seu irmão mais novo, também.

Lucian olhou para o grande e ornamentado relógio do avô no canto do escritório. A hora marcava bem depois das duas da manhã, deixando-o saber que era o início do domingo. Agora, ele estava realmente curioso sobre o motivo da reunião no meio da noite no escritório de Antony que não o incluía ou a Gio e, obviamente, era, de alguma forma, sobre negócios.

Sem negócios aos domingos. Era uma regra.

Assim como se vestir bem, não importa qual seja a opinião pública, mesmo que estivessem na lista do Departamento de Defesa das principais famílias de crime organizado na América do Norte por sua influência no comércio de drogas e armas. Sem falar de agressões, extorsão, contrabando, jogos de azar, lavagem de dinheiro... A lista continuava.

Havia algumas regras na verdade.

Ser italiano, nascido na família *Cosa Nostra* era tudo quando se tratava de viver a vida como um Marcello.

Família. Honra. Deus.

La famiglia. Onore. Dio.

Ganância. Dinheiro. Negócio.

Tudo precisava ser tratado assim. A aparência era importante. A família era tudo. Orgulho e coragem eram esperados. Tal como a crueldade que seus comparsas e inimigos esperavam quando um Marcello era contrariado. Eles deveriam manter suas cabeças frias, independentemente da situação em que estavam. Eles nunca saíam de casa sem uma arma na mão. Não deveriam falar, se associar ou confiar em policiais.

Lucian entendeu como manusear e usar sua própria arma quando tinha doze anos. Aos treze anos, ele estava desmontando e montando fuzis. Quando criança, ele sabia que o porão e o sótão não eram lugares onde era permitido ir ou explorar como qualquer outro quarto da casa, porque seu pai tinha uma grande coleção de armas ilegais em um e mantinha muita entrada e saída de drogas no outro.

Eles não eram boas pessoas. Lucian também não queria ser.

Mas ele tinha orgulho de sua família. Era apenas quem eles eram.

"Negócios no domingo, *Papà?*" Ele perguntou, apontando para o relógio.

Antony franziu o cenho para a mesa. "Não foi dada muita escolha. Sente-se, podemos conversar agora, suponho. Mas não conte a Cecelia."

Ele fez o que lhe foi dito, sentando em uma das cadeiras de escritório do seu pai, que sempre se sentava em frente a sua mesa. "Você quer que eu vá chamar Gio?"

"Não, ele provavelmente está muito bêbado para entender a seriedade disso. Eu falarei com ele depois da missa."

Lucian sentou um pouco mais reto na cadeira. Essas palavras não traziam nada de bom. "O que está acontecendo?"

"Sabe de uma coisa, eu gostaria que você deixasse de marcar sua pele com essa tinta horrível, Lucian."

Sorrindo, Lucian encolheu os ombros. Ele tinha muitas tatuagens. Todas eram importantes à sua maneira. Sua mais nova tatuagem atravessava seu peito, de uma clavícula a outra, em uma fonte elegante. Dizia: *This Thing of Ours*[3]. Era, essencialmente, *La Cosa Nostra* em inglês. Normalmente, seu pai examinava suas tatuagens com o desprezo de um homem que não gostava de tinta, mas raramente dizia alguma coisa. Essa decepção vocal era nova.

Arqueando a sobrancelha para seu irmão por cima do ombro, Lucian se perguntou o que diabos estava acontecendo com seu pai esta noite. Dante também havia se sentado no sofá, uma seriedade escurecia suas características outrora amigáveis. Não que Dante fosse particularmente amigável com alguém de fora de sua família e negócios.

"É a noite de atazanar Lucian ou o quê?" Lucian perguntou sarcasticamente.

"Pelo menos você pode cobrir isso, eu suponho", disse Antony, ignorando a observação de seu filho. "Se Gio fizer outra tatuagem no pescoço, onde eu possa ver quando ele está usando camisa social, vou queimar com uma faca quente e um maçarico. E então, ver se ele realmente gosta da dor."

Lucian estremeceu, mas escondeu bem o suficiente. Antony não fazia ameaças vazias. Mesmo que fossem direcionadas a seus filhos.

"Vou manter a tinta ao mínimo", Lucian disse para apaziguar seu pai.

"Faça isso."

Ou eu vou usar sempre uma camisa para que você não possa ver, ele pensou silenciosamente.

"Então, o que está acontecendo?"

Antony terminou o copo de uísque antes de falar. "Cerca de dez minutos depois da meia-noite, houve um tiroteio entre as autoridades e o grupo de motociclistas chamado *The Sons of Hell* que tenho estado de olho."

O interesse de Lucian foi, definitivamente, atingido agora. "É mesmo?"

"Do lado de fora do *meu* casino."

---

3 Segundo alguns mafiosos, Cosa Nostra pode ser traduzido como Assunto Nosso/Nosso Assunto. A tradução da tatuagem faz uma homenagem à essa frase. This Thing of Ours é traduzida como Essa coisa nossa (N.T).

Droga.

"Isso é ridículo."

Antony acenou com a cabeça brevemente, a raiva obscurecendo seu rosto. "Eu não me importo com os negócios deles. Eu os deixei fazer suas coisas no meu território porque, na verdade, não me atingia. Eles pagam uma boa taxa aos capos para manter a paz e o lugar, assim como qualquer outra droga ou traficante de armas que trabalha dentro do meu território. Eles seguem minhas regras. Eu não estou jogando a culpa em cima deles."

"Mas?" Lucian pressionou, sabendo que havia algo mais.

"Mas isso é diferente", disse Dante por trás. "Isso nos coloca no centro das atenções, o que não precisamos agora. Nós fazemos todo o nosso negócio minuciosamente, e a última coisa que precisamos ser, ou que pensem que sejamos, é afiliados a uma gangue de motociclistas famosa por seus derramamentos de sangue e drogas."

"Como se nós não fôssemos?" Lucian perguntou.

Antony riu. "Pelo menos somos pecadores bem vestidos."

Bem, o dinheiro lhes dava isso.

Lucian ainda não sentia que estava entendendo toda a história. "O que estou deixando passar?"

"Eles foram muito longe desta vez". Antony suspirou, um cansaço refletido em seus olhos verdes. "Esta guerra que eles declararam ao DPNY[4] certamente manteve a polícia longe do nosso pé por um tempo. Mas é ruim, Lucian. Um jovem casal estava indo buscar um amigo no casino. Eles tinham um bebê no banco de trás do sedan. A jovem família foi morta, assim como três policiais e um membro do moto clube."

Ah, merda. Lucian sentiu o vômito subir pela garganta como um veneno. "Pai, você não pode culpar o seu-"

"Eles não são os primeiros inocentes a serem mortos nesta confusão que o MC criou", Antony continuou inalterado. "E mesmo todos nós sabendo que danos colaterais acontecem, eles claramente não sabem quando parar. Não vou deixar que meus negócios e familiares sejam afetados pela bagunça deles."

"Nós vamos fazê-los recuar", disse Dante, parando em pé ao lado da cadeira de seu irmão.

"O que, como em Montreal?"

4 Departamento de Polícia de Nova York.

Algumas décadas antes, uma família de criminosos italianos em Montreal, Canadá, entrou em cena durante as guerras travadas entre gangues rivais para pôr fim ao derramamento de sangue e à violência. Curiosamente, funcionou.

Antony lhe deu um olhar infeliz. "Eu não diria isso. Este não é um par de gangues de crianças que joga chumbinho um no outro. Esta é a polícia e um grupo de moto clube bem conhecido e bem organizado que tem mais de cento e cinquenta clubes em todo os Estados Unidos e alguns no Canadá. Não é exatamente algo fácil, mas precisa parar."

O medo era um grande motivador.

A família Marcello, certamente, era grande o suficiente para fazer sua parte.

"Não, provavelmente, não é fácil", Lucian concordou. "Mas o que é?"

"Eu quero que isso acabe", disse seu pai finalmente, a tristeza em seu tom de voz. "Vamos sentar e fazer uma lista de nomes — os importantes. Podemos facilmente armar algo para nos encontrar com o presidente do clube e quem quer que seja que ele quiser lá."

"E se eles não levarem o seu... *conselho*... a sério?" Perguntou Lucian.

"Vamos começar a cortar os nomes até que eles façam", Dante terminou por seu pai.

Soava simples o suficiente, não é?

Raramente era.

CAPÍTULO DOIS

A igreja sempre foi um fodido espetáculo.

Lucian entendia a importância que sua mãe e pai davam para a religião, respeitava-os por isso até, mas isso não significava que ele gostasse particularmente disso. Missa aos domingos era um evento de quatro horas — pelo menos — porque a congregação de sua igreja era enorme. Nunca terminava.

Mas por que Lucian desgostava tanto do evento, era porque ele se sentia como uma pulga no microscópio. A família Marcello frequentava esta igreja desde que o bisavô de Antony saiu do navio da Sicília, noventa e tantos anos antes. Eles eram grandes doadores da igreja, sem mencionar as muitas instituições de caridade financiadas.

Afinal, eles tinham muito dinheiro quando outros tinham tão pouco. Aparentemente, a igreja não dava a mínima para a origem do dinheiro, ou como ele era feito, enquanto seus bolsos estivessem sempre cheios.

A congregação, porém, sabia disso. Ou, com certeza, parecia que sim.

Provavelmente, não ajudava o fato do banco da frente ser reservado apenas para a família de Antony. Ninguém nunca tomava o lugar deles. Quando chegavam à igreja, estava quase cheia. Passar por fileira após fileira de pessoas que não podiam deixar de encarar e sussurrar era irritante.

Eles eram rostos reconhecíveis. Cada filho Marcello carregava uma fortuna atrás de seu nome e uma aura de perigo misturada a uma grande dose de carisma e charme. Não parecia importar que seu nome também carregasse o peso do crime organizado e um legado da *Cosa Nostra*. Boa aparência, um sorriso arrogante como o inferno e um bom carro acabavam com toda a preocupação. Eles eram um belo grupo; magros e altos. Sempre com ternos adequados que custavam mais do que a maioria das pessoas que participaram da igreja ganhavam em um mês.

As revistas de fofoca rotulavam todos eles como três dos melhores solteiros de Nova York. Raramente, eram fotografados com mulheres quando saíam, mas era porque eles queriam assim. Era mais fácil deixar o público especular sobre os acessos mais privados de suas vidas do que dar um show completo. Além disso, nenhuma das mulheres com quem eles se misturavam era o tipo de mulher que qualquer um dos meninos queria que os olhos do público considerassem como qualquer coisa, exceto exatamente o que eram.

Uma foda. Algo sujo e rápido. Uma diversão.

Definitivamente, não uma mulher que levariam para casa para conhecer Antony ou Cecelia. E se eles não as levassem para casa, era um fato bem conhecido que sua mãe e seu pai não queriam ler sobre as atividades extracurriculares que seus filhos podiam ou não ter com as ditas fêmeas. Era uma coisa de respeito.

Outra regra para adicionar à pilha.

Simples pra caramba.

Voltando ao banco, Lucian suspirou frustrado. O arranjo de assentos para a família sempre seguia a mesma ordem todos os domingos. Sua mãe sempre se sentava à esquerda de Antony enquanto Dante se sentava à direita de seu pai, seguido de Lucian e, finalmente, Gio. Era, basicamente, a hierarquia da família.

Não importava que Antony fosse o Don — o chefe da família mafiosa Marcello — Cecelia era a chefe da família *deles*. De modo algum, a hierarquia pretendia denotar a importância de qualquer pessoa na família, por assim dizer, mas mostrava muito claramente quem era quem.

Cecelia era a esposa e a mãe. A pessoa mais importante para todos os homens Marcello. Ela era a parceira escolhida por Antony, sua igual. Dante, tanto no negócio de máfia quanto em assuntos privados, era a mão direita de seu pai — o subchefe da família. Lucian, um capo, era seu irmão. Gio, também um capo executando sua própria equipe no lado oeste, era o último. Não que o filho mais novo não conseguisse lidar com mais responsabilidade, mas o que ele fazia, ele fazia especialmente bem. Sua idade jovem lhe deu a habilidade de se relacionar com os homens mais jovens da sua equipe. Eles o respeitaram muito mais do que alguns dos mais velhos.

Todo mundo sabia que, quando Antony finalmente entregasse sua posição, seu título de chefe só poderia ir para Dante. Lucian, por outro lado, seria um subchefe. O destino de Gio ainda era indeterminado, mas essa era sua própria escolha. Sempre foi assim, mesmo quando todos eram crianças.

Hoje, no entanto, o arranjo de assentos na igreja era diferente.

Lucian estava sentado ao lado de sua mãe enquanto Gio estava sentado onde Dante geralmente ficava, ao lado de seu pai. Dante, aparentemente inalterado com a mudança de cenário, sentou-se na ponta, dando o mínimo de atenção que conseguia ao sacerdote.

Não foi a mudança de assento que deixou Lucian no limite. Ele não dava a mínima para onde ele se sentava na verdade. Ele tinha certeza de que muitas pessoas na congregação estavam curiosas sobre a mudança repentina após mais de uma década da família sentada exatamente na mesma ordem, mas ele não se importava. Era o fato de que sentando dois assentos depois de sua mãe como costumava, Lucian poderia, pelo menos, encarar as intrincadas pinturas que cobriam as paredes ou o alto teto abobadado. Lá, ele poderia se perder em qualquer outra coisa que não fosse o zumbido de um sacerdote pregando para um homem que se importava muito com as palavras sendo faladas.

Mas não. Sentar ao lado de sua mãe significava que a atenção de Lucian estava sendo cuidadosamente monitorada.

Ele piraria.

Um toque suave da mão de sua mãe em seu joelho atraiu Lucian de seus pensamentos. Ela tinha dado à sua mente distraída tempo suficiente para ouvir o padre Peter pedir a congregação para se levantar uma última vez e se juntar a ele em uma oração final. Enquanto ele se levantava, Lucian fez sua própria oração silenciosa de agradecimento pela longa manhã chegando ao fim.

Droga, ele estava com uma fome dos diabos.

A oração, tão familiar como a igreja em que ele estava, foi feita silenciosamente e verdadeiramente. Fazendo o sinal da cruz com dois dedos em seu peito, Lucian ecoou, "Amém."

Infelizmente, quando ele se virou para sair, como todo mundo estava fazendo, Cecelia o parou com seu próprio jeito maternal, a mão dela descansando no braço dele. "Sente-se, querido", sua mãe murmurou suavemente.

Lucian franziu a testa, olhando por cima do ombro, observando seus irmãos e seu pai começarem a sair com o resto da congregação. Eles nem sequer notaram que os outros dois membros da família estavam ficando para trás. Sem se preocupar em argumentar, já que não havia como fazer isso quando se tratava de Cecelia Marcello, Lucian se sentou novamente no banco.

Ela encontrava-se do mesmo jeito que sempre estava na manhã de domingo. Seu cabelo preso em um coque impecável, nem um único fio de cabelo cor de chocolate fora do lugar. Cecelia não usava muita maquiagem, já que não precisava, mas o pouco que ela usava tinha sido perfeitamente aplicada e com moderação. Apesar do vestido azul-escuro que ela usava ser algo que parecia simples, mas ainda muito elegante e apropriado, Lucian sabia que a roupa tinha custado cinco mil facilmente.

Cecelia era uma personagem interessante. Ela era um enigma de muitas maneiras. As pessoas, muitas vezes, acreditavam nela de olhos fechados por sua beleza e sorriso fácil, a simpatia que ela representava e o bom coração genuíno que ela realmente tinha.

Lucian sabia que eles eram estúpidos por fazerem exatamente isso.

Ela não era simplesmente mãe e dona de casa, como muitos presumiam. Ela poderia facilmente cozer uma torta enquanto cortava a garganta de um homem, e ela não hesitaria se precisasse fazer isso. Cecelia era uma das mulheres mais fortes e assustadoras que Lucian teve o prazer de conhecer. Criada em uma casa mais rígida do que Lucian poderia imaginar, ela era filha de um ex-chefe da *Cosa Nostra*, o mesmo chefe que Antony mais tarde matou por assassinar seu melhor amigo.

Sim, isso significava exatamente o que soava. A mulher com quem o pai de Lucian se casou era a irmã mais nova de Cecelia.

Certamente, servia para jantares familiares interessantes, no mínimo.

Não que Lucian desse a mínima para Kate.

Sua mãe, no entanto, ele amava tão ferozmente quanto seus próprios filhos de carne e sangue. Sem dúvida, a realeza da máfia era a melhor maneira de descrever sua mãe adotiva. Cecelia era italiana por completo. Ela gostava do estilo de vida que seu marido fornecia, mantinha sua casa e filhos sob controle e apoiava sua família em cada empreendimento que assumiam, mesmo que fosse perigoso.

O tipo de mulher que Antony queria que seus filhos encontrassem, Lucian sabia.

"Seu pai me disse que você acordou na noite passada e estava vagando pela casa", disse Cecelia, sentada, mais uma vez, ao lado de seu filho.

Lucian suspirou, olhando para o teto como se fosse engoli-lo inteiro. Era o plano de seu pai agora? Convencer Cecelia de que tinha sido culpa dele eles estarem tão tarde em seu escritório?

"Um barulho me despertou, só isso. Não foi nada."

Cecelia murmurou uma desaprovação em voz baixa, lançando a ele um sorriso malicioso. "Mentir não cai bem em você, Lucian."

Ela sempre sabia. "Desculpe."

"Estou ciente de por que você estava no escritório de seu pai depois de ter acordado. Ele não esconde as coisas de mim, sabe."

"Sim."

"Um barulho, então?" Perguntou Cecelia.

Lucian odiava mentir para sua mãe, então ele escolheu não mentir. "Apenas um sonho ruim, nada sério."

"Imaginei." Cecelia sorriu para o olhar surpreso de Lucian. "As mães sabem, querido. Além disso, você anda terrivelmente distraído ultimamente. Mal manteve os olhos no padre Peter hoje."

"É igreja. Sempre fico distraído na igreja."

"É verdade, mas não quando você sabe que estou observando. Você estava sonhando com as ruas novamente?"

Mais uma vez, Lucian olhou para sua mãe em choque, confuso. Como ela o conhecia tão bem? "Talvez. Como eu disse, não é nada."

"Talvez", Cecelia concordou, embora não tivesse soado como se acreditasse nele. "Ou talvez seu subconsciente esteja, finalmente, questionando todas as coisas que você nunca fez quando era mais jovem. Podemos conversar se quiser, Lucian. Tudo o que você precisar, Antony e eu iremos lhe dar. Você deve saber disso."

Lucian estava começando a sentir um pouco de desconforto com a atenção que sua mãe estava dando a ele. Não era como se isso fosse novidade, porque não era. Cecelia era incrivelmente atenciosa, atenciosa e solidária com seus filhos, mas, geralmente, não trazia à tona algo a menos que alguém mais fizesse primeiro.

"Por que mudar meu nome?" Lucian perguntou aleatoriamente, sem saber o que mais dizer.

"Você já não sabe?"

"Não, não sei. Nunca me incomodou antes."

"Mas incomoda agora?" Ela perguntou calmamente.

Lucian encolheu os ombros. "Estou curioso, acho."

"*Ragazzo dolce*", disse Cecelia, meio repreendendo, meio tranquilizando. Doce garoto, ela o chamou. Era um termo gentil que usava para todos os filhos quando eram mais jovens. "Você poderia ser quem quisesse ser. Você ainda poderia ser o pequeno Luciano se você quisesse, ou alguém novo. Foi seu novo começo em um pequeno passo. A capacidade de manter a memória de sua mãe e de seu pai, mesmo tendo novos pais para amar, ou deixá-los ir completamente. O sobrenome, no entanto, era para seu próprio bem."

"Eu sou um Marcello."

A mão de Cecelia deu um tapinha no joelho dele enquanto piscava. "Isso você é."

De pé, Cecelia endireitou a barra do vestido. "Agora, vá se confessar."

Lucian a manteve lá. "A confissão é agendada para antes da missa e nos sábados. Nunca depois da missa. No próximo domingo, ok?"

Era mais fácil para ele simplesmente desviar o assunto de ir se confessar ao invés de realmente dizer a Cecelia que ele não tinha ido há anos. Afinal, a confissão era para aqueles que pretendiam confessar todos os seus pecados e, genuinamente, desejavam não cometê-los novamente. Lucian não poderia fazer isso consigo mesmo e, honestamente, queria dizer exatamente isso.

"Padre Peter está fazendo uma exceção para você como um favor para seu pai e para mim, querido."

Claro que ele estava, pensou Lucian carrancudo.

Cecelia deu aquele sorriso que só uma mãe poderia dar. "Ele mencionou, na semana passada, que já faz um tempo desde que ele falou com você. Isso não é aceitável, Lucian."

Droga.

"Merda, mamma."

"Essa sua boca suja... Não na igreja. Chega de protelar, já faz muito tempo. Vá, por favor."

Mais uma vez, argumentar, obviamente, não funcionaria com sua mãe.

Claramente, este não era um pedido de que ele se safaria com facilidade. A matriarca Marcello sempre dava um jeito de conseguir o que queria. Cedendo à exigência de sua mãe, Lucian deu um pequeno aceno de cabeça antes de plantar um beijo na bochecha dela. "Certo. Passo em casa para jantar."

"Vejo você lá então. E, Lucian?

"Sim?"

"Eu sei que você não confia facilmente em estranhos, mas seja honesto em suas confissões. É a única vez que você realmente pode ser apenas quem você é com alguém além de seu pai e irmãos, que ouvirão e entenderão o bem que às vezes fica coberto por toda maldade. Por enquanto, de qualquer maneira."

Por enquanto?

Lucian não teve a chance de perguntar a sua mãe o que ela quis dizer com isso. Cecelia já havia se virado e estava saindo pelo longo corredor. A igreja estava praticamente vazia, além de alguns retardatários na parte de trás. Aparentemente, ele não era o único querendo sair de fininho do prédio antigo o mais rápido possível.

Infelizmente, Lucian estava bem ciente de que não aconteceria hoje. A confissão pode demorar um pouco, especialmente se feita corretamente e, como sua mãe mencionou, honestamente. A penitência pode ser ainda maior. Ele também temia a isso, embora não tivesse certeza de qual ele gostava menos.

Então, só de pensar nisso, Lucian levou a longa caminhada ao confessionário em um ritmo um pouco mais lento. Ele se lembrou claramente da primeira vez em que havia confessado porque a mãe tinha exigido. Era um sábado de manhã depois do seu décimo oitavo aniversário. Antony permitiu que os meninos Marcello fizessem uma enorme festa — algo pelo qual eles eram famosos — em sua casa estilo mansão no condomínio fechado de Tuxedo Park, em Orange County, Nova York, com o mínimo de supervisão dos pais.

Não foi a festa que tinha corrido mal naquela noite de sexta-feira, mas a manhã seguinte. Cecelia topou com um conjunto de coisas de Lucian. Maconha, preservativos e similares. Ela não tinha ficado impressionada, para dizer o mínimo. Mas, diabos, ele tinha dezoito anos e, naquele momento, estava se preparando para se mudar para o apartamento dele em Manhattan. Ele era terrivelmente cuidadoso em manter suas coisas fora da visão de sua mãe, mas aquela noite tinha sido selvagem, e a manhã seguinte o deixou em estupor.

Cecelia estava mais preocupada com os preservativos do que qualquer outra coisa.

Ele ainda se lembrava de seu interrogatório também. Durante todo o tempo, Antony ficou sentando num canto, sorrindo daquele jeito presunçoso dele. Não era como se o pai não soubesse o tipo de coisas que seus filhos estavam fazendo a portas fechadas. Seus dois irmãos, por outro lado, riram com suas bundas bêbadas do lado de fora da porta do escritório.

"É a primeira vez que você... bem, você sabe, ou está acontecendo por um tempo?" Perguntou sua mãe. "Você ama essa garota? Você está sempre seguro?"

Lucian tentou, realmente tentou não rir, mas sua mente confusa não cooperou. Suas respostas tinham sido bastante simples. "Não, está acontecendo desde os quatorze anos. *Meninas* e, absolutamente, não", ele corrigiu a segunda resposta. "Mas, sim, estou sempre seguro."

Essas não eram as respostas que sua mãe queria ouvir, exceto, talvez, a última. Cecelia, então, o levou para confessar aquela manhã. Foi uma ótima maneira de passar a manhã após seu aniversário, enquanto ainda lidava com uma ressaca enorme.

Não.

Lucian estava tão perdido em seus pensamentos que nem percebeu que ele estava a dez metros de distância do confessionário. O confessionário em sua igreja católica lembrava-o de todos aqueles filmes em preto e branco que ele viu que envolviam confissões com cortinas escuras para esconder as pessoas lá dentro, dos dois lados e de um jeito quase assustador.

Rapidamente, ele procurou pelo padre Peter, já que o padre costumava ficar do lado de fora do confessionário para permitir que os membros da congregação soubessem que ele estava lá e aceitando a confissão. O homem não estava lá em sua batina habitual. Entretanto, as cortinas do confessionário estavam fechadas de ambos os lados.

Lucian assumiu, já que sua mãe tinha dito que o padre estava fazendo uma exceção especial para ele naquela tarde de domingo, que o padre Peter já deveria estar esperando por ele. Curiosamente, ele normalmente teria deixado a cortina da direita aberta para que Lucian entrasse.

Na verdade, não importava. Lucian queria acabar logo com isso para satisfazer sua mãe e só. Cruzando a curta distância até o confessionário, ele agarrou a cortina e puxou para abri-la.

E logo congelou exatamente onde ele estava.

CAPÍTULO TRÊS

Ela era bonita.

Não da forma habitual, rosto bonito, pele clara e olhos brilhantes. Ela também tinha tudo isso, mas não era isso. Não, a mulher por trás da cortina do confessionário era bonita de fazer o coração parar, impressionante e de tirar o fôlego.

Lucian sabia, instantaneamente, que ela não era membro em tempo integral de sua congregação. Depois de anos frequentando a igreja, ele teria notado alguém como ela pelo menos uma vez, se não uma dúzia de vezes antes. Certamente, teria dado a ele algo melhor para olhar do que o maldito teto e paredes.

Ondas de cabelos cor de ébano com mechas grossas de um profundo marrom avermelhado atrás da orelha direita desciam em cachos abaixo dos ombros. O vestido claro que parava na altura dos joelhos, com mangas que chegavam até os cotovelos e sapatos de salto alto quase combinavam com o tom pálido de sua pele. Ajoelhada como ela estava, não escondia a curva em sua cintura ou o volume de seus seios sob o tecido do vestido. Quando o olhar dele a atravessou, observando cada centímetro dela no que pareceu apenas uma fração de segundos, ele tinha certeza de que havia uma tatuagem debaixo do vestido dela. Droga, aquela boca... Lábios que eram cheios e cor-de-rosa, formando um O em choque.

Era uma boca para se beijar. Uma que ele achou que teria um sabor doce. Provavelmente, tão suave como seda. Ele apostou que ela beijaria como se fosse dona dele. Aqueles lábios o levariam direto para o inferno e o trariam de volta. Esses pensamentos, todos eles, foram os que a mente de Lucian percorreu quase que imediatamente.

Ele não beijava, nunca. Nem uma única vez com todas as mulheres que ele ficou nos seus vinte e sete anos. Claro, ele fodia com força. Adorava usar os dentes e as mãos para deixar uma mulher tremendo, suando e implorando por mais. Gostava ainda mais quando elas também usavam as delas. Lucian daria a uma mulher o que quer que ela quisesse, mas ele não a beijaria.

Beijar era tão íntimo. Sentimental até. Enquanto o sexo era carnal, beijar era paixão. Significava algo completamente diferente. Os amantes se beijavam. Era quase como reivindicar alguém, para mantê-los, prová-los e tê-los desse modo particular.

Havia um velho ditado italiano que Lucian achava que explicava os impulsos do amor: *Il bacio sta all'amore come il lampo al tuono.* O beijo está para o amor assim como o relâmpago está para o trovão. Italianos chamavam esse tipo de amor de *colpo di fulmine* — um raio. O sentimento veio como um relâmpago tão poderosamente rápido que mudaria o homem desavisado na hora. Nada poderia ser igual. Não havia como se preparar para isso também. Era conveniente como os dois ditados poderiam se sobrepor tão perfeitamente para se adaptarem a algo tão inatingível e assustador como o amor verdadeiro.

Mas essas coisas, todos esses pensamentos, escorreram quando ele olhou nos olhos dela. Azuis como o mar, cheios de pontos verdes que o lembravam esmeraldas. Claros como o dia e se arregalando para ele, penetrando através de seu peito até onde seu coração, de repente, batia como mil cascos.

Havia algo por trás desse olhar, algo que ele reconhecia. Um olhar perdido, um olhar vago. Como se, talvez, ainda não tivesse encontrado uma casa, ou onde quer que fosse que devesse estar. Ou, talvez, ela simplesmente não tivesse encontrado a si mesma e pessoas certas para dar essa sensação de lar a ela.

Lucian conhecia esse olhar como nada mais, porque ele via isso todos os dias quando se olhava no espelho.

Doía olhar para ela, ele percebeu. Ele não tinha ideia do por quê.

Ainda assim, Lucian ficou lá, de pé, olhando para ela, a cortina apertada em sua mão, e ele sem saber o que fazer. Ele não conseguiu evitar. A sensação de formigamento que se espalhava por seus lábios frouxos o lembrou de seu primeiro impulso — de beijá-la, de provar o gosto dela e da boca dela.

Isso era completamente ridículo. Absurdo até.

Quem diabos era *ela?*

Um nome, ele queria o nome dela.

Lucian não entendia. Não podia.

As mulheres geralmente não tinham um efeito tão forte sobre ele, e ele não deixaria um lindo rosto começar a fazer isso agora.

"B-Bella, scusi", Lucian gaguejou, pedindo desculpas por sua intrusão e deixando a cortina se fechar quando seu punho tremendo voltou para seu lado. *"Merda."*

Ele até mesmo se atrapalhou em suas palavras, pelo amor de Deus. Apesar de ser um homem confiante e arrogante, ele não conseguiu falar duas palavras em italiano corretamente. E ele a chamou de linda, como um *cafone*.

Virando-se, Lucian tomou a decisão de ir para a frente da igreja o mais rápido que podia e dar o fora.

Foda-se a confissão.

Que se dane o que sua mãe queria.

Lucian não podia fazer essa merda nem lidar com isso hoje.

"Lucian, filho?"

De longe, ele ouviu o padre Peter chamando-o, mas Lucian nem se preocupou em respondê-lo. Ele, simplesmente, continuou andando, até que estava fora de vista e sentindo o ar da cidade de Nova York.

"Lucian?"

A voz profunda de Gio atraiu o olhar de Lucian de seus pés, a luz brilhante do exterior o cegou. Por que sua família ainda estava parada na frente da igreja?

"Foi muito rápido", ele ouviu sua mãe dizer. "Aconteceu alguma coisa?"

"Filho?"

"Ei..."

"Gio", disse Lucian, a tensão na garganta fazendo com que o nome do irmão mais novo soasse áspero e rouco. "Leve-me para casa, sim?"

"Sim", Gio concordou, encolhendo os ombros. "Claro, cara."

Jordyn se levantou com as pernas trêmulas, afastando a cortina do confessionário. O padre que estava ouvindo sua confissão segundos antes estava parado lá fora, em vez do intruso bonito que esteva lá momentos atrás.

Os olhos dele — um redemoinho de emoções — a tinham pego como um cervo nos faróis.

Ela mal viu um terno preto desaparecendo rapidamente em uma esquina antes de ele ter sumido completamente.

Do que o padre o chamou? Lucian?

"Senhorita Reese, peço desculpas", disse o padre obviamente perturbado. "Normalmente, não é da natureza do meu paroquiano interromper assim. Tenho certeza de que o senhor Marcello..."

"Está tudo bem, acho que ele pediu desculpa", ela interrompeu baixinho.

Ela tinha certeza de que era isso que ele tinha dito antes que a cortina se fechasse. Ou algo parecido, como com licença.

"E outra coisa", acrescentou Jordyn, mais para ela do que para o padre.

Bella?

O homem a olhou como se ele a reconhecesse, então a chamou de *bella*.

"Linda", disse o padre ao seu lado.

"Como?"

Padre Peter, como se apresentou antes, sorriu. "Eu o ouvi, e o que ele disse antes de se desculpar foi linda."

Oh. Ele a achava linda?

Na profissão dela, não era incomum. Jordyn estava acostumada com os olhares dos homens e até com comentários ocasionais. Ela não se importava e, geralmente, os mandava pastar enquanto eles não colocassem as mãos sobre ela. Ela estava ciente de sua boa aparência até certo ponto, mas os homens a descreviam grosseiramente como gostosa, comível ou algo desagradável.

Não ele, no entanto. *Linda,* ele disse.

Hum.

"Eu acho que você o surpreendeu por estar atrás da cortina. Ele, provavelmente, esperava que estivesse vazio, dada a hora que costumo reservar para confissão."

Isso era, obviamente, um eufemismo.

Jordyn assentiu. "Olha, obrigada por se oferecer a falar comigo, mas tenho que ir."

Padre Peter franziu a testa. "Nós podemos terminar. Estou disposto a ouvir se você ainda estiver disposta a falar."

Jordyn já se sentia fora de lugar nesta casa de Deus. Mulheres como ela não tinham o hábito de ir à igreja e, muito menos, serem vistas perto de uma. Ela não estava inteiramente certa do que a trouxe para essa igreja em particular, mas ela escolheu uma longe o suficiente de seu apartamento no Brooklyn, onde ela sabia que ninguém a reconheceria.

Dessa forma, não se esbararia em nenhum dos membros dos *The Sons of Hell*.

A última coisa que ela precisava era que eles se aproximassem dela na igreja.

Era apenas algo que ela fazia de vez em quando, sempre que sua mente estava cheia de coisas que não conseguia lidar, ou o estresse a estava comendo viva. Apesar da maneira como sua mãe tinha vivido a vida, ela sempre tentava separar um tempo para a religião ou, pelo menos, Deus. Havia algo totalmente libertador em poder ter esses tipos de lembranças de sua mãe sem qualquer outra coisa que a cercasse.

Afastando esses pensamentos deprimentes, Jordyn ofereceu ao Padre Peter um sorriso, mas não pareceu genuíno nem mesmo para ela. "Não, sério. Eu tenho que ir."

"Essas portas estão sempre abertas, filha", respondeu padre Peter. "Sempre."

Acenando, Jordyn começou a se afastar.

"E", ele continuou com sua voz suave, "a missa é na mesma hora todos os domingos."

Ela tomou nota disso, mas duvidou que voltaria para a igreja.

Independentemente do homem desconhecido, lindo, com a voz ainda tocando no fundo da sua mente.

Pouco depois das seis daquela noite, Jordyn atravessou a entrada da frente do *Legs and Leather*, ignorando o olhar provocativo dos dois seguranças. Ela estava bastante acostumada com isso. *Legs*, um clube de strip-tease gerido e operado por Ron, o vice-presidente da facção do Brooklyn dos *The Sons of Hell*, não era nada sofisticado ou luxuoso. A maioria das meninas que trabalhava nas barras, ou tinha pouco acima da idade permitida, ou tinha idade suficiente para ser mãe dela. Elas fariam qualquer coisa pelo preço certo, e esse preço não era muito alto.

A única coisa que as mulheres mais velhas e as meninas mais novas tinham em comum?

Um vício — drogas, geralmente.

Embora Jordyn, de vez em quando, tomasse algo leve para se sentir mais solta, ela tinha orgulho de dizer que não seguia o mesmo caminho destrutivo que sua mãe. Era, afinal, exatamente o que levou sua mãe,

Sandra, diretamente na direção do clube decadente e, eventualmente, acabou com sua vida também.

No entanto, ela não era dançarina. Jordyn teve a sorte de manter alguma moral em si mesma servindo mesas e conservando a maior parte de suas roupas. Se você considerar saltos, calcinhas de couro e renda e um conjunto de sutiãs combinando que ela era forçada a usar decente. Ela, certamente, não achava isso.

"Ei, docinho", disse um dos seguranças. "Ouvi dizer que você tem algo especial hoje à noite."

Jordyn quase tropeçou enquanto passava pelos caras, mas se endireitou rapidamente. Algo especial e seu nome não eram duas coisas que ela, alguma vez, pensou que seriam ditas na mesma frase. Isso significava que ela estaria trabalhando em uma barra, e não no chão. "O quê?"

"Mal posso esperar para ver esses lindos peitos sem nada os cobrindo. Sem mencionar esse traseiro. Puta que pariu, garota, nós não vemos todas essas tatuagens há muito tempo."

Um arrepio desceu pela sua coluna vertebral. Algo horrível brotou no estômago de Jordyn, saltando diretamente para sua boca e deixando um gosto ruim para trás. *Era um acordo deles,* ela pensou desesperadamente. Ron prometeu a ela. Ela não teria que dançar, nunca, se não quisesse.

"O quê?" Ela girou bruscamente em seus saltos de quinze centímetros para olhar aquele cretino.

"Você me ouviu. Mas acho que você vai descobrir logo, logo. A reunião será em dez minutos. É melhor se apressar, garota."

Quando o segurança estendeu a mão como se fosse acariciar sua bochecha com dois dedos, Jordyn recuou. "Se você quer que eles permaneçam presos a seus braços, sugiro que mantenha suas mãos longe de mim, idiota."

"Oh, veremos."

Jordyn atravessou o clube em tempo recorde. Em vez de ir até os vestiários para colocar seu uniforme — ou a falta dele — ela dobrou uma esquina, caminhando através das mesas de bilhar sujas e cabines arranhadas até chegar ao escritório de Ron. A porta estava fechada, o que muitas vezes sinalizava que havia negócios acontecendo a portas fechadas, os quais os trabalhadores não poderiam interromper. Ela não se importava.

Batendo à porta, Jordyn gritou: "Abra!"

Ela continuou a acertar o punho na porta, embora ninguém respondesse. Finalmente, depois de dois minutos, a porta se abriu para revelar Ron em seus jeans e camiseta habituais. Ele também usava o colete de couro do clube de motocicleta, como sempre fazia, o patch de VP[5] costurado do lado direito, mostrando sua posição. Seus olhos irritados a penetraram furiosamente.

"O que *diabos* você quer?" Ele latiu.

Jordyn deveria ter medo. Qualquer uma das garotas do clube certamente teria tido. Provavelmente, teriam se espalhado como ratinhos amedrontados. Essa não era ela.

"O que há sobre mim e algo especial, Ron?" Perguntou ela, a raiva em seu tom de voz. "O que diabos é agora?"

"Agora não é hora, Jord."

Foda-se isso.

"Não, agora é exatamente a hora, Ron. Você me prometeu."

Ela tinha apenas vinte e um anos, mas estava trabalhando neste maldito clube desde que tinha dezesseis. Na verdade, ela estava servindo álcool para homens trinta anos mais velhos que ela antes que ela tivesse idade legal para fazê-lo. Jordyn limpava depois das meninas saírem, elas pedindo ou não. Mantinha o lugar limpo, tomava conta delas se algo desse errado com os homens e, em mais de uma ocasião, tinha sido ela a fazer o telefonema anônimo para a emergência quando encontrou uma garota tendo overdose.

Jordyn fazia sua parte.

Eles tinham um acordo.

"Como eu disse, agora não é a hora", Ron repetiu mais baixo.

"É Will?" Ela perguntou, cautela e hesitação começando a aparecer. "É isso?"

Will Vetta era o presidente da facção do Brooklyn dos *The Sons of Hell* e, pelo que Jordyn entendia, era uma grande posição no clube. Jordyn não estava inteiramente certa do por que, embora suspeitasse que tivesse algo a ver com sua mãe, mas o homem a odiava. Parecia que ele fazia o possível para tornar o dia particularmente difícil para ela se pudesse.

Jordyn não se preocupava em defender nenhum membro dos *The Sons of Hell*. Eles não a assustavam — ela era muito melhor do que qualquer um deles. Mas Will? Will Vetta a assustava pra caralho.

5 Vice-Presidente.

Esse tipo de coisa poderia acontecer a uma garota quando um homem apontava uma arma para uma criança de treze anos que acabou de encontrar sua mãe morta algumas horas antes e diz: "Não diga nada. Você é *nossa* agora. Você me entende, garota?"

Jordyn entendeu.

"É sobre ele?" ela perguntou novamente.

Ron franziu a testa, um pouco da raiva desaparecendo de seu olhar. Virando, ele murmurou algo para dentro da sala antes de abrir mais a porta. Raine, a *old lady* de Ron, e um dos dois bartenders do *Legs* saíram sem dizer uma palavra ou olhar na direção de Jordyn.

"Entre agora", ele ordenou a Jordyn.

Com a porta fechada, Jordyn finalmente sentiu como se pudesse respirar um pouco melhor. "Você não pode me fazer subir em um desses palcos e dançar, Ron. Eu não vou fazer isso."

"Você preferiria trabalhar nas ruas como uma das putas dele, então?"

Pavor deslizou através das veias de Jordyn, rápido e destrutivo. "O quê?"

"É o que vai acontecer, sabe. Will é um idiota. Eu sei tanto quanto qualquer outro Son. Acontece que ele é ainda pior quando se trata de você, garota. Claro, teria resultado em um ótimo acordo se sua mãe tivesse dado a ele o que ele queria todos aqueles anos atrás."

"Ainda não sei o que é", ela admitiu.

Ron acenou com a cabeça. "Sim, nós sabemos."

E eles não contariam a ela, Jordyn sabia. Não importava quantas vezes ela perguntasse.

"Mas eu sou de Gabe..."

"Gabe está morto, Jord."

Havia uma grande dor na voz de Ron enquanto ele dizia essas palavras aparentemente simples. Jordyn sabia que eram tudo, menos fáceis de dizer. O filho dele, Gabe, tinha a mesma idade que Jordyn. Ele foi a primeira pessoa a tomar conhecimento do tratamento estranhamente cruel que Will lhe dava.

Eles eram jovens, apenas adolescentes, mas tinha sido tão fácil para eles. Certamente, não era amor, mas funcionava. Gabe arrumou uma namorada a qual ele sentia como se estivesse cuidando e, de uma forma, estava, ao mesmo tempo que ele poderia fazer o que quisesse com todas as outras mulheres que pairavam em torno do clube sem ela se queixar. Para Jordyn, significava sua proteção, já que ele era o filho do vice-presidente do clube. Por causa da incapacidade de Will de continuar com uma mulher tempo suficiente para ter um filho, Gabe seria, eventualmente, o próximo presidente.

"Ele morreu há mais de um ano", continuou Ron sem perceber o olhar vago dela. "Ser uma *old lady* não ajuda quando o único cara no clube que a protegia se foi e o mandachuva está bolando algo horrível para você. Eu nem posso lhe mandar fugir, porque, com certeza, não vai adiantar nada, mas você pode fazer isso."

Deus, ela sabia que fugir não iria levá-la a lugar nenhum, a não ser para uma cova improvisada. Isso tinha ficado perfeitamente claro durante todo o tempo que ela passava dentro das impenetráveis paredes dos *The Sons of Hell*.

"Isso. Você quer dizer *strip*", ela sussurrou. "Tirar minhas roupas para eles: aqueles porcos. Para ele também."

Ron encolheu os ombros como se não fizesse diferença. "Chame de dançar se isso a faz sentir melhor."

"Não faz. Will quer me humilhar e ver o quanto ele pode mexer comigo antes de eu quebrar."

"Pelo menos você sabe o que está por vir", respondeu Ron devagar. "Escute, meu filho se importava muito com você, garota. Eu sei que sim, e é por isso que fiz tudo o que pude por você até aqui, o convenci de que, se você começasse a dançar, então você traria mais dinheiro. Isso é tudo o que posso fazer. Tenho que recuar agora, Jord. Eu sinto muito."

"O que posso fazer?" Perguntou ela.

"Além de encontrar outro membro para reivindicá-la como *old lady* e marcar sua pele como Gabe fez, nada."

Ao marcar sua pele, Ron quis dizer uma tatuagem ao longo do osso do quadril com o nome de Gabe e *Sons of Hell* escrito embaixo. Ela tinha apenas dezesseis anos, mas essa tatuagem salvou sua vida e corpo em mais de uma ocasião. Ninguém era autorizado a tocar no que era de outra pessoa.

Essa outra pessoa não existia mais.

"Dê-me uma semana", implorou Jordyn.

"Isso é quase tudo o que eu posso oferecer, talvez um pouco mais, já que ele está escondido por causa dessa bagunça do casino agora. Você tem uma semana."

Jordyn saiu do escritório sem agradecer. Não havia nada para agradecer.

CAPÍTULO QUATRO

"**Tire** isso da cabeça, sim?"

A cabeça de Lucian respondeu ao tom frustrado de seu pai. "O quê?"

O motorista virou à esquerda, dando a Lucian um tempo do olhar intenso de seu pai quando ele observou a janela para ver onde eles estavam e quão perto de seu destino era o lugar. Normalmente, Dante acompanhava Antony em seu carro enquanto Gio e Lucian seguiam atrás, mas não hoje.

Ultimamente, a atenção de seus pais estava focada nele. Ele não podia nem ficar um dia sozinho em seu apartamento sem que sua mãe ou pai aparecessem. Claro, ser italiano significava que sua família era mais próxima do que o normal e todos se metiam nas coisas de todos, mas, ultimamente, estava mais frustrante do que nunca.

"Desde a missa na semana passada, você esteve avoado", continuou seu pai, voltando a olhar para seu filho. "Eu preciso de você aqui, Lucian, especialmente esta noite. Dante sempre está focado em aprender comigo, em vez de ficar de olho em sua segurança. Gio está muito ocupado tentando descobrir o que ele está fazendo, ou o que ele não está fazendo, verdade seja dita. Mas você? Você é o único com a cabeça no lugar. Seus olhos estão sempre observando tudo. Você sabe quando algo vai dar errado antes de qualquer outra pessoa. Eu preciso disso de você. Se você não puder fazê-lo, preciso saber agora."

Lucian suspirou. "Estou aqui. Estou bem."

"Você está agindo como um *cafone*." Antony respondeu cansado. "Seja lá o que for, pare antes de chegarmos ao nosso destino esta noite."

O destino em questão era um clube de strip-tease que pertencia a um dos membros do mais alto escalão dos *The Sons of Hell*. Todos os pedidos de uma reunião entre a família mafiosa Marcello e o moto clube não foram respondidos. Antony e seus filhos não aceitavam uma rejeição. Claramente, os motociclistas não entendiam o funcionamento do crime organizado. Se seus vizinhos não estão felizes, você não está feliz.

Os Marcello não estavam felizes.

O melhor momento para aparecer em um clube de *strip* era quando estava aberto e os negócios estavam em pleno funcionamento. Esse era o plano deles de qualquer forma. Antony queria causar um reboliço, e seus filhos ficaram felizes em ajudar.

"Não é nada", disse Lucian finalmente.

"Eu odeio quando você mente, Lucian. Você é péssimo nisso."

"Quantos de nossos caras estão dentro do clube?" Ele perguntou, tentando distrair seu pai.

"Seis. Dante foi informado de que a maioria dos clientes são membros do clube, mas há alguns clientes regulares. É melhor eu não voltar para casa cheirando a um clube de strip-tease ou sua mãe vai me pôr no lugar."

Lucian sorriu. "Eu não sabia que você podia cheirar como uma stripper."

"Com certeza, não", murmurou Antony sem entusiasmo. "Pare de desviar o assunto."

"*Cristo, Papà.* Não estou desviando o assunto, não há nada a dizer."

"Você trabalhou a semana toda, além de cuidar da sua equipe?"

Não, ele não trabalhou. Lucian possuía meia dúzia de restaurantes em Nova York e alguns prédios com escritórios alugados para ele e para seus próprios negócios. Claro, ele tinha uma grande quantidade de pessoas trabalhando para ele para cuidar de tudo, mas ele também tinha que fazer sua parte.

Seu pai e seus irmãos estavam metidos no desenvolvimento imobiliário, tanto residencial como comercial, e nos casinos. Às vezes, Lucian se envolvia em algo com eles, como uma parceria, mas ele preferia trabalhar sozinho mais frequentemente do que não.

Certamente, ajudava com os aspectos criminosos do negócio da família quando eles tinham coisas legítimas para mascarar ou esconder as atividades ilegais em outros lugares.

"Eu posso tirar umas férias de vez em quando, pai."

"Enquanto eu receber seus impostos todos os meses na data certa, com certeza."

Lucian tentou não franzir a testa, mas não conseguiu evitar. "Eu só precisava de uma pausa. Tempo para pensar."

Sobre uma garota de olhos azuis que ele não parava de lembrar. Todos os dias e noites. Mesmo uma dose pesada de maconha e uísque não conseguiam desviar sua atenção o suficiente para deixar de pensar nela. Lucian ainda queria conhecer a menina misteriosa.

Os sonhos que ele estava tendo quase todas as noites, definitivamente, não estavam ajudando Lucian a afastar seus pensamentos sobre a garota. Se eles fossem apenas sonhos, ele poderia ter sido capaz de afastá-los.

Eles eram tudo, menos inocentes. Uma boca quente e apertada em torno de seu pau, molhando-o com a língua. Lábios tão suaves como veludo, carnudos e suaves, chupando-o até a base. Os olhos da cor de um mar furioso olhando para ele através de espessos e escuros cílios enquanto sorria quase provocativamente contra a ponta do seu pau.

Lucian poderia sentir quão sedosos os cachos dela seriam em suas mãos trêmulas enquanto ele agarrava seu cabelo e fodia sua boca. O nome dela, que ele não sabia, estava preso na parte de trás da sua garganta, porque nenhum barulho era possível com ela de joelhos do jeito que estava. O suor se reunia ao longo da coluna dele enquanto ela o chupava até um doce alívio.

Então, tão rápido quanto a fantasia chegava, mudava para algo diferente. Ela o montando, ou de joelhos com ele atrás dela. Ela estava sempre, sempre olhando para ele, à frente dos olhos dela ou sobre o ombro dela, com o nome dele saindo em um gemido longo.

Jesus... Lucian estava enlouquecendo.

Os sonhos sempre paravam, também, logo antes de ele gozar, quando sua virilha estava queimando e os músculos do estômago tensos com o orgasmo se aproximando... *Dio,* ele chegava tão perto e, em seguida, como um piscar de olhos, Lucian acordava mais frustrado do que nunca.

Pelo menos esses sonhos estavam fornecendo a ele material mais do que suficiente para terminar... em um banho dolorosamente frio.

"É por causa de algumas dessas mulheres com as quais você está saindo?" Perguntou Antony, puxando Lucian de seus pensamentos.

Lucian se forçou para não gemer, deslocando-se no assento para esconder a maldita ereção que ele agora exibia graças a sua mente hiperativa e aos sonhos que jamais esqueceria. "Eu não *saio* com mulheres. Isso implicaria que eu estou tendo um relacionamento com alguém, ou mais de um, e eu não estou."

"Você não considera fazer sexo, mesmo não sendo comprometido, um relacionamento?"

"Não", Lucian disse através dos dentes, sua frustração começando a aparecer novamente. "Eu considero isso uma *foda.* Essas mulheres sabem o que eu quero, e é a mesma coisa que elas querem."

"Certo, entendi", Antony respondeu com um aceno. "Eu não sei onde diabos eu errei com vocês três. Vocês nunca me viram traindo sua mãe. Eu sempre fui devotado e honrado a ela. Não entendo por que nenhum de vocês está interessado em se estabelecer e encontrar uma esposa para começar uma família própria."

"*Dante* precisa encontrar uma esposa", Lucian respondeu com veemência. "Ele vai ser o Don depois de você. Isso é exigido dele para que a comissão se sinta mais confiante quando ele assumir o controle quando você parar. Essa é a responsabilidade dele, não a minha. Nem Gio, nem eu precisamos encontrar uma esposa só por encontrar. Não tem nada a ver com você ou com a mãe."

"Por que eu não acredito nisso, então?"

Lucian sabia exatamente por quê. Antony Marcello era um dos chefes criminosos mais cruéis e implacáveis deste lado da América do Norte. O homem que matou seu próprio sogro e depois tomou seu trono como se sempre tivesse sido dele. Ele geria sua família *Cosa Nostra* com mãos de ferro e aceitava nada menos que a perfeição de todos os seus homens. Ele era conhecido por muitas coisas, inclusive ir tão longe quanto cuidar dos lados mais complicados e mais violentos de seus negócios apenas para deixar claro que ele poderia e faria isso.

Mas Antony Marcello também era pai de três filhos. Meninos que ele criou e amava.

Seus meninos.

Lucian não contaria a seu pai por que ele estava preocupado. Só o tiraria do lugar em que ele estava atualmente.

"Eu não sei, mas é verdade. Não é sobre você ou Cecelia. Deixe isso pra lá."

Atravessar a segurança na frente do clube de *strip* foi estupidamente fácil. Os dois homens parecidos com bulldogs nem sequer se preocuparam em revistar nenhum dos Marcello. Lucian achou que era mais por hábito do que qualquer outra coisa. Todos os membros do MC, provavelmente, carregavam armas de vários tipos, então revistar era inútil.

Não era como se alguém fosse realmente desistir de sua arma se fosse encontrada.

Os filhos permitiram que seu pai seguisse na frente pelo clube para encontrar a mesa ou a cabine que ele queria. Lucian suspeitava que seu pai escolheria uma que permitisse que suas costas estivessem contra uma parede enquanto lhe dava uma visão de todo o andar, ou a maior parte dele. Ele estava certo. Antony, rapidamente, escolheu uma cabine de canto com couro desbotado e desgastado em todas as direções. Lucian, Dante e Gio se sentaram, uma vez que seu pai tinha escolhido.

"Eu não confio neste lugar para beber", Dante disse em voz baixa.

"Certamente, não é um dos clubes de Gio", Lucian concordou.

"Os de Gio não têm mulheres dançando nuas, filho. Obrigado *Dio* pelos pequenos milagres."

Gio sorriu maliciosamente, o que provocou risadas de ambos os irmãos. "Ainda não, você quer dizer."

Antony inclinou a cabeça para o lado, arqueando uma sobrancelha. "É um caso de incêndio criminoso que eu vejo em seu futuro? Eu me pergunto quantos clubes queimados haveria antes que as autoridades suspeitassem."

"Ou melhor ainda, — Lucian acrescentou do canto, recostando-se no estande — quanto custaria para pagar aos bastardos quando eles desconfiassem."

"Essa foi boa", disse Dante, rindo.

Gio olhou para a parede. "Tudo bem, sem clubes de strip-tease."

"Obrigado, filho. Eu sempre gosto dessas suas discussões."

Lucian deu uma olhada rápida no clube e nas pessoas à vista. Ele notou facilmente os seis homens que seu pai mencionou anteriormente. Os meninos bem vestidos quase pareciam fora de lugar ao lado de todos aqueles grandes motociclistas musculosos com jeans e couro. Eles não estavam atraindo a atenção, no entanto.

Provavelmente, porque esses idiotas estavam muito bêbados ou já muito drogados para realmente notar.

As meninas que estavam em três dos cinco palcos faziam pouco para manter o interesse de Lucian, mas ele as observou para seu próprio estudo pessoal do lugar. Ele não se importava com as tatuagens de seus corpos nem os conjuntos de couro que diminuíam a velocidade enquanto giravam nas barras. O olhar vazio e drogado na maioria dos olhos era uma preocupação séria.

Estas não eram meninas saudáveis.

Em outro canto, na parte de trás, separados por cordas vermelhas desbotadas, três homens estavam sentados de costas para o resto do lugar. Mesmo com a iluminação de merda, Lucian facilmente viu o brilho do metal saindo da parte de trás dos jeans dos homens.

Armas, provavelmente.

Possivelmente, tinham algumas facas escondidas também.

"O que você trouxe hoje à noite?" Lucian perguntou a Dante.

".22. Nada extravagante, mas vai fazer o trabalho até quinze metros e só piora quanto mais perto eu chegar. Você?"

"O que mais?"

"A Mark XIX dele", Gio disse seguro de si.

"A Eagle? Jesus, por que você sempre tem que trazer as armas maiores?" Perguntou Dante.

"Porque — Antony interviu, sorrindo — apenas a visão dela assusta as pessoas. Ele gosta disso."

O pai de Lucian o conhecia tão bem.

Antony suspirou. "Eu não quero derramar sangue hoje à noite, meninos. Só quero provar algo."

"Três no canto em uma seção reservada. Todos estão armados e descaradamente, eu poderia acrescentar", disse Lucian, dando sua opinião. "Eu acho que eles não estão preocupados com a polícia ou em serem atacados. Talvez alguém esteja na folha de pagamento, mas isso é duvidoso, considerando que mataram quatro policiais em seis meses. Pode ser que entrar aqui seja um último recurso para policiais, já que é muito perigoso. Os caras estavam certos, a maioria destes clientes são sócios do clube. Então você pode apostar sua bunda que estão todos carregando alguma coisa."

"Dê uma boa olhada por aí", continuou Lucian, dando um ligeiro aceno para as muitas mesas de bilhar e cabines. "Este lugar não é destinado ao consumo público. O lugar está caindo aos pedaços. Remendos em todos os assentos. Metade das lâmpadas estão queimadas e há até buracos nas paredes. Mais de uma briga aconteceu aqui. Eu odiaria vasculhar com uma luz negra e ver o que iria aparecer. Este lugar é decadente. Os bartenders atendem primeiro os motociclistas, mesmo que um cliente regular esteja de pé no bar há cinco minutos. Sem mencionar que eu já vi três membros do MC, se os emblemas na parte de trás de seus coletes são qualquer indicação, levarem duas dançarinas lá para trás. Sem dinheiro na mão. E dois deles foram com uma garota, eu poderia acrescentar. As strippers estão drogadas. Eu diria que isso é provavelmente o que Will Vetta gosta, mesmo que não seja de propriedade de seu VP."

"No entanto, ele não está aqui", observou Antony.

"Não", Lucian respondeu certo desse fato. "Essencialmente, estamos na área dele, e sugiro que todos estejam cientes disso antes de avançarmos. Eu suspeito que os clientes sejam, provavelmente, conhecidos do clube, ou estão tentando entrar. Havia apenas dois veículos que não eram motocicletas no estacionamento. Por que você faria uma festa em um lugar como este? Não é para aquelas mulheres. Se alguma coisa acontecesse, elas não chamariam os policiais, e elas não vão nos ajudar. Nós estamos severamente superados em número, mas apenas nos números."

"É bom ver sua cabeça focada, filho."

Lucian ofereceu ao seu pai um sorriso tenso. "Isso é um negócio, chefe. Eu estou sempre pronto para os negócios."

Com apenas esse título, Lucian sabia efetivamente que tinha cimentado as brincadeiras amigáveis entre um pai e seus filhos. Era importante que o resto entendesse agora também. A situação em que estavam era séria e, uma vez que anunciassem quem eles eram, o ambiente aparentemente estranho ficaria,instantaneamente, muito mais hostil para eles.

Era necessário deixar claro quem era o chefe e quais eram os papéis dos outros homens ao seu redor. Era tanto respeito quanto uma coisa de segurança. Havia uma seriedade que todos precisavam entender e rápido.

"Nada de Paulie hoje à noite?" Dante perguntou a Antony.

Paulie Banino era e sempre foi, desde que seu pai assumiu o papel de chefe, seu *consigliere*[6]. Ele era o terceiro braço do melhor trio de amigos que uma vez tinha sido Antony, o pai biológico de Lucian e Paulie. Eles tinham sido inseparáveis até que a morte levou um deles.

O médico já não praticava medicina no sentido público. Ele era um médico particular para a família Marcello se algum médico fosse necessário em algo que não poderia ser feito em um hospital por receio de envolvimento policial. Paulie deveria estar aqui, e Lucian sabia disso. Ele era tão importante para o negócio em relação à posição de Antony como Dante era como um subchefe.

"Achei que era melhor, pelo menos um de nós, o único com um diploma de medicina, estar fora de perigo", Antony disse honestamente.

A conversa entre os homens diminuiu para nada. Lucian tomou esse tempo para sentar em sua cabine, permitindo que a forma grande do Gio o protegesse da vista enquanto inspecionava o lugar mais uma vez. O corpo de seu irmão e as sombras de sua nova posição também protegiam a garçonete de sua visão enquanto ela parava ao lado da mesa.

---

6 O consigliere serve os membros da família mediante a concessão de um canal de comunicação dos soldados para o chefe.

Pelos cantos de seus olhos, Lucian viu uma parte de seu ombro nu e os cachos negros que estavam escondendo seu rosto. Não era a quantidade de pele dela que estava chamando sua atenção, mas sim a parte do que parecia uma tatuagem de flor de cerejeira que se arrastava pelo ombro e mergulhava pelas costas, onde desaparecia de sua visão.

"Olá, pessoal. Eu sou Jordyn. Eu vou atender vocês esta noite, ou algo próximo disso. O que vocês vão querer?"

O tom sensual de sua voz era algo que Lucian e seu corpo notaram no momento em que ela falou. Era quase como uma mistura de inocência e experiência, se fosse possível. Ela não soava completamente entediada, mas também não parecia adorar seu trabalho.

Dante olhou para o pai, seu comentário anterior sobre não consumir as bebidas sendo dito silenciosamente novamente. Antony deve ter percebido.

"Uma garrafa de Jack, fechada. Quatro..." Antony parou no meio da frase, franzindo os lábios quando ele olhou em direção a Gio. O irmão mais novo certamente não precisava beber esta noite. "Traga três copos. Nós nos serviremos."

Inclinar-se para frente foi o pior erro que Lucian cometeu desde que acordou nesse dia. Ele, certamente, não esperava vê-*la* novamente. Pelo menos, não em um lugar como este. Ela esteve em sua mente durante toda a maldita semana, aqueles olhos, pele clara e uma boca que, só de ver, fez a dele aguar.

Qual era o nome dela? Era Jordyn?

Merda.

Merda mesmo — ele estava atolado nisso.

De repente, Lucian não estava tão concentrado como ele precisava estar.

Ele estava tão incrivelmente *fodido.*

Além disso, Lucian percebeu que estava certo sobre sua primeira hipótese quando achou que ela tinha uma tatuagem sob seu vestido naquele dia no confessionário. As flores de cerejeira começavam em algum lugar abaixo da calcinha de renda que ela usava e seguia por cima de suas costelas, antes de atravessar o peito esquerdo, que também estava coberto por um sutiã de renda e couro e, em seguida, curvava sobre o ombro.

Havia outra tatuagem também, mas, na escuridão, Lucian não conseguia ler as palavras.

Estranhamente, a onda imediata de possessividade que inundou suas veias o surpreendeu. Ela ainda era tão linda. Quanto mais seu olhar se arrastava sob a pele dela, mais apertadas as calças dele se tornavam. Lucian se perguntou que gosto essas flores teriam sob sua língua.

Sim, ele não estava onde ele precisava estar. Essa mulher desconhecida o derrubou e, provavelmente, nem sabia disso. O que estava errado com ele?

Infelizmente, seu pai pareceu perceber a mudança abrupta na postura de seu filho e em seu humor. "Lucian?"

Ao som de seu nome, os olhos da menina — *Jordyn,* ele se recordou — brilharam ao encontrar os dele, aqueles cílios escuros dela piscaram rapidamente, como se ela também não acreditasse no que estava vendo. Lucian engoliu o caroço na garganta. Felizmente, Jordyn não agiu como se já se conhecessem ou tivessem visto um ao outro antes. Ela simplesmente continuou fazendo o que tinha que fazer.

"Uma garrafa fechada de Jack e três copos. Algo mais?" Ela perguntou, evitando o olhar penetrante de Lucian.

"Sim", disse Antony, ainda observando Lucian de perto. "O proprietário é Ron Daney, certo?"

Jordyn endureceu um pouco, os ombros tensos. "Perdão?"

"O proprietário é Ron Daney, vice-presidente da facção do Brooklyn dos *The Sons of Hell*", Lucian disse rispidamente, tentando engolir a rouquidão se formando. "Nós não somos ATF ou federais, vamos deixar isso claro, querida. Ron, ele está aqui esta noite?"

Jordyn assentiu com cautela. "Ele sempre está."

"Ótimo!" Antony respondeu com um sorriso. "Entregue a ele uma bebida, a que quiser. Certifique-se de dizer a ele que é de um convidado. Antony Marcello e sua equipe. Não confunda meu nome quando lhe disser. Certifique-se de apontar para mim para que ele me veja. Entendido?"

"Entendido."

Com isso, a mulher que Lucian só precisava olhar para deixar sua pele em chamas e seu coração palpitar estava indo embora.

Ela não olhou para trás.

CAPÍTULO CINCO

Jordyn conseguiu manter um pouco de compostura enquanto circulava a mesa com duas garrafas de cerveja sem abrir, segurando precariamente entre os dedos. Mal conseguiu segurar, pois podia sentir os olhos de Lucian Marcello observando e dissecando cada movimento seu.

Olhos castanhos, ela sabia.

Era enervante.

Jordyn não estava inteiramente certa de que não gostava da atenção dele.

Isso era ainda mais assustador.

O que ele queria dela? Este homem estranho, bem vestido, sentado corretamente, um sotaque forte em suas palavras, parecendo possuir o maldito mundo e como se, talvez, ele quisesse possuí-la.

Jesus, ele queria?

Queria?

Ela assumiu que ele era mais velho do que ela por alguns anos, mas só porque a experiência envelhecia seu olhar pesado. Essa não foi a única coisa que ela notou sobre ele. Durante seu breve encontro no confessionário, Jordyn ficou muito chocada observando todos os belos recursos do homem antes de desaparecer. Agora, ela estava vendo todos eles. Ombros largos com um terno que os cobria como se fosse uma luva abraçando sua estrutura, era óbvio que Lucian estava em forma. Um maxilar forte, lábios cheios que sempre pareciam estar lutando para sorrir, cabelos escuros que caíam um pouco sobre seus olhos ferozes e maçãs do rosto esculpidas.

Bonito era um eufemismo, o homem era lindo.

Francamente, todo o grupo tinha boa aparência, mas, estranhamente, Jordyn só conseguia se concentrar em Lucian. Porque ele estava claramente focado nela.

Ron não ficou inteiramente satisfeito quando Jordyn passou a bebida do homem chamado Antony para ele, sem se afetar quando ela o apontou como foi solicitado. Ela não tinha percebido exatamente quem eram esses homens Marcello. Supôs, pelo jeito que todos os membros do MC do lugar haviam ocupado, de repente, as paredes e as portas, observando o estranho encontro acontecendo em uma nova mesa no meio do lugar, que eles não eram homens comuns.

Foi só depois que os quatro Marcello foram para a nova mesa para se sentarem com Ron e seus dois caras que Jordyn percebeu outros seis homens aparentemente saindo da toca também. Eles, assim como os recém-chegados, eram bem vestidos e educados. Eles ficaram muito mais perto da mesa do que os membros do MC, parando atrás de cada Marcello como um tipo proteção. Calmos e temíveis, cada homem tinha as mãos cruzadas atrás das costas e os olhos colados à mesa.

Definitivamente, *não* eram da ATF ou agentes federais.

Jordyn serviu as duas garrafas de cerveja, uma para Ron e outra para um dos capitães do clube. A tensão parecia cobrir o teto alto. A maioria da conversa foi falada calmamente, de modo que outros não conseguiriam ouvir. Ron deixou claro que Jordyn precisava ser a única servindo a mesa, considerando que ela era a única garota sã ou lúcida capaz de manter a cabeça no lugar em situações estressantes.

"Eu estou totalmente insatisfeito com meus negócios sendo envolvidos nas bagunças dos *The Sons of Hell*." Antony sorveu seu uísque, arqueando uma sobrancelha para o homem em frente à mesa. Parecia, para Jordyn, que ele gostava de um desafio. "Pega mal para a minha família. Se os seus homens querem andar por aí trocando tiros com a polícia, tudo bem, mas mantenha isso longe dos Marcello. Isso não é difícil de entender. Não é ciência espacial. Deixe claro para Will Vetta que ele e seus homens devem ficar longe de meus negócios e pessoal, e eu vou ficar longe dos dele. Confie em mim, Ron, ele quer que fiquemos longe. Não estou pedindo muito aqui."

"Então, deixe-me ver se eu entendi direito, — disse Ron calmamente, abrindo sua cerveja antes de dar um longo gole — você está aqui para conversar, sim?"

"Por enquanto", Antony respondeu indiferente. "Isso poderia mudar facilmente."

Até mesmo Jordyn, não totalmente certa do motivo desses homens estarem aqui, percebeu a ameaça por trás dessas palavras. Quão confiante em si mesmos eles eram para entrar em um bar de motociclistas que eram, claramente, nada mais que uma gangue perigosa fazendo o que estavam fazendo? Muito, obviamente.

Antony sorriu, a imagem se tornando quase predatória. "Você não parece preocupado, Ron. Posso assegurar que você deveria estar."

"Com o quê? Com um pequeno grupo de aspirantes a mafiosos lançando ameaças infundadas? Escute, se Will estivesse preocupado com sua família, ele teria lidado com isso."

Mafiosos?

O homem mais novo soltou uma risada amarga. "É o seu primeiro."

"Primeiro o quê?" Perguntou Ron.

"Erro", Lucian declarou de forma sombria. "Agora você está nos dando nos nervos mais rápido do que antes. Eu pisaria com muito cuidado a partir daqui."

Jordyn não tinha certeza do que fazer com essas palavras, mas parecia sério. Lucian nem sequer tentou esconder seu desapontamento ou raiva quando falou. Sem mencionar o desgosto em seus lábios franzidos.

"Ouça", Ron cuspiu, baixando a garrafa até a mesa com força suficiente para esborrar líquido do topo. "Você vem até nosso território-"

"Erro dois", interrompeu Antony, sorrindo com aquele sorriso meio assustador novamente. "Você pode vender suas drogas e lidar com sua lamentável coleção de armas ilegais de seus negócios aqui no Brooklyn, mas não confunda de quem é esse território. Existem três grandes famílias *Cosa Nostra* em Nova York. Juntos, os chefes e subchefes compõem a comissão de todo o crime organizado que precisa de uma voz e merece ser ouvida daqui para Las Vegas, para Chicago, para o Canadá. O meu é o maior, Ron. O meu é o mais perigoso. O meu é o que corre nas ruas do Brooklyn e gera lucro. Se eu quiser você fora, você vai estar fora."

Cosa Nostra? Comissão? Famílias?

Essas palavras pareciam estranhas para Jordyn, mas, ao mesmo tempo, familiares.

"Tente não cometer um terceiro erro", disse o homem mais silencioso. "Isso pode não acabar bem."

Jordyn podia ver a contração começar a se formar na bochecha de Ron. Isso costumava sinalizar sua agitação e, se ela não tivesse que servir a mesa, ela daria o fora. "Como? Enviando seus cães atrás de nós, Antony?"

O homem mais jovem sorriu, mostrando os dentes. "Au, au."

Ron se ajeitou na cadeira, cruzando os braços. "Parece que há algo sobre sua família que negligenciamos. Se você é realmente tão perigoso como diz, eu esperaria ver a polícia fazer um pouco mais de alarde sobre você, no mínimo. Eu não ouço sobre o seu... como você os chama, pessoal, não é? Eu não os ouvi fazendo tumulto nas ruas ou causando problemas. Você realmente é tão grande quanto você acha que é?"

Antony suspirou e ergueu três dedos, sinalizando o que Jordyn achou ser o último erro da noite. "A *Cosa Nostra* não chama a atenção para si mesma, a menos que tenha que fazê-lo. Um chefe, um bom chefe, não precisa disso. Mas, com certeza, deixe-me explicar o quão *grande* eu realmente sou. Tenho um sindicato em todos os estados deste país. Contatos de uma costa a outra que empurram meus produtos e me pagam para trabalhar para mim. Estou envolvido com os cubanos, russos, japoneses, chineses e mexicanos, citando somente alguns. Não consigo contar a quantidade de políticos que tenho comendo em minhas mãos. Suas facções patéticas não podem se mexer dentro deste país sem que eu saiba disso. Você não pode vender nada sem que meu pessoal descubra.

"A questão é, bandos como os seus ajudam a manter o lucro de famílias como a minha. Seus problemas, suas drogas e suas desgraças públicas, elas mantêm os olhos longe das armas que estamos vendendo, das drogas que estamos importando e do dinheiro que estamos fazendo. Você quer me chamar de mafioso como se eu não fosse mais do que um contrabandista ganhando dinheiro. Isso é ridículo. Eu sou mafioso. Meu avô, o pai dele, ajudou a tornar este país o que é. O FBI foi formado para pegar homens como eu e, no entanto, eles não conseguem."

Antony se recostou na cadeira, ficando na mesma altura de Ron. "Nós não somos vocês, com seus clubinhos, causando problemas, assustando o povo e nos tornando conhecidos em cada esquina. Somos a *máfia*. Não confunda nossas organizações como sendo iguais. Não somos nada como vocês."

Somos a máfia.

Jordyn congelou enquanto se virava para sair de perto da mesa. As palavras de Antony ecoaram por sua mente como um grande sino. Repetindo-se. Um aviso. Uma ameaça. Uma promessa. Três palavras, mas eram tudo ao mesmo tempo.

O leve toque de algo suave, macio e quente contra o osso do quadril exposto de Jordyn quase a fez tropeçar. O toque suave enviou o que parecia ser um zumbido direto para cada nervo em seu corpo. Ele tocou sua tatuagem com o nome de Gabe. Um escovar leve da ponta do dedo dele era eletrizante.

Olhando para frente, Jordyn encontrou os olhos de Lucian, mas ele, rapidamente, desviou o olhar.

Ela mal podia respirar.

"O que é que você quer?" Ron perguntou, parecendo um pouco menos irritado do que antes.

"Respeito", respondeu Antony. "É o que torna esse mundo do crime nosso, afinal de contas. Você não pode fugir se eu não quiser, e eu não posso permanecer calmo se esse absurdo com a polícia continuar. Quando peço uma reunião, espero conseguir uma. Quando eu exijo que seus homens se afastem dos meus negócios, eu quero que isso seja respeitado."

"Você ao menos tem alguma ideia de por que estamos lutando contra a..."

"Seu filho foi morto por um policial durante uma operação", Antony interviu mais baixo do que antes. Ele acenou para os três homens sentados à mesa ao lado dele. "Eu tenho três filhos, então eu entendo seu ressentimento e tristeza. A diferença é que eu tenho a capacidade e poder de retaliação enquanto vocês só têm munição suficiente para causar um problema. Uma criança foi morta na semana passada por causa dos seus homens. O filho de outra pessoa. Se é olho por olho que você quer, você já conseguiu isso quatro vezes com as vidas que você tirou. É hora de recuar."

Jordyn ainda estava tentando recuperar o fôlego, um tremor nas pernas impedindo-a de se afastar da mesa. Mesmo assim, ela não poderia permanecer lá por mais tempo. O olhar de Lucian agora parecia concentrado na conversa, mas ela sabia que ele também estava de olho nela.

Estes não eram bons homens, ela percebeu. Essa confiança carismática em suas posturas e vozes foi treinada e obtida. Jordyn sempre achou entender o que era o perigo, dada a companhia que ela tinha, mas estava aprendendo rapidamente que esses Marcello não eram a mesma coisa.

Eles não precisavam derramar uma gota de sangue para provar algo.

Magnéticos. Inteligentes. Ousados.

Jordyn precisava de um momento para pensar. Especialmente, considerando que um desses homens parecia inteiramente interessado nela.

E ela gostou disso.

"Lucian?"

Lucian não escutou seu pai chamando seu nome até Antony se mexer embaixo da mesa e beliscar sua coxa. Ele tinha ficado terrivelmente distraído desde que Jordyn saiu rapidamente em direção à parte de trás do clube, longe de sua vista.

Ele não gostou dela aqui. Nem de ela estar trabalhando aqui. Não vestida como ela estava e perto desses homens, todos a observando como se ela fosse um pedaço de carne que eles queriam arrancar com uma mordida. Ninguém deveria olhar para aquela mulher como estavam fazendo. O ciúme travou uma guerra terrível dentro dele. Quem era ela para essas pessoas? Lucian não tinha direito a esta menina, nem sequer a conhecia.

Mas ele a queria.

Para um homem como ele, era um território perigoso.

Pelo menos ninguém percebeu quando a tocou antes. Quase parecia uma compulsão. Lucian viu o nome tatuado em seu quadril quando ela passou por ele e não pôde deixar de tocá-lo, querendo saber a quem pertencia e por que ela a tinha.

Mas tocá-la... Tocar sua pele enviou a sensação mais estranha sobre sua própria carne.

Lucian não confiava em si mesmo para continuar a olhar para ela depois disso.

"Sim?" Ele perguntou, virando-se para o pai.

"O que há de errado com você?" Antony exigiu em voz baixa, inclinando-se para perto de seu filho para que ninguém mais pudesse ouvir.

Ótimo, seu pai percebeu sua distração. Lucian não queria ter que explicar isso mais tarde. Pelo menos a conversa entre eles e o VP parecia ter virado a favor deles.

A única coisa que Lucian poderia fazer era esconder seu humor. "Nada. Eu preciso mijar."

Antony franziu a testa. "Vá então. Gio, vá com seu irmão."

"Não preciso de uma babá", murmurou Lucian.

"Eu não confio nessas pessoas, Lucian. Vá com seu irmão."

Argumentar era inútil. Quando Lucian perguntou para qual direção o banheiro estava, ele ficou satisfeito ao ver um dos homens apontar na mesma direção que Jordyn havia desaparecido. Curiosamente, Lucian sentiu vontade de se certificar de que ela estava bem.

Lucian ignorou os olhos dos membros do MC observando ele e seu irmão quando passaram, encontrando um corredor escuro que levava a muitos quartos na parte de trás. Com apenas cortinas simples penduradas na frente, onde dentro havia sofás desgastados e barras prateadas equipando os espaços, era óbvio para o que eram usados.

O banheiro foi um achado fácil.

Lucian lavou as mãos, recusando-se a se aproximar dos urinóis sujos. Ele seguraria sua urina por dias antes de usá-los. Só de estar neste lugar o fez se sentir nojento.

"O que você acha?" Perguntou Gio, olhando para a porta do banheiro.

Não era incomum para os irmãos de Lucian quererem dele uma opinião antes de avançarem e verem o que ele achava de uma situação. Lucian normalmente tinha uma visão melhor das pessoas ao seu redor, mesmo que ele não as conhecesse tão bem. Talvez fosse porque ele entendesse a linguagem corporal, ou lesse as coisas simples que os outros ignoravam, mas ele estava quase sempre certo em suas suposições. Isso era péssimo para as pessoas que achavam que podiam esconder algo dele, mas era um ponto positivo para Lucian.

Isso salvou sua vida em mais de uma ocasião também.

"Nada demais. Eu acho que Ron lida com muitos desses homens e seus negócios porque o chefe deles está ocupado demais fazendo o que quer que seja para gerenciar ele mesmo. Ao mesmo tempo, esses homens têm medo de seu chefe, mas não de Ron. Eles respeitam Ron. Will obviamente está escondido porque as autoridades estão coladas nele. Vir para cá só ajudará se Will Vetta realmente acreditar que somos perigosos e capazes de cumprir nossas ameaças. Eu não sei se ele é."

"E o pai?"

"Com raiva", Lucian respondeu honestamente. "Provavelmente, ficará assim por dias. Não beba por um tempo para que ele não tenha motivo para te enfocar."

Do jeito típico de Gio, ele revirou os olhos. "Tanto faz."

"Sério, não dê a ele motivo para se chatear agora, Gio. Estes malditos *cafones* aqui são mais que suficientes."

Gio acenou com a cabeça para a pia. "Acabou?"

"Sim."

Saindo do banheiro, Lucian observou a placa de SAÍDA que cintilava fracamente no final do corredor escuro. A porta de metal que pendia se mantinha aberta com o que parecia uma agenda, impedindo-a de se fechar e trancar, provavelmente. Lucian se perguntou se era para lá que Jordyn tinha ido mais cedo.

"O que você está olhando?" Perguntou Gio.

Mesmo com a pergunta de seu irmão, Lucian tinha certeza de que tinha ouvido um barulho vindo de trás daquela porta.

"Você ouviu isso, Gio?"

"Ouvi o quê?"

Lucian apontou o polegar para a porta de saída. "Ouça, cara."

Com certeza, sob o zumbido da música ruim e do som baixo de vozes, houve um grito. Era baixo, mas cheio de terror. Claramente feminino. Apenas um breve momento se passou antes de outro grito mais alto de um homem responder.

Lucian nem sequer pensou. Ele estava praticamente correndo pelo restante do corredor, cruzando a distância com grandes passos no que pareceram milissegundos. Gio rapidamente foi atrás de seu irmão sem questionar os motivos de Lucian.

A porta de metal se abriu debaixo da palma de Lucian com um estrondo. Ao mesmo tempo, a Eagle que Lucian tinha mantido escondida na parte de trás de suas calças estava firmemente em sua mão livre, a trava se segurança desfeita e o cão da arma sendo acionado em um movimento rápido.

A arma, a mais confiável e favorita das muitas armas que Lucian tinha, tinha vinte e oito centímetros de comprimento de uma ponta a outra. De cromo escovado, ela brilhava sob qualquer luz. Apenas o tamanho já era assustador. O peso da arma, se alguém não soubesse como lidar adequadamente, poderia afetar a mira de qualquer homem.

Não de Lucian.

Num instante, o cano da Eagle de Lucian encontrou a testa de um homem que ele reconheceu como um dos caras na frente do clube de strip-tease que os deixou entrar antes sem verificar. Na mão do homem estava a garganta de Jordyn. Sua outra mão estava entre as coxas dela, tocando partes de seu corpo que ele claramente não tinha sido permitido tocar. Pelo olhar de medo e repulsa nos olhos de Jordyn, ela também não queria a mão dele lá.

Os olhos azuis de Jordyn estavam cheios de lágrimas, uma vermelhidão rastejando sobre seu rosto. O segurança estava apertando sua garganta muito forte. Ela, provavelmente, não conseguia respirar adequadamente. Doeu em Lucian ver uma mulher, especialmente essa, naquela posição.

"Tire suas mãos de cima dela", disse Lucian, escuridão rastejando em seu tom.

O homem riu. "Vá se foder, bonitão. Isso aqui não é da sua conta e nem seu lugar. Cai fora."

"Deixe-me explicar o que essa arma vai fazer com você. Desse alcance, ela removerá mais da metade do seu crânio e rosto. Vai transformar o seu cérebro em papa. Eles não vão te reconhecer depois que eu te matar. Eles estarão limpando seus restos desse beco por meses, porque isso é tudo o que sobrará de sua cabeça. Quando a bala te acertar, jogará seu corpo a três metros do meu. Tenho certeza de que a morte será instantânea, infelizmente, mas será muito divertido puxar o gatilho."

Lucian pressionou o cano mais forte na cabeça do homem. "Continue, continue tocando nela. Irrite-me. Deixe minha noite um pouco melhor. Talvez eu faça com que meu irmão exploda seus joelhos antes de eu transformar seu rosto em uma massa sangrenta."

"Você não conseguiria sair daqui vivo, mafioso."

"Fale por você."

Lucian mostrou os dentes e grunhiu um som que veio de algum lugar na parte de trás da garganta. Ele não o reconheceu. Ele nunca tinha feito um barulho assim antes. Francamente, nada o irritava mais do que esse homem machucar Jordyn.

Jordyn engasgou. "Solte-me, Chaz."

"Agora que ela pediu para você a soltar, sugiro que você faça isso", disse Lucian.

O punho de Chaz afrouxou ligeiramente, mas ele olhou de forma perversa para Jordyn sem sequer se incomodar em responder Lucian ou a ameaça que ele fez. "Não importa de qualquer maneira, *chica*. Todos nós vamos ver e poder ter isso, você querendo ou não. Propriedade do clube, Jord. Ninguém vai salvar sua bunda depois de hoje à noite. Entendeu? É tudo o que você é agora. *Propriedade do clube.*"

Com isso, Chaz soltou sua garganta e afastou a mão das coxas dela. Lucian baixou a arma ao lado dele, mas certificou-se de que seu ombro atingisse o homem enquanto ele passava.

"Não a toque de novo", ameaçou Lucian. "Nunca."

Mais uma vez, Chaz riu. "Propriedade do clube, bonitão."

A porta não se fechou atrás do segurança, já que Gio estava lá, mantendo-a aberta. Com um único olhar para o irmão, Gio entendeu a dica e a deixou fechar, mas Lucian sabia que ele estava esperando apenas um toque para deixar seu irmão entrar.

"Você está bem?" Lucian perguntou, virando-se para Jordyn.

A menina estava segurando o pescoço com uma mão, lágrimas começavam a correr por suas bochechas. Manchas de cor avermelhada haviam salpicado seu rosto e garganta enquanto ela ofegava para respirar.

"Ei, está tudo bem", ele disse quando ela não respondeu. "O idiota já foi."

"Não, não está!"

Lucian se afastou de Jordyn como se ela tivesse dado um tapa nele. "O quê?"

Raiva estragou suas feições bonitas quando ela ficou frente a frente com ele. "Por que você faria isso? Cristo, você *sabe* o que acabou de fazer?"

"Salvar você de um estupro?"

"De Chaz?" Jordyn cuspiu uma risada amarga e sombria. "Esse tolo me persegue desde os dezesseis anos. Não estou preocupada com ele. Eu posso lidar com aquele idiota."

Lucian franziu a testa. A cena com a qual ele se deparou não parecia isso.

"Não vou me desculpar", disse ele a Jordyn.

"Não faria diferença", ela respondeu com veemência. "Agora eu tenho que explicar por que alguns mafiosos estão me perseguindo."

Perseguindo ela?

"O quê?"

"Do jeito que você estava sendo discreto lá?" Jordyn questionou sarcasticamente. "Olhando para mim e me tocando? Isso pode ficar tudo bem em seu mundo, mas aqui não dá. Só *não* dá! Esses caras, eles veem nossas meninas como se fôssemos propriedade deles, e você... deixa pra lá, não importa. Saia daqui. Talvez eu possa salvar a pouca segurança que me restou."

Lucian não tinha ideia do que ela estava falando, mas não parecia certo. "É o que você precisa, querida, segurança?"

"O que eu preciso é que você *vá.*"

"Mas..."

"Vá", Jordyn repetiu ferozmente. "Antes que você me coloque em mais problemas."

Se era o que ela queria, era o que ele faria. Não que ele gostasse particularmente disso. Lucian se virou e bateu os dedos na porta. Gio abriu, imediatamente, uma pergunta silenciosa passando de irmão para irmão.

Lucian assentiu para o corredor. “Vamos.”

Quando a porta se fechou atrás deles, a agenda ainda impedia que ela se fechasse completamente, Lucian soltou um suspiro.

“Você está bem?” Perguntou Gio.

“Propriedade do clube”, disse Lucian, ajeitando sua arma. “O que isso significa?”

“Exatamente isso”, respondeu o irmão. “Propriedade do clube.”

A cabeça de Lucian se ergueu, os olhos se estreitando. “Como de todo mundo?”

“Como de todo mundo, sim. Você não sabia disso?”

Não, ele não sabia.

CAPÍTULO SEIS

Jordyn enrolou firmemente o cobertor fino em torno de seus ombros. Ela não estava com frio, mas precisava de alguma forma de conforto. Algo para apertar e mantê-la aquecida. Tudo o que ela parecia sentir agora era solidão.

Fazia quatro dias que a família Marcello tinha aparecido no *Legs* fazendo aquela cena toda. Jordyn nem sequer se preocupou em ir trabalhar depois, mesmo que o lugar ficasse aberto para negócios todos os dias da semana. Ela estava bem ciente do problemão que provavelmente se meteu. Pelo menos ela ligou, eles teriam que admitir. Embora ela não estivesse inteiramente certa de quanto Ron acreditou em sua desculpa de estar doente.

Jordyn mal conseguiu atravessar a semana passada sem ter que fazer strip. Will ainda estava se escondendo em algum lugar, então ela esperava que sua vida miserável fosse a última coisa na mente dele agora.

Conhecendo-o, provavelmente não era.

Uma vez que Chaz cuspiu na cara de Jordyn que ela era agora *propriedade do clube*, ela estava muito consciente do que isso significava. A proteção que ela teve de Gabe, a marca dele em seu corpo e seu *status* dentro do clube desapareceram. Chaz poderia ter sido nada mais que um membro de baixo nível do MC, mas era mais provável que ele recebesse essa informação interna antes de Jordyn.

A última coisa que Jordyn queria era acabar como aquelas outras garotas. Drogadas o tempo todo, sendo usadas para qualquer coisa que um homem bem entendesse e andando nas últimas. A vida que eles achavam que elas queriam ou que iriam ter não era o que acabava por ser.

"É o que você precisa, querida, segurança?"

Jordyn quase se perguntou o que aconteceria se ela dissesse que sim. Lucian poderia ter providenciado isso? Provavelmente, não. Se ela era uma propriedade, era tudo o que ela era. Algo para ser usado. Não havia troca ou preço por ela, os caras simplesmente fariam o que quisessem quando quisessem. E, como Chaz disse, se ela não aceitasse de bom grado, eles fariam de qualquer jeito.

Que tipo de homem quereria uma mulher com essa porcaria pendurada sobre ela?

Eu odeio você, mamãe, Jordyn pensou sem parar.

Era inteiramente culpa de Sandra por colocar sua filha nesta situação e deixá-la aqui para lidar com isso sozinha. Essa raiva tinha que ir para algum lugar. Pelo menos, Jordyn sentia que estava fazendo algo útil com isso desta forma, considerando que não havia nada que pudesse fazer com o clube.

Fugir, algo sussurrou dentro dela.

Certo. Jordyn poderia tentar fugir, mas quanto tempo isso duraria? Outras garotas já haviam tentado antes. Algumas duraram apenas alguns meses, outras, anos. Eventualmente, no entanto, chegava ao fim. Alguém que conhecia alguém que conhecia alguém poderia ter visto a menina, mesmo que em estados bem longes. O clube sempre as encontrava.

Era sempre pior quando tinham que ir procurar e te encontrar.

Jordyn estremeceu só de pensar, nunca se esquecendo das lembranças.

Uma vez que uma garota era pega, ela poderia esperar uma punição por suas ações. Ninguém deveria fugir. O clube era para toda a vida.

A punição geralmente envolvia violência e humilhação pública. Isso sempre era feito na frente de todo o clube, incluindo as mulheres dos homens. Ela tinha visto meninas serem espancadas quase até a morte, então, uma vez que estavam ensanguentadas e machucadas, elas eram usadas pelos homens de quem elas tinham fugido.

Jordyn não lhes daria isso.

A melhor esperança que uma garota poderia ter sendo nada mais do que uma propriedade do clube era se tornar muito velha ou usada demais para os caras, uma mulher que eles não queriam porque já tinha sido tomada uma dúzia de vezes. Normalmente, essas garotas estavam tão ferradas com drogas que nem sequer se preocupavam com o que acontecia com elas. Quando isso ocorria, elas eram finalmente esquecidas.

O dano, no entanto, já tinha sido feito.

Infelizmente, Jordyn era um brinquedo novo e brilhante. Alguns dos membros do MC estavam de olho nela há anos. Seus comentários muito abertos eram indicações mais do que suficientes do que eles gostariam de fazer com ela se alguma vez tivessem a chance.

Jordyn sentiu vontade de vomitar.

Pelo menos sua desculpa no trabalho não era uma mentira completa.

O toque do celular de Jordyn a trouxe de volta para a realidade. Ela pegou o celular e atendeu antes de ir para a caixa postal.

"Olá?"

"Jord?"

A testa de Jordyn se enrugou com a voz feminina, mas ela sabia exatamente quem era. Uma stripper do *Legs* que era chamada de Ruby por causa de seus cabelos vermelhos flamejantes. Aconteceu de ela ser a *old lady* de um dos membros do MC e stripper, porque ela gostava de dançar. Por que ela estava ligando para o celular de Jordyn era um mistério.

"Ruby, ei. Ron pediu para você ver como estou, ou o quê?"

A menina tentou rir, mas o som era estranho e cheio de tensão. "Jord, ouça. Uh, isso é um pouco importante, ok? Eu fui até o clube com Donnie só para buscar algumas coisas. Will estava lá, e ele não está feliz. Ele está muito puto, Jord. Então, hum, ele está indo atrás de você."

Jordyn congelou. "O quê?"

"Ele está indo atrás de você com alguns caras", disse Ruby rapidamente. "E me desculpe, mas tenho que ir. Donnie me mandou não ligar, e ele vai chutar minha bunda se souber que eu fiz isso. Eu tenho que ir."

"Espere!" Jordyn gritou para o celular, praticamente saltando do sofá. "Que horas ele virá?"

"Tipo agora? Ou ele estava dez minutos atrás. Eu já saí, e eles estavam se preparando. Desculpe-me, mas eu realmente tenho que ir."

A ligação foi interrompida quando Ruby desligou. Freneticamente, Jordyn olhou ao redor do apartamento, imaginando se havia algo que ela poderia fazer para se salvar do que estava prestes a acontecer. Seu apartamento era a apenas vinte minutos a pé do clube e talvez dez minutos dirigindo. Isso não lhe dava muito tempo.

Ela pensou brevemente no revólver que uma vez fora escondido pela mãe no armário do quarto dela, mas sabia que ele não faria muita coisa. Jesus, ela nem sequer limpou a coisa por anos porque não sabia como fazer e nunca sentiu que precisava usá-la. Ruby disse que mais do que um homem estava vindo. Todos eles carregavam suas próprias armas.

Se alguma coisa acontecer, apontar uma arma só iria irritá-los ainda mais.

Não importava.

Do lado de seu prédio de apartamentos de merda, equipados com fechaduras nas entradas principais que nem funcionavam, Jordyn pôde ouvir o estrondo inconfundível das motocicletas. Pelo menos quatro. Pânico se espalhou como veneno, mas ela ficou congelada no lugar. O vômito ameaçava subir do estômago, mas ela o forçou de volta.

Não havia absolutamente nada que ela pudesse fazer. Ligar para a polícia era arriscar uma retaliação mais tarde. Fugir, eles sem dúvida conseguiriam pegá-la antes mesmo de ela sair do prédio.

Gritar, isso só pioraria as coisas.

O que ela poderia fazer, no entanto, era se controlar. Jordyn engoliu o medo, sentou-se no sofá de novo e ligou a televisão em um canal de música. Pelo menos o ruído abafaria um pouco dos gritos e qualquer outra coisa. Não era necessário assustar o resto das pessoas em seu andar, nem se isso fosse ajudar.

O tipo de bairro em que vivia não era um que envolvesse a polícia.

Ela, silenciosamente, desejou ter colocado calmante no seu suco de laranja naquela manhã. Isso poderia tornar esta situação mais fácil.

Nem cinco minutos depois, batidas altas soaram na porta dela. Jordyn ignorou. Will chamou seu nome uma vez, seguindo com algo degradante, como sempre fazia, e então passou a exigir que ela abrisse a porta ou ele faria isso por ela.

Vá em frente, ela pensou, de repente mais calma do que antes.

Talvez no curto período de tempo entre ouvir as motocicletas e os homens entrando em seu prédio, Jordyn percebeu que havia apenas algumas coisas que realmente poderiam fazer com ela. Machucar, com certeza. Traumatizá-la, definitivamente. Levar coisas que não eram deles, sim. Na verdade, essas possibilidades não a assustaram, não de verdade. Jordyn há muito aprendeu que essa era uma realidade. De uma forma ou de outra, o que você tinha e amava era eventualmente tirado de você.

A única coisa que Will não poderia tirar de Jordyn era sua mente, sua alma e sua força.

Tudo isso era dela.

Ele não podia arruiná-las se ela não deixasse.

Jordyn não hesitou quando a porta do apartamento foi aberta. Ela simplesmente largou o controle remoto na mesa e suspirou. O proprietário, tão ruim quanto ele, não ficaria impressionado com isso.

"O que eu te disse, piranha?" Will perguntou, suas palavras se tornando um insulto.

Jordyn se levantou, observando os quatro homens entrarem em seu apartamento e quase fechando a porta. Ou o quanto deu, considerando que eles tinham quebrado parte da estrutura. Ela não se preocupou em examinar os outros caras, ou quem eles eram. Provavelmente, um monte de lacaios de Will, e ninguém muito importante. Em vez disso, ela se concentrou inteiramente em Will.

O homem era nojento, como sempre fora. Passava facilmente dos cento e cinquenta quilos, precisava urgentemente fazer a barba e a falta de higiene pessoal era vista em cada centímetro de sua pele. Além disso, Jordyn estava certa de que o homem estava bêbado, drogado ou uma mistura de ambos.

Não era um bom sinal quando não era nem meio-dia.

"Bom dia, Will", disse Jordyn calmamente, oferecendo a ele um sorriso doce que ela sabia que só o irritaria.

"Onde você esteve, hein?" Will exigiu em voz alta, cuspe voando de sua boca. "Ron disse que você não foi trabalhar, você não está dançando, e eu tive que ouvir de um segurança sobre algum bastardo empurrando uma arma na cara dele por tentar tomar o que você deveria dar de qualquer maneira."

Os outros três homens rodearam Jordyn, mas ela não se afastou. Com os braços cruzados e os olhos escuros a observando, ela sabia que seria inútil tentar.

"É isso que você anda fazendo quando não está trabalhando, querida?" Will acenou para ela com uma mão, a outra, desabotoando o grande cinto de couro com pinos metálicos. Aquela ação era a única coisa pela qual Jordyn poderia ter mostrado um pingo de medo. "Sair com a escória italiana, deixando os meninos mafiosos a foderem quando você não deixa homem nenhum do clube tocar em você?"

Jordyn lambeu os lábios, tentando encontrar palavras que pudessem ajudar, mas não conseguiu pensar em nada. "Eu não conheço esses homens."

"Você está mentindo", ele grunhiu. "Ouvi os meus meninos falando sobre o quanto ele parecia gostar de você e a atenção que ele estava lhe dando. É isso o que você quer, ser uma princesinha da máfia? *Vadia* de um italiano?

O som do cinto de Will deslizando dos passadores do jeans era assustador.

De repente, todos os músculos de Jordyn pareceram reagir ao mesmo tempo. Ela o deixaria dar uma surra nela, humilhá-la e chamá-la de qualquer nome que quisesse. Mas ele não iria tocá-la — certamente, não a estupraria.

Jordyn se virou para correr, embora não tivesse certeza de onde ir. Havia homens em todas as direções, e Will estava a apenas três metros de distância dela.

Não fez diferença. Ela não chegou longe.

O som do couro acertando suas costas transformou o corpo de Jordyn em gelo. A blusa fina de alcinha que ela usava não fez nada para amortecer o golpe do cinto. A dor ricocheteou do meio das costas dela até os ombros e em seu maxilar inferior. Parecia que todos os pinos de metal no cinto estavam colados em sua pele. A pior dor vinha do lado de seu rosto e Jordyn tinha certeza de que a pele tinha sido aberta.

Ela caiu no chão de joelhos, levantando um braço para proteger a cabeça e rosto de um segundo golpe.

O cinto acertou seu ombro, braço e costelas pela segunda vez. O terceiro, que veio tão forte e rápido como os dois primeiros, disparou ao longo de suas coxas nuas, logo abaixo de onde seus shorts de dormir de algodão terminavam.

A agonia era insuportável. Ela não podia pensar, não podia respirar. Não houve tempo para se mover entre os golpes e o cinto acertava seu corpo nos mesmos lugares repetidamente, abrindo a pele onde tocava, machucando e inchando o que estava coberto de roupas.

Mais uma vez, Jordyn sentiu o vômito subir, mas não havia nenhum impedimento agora. Lágrimas caíram quando a bile saiu.

No entanto, ela não implorou. Nem para ele parar, ou para pegar leve. Nem para deixá-la em paz, nem para saírem do apartamento dela.

Ela nem sequer perguntou por que ele estava fazendo isso.

Jordyn estava esperando por esse dia há anos.

Durante todo o tempo, Will continuou seu discurso quase ininteligível, gritando e murmurando coisas que Jordyn não conseguia entender. Com um golpe final do cinto acertando a pele já dolorida e machucada, ela ouviu o objeto cair no chão.

Era o fim? Era tudo o que ele planejava fazer?

Ela não confiava em si mesma nem para dar um suspiro de alívio.

"Acenda o fogo", ela ouviu Will exigir.

O que isso significava? Jordyn engasgou com suas palavras, sentindo o gosto metálico de sangue na boca. Mesmo com dor, ela rolou de costas. "*Não,* não."

"Acenda, segure-a!"

Alguém empurrou a mesa de café do caminho. Braços prenderam Jordyn no chão. E ela travou uma luta, chutando, resistindo e levantando os punhos. Tudo o que ela achou que poderia ajudar, mas não ajudou.

Fracamente, Jordyn podia sentir o cheiro do que achava ser o gás do fogão e metal aquecido. Pânico correu por dentro dela.

"Não! Não me toque!" Ela gritou.

"Tire", Will ordenou.

O quê?

A blusa que Jordyn usava foi arrancada de seu corpo. A sensação de gelo retornou ao seu corpo para se vingar, congelando-a no lugar. O corpo de Will estava tampando sua visão, então um sorriso zombador assumiu as feições dele. Só o fez parecer mais perverso do que todos já sabiam que ele era.

Apenas para assustá-la, ele levantou uma faca de pelo menos cinco centímetros de largura. De repente, Jordyn entendeu completamente por que ele queria que o fogo fosse aceso e o cheiro anterior. A lâmina de metal brilhava por ter ficado na chama, mas parecia estar começando a esfriar.

Isso não ajudaria, ela sabia. O cheiro de gás ainda era forte. Will continuaria a aquecer a faca uma e outra vez até terminar seu trabalho.

"Esta tatuagem não faz nada para você, Jordyn. Não significa nada para mim. Não protege você nem mantém você segura. Então, você sabe o que vou fazer agora?"

Oh, Deus. Não.

O lábio inferior de Jordyn começou a tremer, e seus olhos se encheram de lágrimas, mas ela se recusou a deixá-las cair de novo. "Vá para o inferno, Will."

Ele sorriu. "Devia ter feito isso com sua mãe do jeito que eu queria, sabe. Segurar a cadela e fazer dela o que ela deveria ser. Ela não quis dar, e eu não tomei. A cadela deu para todo mundo, afinal de contas. Assim como você, uma prostituta boa para nada."

Com isso, o metal quente da lâmina pousou sobre o osso do quadril de Jordyn, diretamente sobre a tatuagem do nome de Gabe.

Se a dor do espancamento tinha sido ruim, essa era indescritível. Por um breve momento, não havia nada e depois queimava como se ácido estivesse sendo derramado sobre sua carne, a pele queimando por cima do maldito osso. Por instinto, seu corpo reagiu à dor, tentando se afastar da faca e das mãos segurando-a. Nada ajudou. O grito que

Jordyn soltou foi abafado pelo cinto dobrado que foi empurrado para dentro de sua boca.

Tinha um gosto nojento, como Will era. Sujo e suado. Velho e usado.

Jordyn não tinha certeza de quanto tempo passou antes que a faca fosse afastada, levando literalmente uma tira de sua carne queimada e, sem uma pausa, uma nova voltou. Novamente, ela vomitou, engasgando com a bile.

"Seja grata por eu não tirar todas elas também, querida."

O processo foi repetido uma e outra vez. Com todas as queimaduras, Gabe tinha desaparecido.

Talvez fosse sua alta tolerância à dor, mas Jordyn conseguiu não desmaiar.

Finalmente, as facas também sumiram.

Will se levantou, acenando para os homens que, em seguida, soltaram Jordyn. Ela não se moveu, só ficou lá, no chão, com falta de ar e com o gosto de vômito na boca. Não havia absolutamente nada que ela pudesse fazer.

"Propriedade do clube, Jordyn. Isso é o que você é agora. Eu espero que você aja como uma", declarou Will despreocupadamente. O brilho cruel em seu olhar queimava mais do que o cinto e a faca. "Vá se limpar. Você tem uma semana, e então, eu espero que você volte para o clube em uma maldita barra que é onde você deveria estar. Certifique-se de cobrir essas contusões também."

Nenhuma outra palavra foi falada. Nenhum dos outros homens interveio para dizer alguma coisa.

Jordyn mal ouviu abrir a porta do apartamento antes de se fechar.

CAPÍTULO SETE

"Jordyn Dawn Reese. Três quilos e meio. Nascida nas primeiras horas da manhã do dia 02 de setembro de 1992, filha de Sandra Reese de dezesseis anos, natural de Green, e filha de Roland Reese de dezoito anos, de Caribou, Maine. Sandra se casou com Roland apenas um mês antes de sua filha ter nascido, com o consentimento de seus pais, é claro."

Antony vasculhou alguns outros papéis sem ceder ao olhar furioso de seu filho mais velho enquanto continuava. "Sandra, pelos registros, abandonou a escola e nunca se formou, nem tentou fazer um supletivo para o ensino médio depois. Roland, no entanto, se formou pouco antes de sua filha nascer e trabalhou como mecânico. Durante os dois primeiros anos da vida da criança, as consultas médicas eram regulares. Ela estava, na época, atualizada em suas vacinas. A criança era supostamente saudável, feliz e normal para sua idade em relação às habilidades motoras e desenvolvimento, apesar de ter nascido de pais adolescentes de uma classe trabalhadora inferior."

Lucian levantou os olhos de seus punhos cerrados descansando na mesa da família. "Onde quer chegar?"

"Ainda não terminei, filho", Antony disse calmamente.

"Por favor, continue", Lucian murmurou, zombando.

Seus irmãos estavam lá, ambos silenciosos e estoicos em seus assentos, assim como a mãe deles. Quando Antony ligou mais cedo, enquanto Lucian estava tentando resolver a papelada em um de seus restaurantes, ele se ofereceu para encontrar seu pai para um almoço e foi negado. Antony pediu para que Lucian viesse para casa e deixou claro que não era um pedido.

Agora, ele sabia o por quê.

"Principalmente de descendência irlandesa, mas também há um pouco de alemão e italiano."

Lucian revirou os olhos. "Isso é o que é importante, quanto italiano ela tem em sua história?"

"Não para você especificamente, mas é importante saber, *sì*", Antony respondeu calmamente. "Sandra, novamente pelo que consta nos registros, sempre causou problema. Há muitos relatórios da escola, coisas dessa natureza. Ela não estava envolvida em atividades extracurriculares, a menos que você conte com quem ela andava. Um adolescente selvagem não é nada com o que se preocupar muito, mas a falta de preocupação de seus pais certamente era. Suas notas estavam baixando miseravelmente, supostamente envolvida em drogas, e foi pega na propriedade da escola transando com meninos. Esteja ciente do plural, Lucian. Não era um, mas muitos."

Antony suspirou, fechando a pasta na frente dele e deslizando-a pela mesa para o seu filho pegar se quisesse. "Está tudo aí", disse ele a Lucian. "Tudo que eu consegui descobrir sobre ela. Pouco depois de completar dois anos, a mãe dela saiu do estado e se mudou para Nova York sem o marido. Não houve divórcio até que Roland solicitou um ano depois e foi concedido quando os papéis não foram entregues depois de anos de tentativas."

"E aqui?" Lucian ousou perguntar.

Claro, ele poderia facilmente ter aberto a pasta, mas, conhecendo o pai, Antony provavelmente já tinha todas as informações memorizadas.

"Talvez Sandra tenha vindo para cá com a intenção de recomeçar, afastar-se dos velhos hábitos. Claramente, isso não funcionou, porque não demorou muito para que ela estivesse trabalhando em um clube, dançando."

"Fazendo *strip*?" Cecelia perguntou calmamente.

"Chame do que você quiser", respondeu Antony. "Depois disso, só fica mais sombrio. No entanto, não acho difícil preencher os espaços em branco. Sandra esteve envolvida com os *The Sons of Hell* por mais de uma década. Alegadamente, eles acreditavam que ela estava especificamente envolvida com Will Vetta, como uma de suas companheiras femininas mais próximas."

Cecelia franziu a testa, sua preocupação maternal chutando. "Onde está a mãe da pobrezinha agora?"

Antony não desviou o olhar de Lucian enquanto dizia: "Morta. Ela morreu de uma aparente overdose de heroína quando Jordyn tinha treze anos. Devo ressaltar que foi Jordyn quem encontrou a mãe e ligou para a emergência. Sua mãe fez um bom trabalho para deixar sua vida anterior para trás, porque as autoridades tiveram dificuldade de descobrir de onde era essa criança. Ela era, para todos os fins, uma órfã. Em vez disso, Ron Daney e sua esposa atual acolheram a garota e se tornaram seus guardiões legais até ela completar 18 anos."

"Jordyn — Antony continuou dizendo o nome lentamente — ao contrário de sua mãe, se formou, teve apenas pequenos problemas na escola e conseguiu notas acima da média. Prosseguir com seus estudos deveria estar em seus objetivos e, provavelmente, seria uma façanha fácil para ela se ela tivesse tido chance. Ela trabalha nessa espelunca já faz bastante tempo. Ainda faz consultas regulares com um médico anualmente."

Lucian sentiu sua agitação aumentar. Isso não era justo. Não era bom para a vida desta menina ser resumida e colocada em uma pasta estúpida para que seu pai remexesse e analisasse. Certamente, não era bom para a família se sentar aqui e escutar isso também.

Isso deveria ter sido feito em particular, mas Lucian sabia exatamente por que seu pai não tinha feito isso. Os relacionamentos afetavam a família como um todo. Sua imagem e assim por diante. Poderia ter parecido mesquinho, mas, para uma família como a deles, era incrivelmente importante saber quem eles estavam deixando entrar.

O problema era que ninguém tinha deixado Jordyn entrar.

Era exatamente por isso que Lucian estava ficando nervoso com esse showzinho de seu pai.

Ele assumiu que estava sendo cuidadoso quando pediu discretamente para que algumas das conexões dele pesquisassem sobre *Legs and Leather* e seus funcionários, especificamente uma chamada Jordyn. Considerando que Lucian não tinha nem idade ou sobrenome para dar continuidade, o que eles encontrariam para ele seria seu ponto de partida para sua própria pesquisa.

Lucian deveria ter adivinhado. Nada passava despercebido por seu pai. Ninguém fazia perguntas sem que alguém contasse a Antony, especialmente se eram os filhos do homem.

Mas era apenas uma curiosidade para Lucian. Algo que precisava ser sanado e depois iria embora. Pelo menos, era disso que ele estava tentando se convencer.

Antony bateu os dedos na mesa, atraindo a atenção de todos novamente. "As coisas para Jordyn Reese não são tão sombrias como eram para a mãe dela. Enquanto estava na casa de Ron, ela se envolveu romanticamente com seu filho, Gabe. O jovem, da mesma idade que Jordyn, esteve envolvido com o MC desde o início da adolescência. Era esperado que ele subisse de cargo rapidamente, assim como seu pai.

Pelo que eu entendi dos informantes, Gabe reivindicou Jordyn como dele aos dezesseis anos, no seu rito da passagem do clube com uma tatuagem de seu nome e do clube embaixo. E ela aceitou por qualquer motivo.

"Isso a tornou, basicamente, intocável", explicou Antony. "Praticamente tão bom como ser uma mulher casada para um membro no mundo deles. Não é para outros homens usarem de qualquer maneira. Isso lhe deu uma grande quantidade de espaço e respeito. Algo que foi claramente perdido quando Gabe morreu há um ano, já que ela mal conseguiu se manter longe do radar de Will Vetta desde a morte do jovem."

Lucian engoliu o nódulo se formando em sua garganta, forçando-se a falar. "Eu-"

"O que você queria saber sobre essa garota, filho?" Antony interrompeu com frieza. "Seu tipo sanguíneo? A positivo. Sua religião? Ela foi batizada na igreja católica romana, mas os ritos finais nunca foram realizados, e ela não fez a primeira comunhão."

Antony se levantou abruptamente, fazendo com que todos na sala pulassem, menos Lucian. "Tudo está nesse arquivo. O passado dela, presente e o futuro provável. Eu o protegerei primeiro, Lucian, porque você é meu filho. Eu faria o mesmo por qualquer mulher com quem você se interessasse, assim como eu fiz com essa garota. Mesmo que isso signifique fazer você ver o que você não vai por alguma razão."

"Eu não sei o que ela tem", Lucian admitiu com um suspiro. "Ela não sai da minha cabeça."

"Bem, tire-a. Você não pode querer ajudar essa gente só porque sente que ela o lembra de seu passado de alguma forma", respondeu seu pai cruelmente.

Lucian estremeceu. "É isso que eu sou, *essa gente?*"

"*Não*", Cecelia arfou. "*Dio,* Lucian. Absolutamente, não. Antony, diga a ele que não é o que ele é!"

"Ele sabe que não é", Antony respondeu a sua esposa. "Eu não preciso dizer nada a ele."

"Sim, você precisa! *Agora,* Antony."

"*Tesoro...*"

Um olhar passou entre os pais de Lucian, um que ele tinha visto apenas algumas vezes em sua vida. Isso geralmente significava que seu pai tinha ultrapassado um limite que apenas Cecelia e Antony estavam cientes. Lucian sabia que era difícil para Antony se equilibrar entre ser o pai dos meninos e ser seu chefe. Quando Cecelia entrou em jogo, tornou-se uma dança ainda mais delicada. Ela não titubeava em lembrar seu marido quem era o líder quando a porta da frente se fechava para o mundo exterior.

Como agora.

Isso também servia como lembrete para os irmãos de que um homem pode ter aparência de poder, mas uma mulher seria capaz de abalá-lo e poderia influenciá-lo do jeito que quisesse.

"Antony, — disse Cecelia humildemente, levantando-se da cadeira com a palma plana na mesa — não me faça pedir de novo."

"Está tudo bem, *mamma*", Lucian disse calmamente.

"Não, não está", Antony respondeu no mesmo nível. "Ela está certa. Eu usei as palavras erradas para a situação — palavras terríveis, na verdade. Eu jamais o rotularia como algo assim porque você é tudo para mim e Cecelia. Você sempre foi, *Topino*."

Antony, definitivamente, não se desculparia; não era o jeito dele, a menos que o remorso fosse direcionado a sua esposa e apenas em particular, Lucian sabia. Mas chamar seu filho do jeito carinhoso que ele usara quando Lucian era criança era tão bom quanto. Significava ratinho. Porque Lucian passou os primeiros meses na casa deles se escondendo, se esgueirando e sendo tão silencioso quanto um rato. Eventualmente, ele superou o apelido há muito, muito tempo atrás.

Ocasionalmente, o apelido ainda saía da boca de seu pai como forma de expressar seu amor. Lucian não se importava e aceitava o significado.

"E agora?" Lucian perguntou.

Antony encolheu os ombros, empurrando a cadeira até a mesa. "Tenha muito cuidado com suas escolhas, filho. Existe uma diferença entre desejos e necessidades. Descubra qual é a sua intenção. Isso não é tão simples quanto parece, e não quero você se colocando em uma situação onde não poderei me meter, apesar de que, em algum momento, não vou poder fazer mais de qualquer forma. Você deve fazer isso sozinho. E eu o ensinei todas as habilidades para fazer exatamente isso se você precisar.

"Ela está aí", Antony repetiu, acenando para o arquivo esquecido. "Por favor, entenda por que fiz isso por você, filho. Eu te amo. Mas o jeito que ela vive... Lucian, é tudo o que ela conhece.

Antony se retirou, Cecelia seguindo rapidamente atrás.

Por um longo momento, Lucian não disse nada, respirou profundamente e encarou a direção para onde seu pai foi.

"Não sabia que você estava interessado em alguém", disse Dante da ponta da mesa. "Você poderia ter me contado. Eu não me importo com quem ela seja, sabe."

"Não foi bem assim. Tenho vinte e sete anos, não dezesseis. Eu não sabia nada sobre ela, mas, de alguma forma, não consigo parar de pensar nela. Isso nem sequer é remotamente o mesmo que quando éramos mais novos, Dante."

Gio limpou a garganta, agindo de forma estranha na frente ao seu irmão mais velho. "O que você vai fazer agora?"

Lucian sorriu, porque, na verdade, o que mais ele poderia fazer?

"Se ela está toda naquele arquivo como papai disse, ele acabou de me dar uma coisa."

Dante pareceu entender a insinuação de Lucian imediatamente. "E ele provavelmente sabe que ele também fez isso. Isso diz alguma coisa."

"O que é isso?" Perguntou Gio.

"O endereço dela."

Um dia depois, Lucian se sentou no Lexus LFA, movendo nervosamente os dedos no volante de couro vermelho. O bairro pobre e os pequenos prédios de apartamentos ao redor de seu veículo eram piores do que ele pensava.

Esta não era a primeira vez que ele passava nesse tipo de bairro.

O que ele ia fazer agora? Bater à porta dela, pedir desculpas, e depois o quê? Pedir desculpa pelo que exatamente?

O que ele fazia aqui?

Jordyn deixou bem claro que ela não queria nada com ele.

No entanto, algo dentro dele não ia embora.

"Você está bem?" Perguntou Dante do banco do passageiro.

"Eu não sei", Lucian respondeu honestamente. Gio riu no banco de trás, inclinando-se para frente para jogar o cigarro pela janela. "Se você queimar meus assentos, eu vou matar você."

Seu carro era seu bebê. Ele era novo. Gio tinha uma séria falta de respeito pela beleza que os carros representavam.

"Escute, — Dante disse enquanto se virava para encarar seu irmão — isso não é difícil. Descubra o que você precisa. Foi o que o pai disse, certo? Então, veja se ela está em casa. Se ela estiver, converse com ela. E depois veja se há algo nisso, ou não."

Lucian franziu a testa. "E se ela não estiver em casa?"

"Nós voltamos outro dia. Não é como se fôssemos trabalhadores comuns."

"Como você sabe sobre existir algo?" Perguntou Lucian. "O que diabos isso quer dizer?"

Dante encolheu os ombros. "Você está perguntando ao homem errado. Não tenho tempo para encontrar amor, mas me esforço para encontrar uma boa foda."

"Clássico", Gio murmurou em torno de um cigarro recém-aceso.

"Como se você fosse diferente", Dante respondeu naturalmente. "Negue isso, eu o desafio."

Lucian, rapidamente, decidiu que essa conversa não ia a lugar nenhum.

"Isso pode ser ruim", murmurou Lucian, dando uma olhada no prédio de apartamentos, que poderia ou não abrigar uma mulher que simplesmente não saía da sua maldita cabeça. "Ela mesma disse que eu provavelmente a coloquei em problemas. É complicado. Ela está metida com pessoas ruins."

"Nós *somos* pessoas ruins. Você está ciente do que fazemos para viver, certo? Quantas pessoas já matamos mesmo?"

Dante estava certo.

Lucian levantou um dedo para ele. "Não é o que eu quero dizer."

"Eu sei o que você quer dizer, idiota. Pare de enrolar. Eu prometi a mãe que eu a levaria para jantar com Jessica mais tarde."

Lucian se encolheu. Sua mãe tinha uma espécie de ideia louca de que Dante estava apaixonado por essa garota chamada Jessica. Ela não tinha qualidades para ser esposa, mas ninguém queria quebrar o coração da mãe dizendo a ela a verdade. "*Cristo,* Dante. Você precisa parar isso antes de avançar ainda mais. Daqui a pouco a mãe vai escolher as cores do casamento e o tema do quarto do bebê. Uma vez que ela começar esse absurdo, ela vai conseguir o que quer e você vai estar ferrado."

Esqueça as qualidades de esposa. Dante não tinha qualidades de marido.

"Diga a mãe que eu deixei Jess chupar meu pau no último encontro que tivemos", Gio respondeu de trás. "Problema resolvido."

"Sério?" Perguntou Dante, olhando no espelho retrovisor para o irmão mais novo.

Gio encolheu os ombros. "O quê? Ela ofereceu. Não era como se ela fosse particularmente boa, então esqueci."

Jesus.

Lucian nem sabia o que responder a isso.

Dante assentiu, sorrindo. "Isso poderia funcionar."

"Tudo bem, chega". Lucian disse com um suspiro. "Vocês já falaram o que tinham para falar, agora tenho um problema que precisa de atenção."

"Boa sorte!" Gio respondeu do banco de trás.

Dante encontrou o olhar de seu irmão e não falou nada, mas o que estava por trás de seus olhos dizia tudo.

Lucian sabia, instantaneamente, que algo estava errado quando chegou ao apartamento de Jordyn no segundo andar. O prédio era, definitivamente, uma porcaria, as trancas eram praticamente inexistentes, e alguns dos inquilinos provavelmente eram suspeitos, para dizer o mínimo, mas não foi isso que chamou sua atenção.

A porta de Jordyn tinha sido quebrada e recentemente, pela aparência dela.

Havia uma grande fenda no batente, impedindo que a porta se fechasse corretamente. Lucian simplesmente empurrou a madeira e a porta abriu, embora uma corrente de metal que não valia merda nenhuma impedisse que ela se abrisse completamente.

Lucian chamou o nome dela uma vez enquanto a porta rangia, mas não recebeu resposta. Ele não podia ver muito dentro do apartamento, e o que ele podia ver, não parecia algo bom. Estava bagunçado, mas ele não conseguia ver o que era.

Algo estava errado. Ele simplesmente sabia disso.

Uma voz baixa vindo de trás de Lucian o trouxe para o presente.

"Oi. Meu nome é Nevaeh."

Lucian olhou para a garotinha colocando a cabeça para fora de sua própria porta que dava de frente para o apartamento de Jordyn. Ela tinha talvez cinco, seis anos de idade. Linda para uma criança. Na verdade, as crianças o assustavam. Não era como se ele soubesse o que fazer com elas.

"Olá, querida. Eu sou Lucian. Você conhece Jordyn?"

A menina com olhos e cabelos escuros assentiu, sorrindo amplamente. "Às vezes, ela cuida de mim quando mamãe não chega em casa até tarde. E ela me leva para a escola, então eu não tenho que ir sozinha. Ela é minha amiga."

Oh, Jordyn.

Jesus.

Algo sobre as palavras da garotinha o tocaram no coração. Lucian tinha tirado o último dia para ler cuidadosamente o arquivo que seu pai forneceu. Claro, parecia uma invasão da privacidade contra Jordyn, mas Lucian precisava saber sobre ela.

Desesperadamente, ele queria conhecer essa mulher.

Era muito provável que ela tivesse encontrado uma alma gêmea com essa garotinha. Algo semelhante entre elas.

"Você não deveria estar na escola?" Ele perguntou à menina.

Nevaeh encolheu os ombros. "É sábado."

"Oh." Lucian enfiou as mãos nos bolsos, sentindo-se desconfortável. "Você teve aula ontem?"

"Sim, mas não fui."

"Estudar é importante. Por que você não foi?"

"Mamãe dormiu, então ela não podia me levar. Jordyn estava doente, acho. Os homens grandes vieram. Eu os ouvi gritarem com ela. Eles quebraram a porta dela. Viu?" Ela apontou para a porta de Jordyn com uma careta. "Quando mamãe acordou, e eu contei a ela, ela disse que eu não podia mais visitar Jordyn. Não sei por quê. Eu gosto dela."

O coração de Lucian parou de bater. Ele tinha certeza de que sim.

Se o que essa criança disse fosse verdade, o que estava por trás da porta de Jordyn poderia não ser uma visão bonita. Especialmente para uma garotinha que pensava na mulher mais velha como sua amiga. No entanto, não importava. Lucian iria entrar de qualquer maneira, uma vez que ele levasse a garota para dentro de seu próprio apartamento.

Ele pensou na corrente fechada, então, em algum momento, Jordyn tinha se levantado.

Isso tinha que ser um bom sinal. Tinha que ser.

"Entre, ok? Obrigado", ele disse a ela, tentando sorrir, mas não parecia certo. "E certifique-se de ir para a escola na segunda-feira, mesmo que você tenha que encontrar outra pessoa para levar você."

A menina acenou com a cabeça. Uma vez que a porta do apartamento fechou, Lucian se virou para o de Jordyn. Ele chamou seu nome através da fenda mais uma vez e, novamente, nada e ninguém lhe respondeu. Sem pensar, ele acertou a bota na madeira ao lado da maçaneta da porta. O poderoso golpe efetivamente quebrou a corrente fraca e permitiu que a porta se abrisse com um estrondo.

No momento em que ele entrou no apartamento, Lucian começou a examinar tudo.

A porta abria diretamente para a sala de estar. Havia bagunça no chão, como tinha visto pela fresta, mas era muito pior do que ele pensava. As coisas haviam sido esparramadas, como se fossem afastadas ou possivelmente quebradas em uma briga. Uma blusa amarela estava rasgada e esquecida no sofá. Vômito, ou o que ele supunha ser vômito, manchava o piso.

Havia um pouco de sangue. Muito, na verdade. Começando a secar, ele observou.

Um cinto com pinos também estava no chão junto da bagunça, assim como facas escurecidas pelo fogo.

Pânico dilatou o peito de Lucian.

"Jordyn!" Gritou Lucian.

Rapidamente, ele se moveu pela sala de estar, abrindo uma porta e encontrando um quarto com lençóis e cobertores desarrumados em cima do colchão. A segunda porta que ele abriu era o banheiro.

Foi lá que ele a encontrou.

"*Merda*... Jordyn... querida."

Lucian entrou no banheiro e desejou ter vindo um dia antes.

Jordyn estava sangrando e tinha sido espancada. Lucian não teve tempo de pensar e, muito menos, considerar todas as suas feridas visíveis, mas sua mente acelerada não podia deixar de tomar nota de tudo. Várias lacerações cobriram seus braços, costas e pernas. Havia manchas vermelhas na banheira. Algumas feridas estavam muito inchadas, as contusões se formando, ele sabia que estavam infeccionando, ou tinham que estar.

Ligeiramente virada na banheira, parte do ombro e costas dela estavam virados para a porta, e ele podia ver marcas lá também. A linda tatuagem de flor de cerejeira não estava completamente arruinada, mas havia grandes danos. Em seu rosto, havia outra marca brutal de onde ela tinha sido atingida, um inchaço severo e assustador.

Ela deve ter tentado se limpar depois do que aconteceu. A banheira não estava molhada, mas havia um kit de primeiros socorros do lado, alguns analgésicos e toalhas limpas. Obviamente, ela ficou acordada por algum tempo, mas, eventualmente, ela desistiu.

Lucian tentou impedir o vômito subindo de seu estômago.

A leve subida e descida de seus ombros lhe permitiu um suspiro de alívio.

Ele não desperdiçou mais tempo.

Lucian pegou o telefone celular e começou a discar enquanto atravessava o pequeno espaço. Dante ainda não tinha terminado de dizer oi antes de ele estar gritando ordens. "Ligue para Paulie, agora, Dante. Ponha-o no telefone. Diga a ele que precisamos de medicamentos, muitos deles. Soro, morfina, antibióticos. Eu o quero perto e rápido."

"Lucian... o que há de errado?"

"Ligue para Paulie", Lucian repetiu, o tremor em suas palavras. Ele não tinha percebido até então a umidade escorregando pelas bochechas. Lágrimas, ele constatou. Fazia anos desde a última vez que ele chorou. "Você terá que ligar para Antony também e avisá-lo. Ela está ferida. Eles a machucaram muito, cara.

"Talvez um hospital fosse-"

"Não", ele interrompeu ferozmente. "Isso será registrado. Quando eles não a encontrarem, vão procurar por ela."

Dante respirou fundo e Lucian ouviu o carro dele guinchar. "Você precisa de ajuda?"

"Não. Ela deve ter cinquenta quilos. Vou descer com ela, é só deixar o carro pronto."

Sem mencionar que Jordyn estava nua da cintura para cima, Lucian precisava encontrar algo para cobri-la e, ao mesmo tempo, tomar cuidado com seus ferimentos.

"Oh, *bella mia*", ele sussurrou, inclinando-se para a banheira para afastar seu cabelo para longe do rosto. Os olhos de Jordyn se abriram, mas eles não estavam focando em nada. Lucian não tinha certeza de que ela pudesse ouvi-lo. "Está tudo bem, querida. Isso não vai acontecer de novo. Nunca. Ele nunca mais irá tocar em você."

"Jesus", murmurou Dante. "Traga ela para cá. Estou ligando para Paulie."

Lucian desligou o telefone e o colocou no bolso. Usando as toalhas limpas que Jordyn tinha pegado, ele cobriu seu peito e deu a volta devagar, certificando-se de não enrolar o tecido fofo na pele muito machucada. Embalando a parte inferior das costas e deslizando o braço debaixo dos joelhos dobrados dela, ele a puxou da banheira como se não pesasse nada.

Foi só depois que ele notou o que deve ter machucado mais.

A tatuagem no quadril que ele tocou, o que lhe deu segurança por tanto tempo, tinha sido arrancada.

CAPÍTULO OITO

O apartamento para o qual Lucian levou Jordyn para se recuperar e a segurança eram de seu pai. Era uma das muitas propriedades residenciais de sua família. Estar no ramo imobiliário podia ser algo ótimo, considerando que eles tinham apartamentos prontos para se mudarem por toda a cidade no caso de algo acontecer e eles precisarem de um lugar seguro. Ao contrário do edifício de apartamentos de Jordyn, a um passo de ser condenado, este apartamento de um quarto no Brooklyn era bem conservado, seguro e funcionaria enquanto Lucian precisasse.

O apartamento de Lucian em Manhattan era muito longe para ele ficar de olho em Jordyn e trabalhar ao mesmo tempo, então, até que ela estivesse bem o suficiente para viajar novamente, eles teriam que ficar aqui.

Paulie limpou a garganta para chamar a atenção de Lucian. O som baixo vindo da televisão na sala de estar lembrou-lhe de que seus irmãos ainda estavam lá. Eles se recusaram a sair, mesmo depois que Paulie assegurou a ambos que ele e Lucian poderiam lidar com Jordyn.

Antony ainda estava para chegar, mas ele estava ocupado no escritório lidando com algum problema na administração. O homem era um chefe do crime tão bom como um chefe normal. Até assustador.

"Ela está limpa de marcas, então ela não usa heroína." Paulie foi dos braços limpos de Jordyn para examinar os dentes na boca dela. Dentes perfeitos e brancos olharam para o médico. "E ela também não está fumando crack. Sua boca está em boas condições para isso. Se quiser, posso tirar uma amostra de sangue e testá-lo para ter certeza de que está limpa de outras coisas."

Lucian balançou a cabeça para recusar essa oferta. "Eu acho que, se ela fosse viciada em algo particular e estivesse usando com a frequência de um viciado, seria óbvio, independentemente do que aparecesse nos exames."

"Sim, você está certo."

"E quanto a..." Lucian parou, deixando a pergunta no ar enquanto ele acenava para a virilha dela. Tinha sido terrível para ele pensar na possibilidade de ela ter sido estuprada. Ele não queria nem dizer isso.

"Eu diria que não", respondeu Paulie, mantendo seu profissionalismo habitual. "E digo isso sem fazer um exame com o qual não me sinto confortável, a menos que ela esteja acordada. Francamente, eu estou certo de que ela não foi estuprada desde quando tiramos seu short. Não havia contusões nas coxas que sugerissem que alguém as forçou a se abrirem e, confie em mim, haveria se ela tivesse lutado contra isso. As marcas seriam muito óbvias. Semelhante às marcas de mãos nos braços dela. Não havia fluidos, nem sangue no short. Ela não está inchada ou irritada na superfície nessa área. Não, definitivamente, não."

Lucian suspirou silenciosamente. Já era alguma coisa.

"Ela foi muito espancada", observou o médico. "Ela foi atingida fortemente várias vezes. O que quer que tenha sido usado, deixou marcas em todo o corpo dela."

"Um cinto. Havia um no chão. Os pinos combinam com as marcas. O de um homem, certamente não era dela.

"Eu posso ouvir a ira em sua voz. Você precisa se acalmar e pensar sobre tudo isso, Lucian. Você não pode agir na impulsividade por causa de quem fez o que fez com ela."

"Não é quem, Paulie. Eu sei quem fez isso."

"Você parece um homem culpado", Paulie disse calmamente.

Lucian encolheu os ombros. Claro que ele parecia culpado. Ele se sentia péssimo pra caralho. Aparecer um dia depois, custou muito a Jordyn.

"Não foi você que a machucou", continuou o *consigliere* de seu pai. "Se é alguma coisa, você ajudou a evitar que esta infecção se tornasse algo mais desagradável. Só a dor deve ter sido inimaginável para ela. Não sei como ela conseguiu ficar suficientemente lúcida para fechar a porta e entrar no banheiro como ela fez."

Um arrepio desceu pela espinha de Lucian. Mais de uma vez, ele foi testemunha de uma surra bem merecida. Ele havia visto tatuagens sendo tiradas de homens antes como uma forma de punição ou tortura. O negócio deles, por pior que fosse, não ferrava com uma mulher dessa maneira.

"Ela vai ficar com algumas cicatrizes", Paulie informou, olhando as feridas em seus ombros mais uma vez. Ele não tinha fechado as ataduras, simplesmente envolveu os ferimentos levemente para permitir que as pomadas fizessem seu trabalho. "Especialmente, esses machucados que atravessam a tatuagem e aquela queimadura horrível no quadril. Não vai ser muito ruim e, mais tarde, se ela quiser, plástica é uma boa possibilidade para melhorar as queimaduras. Já vi um ótimo trabalho, Lucian. Não que ela não seja uma mulher saudável e bonita assim."

Lucian inclinou a cabeça para o lado confuso. "As cicatrizes não me incomodam. Ela está bem. Continua linda."

Paulie riu profundamente. "Eu não estava dizendo isso por você, filho. Eu falei isso para que você possa explicar a ela quando ela estiver lúcida o suficiente e se preocupar com a cicatrização. É bom saber que você a acha linda mesmo nessa condição. Isso mostra seus sentimentos."

Ahn?

"Eu não... não a conheço, Paulie. Eu só..." Lucian suspirou frustrado por não conseguir terminar uma frase. "Eu gostaria de conhecê-la, mas, considerando que fui eu que acabou fazendo com que ela apanhasse assim, duvido que ela fique feliz em me ver quando acordar."

"Ah, não se dê por vencido ainda, Lucian. Quando seu pai me ligou um par de dias atrás para falar sobre essa sua... *paixão*... ele estava muito preocupado com você. Suponho que ele estivesse preocupado com essa garota porque ela viveu daquele jeito por muito tempo, como ela poderia estar aberta a viver de outro jeito? Mesmo com todo o sofrimento que eles causaram a ela, ela ainda seria leal a eles? Não é uma preocupação exagerada por parte de Antony. É seu trabalho como Don da nossa família e como seu pai."

"Paixão, foi disso que ele chamou?"

Paulie encolheu os ombros, sorrindo por cima do ombro. "Foi. Porque você estava tentando esconder dele. Você gosta de lembrar a todos que você não é mais um garoto, mas você ainda sente a necessidade de encobrir coisas que podem machucar ou preocupar sua mãe e seu pai. Então, sim, ele chamou isso de paixão, porque isso foi tudo o que ele entendeu de seu comportamento."

"E?" Perguntou Lucian.

"E eu lembrei a ele que muito tempo atrás era ele que se encontrava apaixonado por uma mulher que viu apenas uma vez, mas preocupado com o que sua família pensaria com suas altas expectativas. Bem, acho que Antony decidiu que ele realmente queria Cecelia depois que ela ameaçou atirar no pé dele se ele não saísse do quarto dela. Ele entrou no corredor errado e parou lá depois que ele tentou encontrar o banheiro, sabe."

Lucian riu. Essa foi a primeira vez que ele ouviu esta versão da história. De acordo com Antony e Cecelia, eles se encontraram por acaso, o que, aparentemente, não era inteiramente mentira, e vivenciaram um relacionamento rápido, então noivado e um casamento se seguiu logo depois. Embora ambos tenham admitido ter sido amor à primeira vista ou muito perto disso, Lucian não estava inteiramente certo de que ele acreditasse nesse tipo de coisa.

"Eu não decidi nada sobre Jordyn."

"Mas talvez seu coração tenha, Lucian. Você pensou nisso?"

"Eu nem a conheço", disse Lucian, sentindo que era a milésima vez que dizia isso.

"Bem, você terá muito tempo para isso daqui para frente. Ela vai estar sensível e dolorida, então se esforce para ser gentil com ela. O Senhor sabe que você, assim como seus irmãos, é muito impaciente quando se trata de ter que esperar o que você quer."

Paulie não tentou esconder o tom sugestivo em seu comentário. Pela primeira vez em anos, Lucian sentiu seu rosto enrubescer. O homem o fez corar, pelo amor de Deus.

Lucian precisava mudar de assunto e rápido. "Quando ela estará acordada?"

Paulie, com a ajuda e a observação de Lucian, cortou com cuidado o short do corpo de Jordyn. Eles analisaram todos os seus ferimentos, limpando e preparando para fazer os curativos. Um cateter havia sido inserido na mão direita, alimentando suas veias com um coquetel de antibióticos, fluidos e o gotejamento ocasional de morfina por dor. Paulie deixou muito claro a programação para esse remédio em particular.

"Se a morfina fizer o seu trabalho e vai, ela dormirá por mais algumas horas. Virei amanhã à noite tirá-la da morfina. Ela, provavelmente, não vai precisar dela depois. Apenas comprimidos para dor serão suficientes. Tente fazer com que ela durma o máximo possível, pela próxima semana pelo menos. E dê os antibióticos e a medicação para dor na hora certa. Ela precisa descansar para curar seu corpo. Muito líquido. Esses curativos devem ser substituídos duas vezes por dia e os da queimadura, quatro vezes ou mais. Francamente, essa lesão seria mais bem tratada em um hospital, mas entendo por que não podemos."

Lucian enfiou as mãos nos bolsos, observando como Paulie soltou a mão inerte de Jordyn que ele tinha estado segurando. "Você estará por perto, sim?"

"Eu virei uma vez por dia para verificar os remédios, trocar o soro e os tubos se necessário, até que ela esteja bem sem eles. Estarei por perto, não se preocupe. Tudo vai ficar bem."

Lucian esperava que sim.

O corpo de Jordyn parecia ter passado por um furacão. Só de mover o braço era um esforço descomunal, um que achou que não valia a pena o trabalho de fazê-lo. Algo puxou sua mão, um ligeiro desconforto percorrendo sua pele em torno da área, mas não era nada comparado às dores que sentia.

Uma voz profunda e quase melódica veio do seu lado, acalmando-a. "Você tem que ter cuidado, *piccolina.* Se você retirar o tubo, não vou conseguir colocar de volta, e Paulie não voltará até amanhã à tarde. Você precisa dos fluidos."

Jordyn estremeceu com cada respiração. Ela reconheceu aquela voz, seu sotaque e a maneira como ela parecia reagir às suas palavras, como se algo dentro dela estivesse lutando para alcançá-lo.

Lucian.

"Você se lembra do que aconteceu ontem?" Perguntou Lucian.

Jordyn abriu os olhos, sua visão se ajustando à escuridão do quarto com uma lentidão com a qual ela não estava acostumada. Seu cérebro era uma confusão de pensamentos, e nenhum era claro. Lentamente, ela balançou a cabeça, mas lamentou a ação imediatamente. A vontade de vomitar ameaçava subir de seu estômago.

Seu corpo inteiro estava quente. A dor que estava lá parecia quase apagada. Ela estava tonta e cansada.

"Durma, querida", murmurou Lucian. "Tudo bem se dormir. Você está segura aqui."

De alguma forma, Jordyn sabia exatamente que estava antes mesmo de ele dizer. Mesmo assim, ela lutou contra a sonolência escorregando ao redor de seus sentidos, ameaçando levá-la novamente. Tinha tantas perguntas.

"Mas..."

As palavras de Jordyn foram cortadas instantaneamente. Até mesmo falar doía. A cama afundou para permitir o peso de Lucian no lado direito. Ele se sentou devagar, com cautela, para que seu peso não a mexesse, como se ele não fosse o homem de um metro e noventa de altura que ela sabia que ele tinha e, em vez disso, parecendo ter não mais do que o peso de um travesseiro.

"Mas nada." Lucian disse com firmeza. "Deixe esse inchaço diminuir primeiro, e depois falaremos o quanto você quiser. Você sabe o quanto eu queria falar com você, querida?"

Jordyn não ficou surpresa como costumava ficar quando um homem a tocava sem aviso prévio. A palma lisa e quente de Lucian curvou-se ao longo de sua mandíbula e pescoço, encaixando-se perfeitamente. Ele parecia estar atento à pressão que ele colocava em seu maxilar. Algo doce se enrolou em sua cintura, envolvendo seu peito. Ela se derreteu naquele abraço, engolindo as palavras e sentimentos, porque não sabia o que dizer ou o que eles queriam dizer.

O toque e sua reação a isso, no entanto, disseram muito.

Lucian se inclinou, dando a Jordyn uma visão muito melhor de seus traços preocupados na escuridão. A preocupação enrugou a testa dele, a tristeza torceu sua boca geralmente sorridente em uma careta, e aqueles olhos escuros a examinaram sem vergonha. Ela queria arrancar aquele olhar de seu rosto.

Gentilmente, Lucian passou o polegar ao longo do lábio inferior dela. A ação fez com que arrepios se espalhassem por todo o corpo, da cabeça aos pés. "Eu sinto muito."

Pelo quê?

Jordyn nem se importou com o motivo por que ele pedia desculpas. Ela estava muito distraída olhando para o rosto dele, perguntando-se qual seria o gosto dele pressionando seus lábios. Como ele a beijaria, lento e controlado como uma onda se formando, ou rápido e destrutivamente apaixonado como um incêndio florestal?

"Eu me perguntei a mesma coisa no momento em que eu vi você dentro daquele confessionário", disse Lucian, sorrindo um pouco.

Ela havia dito isso em voz alta?

"Oh", Jordyn murmurou fracamente.

Ela quase não teve tempo de reagir antes de Lucian se inclinar mais perto, tirar o polegar e plantar o beijo mais macio e mais terno em seus lábios. O calor dentro do corpo dela parecia florescer em uma explosão que se espalhava por ela. Durou apenas dois segundos antes que ele estivesse se afastando.

Lucian passou o polegar em seus lábios mais uma vez, a umidade deixada para trás de seus próprios lábios molhando o dedo dele. "Durma. O próximo será muito melhor. E eu quero que você lembre dele."

Jordyn não achou que poderia esquecer esse.

A próxima vez que Jordyn acordou, o quarto não estava escuro. Uma luz suave passava pela única janela, banhando-a com calor. Ela, rapidamente, notou que sua mente não estava tão confusa nem cansada como antes.

O quarto em que ela estava não era enorme, mas também não era pequeno. Paredes claras e beges olhavam para ela. Não havia fotos nas paredes, mas algumas peças de arte estavam penduradas de um jeito elegante. A cama confortável em que estava deitada era luxuosa e uma maravilha para suas costas sensíveis; os lençóis, ainda mais macios.

Ela notou imediatamente que um lençol era a única coisa que a cobria também. Ela não estava usando roupas íntimas. Levantando o lençol o suficiente para dar uma espiada, incomodou-se ainda mais. Contusões cobriam seus braços, juntamente com curativos envolvendo-a em todas as direções que ela olhava.

Sua dor não tinha desaparecido desta vez. Ela literalmente perdeu o ar quando ela tentou se mover. Da cabeça aos dedos dos pés, o corpo de Jordyn estava rígido e dolorido.

"Ah, a *principessa* está acordada", ela ouviu alguém dizer do canto do quarto. "É bom ver você mais viva do que estava ontem de manhã. Lucian ficará feliz com isso."

Jordyn se mostrou surpresa com o intruso desconhecido. Mover-se fez com que a agonia se espalhasse por toda parte. Um gemido saiu de seu peito quando ela se virou nos lençóis, o que só causou mais dor. Seu corpo lutou contra a dor, ameaçando expulsar o que poderia estar no estômago. Uma enorme dor de cabeça de repente assolou seu crânio.

"*Merda Cazzo.* Eu sinto muito! Não queria assustar você."

Respirando profundamente para tentar aliviar a dor, Jordyn se acalmou lentamente. Ela espreitou através dos lençóis para ver quem era o homem desconhecido. A princípio, ela não reconheceu seus olhos verdes nem os cabelos escuros. Suas características não lhe diziam nada.

Então, ela olhou novamente.

Jordyn lembrou vagamente que o jovem era um dos quatro homens Marcello que estiveram em *Legs and Leather*.

Isso trouxe consigo uma série de outras memórias.

A ira no rosto de Will. A crueldade em suas palavras. Um cinto acertando seu corpo sem qualquer misericórdia ou fim à vista. Uma faca quente queimando sua pele, queimando sua tatuagem. Vômito. Pânico. Dor. Sangue.

Era um ciclo interminável de lembranças que se repetiam em sua mente oprimida.

Ela tentou limpar suas feridas. Jordyn se lembrou de ter se perguntado se o seu kit de primeiros socorros tinha alguma coisa para queimaduras graves e se ela deveria tomar banho para lavar os ferimentos primeiro, ou se isso só causaria mais danos.

Isso era tudo que ela conseguia recordar. Depois disso, a dor se tornou tão horrível que ela imaginou que talvez dormir por apenas um momento ajudaria.

Não tinha ajudado em nada, obviamente.

A ansiedade aumentou rapidamente os batimentos do coração de Jordyn, fazendo com que o órgão trovejasse como cascos enquanto o pânico diminuía sua respiração para arfadas curtas e ofegantes.

"Jesus, acalme-se. Está bem. Você está bem. Lucian! Lucian, venha cá!"

Jordyn sentiu sua presença no quarto no momento em que ele entrou.

"Que diabos você fez, Dante?" Lucian grunhiu.

"Nada! Ela acordou e teve um fodido ataque de pânico ou algo assim."

"Saia antes que eu chute sua bunda, agora!"

Quando a porta do quarto se fechou silenciosamente, Jordyn sentiu Lucian subir na cama com ela. Mãos fortes se enrolaram em torno dela, agarrando os lençóis, puxando-os suavemente. Beijos foram dados em seus dedos repetidas vezes, um murmúrio calmo seguindo cada beijo. Jordyn apertou os olhos tão ferozmente que realmente doía, então, quando os abriu, ela se encontrou cara a cara com a expressão de pânico em Lucian.

"Está tudo bem", ele disse a ela. "Está segura, lembra? Você sempre estará segura comigo, querida."

Jordyn o deixou puxá-la até uma posição sentada antes de envolvê-la em um forte abraço. Foi só então que ela percebeu o que ele estava usando, que praticamente não era nada. Nada além de cuecas e uma toalha pendurada ao redor do pescoço. Até mesmo sua pele e cabelos estavam úmidos, dizendo que ele devia ter acabado de sair do banho.

Ela nem se importou. Não importava que ela não tivesse mais nada sobre ela além de um lençol.

Toda lesão no corpo de Jordyn doía como o inferno, mas ela se agarrou forte a uma coisa que parecia familiar e segura. *Lucian.*

"E-ele... ele me *bateu*", ela disse com a voz áspera. "Como um animal. Apenas... me bateu."

"Will Vetta?" Lucian perguntou, seu tom ficando sombrio.

Jordyn assentiu freneticamente. "Os outros, eles... eles não fizeram nada. Seguraram-me e deixaram que ele me machucasse. Eles nem se importaram.

Com toques gentis e palavras ternas, Lucian diminuiu o pânico de Jordyn. Uma vez que ela estava calma o suficiente para pensar racionalmente, o constrangimento começou a correr através de suas emoções. O lençol que escondia sua nudez tinha caído com seu medo, expondo-a do peito até onde se encontravam entre eles.

Lucian, sempre cavalheiro, cobriu-a com o lençol sem tirar os olhos dos dela. "Desculpe-me pela falta de roupa. Eu não tinha nada neste apartamento para me trocar, e eu não tive tempo de pegar nada para você depois que a encontrei daquele jeito. Minha mãe mais tarde vai trazer algumas coisas e ela vai comprar o que você quiser, ok?"

Essa admissão enviou a Jordyn uma nova rodada de emoções. Ele a encontrou depois do ataque. Sangrando, ferida e espancada. Ela deve ter aparentado estar perto da morte se o jeito como ela se sentia agora fosse alguma indicação.

"Além disso, — continuou Lucian, sem perceber a distração de Jordyn — Paulie sugeriu que não seria bom que suas feridas fossem tampadas demais nos primeiros dias, especialmente por algo tão apertado como roupas. Desta forma, minimiza a chance de infecção nos machucados nas costas e no quadril."

"Paulie?" Perguntou Jordyn.

Lucian ofereceu a ela um sorriso de apoio. "Um bom amigo, um médico para nós, nossa família."

"Sua família... *Cosa Nostra*. Essa, você quer dizer."

"Você se lembrou disso, então", disse ele sem parecer incomodado por isso. "Eu não tinha certeza se sim."

"Mais ou menos", admitiu ela. "Eu não entendi, no entanto."

"Outra hora. Não é importante agora."

"Mas você vai me explicar, certo?"

"Vou", concordou Lucian. "Quando você estiver melhor. Isso envolve mais do que apenas eu."

Jordyn entendia. Pensando no homem que Lucian expulsou do quarto, ela perguntou: "Aquele era um de seus irmãos?"

"Sim, era Dante. Ele é um ano mais novo que eu. Ele deveria estar na igreja esta manhã com nossos pais, mas ele está me usando como uma desculpa para não ir. Preciso de uma babá e, aparentemente, meu pai concorda.

"Para quê?"

"Para evitar que eu mate alguém", Lucian disse com franqueza. "Eles deveriam me conhecer melhor. Dos três irmãos, eu não sou o cabeça quente, mesmo estando puto como estou agora.

Oh. *Certo...*

"Do que ele me chamou?" Perguntou ela.

"O quê?"

"Ele disse algo quando eu acordei. Não entendi. Caz[7]... lerda, eu acho."

Lucian riu sombriamente. "*Cazzo merda?*"

"Sim."

"Essencialmente, *cazzo* é uma palavra muito ofensiva em italiano para o pau de um homem, mas ele também é usado no lugar de porra ou variações da palavra puta. *Merda,* literalmente, significa merda. Então..."

"Puta merda", Jordyn completou, balançando a cabeça. Claro que seria uma forma de amaldiçoar. "Entendi. Havia algo mais, no entanto. Princi... prince... alguma coisa assim."

A cabeça de Lucian se levantou como se ele tivesse sido baleado, seus olhos brilhando. "*Principessa?*"

"Sim. Isso. O que é?"

Engolindo em seco, Lucian murmurou: "Significa princesa em italiano. Para homens como nós, significa algo completamente diferente. Vou o mandar parar com isso."

"Eu não acho que ele quis dizer alguma coisa falando isso", Jordyn tentou dizer.

"Sim, ele quis dizer, sim."

Aparentemente, não querendo discutir mais, Lucian tentou desenrolar o tubo intravenoso que estava envolto do braço e mão dela.

"Obrigada."

"Nunca me agradeça. Não por ajudá-la, querida. A única coisa que preciso de você é que você me diga o que precisa quando você precisar. Se puder, sempre vou lhe dar."

"Segurança", sussurrou Jordyn.

Lucian acenou com a cabeça, seus dedos deslizando sobre os múltiplos hematomas espalhados pelo braço dela. "Eu posso fazer isso."

---

7 Aqui ela fala murder que parece um pouco com a palavra merda quando eles falam. Então lerda fica melhor no português do que assassino, tradução de murder.

CAPÍTULO NOVE

Jordyn acordou na escuridão total. Suor ensopou a pele e os cabelos, umedecendo os lençóis e os travesseiros na cama confortável. Ela deveria estar se sacudindo e virando por causa de algo horrível em seu sono, porque os lençóis estavam emaranhados na parte de baixo de seu corpo em um terrível nó, impedindo-a de se mover.

Ela não precisava se perguntar o que a acordou. Jordyn sabia. Era o mesmo que tinha afetado seu sono nos últimos seis dias desde que ela acordou depois do ataque. Os pesadelos eram por causa da surra. Ela podia sentir o cheiro de seu vômito e sangue, do gás, e sentir a dor como se estivesse acontecendo de novo. Pior ainda, o pesadelo parecia ficar mais horrível a cada sonho. Havia mais pessoas lá, algumas gritando, algumas incitando o atacante. Ninguém ajudava enquanto ela implorava.

Jordyn estava ciente de que eram apenas sonhos. Não era real, não agora. Mas não ajudou muito.

O medo em seu sonho ainda estava correndo por suas emoções e, antes que ela pudesse se deter, ela estava chamando pelo nome de Lucian. O som era tenso e aterrorizado. Puxando os cobertores, ela mal o chamou pela segunda vez antes que sua figura familiar e reconfortante estivesse sombreando a porta.

Ele alguma vez dormia?

Lucian deu um passo hesitante para dentro do quarto, em silêncio. As calças de pijama finas que ele usava pendiam em seus quadris, o estômago e peito musculosos. Talvez estivesse dormindo. Jordyn não precisava que ele dissesse a ela que estava segura. Com ele lá, ela sabia que estava.

"Você está bem?" Perguntou Lucian.

Jordyn queria tranquilizá-lo, mas não conseguiu.

"Desculpe-me", sussurrou Jordyn enquanto Lucian a observava cautelosamente. "Eu só..."

O que, teve um sonho ruim?

Jesus, ela se sentia como uma criança.

"Esqueça", Jordyn finalmente disse, o constrangimento aparecendo na voz dela. "Por favor, volte a dormir."

"Não estava dormindo", Lucian respondeu facilmente. "Eu estava apenas descansando meus olhos."

Jordyn resmungou em voz baixa. "Certo. Estou bem, de verdade."

Lucian não agiu como se ele a tivesse ouvido. "Ainda bem que Paulie tirou os cateteres hoje à tarde depois que ele chegou, porque você fica esmagando os lençóis toda vez que entra em pânico."

Ela soltou os lençóis imediatamente.

"Não é nada."

"É difícil, sabe."

"Ahn?"

Lucian deu de ombros na escuridão. "Ouvir você choramingar e se sacudir aqui. Não sei se você quer que eu a acorde ou o que você precisa. Eu sinto que tenho que ficar acordado só para ter certeza de que você está dormindo sem ter pesadelos."

Oh, Deus.

"Você tem tido muitos", ele afirmou.

"Sim, mas estou bem, Lucian."

"Eu não acredito nisso nem por um segundo e, desde que meu coração está na minha garganta agora, eu realmente preciso ter certeza de que você está bem, querida. Caso contrário, eu não dormirei por mais um mês."

Jordyn não sabia como responder, não que Lucian tivesse lhe dado a chance de fazer. Calado, ele cruzou o quarto e sentou-se na cama dela antes de desenredar o tecido ao redor de suas pernas. Então, ele estava levantando os lenços macios e deitando-se debaixo deles com ela. Lucian apoiou a cabeça na palma da mão enquanto se ajeitava de lado, observando Jordyn com aquele olhar penetrante.

Lucian, embora tivesse deixado claro seu interesse nela, tinha sido muito respeitoso em todos os aspectos. Ele nunca atravessava os limites, sempre foi educado quando ela precisava de ajuda para trocar as ataduras e nunca deu a entender que esperava algo de Jordyn, a menos que ela quisesse dar. Ele também respeitou suas escolhas sobre outras coisas, o que a ajudou a confiar nele. Como parar a dose de morfina no dia seguinte depois que ela acordou, mesmo depois de Paulie sugerir que ela continuasse tomando por mais um ou dois dias para ajudá-la a dormir.

Morfina era uma droga, o vício era desenfreado em sua história familiar. Além disso, Jordyn queria que sua mente estivesse clara ao redor dessas pessoas, especialmente de Lucian. Ela confiava nele sem mesmo conhecê-lo. No entanto, ela não confiava em seus pensamentos e escolhas quando era muito drogada para pensar corretamente. Sua dor foi terrível nos primeiros dias, mas ela apertou os dentes e lidou com a dor só tomando remédios que não a faziam sentir que estava andando nas nuvens.

"Isso ajudará?" Perguntou Jordyn, acenando entre eles.

"Pode ser", Lucian respondeu com um sorriso. "Estou aqui, então agora você pode dormir sem medo de arruinar seus sonhos."

Um sorriso fraco atravessou os lábios de Jordyn. Era quase engraçado como suas palavras não pareciam uma desculpa para se deitar com ela. O pânico anterior quase desapareceu, e Jordyn não pôde deixar de sentir a exaustão voltando. Ela recostou de volta na cama ao lado dele, ainda de frente para Lucian. O conforto penetrou as veias dela.

O toque suave de uma mão quente pressionando seu quadril nu e os dedos curvando-se firmemente para segurá-la deixaram Jordyn de olhos arregalados.

"Shhh..." Lucian a acalmou. "Durma."

Jordyn quase riu. Dormir seria impossível com a mão dele em seu corpo. Todos os seus nervos pareciam ter despertado à vida de repente e ido para aquele lugar. Ela estava muito consciente de suas reações a este homem, e ondas borbulhantes de desejo se agruparam em sua cintura.

"Isso não será possível", respondeu Jordyn fracamente.

Lucian esfregou a mão para cima e para baixo no quadril dela, descendo pela linha da calcinha de algodão que ela usava e indo quase até o joelho antes de voltar a subir de novo. "Melhor?"

Claro. Agora, o calor estava viajando por suas pernas e indo diretamente entre suas coxas em vez de ficar em um só lugar. Isso não significava que ela não gostava, porque, com certeza, gostava.

"Jordyn?" Lucian cutucou.

"Isso é... bom", ela conseguiu dizer.

A mão de Lucian subiu ainda mais, parando sob a bainha da camiseta enorme que ela usava. Seu toque era suave, mas insistente, seus dedos mal tocando enquanto a palma da mão abaixava. "Posso?"

"Fazer o que exatamente?"

"Tocar você", ele respondeu daquele jeito franco. "Nada mais, eu prometo."

Ela confiou em suas palavras tanto quanto podia. Ele sempre foi tão cuidadoso com ela quando a ajudava a cuidar de seus ferimentos e a ficar confortável se ela estivesse particularmente dolorida. A maioria das ataduras e gazes desapareceram, embora alguns pontos ruins tenham permanecido. Ainda assim, Jordyn estava curiosa. "Diga-me por quê."

"Eu quero explorar você. A extensão da sua pele. Todas as curvas e vales. Os lugares onde você é mais suave ou mais sensível. O que fará com que seu coração corra, seus dedos do pé se curvem ou seu corpo trema. O que você fará quando eu tocar em você aqui", disse Lucian com a voz rouca, um dedo escorregando sob a bainha da camisa dela para varrer seu estômago com uma provocação. "Ou os sons que você fará quando eu a beijar enquanto eu exploro você. Eles serão altos ou baixos?"

A respiração de Jordyn estava presa. "Lucian..."

"Desse jeito", ele murmurou. "Meu nome na sua boca, doce e baixo com um pequeno suspiro, querendo-me. Como se eu fosse o único homem que você precisa. Eu quero aprender esses sons e o que os faz... todos eles."

"Você acha que pode aprender essas coisas apenas tocando, hum?"

Lucian ergueu uma sobrancelha desafiante. "Eu sei que posso. Deixe-me."

Jordyn não conseguiu encontrar forças para negar, especialmente quando ela já estava derretendo com suas palavras, então não o fez.

Sem precisar de mais instruções, a mão de Lucian entrou por debaixo da camisa. Um arrepio percorreu a pele dela enquanto ele seguia um caminho ao longo do contorno de seu estômago plano. Seu toque era gentil, mas necessitado. Os dedos dele dançaram em suas costelas, ao longo da curva em sua cintura e contra o inchaço de seu seio. À medida que as pontas daqueles dedos exploradores varriam seu seio uma segunda vez, seu polegar rolava sobre o bico, a pele de Jordyn se arrepiou por toda a parte.

Ela não tinha percebido isso, mas sua respiração estava forte de novo.

"Uhm, isso", Lucian sussurrou. "Eu gosto disso."

Jesus, Jordyn também.

"Como você soaria se essa fosse minha boca e não meus dedos, querida?"

Os olhos de Jordyn se fecharam quando um suave gemido saiu de seu peito. Então, sem aviso prévio, Lucian estava muito mais perto. Perto o suficiente para que a respiração quente dele alcançasse suas bochechas e seu nariz. A mão dele deixou os limites da camisa dela o suficiente para agarrar a parte de trás do seu joelho e puxar a perna dela para cima para agarrar seu quadril.

A nova posição permitiu a Jordyn saber exatamente como o corpo de Lucian estava reagindo à exploração dele. O cume rígido de sua ereção pressionou o estômago de Jordyn, o pulsar de seu pau ressoando diretamente em seus próprios batimentos cardíacos. Silenciosamente, Lucian voltou a explorar seu corpo. Ela estava completamente encantada com suas mãos quentes e os dedos provocantes.

Indo até seu rosto, os dedos dele roçaram os traços de suas bochechas e mandíbula, passando sobre os lábios entreabertos e cílios compridos. Ao longo de suas costas, os dedos dele pressionaram um pouco mais forte em sua espinha, até a linha da calcinha, onde ele mergulhou brevemente por baixo do tecido para rolar as pontas de seus dedos na bunda dela.

Os ruídos que se arrastaram pela parte de trás da garganta dela e saíram de seus pulmões não podiam ser interrompidos. Não quando ele fazia carinho nos seus braços ou quando a boca dele roçava a dela com o mesmo beijo inocente que ele deu nela na primeira vez. Os toques quase apaixonados a deixavam em uma confusão reconfortante que ela não esperava. Ao mesmo tempo, ela ainda estava hiperconsciente de seu pau grosso e o desejo óbvio que ele deveria ter sentido, sem se esquecer do dela. Jordyn estava tão excitada que estava fervendo com uma vontade profunda em seu sangue e ossos.

"Durma", ela ouviu a ordem de Lucian. Os olhos de Jordyn finalmente se abriram novamente, confusão pousando em seu coração. Ela encontrou seus olhos castanhos brilhantes olhando-a atentamente. Mesmo Jordyn ainda doente e se curando do ataque, não significava que seu corpo não quisesse esse homem inteiramente. "Apenas tocar, eu prometi. Estou aqui, então não haverá mais pesadelos. Você pode sonhar com algo bonito em vez disso."

Oh, ela não duvidou nem por um instante.

"Olá, Skip."

Jordyn colocou a cabeça no corredor que levava à pequena cozinha. Aquele ponto a mantinha bem escondida dos olhos do convidado de Lucian. Ele parecia receber muitos desses convidados ultimamente.

"Bom dia", Lucian respondeu, colocando a arma na mesa bem à vista.

De costas, Jordyn tinha uma ótima visão das tatuagens de asas de águias na parte superior das costas. Ele tinha sido rápido para sair do banho sem perguntas quando ela disse que alguém estava batendo à porta do apartamento e por quinze minutos.

Um envelope branco foi passado entre os homens e, como sua arma, Lucian simplesmente atirou o envelope na mesa de café sem olhar duas vezes. Jordyn suspeitava haver dinheiro nesse envelope. Ela viu uma grande quantidade de dinheiro passear por este apartamento nos últimos dias.

"Por que os pagamentos antecipados este mês? Não estou acostumado a isso, mas poderia."

O jovem sorriu, encolhendo os ombros. "A notícia de que você estava aqui se espalhou. Provavelmente, alguns dos caras acharam que você estava de olho na gente.

"Tudo está bem, então?"

"Sim, Skip. Eu vou precisar de mais vinte quilos até o final do mês."

"Fale com o meu irmão. Você tem o contato dele. Não vou lidar com o gerenciamento do produto por um tempo."

"Alguma coisa tem te ocupado, Skip?" Perguntou o jovem.

Lucian virou o rosto, dando a Jordyn uma visão de seu perfil e sorriu. "Algo assim. Acerte isso com meu irmão, como eu disse. Ele vai te pôr a par dos contatos do mês a partir daí."

"Mais alguma coisa?" Perguntou Lucian.

"Não."

"Até o mês que vem."

Quando a porta do apartamento foi fechada e as duas trancas aferrolhadas, Jordyn saiu do seu esconderijo. "Por que Skip?"

Lucian cruzou o espaço para pegar o envelope na mesa de café. Jordyn estava certa em sua suposição de que ele continha dinheiro. Ele respondeu a ela enquanto ele mexia nas notas, contando o quanto havia lá. Era muito.

"É outro termo de rua para capo em nossos negócios. Eu prefiro o meu verdadeiro nome na verdade. Mantém uma distância entre mim e eles. Quando eles falam sobre mim lá fora, é sempre o que o Skip disse. Nunca é Lucian. A maioria deles não sabe quem está gerindo as coisas acima de seu chefe, honestamente. Eles nunca se encontram comigo e, em vez disso, só ouvem sobre o Skip através de quem entra e sai para resolver algo quando necessário. O desconhecido cria medo. O medo gera obediência. Obediência gera uma boa equipe. Portanto, eu preciso deles com medo."

Ahn. Isso era um pouco brilhante.

"Foi uma das primeiras coisas que meu pai me ensinou sobre ser um bom capo", ele terminou mais baixo. "Gio é, provavelmente, o melhor nisso, na verdade, ele mais do que mereceu ser chamado de Skip pelo seu pessoal."

"E você gosta disso?" Perguntou Jordyn.

"Está no meu sangue. O que meu pai, de verdade, fez e o que minha família faz. Uma grande parte do nosso dinheiro vem de locais e negócios maiores, mas mantemos o pessoal nas ruas para lembrar as pessoas de onde o poder vem. Gangues podem assumir que estão comandando o show, mas a maioria delas está comprando a maior parte de seus produtos de famílias como a minha.

Ela aprendeu muito sobre Lucian Marcello durante a última semana e meia. Se ela perguntasse, ele explicaria do melhor jeito que podia. A honestidade era claramente algo que Lucian mantinha orgulhoso, ou talvez fosse só para ela. Pouco a pouco, ela estava aprendendo mais sobre seu mundo mafioso. Não era o mesmo que o MC, disso Jordyn tinha certeza.

Seus irmãos iam e vinham sem perguntas. Apesar de serem barulhentos, eles sempre eram respeitosos com ela. A mãe deles tinha ido até lá duas vezes, trazendo um monte de roupas para Jordyn, produtos e entretenimento, a maioria ainda estava nas sacolas com etiquetas e recibos, porque alguns dos valores a assustaram.

Jordyn ainda não tinha conhecido Anthony, o pai adotivo de Lucian.

"Você realmente não me respondeu, porém. Você gosta disso?"

Lucian soltou uma risada gutural. "Eu não sou uma boa pessoa, querida. Eu gosto de dinheiro e, particularmente, não me importo em como o obtenho. Eu não saio por aí fazendo boas ações para os outros. Essa profissão me cai muito bem."

"Você foi bom comigo", desafiou Jordyn.

"Não é o mesmo."

"Por que não?"

Lucian lançou um olhar que aqueceu Jordyn de dentro para fora. Isso era tudo o que ele precisava fazer, apenas olhar para ela. Ela aprendeu que os olhos de Lucian falavam muito mais do que sua boca, mesmo quando ele estava falando. Dos três meninos Marcello, ficou claro que ele era o mais silencioso, mas, provavelmente, o mais perigoso.

Quando ele a observava, e ele fazia isso muitas vezes, era perturbador. Sob seu olhar pesado, ela achava que talvez ele estivesse vendo mais do que ele transparecia. O homem a viu nua, ajudou a trocar suas ataduras dia após dia e a tocou para acalmá-la quando entrava em pânico por algo fútil, mas ele não a olhou como se ela fosse alguma dessas coisas ou a visse dessa maneira.

Lucian olhava para ela como ele a quisesse. Com certeza, parecia isso.

Mesmo que seu interesse por ela não estivesse tão descaradamente escrito nas coisas que ele fazia, Jordyn estava certa de que estava lá, ela sabia. De qualquer forma, algo estava. Quanto mais perto ele estava, mais forte isso se tornava.

Jordyn queria esse homem. Isso a assustou por um monte de razões.

Assustou-a ainda mais ela não querer lutar contra isso.

"Por que não?" Perguntou Jordyn novamente.

"Porque não, *bella*."

"Eu sei o que isso significa, Lucian", ela disse a ele.

"Ótimo. Posso assumir, com segurança, que você está aprendendo, então. Isso só beneficia a nós dois, querida."

Jordyn não sabia o que dizer, então decidiu mudar o assunto. "Eu preciso de um banho."

Lucian limpou a garganta, coçando nervosamente o pescoço. "Você pode manter a porta aberta?"

"O quê? Por quê?"

"Porque eu não gosto de pensar em ter que abri-la novamente apenas para encontrá-la inconsciente na banheira por qualquer motivo. Pelo menos, se a porta estiver aberta, posso ouvir se você me chamar, ou algo assim. Só... por favor, mantenha-a aberta para a minha paz mental."

Bem, como diabos ela deveria dizer não a isso?

O apartamento no Brooklyn, o qual Jordyn não tinha permissão para sair, tinha sido, oficialmente, seu lar há treze dias.

Permanecer na frente do espelho de corpo inteiro para verificar o progresso de seus ferimentos foi como um tapa na cara. Foi mais difícil do que ela achava que seria. Algumas das contusões menores se tornaram uma sombra pálida e amarelada. As que tinham sido particularmente ruins ainda eram sensíveis ao toque, algumas estavam avermelhadas e outras um tom escuro.

O corte em sua mandíbula, onde um pino do cinto tinha dividido a pele, estava fechado, mas não curado. Ainda estava vermelho e dolorido, como as muitas lesões em seus ombros e costas. Ela tinha começado a dormir de lado, sobre braço sem ferida, porque era mais fácil do que acordar dura e dolorida por dormir sobre as muitas feridas.

Virando ligeiramente, Jordyn tentou dar uma olhada melhor nas flores de cerejeira que cobriam seu ombro e desciam um curto caminho por suas costas. Um pouco da tatuagem foi gravemente danificada pelo espancamento, onde a pele tinha sido brutalmente aberta e sangrado, a tatuagem precisaria ser consertada. Alguns pontos só precisavam de uma recoloração simples enquanto outros, estavam piores e exigiriam mais trabalho.

Lucian assegurou que isso seria fácil se ela quisesse fazer. No entanto, ele deixou claro que a única pessoa que tatuaria o corpo dela era alguém digno de fazer exatamente isso. Aparentemente, ele não queria ninguém a *tocando*, especialmente com a finalidade de tatuar. Jordyn não estava inteiramente certa sobre o que fazer com esses comentários, mas ela não negaria que gostava do som possessivo que ele não se preocupou em esconder quando falou sobre isso.

Jordyn também notou que, quando Lucian falava sobre ela, ele ou eles em algum contexto quase sempre falava como se estivessem juntos. Ela nem tinha certeza se ele tinha percebido que estava fazendo isso. O pensamento era tão assustador quanto interessante.

Francamente, ela não tinha coragem para perguntar a Lucian o que ele queria dela ou o que esperava.

Era um dia após o outro, o que quer que existisse entre eles.

A única coisa Jordyn sabia com certeza era o fato de que havia *algo* lá. Pela forma como ele a deixava tão consciente de tudo, mesmo de coisas que ela não tinha pensando antes. Como ele a observava, sem falar. O conforto que ela encontrava em sua presença, apesar de saber que ele era um homem perigoso. Como seu coração travava sua proximidade, ou o calor que parecia continuar a se espalhar ao mais inocente dos toques.

Sim, com certeza havia algo.

Jordyn queria ter certeza de que sua paixão pelo homem não tinha nascido de uma espécie de complexo de herói que sua mente criara. Não era um exagero pensar assim, mas ela também sabia que sua estranha conexão havia começado no momento em que ele puxou a cortina do confessionário.

Não que Jordyn se importasse, mas o pequeno apartamento não proporcionava a ela muita privacidade de Lucian quando ele estava acordado. Raramente, ele dormia ou mesmo cochilava, a propósito. Mesmo de noite, Lucian rondava pelo apartamento. Ela achava que ele estava muito em forma porque ele passava uma boa parte de sua manhã malhando. O laptop que ele usava sempre estava ligado, e ele gostava de colocar jazz para tocar enquanto trabalhava no que quer que ele estivesse trabalhando.

A mente do homem corria vinte e quatro horas por dia. Lucian nunca parava. Ele estava sempre em movimento, de uma forma ou de outra. Como seu corpo e sua mente aguentavam sua estranha programação Jordyn não sabia. Para ela, cansada e fraca por causa de seu corpo se curando, e sua mente sobrecarregada de preocupação e medo pelo que estava por vir, Lucian a esgotava só de observá-lo diariamente.

Então, quando ele cochilou no sofá depois de uma visita de seu irmão mais novo, Gio, Jordyn teve a oportunidade de tirar a roupa no quarto e fazer um inventário particular de como seu corpo estava duas semanas depois da surra.

Inferno, era assim que ele estava.

Horrível. Repugnante.

Como alguém poderia achá-la bonita com essas marcas e contusões, era ridículo.

Jordyn não se sentia nem um pouco linda.

A calcinha de renda que ela usava era cara, linda e delicada. Certamente, não um item que você encontraria em um pacote com várias em uma loja. Na verdade, ela encontrou essas roupas íntimas dentro de uma caixa longa e branca que Cecelia Marcello mandou junto com as roupas que trouxe para Jordyn. Elas vieram em várias cores com sutiãs combinando. Em outra caixa do mesmo estilo com o mesmo emblema no topo, ela encontrou outro conjunto de roupas íntimas, só que esses eram feitos de seda. Uma lingerie tinha sido colocada dentro da caixa como se estivesse em uma vitrine e embrulhada em papel de seda. A matriarca Marcello assegurou a Jordyn que ela não havia embrulhado as peças assim, mas sim a loja em que foram compradas.

Jordyn tentou recusar a lingerie obviamente de preço exorbitante, mas argumentar era inútil. Cecelia deixou perfeitamente claro que o custo e como ela escolhia gastar seu dinheiro ou com quem, de fato, não estava em discussão. A mulher, então, continuou dizendo que não fazia diferença de qualquer maneira, porque era o dinheiro de Lucian que comprara essas coisas, e não o dela, e Jordyn precisava delas.

Não era a renda contra a pele dela que chamava sua atenção, mas o curativo no quadril que a calcinha cobria parcialmente. A queimadura não estava curando tão rápido quanto Jordyn queria, mas Paulie assegurou a ela que era normal. As feridas dessa magnitude levavam muito mais tempo e muita atenção antes de começarem a parecer um pouco melhor. A queimadura tinha uns bons quinze centímetros de largura e dez de comprimento. Junto com a pele queimada, Will tinha apagado o nome de Gabe.

Quando estivesse curada, a tatuagem seria substituída por uma pele nova enrugada e cheia de cicatrizes.

Olhando para o curativo, Jordyn passou os dedos suavemente sobre o local. Ela não ouviu Lucian abrir a porta do quarto até sua voz estar atrás dela.

"Você o amou?" Ele perguntou.

Jordyn respirou fundo. "Jesus, você me assustou."

"Você fechou a porta. Eu estava preocupado."

"Algum dia, você terá que superar isso. Eu não vou estar à sua vista o tempo todo, Lucian. Eu não posso ficar trancada neste apartamento para sempre, mesmo sendo tão seguro."

"Mas não hoje", respondeu Lucian, encontrando seu olhar no espelho. "E você não respondeu minha pergunta. Você o amou?"

Jordyn estava profundamente consciente do fato de que ela estava usando nada além de suas roupas íntimas, mas Lucian não pareceu agir como se ele se importasse. Ainda assim, quando ela pegou uma camiseta folgada que ela deixou na cama mais cedo, ele estava ao seu lado em um instante, segurando o pulso para detê-la.

"Amou, Jordyn?"

"Isso importa?" Perguntou ela.

"Eu não sei se isso faz diferença de qualquer maneira", admitiu Lucian. "Estou bem ciente de onde ele está e quanto tempo ele tem estado assim. Mas estou curioso."

"Por que você está perguntando, então, se isso não faz diferença?"

"Eu quero saber onde ele está em você."

"Comigo", repetiu Jordyn.

"Uhm. Aqui", disse Lucian, estendendo a mão para tocar a testa dela antes de apontar para seu coração. "E aqui também."

"Você parece saber muito sobre mim sem precisar perguntar, Lucian."

Um sorriso malicioso rastejou sobre os lábios dele. "Isso a incomoda?"

"Não, mas me deixa curiosa."

"Meu pai fez uma verificação de antecedentes, uma bem aprofundada. Eu não fiquei feliz com isso no início, mas não estava ciente até depois de ele ter feito. Então, eu sei muito sobre você, mas não a conheço, querida. Aí está a diferença."

Honestidade era a melhor política afinal de contas, mas *Jesus*.

Sério?

"E isso é exatamente o que, o procedimento normal para sua família?" Perguntou ela bruscamente.

"Ninguém em nossas vidas fica, de alguma maneira, intocado. Especialmente, as pessoas que podem estar envolvidas com o filho de um grande chefe do crime. Há uma dinastia ao nosso alcance e não está aberta a todos. Não é meu direito dizer ao meu pai o que ele pode ou não pode fazer, não que isso o fizesse mudar de ideia se eu tentasse."

Isso realmente não a fez se sentir melhor. "Eu sou o tipo de pessoa que ele tende a manter longe?"

A risada de Lucian foi um profundo estrondo que fez algo perverso no interior de Jordyn. "Não. Você é o tipo de pessoa que fez seu filho perder a cabeça por uma semana. O tipo de garota que distrai seu capo de fazer seu trabalho, que o faz dormir ainda menos que antes e tira seu foco de sua família. Esse não é o tipo de *pessoa* que meu pai mantém longe, mas você é o tipo de mulher que ele quer entender. Saber exatamente por que você faz essas coisas com o filho dele. Compreende?"

Meio que sim, por mais estranho que fosse.

"Então você sabe tudo sobre mim?"

Lucian assentiu. "A maior parte. Basicamente, tudo na verdade."

"Isso não é justo", murmurou Jordyn.

"O que não é?"

"Isto. Nós. Eu não sei praticamente nada sobre você."

"Você sabe mais do que a maioria", respondeu Lucian. "Você sabe o que eu sou, o que eu faço. Você conheceu meus irmãos, minha mãe. Você sabe que eu sou adotado. Eu deixei você dormir no quarto ao lado por treze noites e não tentei fodê-la nenhuma vez. Já fiquei com muitas mulheres, mas nunca as deixei dormir em uma das minhas camas até de manhã. Para ser honesto, no entanto, penso em dormir com você com bastante frequência. Ou, pelo menos, me pergunto que tipo de amante você é, porque eu quero que você seja minha."

Oh, Deus. Isso não ajudava.

"Você esteve na cama comigo na outra noite."

"Não com a intenção de fazer sexo com você. Eu queria acalmá-la, mesmo que você estivesse tentando agir como se os pesadelos não estivessem incomodando tanto quanto estão."

"Você me beijou."

Lucian sorriu. "Tem uma primeira vez para tudo, suponho."

Jordyn enrijeceu com esse comentário. "Você está dizendo que foi sua..."

"Primeira vez? Sim."

"Mas você tem vinte e sete anos. Você mesmo disse. Você ficou com muitas. Isso não faz sentido. Como você pode fazer sexo com alguém, mas sem beijar?"

"Beijar é carinho", Lucian disse calmamente, sua boca uma linha fina. "Eu nunca tive carinho pelas mulheres que levei para a cama."

"Sexo é carinho", desafiou Jordyn.

"Nem sempre. Sexo é uma necessidade, um desejo. Algo que não precisa ter sentimentos por trás para ser feito. Atração não é o mesmo que carinho."

"Você acabou de dizer que pensou em mim como uma amante, mas você me beijou. Isso não é o mesmo para você do que com outra pessoa? Elas também não eram amantes?"

"Não", Lucian disse novamente. "Eu não queria me envolver em um relacionamento. Eu era honesto desde o início sobre o que eu esperava uma vez que acabasse."

"Você faz isso parecer um arranjo de negócios."

Lucian encolheu os ombros. "Se é assim que você quer ver isso, vá em frente."

"O que é uma amante para você, então?" Jordyn perguntou curiosa.

"Alguém que é capaz de conseguir o meu desejo *e* afeto."

E beijo, Jordyn pensou duramente.

Às vezes, as evasivas de Lucian não eram tão nebulosas quanto ela achava que era.

"Agora, chega de enrolar. Diga-me, você o ama?"

"Gabe era meu melhor amigo. Ele se importava comigo, cuidava de mim e me protegia. Ele me deu muitas primeiras experiências de forma segura com uma pessoa familiar em quem eu confiava. No entanto, ele foi criado para ser um homem que poderia ter quem quisesse, sempre que ele quisesse, enquanto sua garota em casa apenas esperava que ele voltasse quando ele estivesse pronto. Eu não tentei mudar esse jeito dele, mas, mesmo sendo tão jovem como eu era, isso me impediu de entregar tudo a ele."

"Como seu coração", disse Lucian.

"Exatamente. Então sua resposta, Lucian, é não. Eu não amei Gabe de maneira romântica, porque ele ficava com muitas garotas, e eu queria ser a única garota."

"É isso que você precisa?"

Jordyn sorriu, pensando nas suas palavras para ela quando ela acordou logo depois do ataque. "Sim, é algo que eu preciso."

CAPÍTULO DEZ

Lucian rodeou por trás de Jordyn, encontrando o olhar dela no espelho que ele a flagrou se olhando quando entrou no quarto. "O que você estava fazendo antes de eu entrar? Sinto muito ter interrompido, mas eu estava preocupado."

"Você não sente muito", brincou Jordyn.

"Mudando de assunto?"

Os belos olhos azuis dela reviraram. "Se eu pedisse para que você deixasse isso para lá e me deixasse pôr a roupa novamente, você faria?"

Agora não. "Conte-me."

"Fazendo um inventário, acho", respondeu Jordyn.

A testa de Lucian se enrugou. "Do quê?"

Ela acenou para o espelho. A única coisa nele era o reflexo dela, e agora o dele atrás dela. Lucian estava muito consciente da falta de roupas dela, o conjunto sexy de renda cobrindo as partes que ele mais gostaria de ver. Mas ele se esforçou ainda mais para manter sua atenção nela toda, e não só em certas partes dela. Jordyn merecia mais do que uma simples vez, independentemente do que seu pau achasse.

E aquela maldita parte de seu corpo parecia estar pensando muito ultimamente. Tanto que ele mal dormia.

"Jesus, você não vê?" Perguntou Jordyn.

"Estou vendo você. O que você vê?"

Ela lançou um olhar que uma pessoa daria a um filho malcomportado. "Lucian."

"Querida, nós acabamos de ter uma discussão sobre minha vida sexual, minha falta de relacionamentos e a bagunça em que estamos. Eu vi você sem roupa. Eu estou atrás de você enquanto você não está usando praticamente nada agora mesmo. Então, sim, quando digo que vejo você, é exatamente isso que vejo, Jordyn. Algo bonito, que foi o que achei de você a primeira vez que a vi."

"E os cortes, hematomas e inchaço, hein? Você também os acha bonitos?"

Lucian sentiu sua coluna endireitar. "Eles não me incomodam."

"Isso não foi o que eu perguntei, Lucian."

"Eu sei, mas continuo achando o mesmo, eles não me incomodam. Eles vão curar. Eles já estão se curando."

"Mas..." Jordyn se afastou olhando para o espelho e mastigando o interior de sua bochecha. "Está horrível. *Eu* estou horrível. Não sou uma menina vaidosa, nunca fui. E agora, tudo o que posso pensar é em quão terrível isso me faz parecer. Era o que ele queria fazer, me arruinar? Não importa que alguns deles já tenham sumido e a infecção esteja controlada... ainda parece ruim. Isso é tudo o que posso ver. Isso não é bonito."

"Ele não a arruinou", disse Lucian, surpreso com o tom cortante que ele usou. Mesmo Jordyn parecia chocada com a mudança repentina de comportamento. "Deus, não deixe foder..."

Lucian apertou os dentes, forçando-se a parar de falar e a pensar por um momento. Os olhos de Jordyn deixaram de olhar para os dele no espelho para olhar seus pés. Ele não poderia aguentar isso. Não dessa mulher forte e bonita que parecia tê-lo nas palmas das mãos de um jeito que ele nunca experimentou antes.

Movendo-se o suficiente para pressionar seu peito nas costas dela, Lucian se aproximou para segurar cuidadosamente o maxilar de Jordyn. Inclinando o rosto dela para cima, até que ela voltou a olhar para o espelho, ele encontrou seu olhar mais uma vez. Ver seus olhos marejados doeu mais do que ele entendia.

"Não arruinou", ele repetiu, sua boca tão perto da bochecha dela que ele podia provar sua pele. "Olhe e veja."

"Lucian, pare, por favor."

Lucian não parou. Em vez disso, ele a segurou um pouco mais apertado e manteve a cabeça dela erguida. "Olhe no espelho, querida. Ele pode ter machucado e abusado de você, mas ele, certamente, não a arruinou. Porque você está certa... as feridas estão se curando, as marcas estão desaparecendo. Todos os dias você fica menos cansada e fraca. Eu sei que você se preocupa, mas você também não precisa ter medo desse jeito. Essa não é uma mulher arruinada. E você sabe o que eu vejo?"

Jordyn engoliu em tom audível, os olhos dela se levantando para encontrar os dele. "O quê?"

"Uma mulher que me deixa louco, mas você, provavelmente, nem percebeu isso. Pele clara e olhos como o céu. Minha mão molda-se perfeitamente na curva da sua cintura, e você se encaixa no meu peito lindamente. Você tem cheiro de pêssegos. Seu riso é uma espécie de música. Eu olho para você o tempo todo, pensando se você vai mudar de alguma forma, e você não muda.

"Eu continuo pensando em enrolar minhas mãos em seus cachos, apenas para ver se eles seriam tão suaves quanto eles parecem. Eu a beijei duas vezes, e isso tem se repetido na minha cabeça." Lucian diminuiu a pressão em seu maxilar, seguindo dois dedos ao longo da bochecha dela, adorando ver o sorriso dela aumentar sob o toque. "Você dorme tão bem e se enrola nos cobertores como se estivesse a salvo de todo o mal no mundo. Você nem entende que todo esse mal pode estar a poucos passos de distância, completamente apaixonado por você, mas ele não sabe por quê."

"Como você pode ser todo o mal quando tudo o que você fez foi me ajudar?"

"Eu já te disse. Eu não sou um bom homem."

"Eu não quero um bom homem, Lucian", sussurrou Jordyn.

"Você deveria. Um bom homem que vai dar tudo que você quiser, mantê-la segura e a adorar do jeito que você merece. Você deveria querer isso."

"Engraçado, não é isso o que você tem feito?"

Sim.

Não.

Lucian não sabia mais o que estava fazendo.

A mão de Jordyn se levantou, curvando-se no pescoço de Lucian antes de subir para o cabelo em sua nuca. Suavemente, ela puxou os fios, ganhando toda a atenção dele novamente. Inferno, na verdade, ela não havia desviado. Infelizmente, ele estava atento à reação de seu corpo à proximidade e falta de roupa dela. Sua ereção estava se tornando conhecida, e ela estava pressionada com tanta força nele que a curva doce de seu traseiro moldava-se em sua virilha.

Quando Lucian tentou se afastar para recuperar algum controle e dar espaço a Jordyn, ela apertou seu cabelo, recusando-se a soltá-lo.

"Jordyn", Lucian começou a dizer, inseguro do que queria.

"Eu posso sentir você, sabe."

"Perfeito. Então você está ciente do quanto eu quero você agora. Eu não preciso continuar escondendo isso."

Lucian sentiu a boca de Jordyn pressionar a parte inferior de seu maxilar, o calor de sua suave respiração passando pela bochecha e pescoço dele. Cada nervo no corpo dele pareceu acordar de uma só vez. Com um simples toque da boca dela na sua pele, o desejo se alastrou. Mas não era apenas desejo, não. Era uma fome correndo através de sua corrente sanguínea, inundando Lucian com anseio e necessidade.

"O que você quer?" Ele perguntou a ela.

Os lábios de Jordyn se levantaram em um sorriso contra a bochecha dele. "Agora?"

"Sem joguinhos. Apenas me diga."

"Você. Eu quero você."

"*Ho bisogno di te.* Preciso, querida. Eu *preciso* de você."

Jordyn cantarolou um som que foi diretamente para o pau de Lucian. "Por que eu gosto tanto desse som?"

"Você quer que eu deseje você."

"Sim", ela concordou suavemente.

"Ótimo, porque nunca desejei ninguém assim, Jordyn. Nenhuma vez. Eu farei o que você mandar que eu faça."

"Mostre-me, então. Mostre-me o que é desejo, Lucian."

Simultaneamente, Lucian virou Jordyn em seus braços, mantendo os olhos dela presos aos dele enquanto seus lábios escorriam sobre a mandíbula e a bochecha dela. Ele estava atento às lesões que ele sabia que ainda estavam doloridas quando ele passou as mãos por seus braços e em seu estômago, antes de se agarrar firmemente à cintura dela. Quando ele beijou sua boca, Jordyn pegou seu rosto para puxá-lo para mais perto ainda.

Os lábios de Jordyn eram macios e suaves, enquanto a boca dela na dele era quente. Ela se derreteu no peito dele e, no momento em que seus lábios se separaram, Lucian não hesitou em aprofundar o beijo. Quase parecia instinto a forma como a língua dele mergulhou no calor da boca dela, buscando-a. O sabor de Jordyn floresceu ao longo de seu paladar, enviando mais sangue para seu pau duro.

Lucian estava certo. Afeto e atração não eram a mesma coisa. Mas misturar ambos dava uma grande combinação.

Mas ela era as duas descrições, pensou Lucian.

Eles se beijaram lenta e controladamente, como uma onda se formando e, depois, queimou rapidamente, ficando mais quente, como um grande incêndio. Começou no fundo do estômago dele aquele sentimento desconhecido e novo e percorreu todas as extremidades que poderia alcançar em poucos segundos.

Tanto quanto ele odiava fazê-lo, Lucian recuou apenas tempo suficiente para perguntar: "Diga-me que você falou com Paulie e que você está bem com isso."

"Falei."

"E?" Lucian perguntou, sua impaciência aumentando.

"E ele disse que estava surpreso por você ter durado tanto tempo, mas, sim, estou bem. Apenas seja gentil e cuidadoso."

"Claro, querida."

"Beijar é para amantes, hum?" Ela perguntou, sorrindo.

Lucian riu. "Eu diria que é melhor entre eles, sim."

"Bem, você não tem muita experiência nessa área, então..."

Apesar da natureza brincalhona das palavras dela, ele podia ver a hesitação pairando ao redor de seus traços bonitos.

"Eu serei gentil", prometeu Lucian.

"Você sempre é."

"E, quando você quiser mais do que gentil, eu também darei isso."

O lábio inferior de Jordyn foi pego entre seus dentes. "Certo."

Lucian pegou os lábios de Jordyn com o dele mais uma vez. O desejo de beijá-la era esmagador, quase insaciável. Não era algo que ele tinha experimentado antes, a necessidade de reivindicar a boca de alguém, e ele estava mais do que feliz em alimentar essa urgência até que ele não conseguisse respirar. Jordyn também. Ele não conseguia parar de provar a boca dela, querendo muito mais.

Eles se separaram apenas o suficiente para que Jordyn puxasse a camiseta que Lucian estava usando sobre a cabeça dele, descartando-a em algum lugar do chão. As mãos dela começaram, então, a vagar ternamente, como se estivesse guardando na memória partes dele apenas com as mãos. Primeiro, ela tocou o pescoço dele, antes de passar os dedos pelos ombros; depois, em seu peito. Ela tomou seu tempo para examinar a tatuagem nas costelas dele, o brasão da família, a coroa com a águia empoleirada em cima dela, supervisionando seu império. Outra tatuagem, no interior do braço esquerdo, estava o sobrenome da família. Asinhas de anjo envolvendo um pequeno revólver, como se protegessem a mãe e pai falecidos, no interior do pulso direito.

Jordyn já tinha visto as tatuagens antes, considerando que ele nem sempre usava uma camisa pelo apartamento, mas essa era a primeira vez que ela conseguia observá-las de perto.

Cruzando suas clavículas, Jordyn observou sua mais nova tatuagem com interesse.

"Coisa Nossa."

"*La Cosa Nostra.*" Lucian colocou a mão sobre a dela em cima das letras. "Honra, devoção e lealdade." Então, ele arrastou uma linha com um dedo na tatuagem de seu sobrenome. "Família."

"E esta?" Perguntou Jordyn, tocando a parte onde a coroa da família estava.

"Orgulho."

"As asas da águia?"

"Expectativas."

Jordyn virou a mão direita para que o pulso de Lucian ficasse exposto. "Eu acho que posso imaginar o que são as asas e a arma."

"Suas mortes, sim", Lucian disse honestamente. "Mas isso me permite lembrar de onde eu vim enquanto sou quem sou agora, do meu jeito."

"Você não tem nada em seu corpo sobre o amor, Lucian. Parece triste quando você celebrou todo o resto."

"Algum dia, quando eu entender o que o amor romântico é", ele murmurou. "Chega de falar, querida. Deixe-me ter você agora. Você inteira."

Jordyn abriu a boca para dizer algo, mas, rapidamente, a fechou e sorriu. Lucian deixou seus dedos vagarem sem pressa pela pele suave e lisa dela, deslizando sobre os cumes de seus seios ainda cobertos pela renda. O sutiã que Jordyn usava sumiu sob sua urgência sem qualquer problema. Ela não se escondeu do olhar embriagador dele absorvendo cada centímetro de seu corpo, e o pouco que restava para descobrir. A calcinha de renda combinando deslizou sobre suas coxas, e Jordyn saiu dela sem interrupção.

Deus, ela era tão bonita. Não importava quantas vezes ele falasse, não fazia justiça a Jordyn. Lucian a tinha visto, é claro. Sua pele, as flores de cerejeira e suas curvas. Seios que se encaixavam perfeitamente em suas mãos e o pequeno e aparado trecho de pelos escuros que levava ao ponto doce entre suas coxas.

O único momento de cautela que passou pelos olhos de Jordyn foi quando ela agarrou o cinto de Lucian. Um leve tremor apanhou suas mãos antes de sumir. Ele levou meio segundo para entender a razão disso e quebrou seu coração ter que se perguntar por quê.

"Eu *nunca* a machucaria, Jordyn. Não assim, e não com as minhas mãos. Nunca."

"Eu sei", ela sussurrou. "Eu sinto muito."

"Não se desculpe, só sei que eu jamais poderia fazer isso com você."

Lucian não a deixou tentar abrir e tirar seu cinto de novo. Se ela não estava confortável com isso, ela simplesmente não precisava fazer. Este não era o momento de forçar esse medo dela. Em vez disso, ele retirou o cinto sozinho, desabotoando e tirando as calças antes de chutá-las de lado. De pé, só de cueca boxer, nada escondia a linha rígida de sua ereção contra o tecido fino.

Jordyn não hesitou em avançar nesse momento. Uma de suas mãos se enroscou no cabelo na nuca dele, puxando-o para baixo para um beijo ardente enquanto a outra mão mergulhava em sua cueca. Lentamente, com o punho cerrado que fez as pernas de Lucian tremerem, ela o acariciou da base até a ponta.

Algo torceu por dentro dele, enviando faíscas por suas veias. Jordyn manteve os olhos em Lucian enquanto ela o acariciava repetidamente, um sorriso apareceu no canto de sua boca. Ela, claramente, gostou da sensação dele sob seu poder. Um grunhido escapou do fundo da garganta dele.

Muito disso e o controle de Lucian seria perdido.

Lucian colocou a mão no estômago de Jordyn e a empurrou até que estivesse pressionada contra o espelho. Enquanto a mão dela permanecia dentro da sua cueca, ele escorreu a dele entre suas coxas. Instantaneamente, a umidade e o calor encontraram a ponta dos seus dedos ao abrir os lábios carnudos e sedosos do sexo dela. Sem aviso, Lucian mergulhou dois dedos em sua boceta, abrindo os dedos para preenchê-la.

Jordyn estremeceu, sua mão congelando em torno do pau dele. *"Oh!"*

Uma risada profunda ecoou de Lucian. "Querida, vai ficar muito melhor do que isso."

Jordyn soltou seu pau, arrastando a mão contra os músculos do abdômen dele. As unhas dela marcaram deliciosamente sua carne. Movendo os quadris na palma da mão dele, Jordyn montou seus dedos, os músculos internos dela abraçando os dedos dele com força. A essência de sua excitação molhou a mão dele e seu sexo, descendo por suas coxas. Ela apertou os olhos, a cabeça inclinada contra o espelho enquanto os cabelos cacheados dela caíam sobre os ombros e seios suaves. Os mais lindos gritinhos vindos dos lábios dela deixaram-no no limite.

Seguindo o ritmo de Jordyn, Lucian usou seu polegar para circundar seu clitóris que parecia pulsar sob seu toque com cada balanço de seus quadris. Não demorou muito para que o corpo dela estivesse tremendo e suas paredes internas estivessem apertando seus dedos com os tremores de um orgasmo, segurando-o com força. Os olhos dela se abriram à procura dos dele. O nome dele que saiu baixinho travou na garganta dela.

Lucian retirou a mão entre as coxas de Jordyn, pressionando o quadril dela para que ela girasse. "Olhe para o espelho."

"O quê?"

"O espelho. Eu quero você nos observando, *bella*. Observando comigo o quão bem você se encaixa em mim. Veja o quão linda você fica quando goza e quando geme."

Jordyn não discutiu, virando sem ele pedir de novo. Ela colocou as palmas das mãos no vidro, olhando por cima do ombro para ele com olhos pesados e bochechas rosadas. Lucian aproveitou esse momento para tirar a cueca, adorando como o olhar dela pousou em seu pau completamente ereto e só pareceu ficar lá, mesmo quando ele foi até a cômoda.

Dentro da gaveta de cima, Lucian encontrou o que estava procurando por baixo de uma pilha de roupas dobradas. Uma nova e intocada caixa de preservativos. Não demorou muito para que ele estivesse envolvido em látex e atrás de Jordyn mais uma vez.

Lucian plantou beijos por sua espinha, entre os ombros e a parte de trás do pescoço dela. Ela tinha gosto de sal e sexo. Amargo e doce. Nas flores de cerejeira não marcadas no topo de seu ombro, ele deixou sua língua atacar a pele com tinta. A luxúria pulsou diretamente em seu pau. Com cada beijo, ela estremecia. Agarrando os quadris dela, ele a puxou de volta para sua virilha, deixando seu eixo pousar em sua bunda arredondada.

Descansando o queixo no ombro dela, Lucian encontrou o olhar de Jordyn no espelho. "Gostoso?"

"Tão gostoso", assegurou Jordyn.

Era tudo o que Lucian precisava.

Uma mão deslizou até a coxa dela, levantando a perna o suficiente para dar a ele melhor acesso e ver o sexo dela no reflexo do espelho. Então, Lucian encaixou o pau em sua entrada e empurrou com uma lentidão tortuosa que ele tinha certeza de que mataria os dois.

Calor úmido o cercou. As paredes sensíveis do sexo dela se contraíram ao redor de sua intrusão, agarrando-o como uma luva e sugando-o mais fundo. Em duas estocadas afiadas, Lucian se encontrou profundamente enterrado. Palavras não conseguiram se formar quando ele tentou falar. Ele estava bastante seguro de que também não podia respirar por um momento.

Nada foi tão bom quanto a sensação da boceta de Jordyn apertando seu pau. A umidade escorregadia do sexo dela cobrindo seu eixo, cobrindo-o com ela. Os tremores de estar inteiramente dentro dela pela primeira vez reverberaram diretamente no peito dele. Como um maldito tambor, seu coração batia acelerado.

Jordyn gemeu quando Lucian puxou para fora e enterrou seu pau no fundo de novo. O impulso era duro e forte, mas ela se preparou para isso. Mesmo assim, suas mãos no espelho escorriam, e ele quase não percebeu os joelhos dela começando a ceder. Lucian envolveu o braço em torno da cintura dela e apertou, pressionando seus lábios na orelha dela.

"Eu sempre segurarei você, querida. Apenas me sinta, ok?"

Jordyn engoliu em seco, balançando a cabeça.

"Olhe", exigiu Lucian. "Olhe para nós, Jordyn."

Ela olhou, seus olhos descendo para onde eles estavam conectados. Lucian sabia que ela podia ver suas coxas abertas, a boceta preenchida e os fluidos dela encharcando os dois. Somente para ele.

"Oh, Deus", ela respirou.

"Não, *Dio,* Jordyn. Apenas eu. Sinta. Coloque sua mão aqui e me sinta fodendo você."

O pulsar em seu eixo aumentou quando os dedos tremendo dela entraram em contato com seu pau.

"Devagar", disse Lucian querendo tranquilizá-la.

Lucian poderia até querer tomá-la com força e rapidez, fodê-la até que ela não sentisse nada senão ele, mas ele sabia que não podia. Não só por causa da dor e lesões ainda persistentes do ataque, mas também porque não era o que nenhum deles precisava.

Então, ele a comeu devagar e gentilmente. Sem pressa, longas investidas que lhe renderam gemidos baixos e gritos ofegantes. A mão de Jordyn encontrou seu caminho de volta para o pescoço dele, os dedos dela enredando em seus cabelos. O corpo dela o aceitou facilmente a cada impulso, suas coxas se abrindo um pouco mais para levá-lo incrivelmente mais fundo.

"Tão linda, Jordyn. Você não vê isso?"

No espelho, Lucian viu Jordyn virar o rosto para ele. Aqueles lábios trêmulos pousaram na bochecha dele, abrindo para dizer o nome dele. Isso tinha que ser a melhor coisa que ele já havia ouvido, junto com os sons de seus corpos se encontrando e seu pau encontrando o céu uma e outra vez, é claro. Quando os dentes dela beliscaram seu maxilar e suas unhas penetraram o couro cabeludo dele, a dor misturada com prazer o deixou tonto.

Lucian sentiu os músculos abdominais dela retesando enquanto ele atingia um ponto dentro do seu sexo que fez com que fluidos dela jorrassem em seu eixo. "É aqui, é?"

"Bem aí", ela sussurrou.

Lucian não aumentou sua velocidade vagarosa. Não havia necessidade de se apressar, e ele estava tão perdido na sensação que não podia imaginar se apressando até o final.

Mais uma vez, o orgasmo de Jordyn chegou rápido e forte, sem qualquer aviso. Todo músculo no corpo dela parecia se soltar com o clímax, mas o braço de Lucian em torno da cintura dela a impedia de desabar.

O pulsar de suas paredes internas levou Lucian ao limite do prazer, e ele não se incomodou em evitar que passasse voando sobre ele. Tão fundo quanto podia, ele ocupou o corpo de Jordyn apertado ao seu quando ele derramou sua semente na camisinha com um gemido estrangulado.

Nem um segundo depois de Lucian sair de seu corpo, ele estava girando Jordyn e pegando-a em seus braços como se ela não pesasse nada. Ela o beijou ofegante enquanto ele os levava para o banheiro e fechava a porta.

"Hum..."

Algo parecia muito perverso e, terrivelmente, bom demais para início da manhã.

A única razão pela qual Jordyn sabia que era cedo era porque ela ainda estava cansada. Ela também estava dolorida, mas isso não era nada novo. Pelo menos, para esta manhã em particular, ela poderia atribuir essa sensibilidade ao que aconteceu entre ela e Lucian no dia anterior.

"Acorde, querida", ela o ouviu dizer.

Jordyn virou-se para o lado se esforçando para fingir que não o tinha ouvido. Isso poderia ter funcionado se os dedos dele não estivessem acariciando-a de uma forma tentadora entre as coxas, molhando-a de um jeito tão bom e fazendo-a ver estrelas por trás das pálpebras fechadas. Em vez de tentar continuar ignorando-o, ela cedeu à tentação e abriu as pernas para ele debaixo dos lençóis, ganhando sua risada sombria e um beijo no ombro.

"Jesus, Lucian... Q-q... que horas são?"

"Sete."

"Da manhã?"

"Bem, não é da noite, Jordyn."

Ela, vagamente, sentiu os cobertores sendo empurrados de seu corpo, permitindo que o ar frio percorresse sua forma nua. A boca de Lucian seguiu um caminho quente pela cintura dela, parando para beijar suas coxas antes de beliscar suavemente seu traseiro. Jordyn gritou, mas ele se transformou em um gemido pesado quando os dedos dele atingiram seu ponto G com uma precisão conhecida.

"O que você está fazendo?" Ela conseguiu perguntar, ainda se recusando a abrir os olhos.

"Acordando você. Eu estava entediado sozinho."

"Você não estava sozinho. Você está na cama comigo, Lucian."

"Na minha cabeça eu estava", respondeu Lucian. "Foi perturbador. Nunca senti isso antes."

Jordyn abriu os olhos para essa declaração. Ela encontrou seus olhos marrons sobre os cobertores brancos, arqueando uma única sobrancelha com seu sorriso malicioso. "Por favor, não me deixe o parar. Eu não disse que essa era uma maneira terrível de acordar, a hora que é ridícula."

"Você está ciente de que não preciso que você se mova, certo? Eu posso a foder assim, e você quase não precisa fazer nada."

Jordyn não sabia o que dizer a isso, então ela não disse nada. Lucian se levantou da cama, dando a ela uma visão de seu pau já duro e pronto, coberto com um preservativo. Ele abriu ainda mais as pernas dela quando ele se inclinou sobre ela, dando a ela um beijo de bom dia e entrando nela com um gemido que a abalou de dentro para fora.

Ela, rapidamente, decidiu que Lucian a tinha arruinado para outro homem. Não levou muito tempo para ela chegar a essa conclusão.

Instantaneamente, ela estava perdida com ele dentro dela.

Ninguém tinha conseguido isso de Jordyn antes.

"Abra seus olhos, linda", murmurou Lucian.

Ela os tinha fechado? Jordyn nem sequer percebeu. Ela agarrou os lençóis, arregalando os olhos ao ver os dele observando-a de cima.

"Eu não quero isso com outra pessoa", ele disse calmamente. "E eu também não quero que você faça isso com outra pessoa. Eu os mataria por tocá-la se eu tivesse que matar. Eu mataria."

Havia uma veracidade em seu olhar. Um caroço se formou na garganta dela, mas Jordyn forçou-o para baixo. Essa declaração foi tão surpreendente quanto emocionante. Tinha que haver algo errado com ela, porque ela gostou disso mais do que deveria. Não havia como responder a isso, exceto sendo honesta quanto a maneira que ela se sentia agora, por ele e com ele.

"Ok."

"Ok", ele ecoou.

Minutos depois, Jordyn quebrou com seu orgasmo sob o peso e a vontade de Lucian. Ele gozou logo depois com a boca na dela, os dedos acariciando o cabelo dela, e seu pau tão fundo que doía.

"Bom dia", ele murmurou em sua boca.

Jordyn riu, o som quase sem fôlego. "Bom dia."

"Você precisa se levantar, querida. Eu não estava mentindo sobre isso."

Jordyn franziu a testa. "Por quê?"

"Porque, de acordo com a minha mãe, perder três domingos de missa é inaceitável, e você não vai ficar neste apartamento sozinha sem mim até eu saber que você está a salvo."

Perfeito.

CAPÍTULO ONZE

"**Você** está linda, querida", disse Cecelia Marcello se aproximando para beijar a bochecha de Jordyn. "Muito melhor do que uns dias atrás."

Jordyn sorriu docemente. Cecelia era uma mulher muito gentil e, se Jordyn aprendeu alguma coisa sobre essa mulher nas vezes em que se encontraram, é que ela não falava coisas só por falar. A mulher era contundente a um ponto quase doloroso quando ela queria ser.

Mesmo assim, Jordyn se sentiu fora de lugar, de pé nos degraus de uma igreja a qual ela não pensou em voltar. Havia pessoas rondando em torno deles, mas davam à família um amplo espaço. Evidentemente, eles também não podiam parar de olhar fixamente, especialmente para Jordyn e o homem tocando nela. A mão de Lucian estava em suas pequenas costas, dando a ela alguma forma de apoio, mas ele virou as costas para falar com seu irmão Dante em sussurros silenciosos que ela não conseguiu decifrar.

"Eu tento", respondeu Jordyn. "Lucian certamente ajudou."

Cecelia piscou. "Fico contente que o vestido coube. Eu fui pelos tamanhos que você me deu, mas eu não tinha certeza. Ficou fantástico."

Até a altura do joelho, o vestido em tons de caramelo com mangas que chegavam até os cotovelos escondia a grande maioria de seus ferimentos e contusões. Seus cachos soltos, emoldurando seu rosto e caindo em torno de seus ombros, escondiam as marcas que estavam no pescoço dela e a pequena mancha e corte na mandíbula. Um pouco de corretivo ajudou também.

Cecelia ajeitou um dos cachos soltos de Jordyn quase instintivamente, como faria uma mãe. "Você vai jantar na nossa casa esta noite com Lucian, certo?"

"Eu não sei." Jordyn se virou para Lucian, chamando sua atenção imediatamente. "Vamos jantar?"

"*Sì*", disse Lucian. "Eu tenho que ser visto, como de costume."

"Você faz isso parecer ser uma tarefa difícil", sua mãe murmurou.

"Com Kate lá é, *mamãe*."

"Minha irmã estará no seu melhor comportamento, eu prometo."

Sabendo que Kate era a esposa do pai biológico de Lucian, Jordyn simpatizava com seu súbito desgosto.

Lucian pareceu ter mordido algo podre. "Tenho certeza. Onde está o pai?"

Pela primeira vez desde que chegaram, Cecelia pareceu desconfortável. "Ele está lá dentro com Gio, esperando."

Lucian franziu a testa. "Pelo quê?"

Dante limpou a garganta e enfiou as mãos nos bolsos. Ainda assim, sorriu para Jordyn quando ela olhou para ele.

"Dê um tempo a ele, Lucian. Você o preocupa. Ele está lidando com muita coisa. Há muitas coisas que ele tem que considerar."

Lucian olhou para a mãe com os olhos estreitos. "Não há nada a considerar. Já fiz minhas escolhas. Ele não tem que opinar nesta situação."

"Você sabe que isso não é verdade", murmurou Dante.

"Eu sei que é, porra", retrucou Lucian. "Ao contrário da sua, minha vida romântica não está sob controle dele. Ela não afeta o futuro da família."

"Lucian. Dante. Chega", Cecelia repreendeu. "Parem com isso."

Nenhum irmão pareceu ouvir a mãe.

"Não?" Perguntou Dante. "Eu entendo onde você quer chegar, cara, mas você tem que jogar de acordo com as regras. Isso significa deixar papai se resolver sobre isso."

"Como você faz?"

Dante sorriu. "Isso não é o que eu quero dizer."

"É, sim."

Lucian balançou a cabeça, pesar aparecendo em seu comportamento geralmente calmo. Suas próximas palavras foram faladas rapidamente e em italiano, terminando efetivamente a conversa.

Curiosamente, Jordyn sabia que eles estavam falando sobre ela e a situação de que Lucian a havia tirado, e agora estavam lidando com isso. Era horrível estar de pé ali ouvindo isso, e ninguém parecia se importar. Ela não gostou de pensar nele estando em desacordo com sua família, especialmente com pai dele, por causa dela.

"Vem." Lucian puxou a mão de Jordyn, tirando-a de seus pensamentos.

Foi só então que Jordyn percebeu Dante levando Cecelia para a entrada da igreja.

"Sinto muito", disse Jordyn, mantendo Lucian ao seu lado em vez de seguir os outros.

"Não sinta. E não se preocupe com nossas discussões."

"Mas é sobre mim", argumentou ela.

Lucian sorriu. "Confie em mim, querida, isso é mais do que apenas sobre você. Isso são anos de coisas acumuladas entre nós, não são mais ignoradas. Está sendo esfregado na cara de todo mundo agora."

Jordyn tentou se lembrar de algumas coisas que ele havia explicado sobre sua família, a estrutura e o negócio da máfia que girava em torno deles. Muitas coisas de suas vidas pessoais se entrelaçavam com as regras e expectativas do estilo de vida *Cosa Nostra*. Se ela tinha entendido suas explicações corretamente, Lucian não estava na posição que deveria estar, já que ele era o filho mais velho.

"Você não é o filho mais velho?" Perguntou ela em voz baixa.

Lucian assentiu. "Mas Dante é o filho biológico primogênito de Antony. As coisas seriam diferentes se o meu pai não tivesse morrido, talvez. De qualquer forma, eu era filho da amante dele. Se sua esposa tivesse lhe dado filhos, eles teriam recebido mais controle do que eu."

"O que você quis dizer com é diferente para ele?"

"Dante?" Quando ela assentiu, Lucian suspirou. "Ele tem que se casar com uma italiana, ou no mínimo alguém que tenha fortes laços sicilianos em sua linhagem. Uma garota que nosso pai aprove inteiramente, de preferência de uma família semelhante à nossa. Certamente, não tem que ser porque ele a ama, mas porque é necessário que ele assuma. O tempo de Dante está se esgotando para encontrar alguém que se adeque a ele porque ele a quer, não porque ela foi escolhida para ele, e ele sabe disso."

"Como seu pai biológico", disse Jordyn.

"Sim, e isso terminou de forma terrível para ambos os lados."

"O que acontece se o tempo acabar?"

Lucian olhou para longe claramente incomodado com a pergunta. "Não importa."

"Eu acho que sim, e você não quer me dizer por que importa. O que acontece, Lucian?"

"A comissão toma as decisões finais em relação aos chefes. Vou explicar melhor sobre a comissão em outro dia, mas, no entanto, ajuda que a família Marcello, essencialmente, domine o conselho."

"E?" Jordyn pressionou.

"Se Dante não se adequar aos seus requisitos, eles elegerão a próxima melhor escolha. Eles preferem mantê-lo na família. Não poderia ser Gio. Ele é muito jovem e muito instável. De qualquer forma, ele não quer ser chefe. Eu também não quero isso para ser honesto."

Não precisava ser dito, mas estava tão claro quanto o dia.

"Mas você é a próxima melhor escolha."

"Sim", admitiu Lucian.

"E eu não sou aceitável", sussurrou Jordyn. "Nós nem mesmo estamos... Não é como se estivéssemos indo nos casar, Lucian. Isso não deveria ser um grande problema."

"Eu acho que você não entende, querida. Trazer você aqui, sendo vista comigo e com minha família, é tão significativo como ir a público em nosso mundo. Agora eles têm expectativas. E eu estou bem com isso."

Jordyn não gostou de como isso soou. "E se eu não estiver?"

"Isso a incomoda?" Ele perguntou.

"Eu não disse isso. Só é muita coisa para assimilar às nove da manhã, Lucian."

"Você não ouviu o que eu disse na cama?"

"Sim, eu ouvi você. Eu também disse o que eu queria."

Tão desconcertante e imprudente quanto aqueles sentimentos estranhos eram.

"Ótimo. Você é perfeita para mim, Jordyn, e é isso que me importa. Nada mais é importante."

"Mas-"

"Um dia de cada vez", Lucian interveio suavemente.

"Então, por que parece que acabamos de avançar rapidamente?"

"Você contou a ela sobre nós", disse Antony, dando voltas na boca do copo de uísque com o dedo.

Não foi sequer uma pergunta. O pai de Lucian simplesmente fez a declaração e depois ficou em silêncio, deixando seu filho absorver as palavras. Sentado ao lado de seu pai na varanda da grande casa em Tuxedo Park com vista para o quintal, Lucian tentou não deixar sua raiva aparecer para Antony.

Ele falhou.

"Sim", admitiu Lucian. "Não os detalhes principais, nem tudo o que fazemos, mas as partes importantes ela sabe."

"Ela é alguém de fora, não da família. Você sabe o quão importante é a fidelidade e a confidencialidade para nós. Se você fosse outro homem, e não meu filho, esperariam que eu o matasse por fazer isso."

Lucian franziu a testa sabendo que ele decepcionou seu pai ao expor seus segredos. "Ela é importante para mim. Não consigo explicar isso, mas ela é. Eu tenho que seguir em frente, *papà*. Você tem que confiar em mim, recue um pouco aqui e deixe-me fazer isso como eu acho conveniente."

"Ela teria que ser importante", murmurou Antony. "Caso contrário, eu ficaria seriamente preocupado com sua falta de julgamento. Eu nunca estive tão confuso com você em todos os seus anos como já estive nas últimas semanas. Escondendo coisas de mim. Desprezando suas responsabilidades. Tomando decisões perigosas. Você não colocou os pés nesta casa por mais de duas semanas. Se você não tivesse necessitado da ajuda da sua mãe para comprar coisas que a garota precisava, você não teria ligado para ela nenhuma vez. Era como se você tivesse sumido do mapa. Este não é o menino respeitoso e inteligente que criei. Para onde ele foi, Lucian?"

"Não me trate assim. Você apareceu naquela primeira noite e viu o que ele fez com ela. Você não pode me culpar por deixar outras coisas de lado para eu poder lidar com as coisas que ela precisava primeiro."

"Parece que ela está melhorando muito", disse Antony calmamente. "Embora eu tenha certeza de que você viu muito mais do que eu."

Lucian se recusou a responder a essa pergunta não feita.

"O que você vai fazer agora?" Perguntou seu pai.

"O que eu tenho feito. Mantê-la por perto e segura. Comigo, claro."

Porque Lucian jamais poderia imaginar lidar com alguém cuidando de Jordyn e protegendo-a.

"Eu imagino que você ache que pode fazer o melhor." Antony suspirou. "Isso não será tão fácil quanto você pensa."

" Na verdade, eu nunca pensei que seria. Eu preciso da sua permissão para fazer o que eu preciso se necessário."

A questão era que, por Antony ser o chefe dos Marcello e tecnicamente ter controle sobre o Brooklyn, seus homens não podiam resolver os problemas a menos que ele desse sua permissão para eles fazerem isso. Era ainda mais complicado se as questões envolvessem outros homens feitos[8], mas esse não era o caso.

8 O termo original é *made men*, que são membros totalmente iniciados da Máfia.

"Eles vão procurar por ela, se já não começaram. Jordyn mencionou que Will exigiu que ela voltasse ao trabalho depois de uma semana. Esse período já passou faz muito tempo."

"Eu quero que você tenha cuidado", disse Antony.

"Ele a rotulou como propriedade do clube. Eu acho que a hora de se preocupar já passou. Se ele pôr as mãos sobre ela, não a verei novamente. Não posso arriscar isso. Eu preciso lidar com isso."

"E o seu apartamento em Manhattan? Não consigo ver os membros do MC gastando uma grande parte do tempo deles nessas ruas. Ela ficaria mais segura lá, é só dizer se se você precisar lidar com algo sozinho, que é o que você costuma fazer, e eu preciso que você continue com seu negócio normalmente", disse Antony. "Você tem mais segurança lá. Se você insistir em mantê-la com você, é lá que vocês dois devem estar, não no Brooklyn. Você está muito perto deles."

Lucian estava ciente disso. "Ela estava muito ferida para viajar nos primeiros dias. Além disso, Manhattan não seria apenas estranho para eles, mas para ela também. Eu não quero que ela se sinta desconfortável com meu status e dinheiro."

"Dê crédito a ela. Ela nem hesitou com o tamanho desta casa. Ela se adaptou incrivelmente bem a sua situação, seja lá o que for."

"Você estava observando quando entramos no portão?" Lucian perguntou surpreso.

Antony riu profundamente. "Primeira mulher que um de meus filhos, de bom grado, traz para casa? Claro que sim, Lucian."

"No entanto, você não pôde me cumprimentar na igreja?" Lucian perguntou.

"Eu estava lidando com Gio."

"Por que mentir? Você não queria ser visto me cumprimentando com uma mulher ao meu lado publicamente. Você nem se apresentou a ela. Foi isso, pai."

"Não, eu estava lidando com Gio", repetiu seu pai fortemente. "Ele fez um comentário — chamou a menina de sua *principessa*. E ela pode muito bem ser, Lucian, mas não posso deixar que outros ouçam isso agora e espalhem isso para a família Marcello. Eu não quero que as pessoas assumam que as vidas pessoais de meus filhos estão acima das suas vidas profissionais. É perigoso, especialmente se outros mafiosos acreditam que você está mais perto de se estabelecer na vida do que Dante está. Olhos se voltarão para você, filho. Eles estarão observando você, querendo saber se você vai fazer uma jogada com seu irmão, ou pior, comigo."

"Eu não me importo. Deixe-os. Não quero ser chefe. Estou feliz fazendo o que eu faço agora."

"Não posso, Lucian. Você não precisa estar brigando com seu irmão em particular ou publicamente para que outros digam que você é. É assim que os problemas começam. Pequenas questões se transformam em grandes guerras. Não é apenas a *Cosa Nostra* que devemos considerar. Eu fiz tudo o que pude durante anos para manter a nossa família sob nosso controle. É o que é mais importante, manter nossa família como nossa."

"Eu entendo, mas ela não tem nada a ver com nada disso. Jordyn é apenas..."As palavras falharam novamente para Lucian.

"Ela é o que, alguém que você precisa proteger? Foi por isso que você se apegou a ela, porque você sente que precisa ajudar, pois as coisas melhoraram para você e esta é sua maneira de retribuir?"

"Não. Não é isso", respondeu Lucian. "Nada assim."

"Explique-me, então, porque estou perdido aqui, filho."

"Eu te disse, ela é importante. Eu vou deixar que isso vá onde quer que tenha que ir. Acho que me arrependi muito de não ter conseguido me erguer sozinho. Eu não vivo com arrependimentos, então não vou começar a ter com alguém como ela."

"E você está esperando que isso termine com você e ela indo juntos, *sì*?"

Lucian encolheu os ombros. "Não vou colocar explicações e sentimentos sobre coisas que não entendo."

"Posso confiar nela?" Antony perguntou baixinho. "Com nossa família, a *Cosa Nostra* e meu filho também?"

"Eu confio", respondeu Lucian.

"*Dio*. Isso é bom o suficiente para mim, então. Ainda tenho que conhecê-la adequadamente.

Cecelia pegou a colher de pau coberta com um molho grosso e vermelho, saboreando-o com os novos ingredientes. Ela deu à mulher mais nova um aceno de aprovação antes de se virar para lavar a colher.

"Estou impressionada", disse Cecelia. "Eu não teria pensado nesses."

Jordyn encolheu os ombros, continuando a mexer na mistura de temperos que escolheu para o molho de macarrão especial que Cecelia se recusou a contar os ingredientes secretos. "É algo certeiro. Se é realmente bom desde o início, isso o faz ótimo. Pelo menos, foi isso que eu sempre achei."

"Eu segui a receita exata por anos. Nunca me desviei dela."

Brevemente, Jordyn se perguntou se tinha ultrapassado os limites. Uma cozinha era o reino de uma mulher, especialmente a cozinha de uma mulher italiana. Cecelia, obviamente, tinha orgulho de sua cozinha e das refeições que preparava para sua família.

"Eu vou ter que mudar a receita agora", acrescentou Cecelia sorrindo. "Eu não sei como a avó de Antony teria se sentido sobre isso, que Deus abençoe sua alma."

Jordyn sorriu. "Obrigada. Isso significa que vou poder ver o resto da lista de ingredientes?"

"Lamento, mas não. A tradição é o que é, querida. Algum dia, talvez eu seja capaz de contar, mas não hoje."

"Algum dia?"

O que isso significava?

Cecelia piscou. "Outra hora. Você gosta de cozinhar, não é?"

"Meio que tive que aprender se eu quisesse algo comestível para comer", Jordyn respondeu, escolhendo cuidadosamente suas palavras. Entrar em uma discussão sobre como sua própria mãe estava muito drogada metade do tempo para cozinhar e sem se lembrar de comprar comida não era algo que ela queria falar. "Quando eu envelheci, tornou-se um passatempo fazer coisas diferentes, que não tinha feito antes, e tentar coisas novas em receitas antigas. Eu gosto de ver outras pessoas curtirem minha comida."

"Cozinhar é terapêutico", concordou Cecelia. "O Senhor sabe que, quando meus meninos chegaram a uma certa idade e começaram a seguir seu pai com os... negócios... eu estava nesta cozinha chicoteando minha preocupação mais vezes do que eu posso lembrar. Sem mencionar as coisas normais da adolescência em que eles me metiam. Criar três meninos com um pai sendo chefe do crime, minha querida, é um passeio assustador e cheio de diversão. Honestamente, é um milagre eles não estarem gordos. Antony também."

Jordyn bufou. "Tenho certeza de que eles nem se importariam. Você sempre soube... sobre Antony, quero dizer?

Cecelia limpou a garganta, colocando a colher limpa no balcão. "Quando você cresce nisso, não é difícil entender quem é quem. Claro, ninguém pensou, naquela época, que um jovem capo como Antony iria subir como ele subiu. Minha irmã já havia sido arranjada para se casar com o homem que eles queriam que fosse o próximo chefe. Nosso pai não teve filhos, sabe, e ele não queria qualquer um atrás dele."

"O pai biológico de Lucian, certo?"

"*Sì*. Então, quando eu me casei com Antony, não houve discussão. Tudo já estava definido de acordo com os negócios. Kate se casou pela família e negócios, e eu me casei por amor. Ela não pôde esquecer isso, e não me importo que ela veja o filho do homem dela feliz, saudável e rico de muitas formas. Se fosse do jeito dela, Lucian não seria nada, o filho de ninguém. Agora, ele está exatamente onde deveria estar desde o começo. Um Marcello, um príncipe da máfia, fazendo o que ele gosta e o que ele é bom.

"Eu sempre quis três filhos", continuou Cecelia, sorrindo tristemente. "Depois do nascimento de Gio, que me deixou sem meus órgãos reprodutores, não seria possível. Isso quebrou meu coração. Lucian entrando em nossa família parecia como se ele sempre devesse ter estado aqui. Eu consegui meu terceiro filho, e Antony conseguiu aproximar uma parte do melhor amigo de um jeito que nunca sonhou. Lucian, desde que entrou nesta casa, sempre foi nosso. Nunca deixei que ele sentisse nada além disso e eu também não permitirei que os outros se sintam assim."

"Até Kate?"

"Até mesmo minha irmã."

"Ela é tão horrível assim?" Perguntou Jordyn.

Honestamente, Jordyn não sabia muito sobre Kate ou o pai biológico de Lucian. Mesmo Lucian sendo um livro aberto sobre a maioria das coisas, ele guardava essa parte bem guardada. Como se talvez o machucasse ou o envergonhasse falar sobre sua vida antes.

"Ela pode ser", respondeu Cecelia. "Lucian se virava bem, como ela gosta de dizer quando os outros não estão por perto. Tenho certeza de que ela será a mesma de sempre esta noite, mas é difícil dizer."

Jordyn tinha mais uma pergunta para Cecelia. "Quantos anos Lucian tinha quando os pais dele morreram?"

"Seis."

A mente de Jordyn congelou. "Mas..."

"Mas o que, querida?"

Ela tinha certeza de que Lucian tinha lhe contato que foi adotado pela família Marcello quando ele tinha oito anos durante suas muitas discussões na semana passada.

Onde ele esteve esses dois anos?

Jordyn não teve a chance de perguntar. A campainha ressoou por toda a casa.

"Tudo bem para você continuar mexendo isso por alguns minutos?"

Jordyn olhou para a grande panela de aço inoxidável que continha molho suficiente para alimentar um exército. Não parecia ser difícil não deixar o molho queimar, mesmo que fosse uma porção maior do que ela fazia. "Claro, eu acho."

"Ótimo, porque depois de deixar a família entrar, eu vou dar uma olhada no meu marido. Quando Antony fala com um copo de uísque na mão, geralmente, é um sinal que ele está estressado. Kate não é a única que precisa estar em seu melhor comportamento esta noite."

Com isso, Cecelia se foi, deixando Jordyn sozinha com seus pensamentos mais uma vez.

CAPÍTULO DOZE

Quando Cecelia entrou na varanda e olhou o copo de uísque vazio de Antony, Lucian rapidamente saiu, não querendo ouvir uma palestra sobre tomar bebidas alcoólicas aos domingos novamente.

Não demorou muito para encontrar Jordyn na cozinha, no fogão. Ela estava mexendo um molho com toda a atenção. Jordyn não pareceu ter ficado sobrecarregada com as três comidas diferentes que ela estava fazendo, passando facilmente de uma panela fervendo a outra sem problemas. Lucian não sabia que ela cozinhava, e isso o incomodava. Não era culpa dela, considerando que ele pediu a maior parte da comida deles durante a última semana.

Vê-la agora, no entanto, cozinhando em uma cozinha apta a uma rainha como sua mãe o acertou em cheio. Uma casa como essa poderia ter sido dela e ninguém saberia a diferença. De onde ela veio, não que ele se importasse, era muito parecido com onde ele começou.

Adaptar-se bem era um eufemismo, pensou Lucian.

Jordyn não pareceu fora de lugar e Lucian sentiu-se estúpido por pensar que sua riqueza poderia ser um incômodo para ela porque ela não estava acostumada a isso. Talvez Jordyn simplesmente não se importasse com o dinheiro. Afinal, ela chutou aqueles saltos de seiscentos dólares quando chegaram sem sequer saber o preço deles. Ela estava cuidando de um molho vermelho borbulhante sem um avental e não se importava em manchar o vestido muito caro que ela usava, e não porque ela também não soubesse o preço.

Um elástico que ela não estava usando antes segurava seus cachos em um rabo de cavalo. Com o cabelo puxado para trás como estava, alguns dos hematomas em seu pescoço ficaram visíveis, mas não estavam ruins. Havia também uma ligeira marca avermelhada em seu pulso que não tinha estado lá na noite passada, mas foi cortesia dos dentes e da boca de Lucian naquela manhã.

Ele a marcou muito claramente. Qualquer um que estivesse próximo o suficiente para ver a mordida de amor saberia exatamente o que era. Lucian gostou muito disso. Só de olhar para isso de uma certa distância, enviava algo primitivo para seu estômago enquanto a luxúria inundava suas veias.

Isso meio que fazia Jordyn dele.

Isso era território perigoso.

Precisando se distrair desse assunto, Lucian cruzou a distância entre ele e Jordyn, aproximando-se silenciosamente do fogão. Suas duas mãos pousaram na cintura dela, agarrando forte enquanto ele se inclinava para beijar seu pescoço. Jordyn não pareceu surpresa com sua presença repentina. Na verdade, ela relaxou em seu aperto e virou a cabeça, permitindo que Lucian pressionasse os lábios no canto de sua boca.

"Ei", ela disse. "Como foi?"

Lucian não escondeu o fato de ele e seu pai precisarem de privacidade para conversar, e era sobre Jordyn estar sob sua proteção e em sua vida. Ele achou que ela merecia saber as coisas que tratavam sobre ela.

"Tudo bem", respondeu Lucian. "De qualquer maneira, eu acho que resolvemos tudo."

"Trazer uma garota para casa é uma grande coisa para vocês, Marcello, não é?"

"Sim, meio que sim, querida. Especialmente se tem uma gangue atrás dessa garota e isso pode nos causar problemas."

Jordyn ficou rígida com o lembrete.

"Desculpe", ele disse rapidamente.

"Não, eu só... não importa."

"Fala."

Jordyn continuou mexendo as muitas panelas no fogão, suspirando. "Parece fácil esquecer."

A testa de Lucian enrugou. "Esquecer? Jesus, como?"

"Não tenho certeza", disse Jordyn com uma risada baixa. "Parece louco, eu sei. Mas quando estou perto de você, não sinto que preciso ficar olhando por cima do meu ombro. Eu não me sinto insegura. Quero dizer, olhe para esta casa, Lucian." Ela acenou para a cozinha em que estavam. "Aqui, agora. Como eu deveria me sentir como uma garota problemática fugindo de um homem que quer matá-la quando estou em um lugar como este? Não consigo me sentir desse jeito. Então, sim, é fácil esquecer."

Talvez ele pudesse entender isso se tentasse. E, puta merda, se ela quisesse fugir da realidade por um momento, quem era ele para criar algo para ela se preocupar?

"Ajudando minha mãe, hum?" Perguntou Lucian. "Eu não sabia que você gostava de cozinhar. Podemos comprar algumas coisas se quiser. Ser italiano significa que Cecelia se certificou de que todos nós soubéssemos como nos alimentar."

"Ela me deixou tentar algo diferente, na verdade."

Lucian congelou. "Você quer dizer, adicionando às receitas dela? Ela... *deixou* você fazer isso?"

Isso não era possível. Não com o TOC de sua mãe excessivamente maníaca na cozinha. Cecelia teria um ataque se alguém mudasse qualquer coisa um único centímetro de onde ela queria que estivesse. Aprender a cozinhar sob o olhar de uma águia era irritante.

"Sim. Por quê? Foram apenas alguns temperos. Não era como se eu fosse fazer a comida ficar com um gosto horrível de propósito, Lucian."

Lucian balançou a cabeça, tentando afastar a sensação diferente. "Não, eu acho que você não entendeu. Minha mãe não permite que as pessoas a ajudem a cozinhar. Antony já tentou adicionar um pouco de sal a um de seus guisados, e ela quase o acertou com a colher de pau. Dante achou que seria divertido mudar as etiquetas dos temperos dela quando tinha dezesseis anos, e ela o fez lavar todos os rodapés nesta casa com trapos e água quente e sabão. Você quer conhecer cada metro quadrado desta casa, Jordyn?"

Jordyn não parecia incomodada por essas declarações. "Quanto tempo demorou?"

"Uma semana, e isso com ajuda. Ela é louca por esse espaço. Todos nós tendemos a ficar longe por razões evidentes de segurança e saúde mental."

"Ela gostou do que eu fiz. Você vai ver. Está uma delícia. Quer provar?"

Lucian pensou na situação, não entendendo absolutamente nada. Como aquela mulher conquistou sua mãe o suficiente para deixá-la se meter com sua cozinha? Simplesmente não fazia sentido no cérebro dele.

A menos que…

"Ela gosta de você", disse Lucian, expressando seus pensamentos. "Confia em você."

Jordyn lentamente se virou nos braços dele, olhando cautelosamente para ele. "Isso é uma coisa ruim?"

"Não. *Mio Dio, não*", ele soltou uma risada. "É... ótimo na verdade. Eu estava tão distraído com meu pai que achei que Cecelia seria a mais fácil, agindo como a pessoa normal e educada que ela é. E ela foi, mas de um jeito diferente. Não, isso é bom."

Jordyn ainda parecia incomodada com tudo isso. Era exatamente por isso que Lucian se encontrava tão inexplicável e estranhamente apanhado por tudo sobre essa mulher. Ela tinha suas inseguranças, mas era confiante de maneiras que ninguém entendia até que estivesse na sua cara.

Perfeita, era o que ela era.

"OK. Você quer provar o molho agora?"

"*Sì, bella*, vou provar seu molho."

Jordyn se virou e pegou uma colher limpa no balcão, mergulhando-a em uma panela antes de voltar para Lucian. Aqueles lindos lábios cor-de-rosa dela se contraíram enquanto ela soprava o molho vermelho, mantendo a atenção dele apenas na boca dela durante aqueles breves segundos antes de ela oferecer a colher a ele.

Lucian provou sem titubear.

Cazzo.

Santa merda.

Algo requintado atravessou seu paladar, fazendo-o gemer no fundo da garganta. O molho sempre foi bom, sem dúvida, mas com o que Jordyn acrescentou melhorou umas dez vezes para que não fosse simplesmente um sabor, mas uma experiência.

"Droga", ele murmurou quando tirou a colher. "Isso é..."

"Bom", Jordyn terminou, sorrindo.

Ele respondeu a isso esmagando sua boca na dela.

Jordyn não estava esperando o beijo, porque seu baixo e fofo gritinho de surpresa foi afugentado pela língua de Lucian. Ele ainda não conseguia superar o quanto ele gostava de beijar essa mulher e o quanto ele a queria.

Lucian estava tão perdido em Jordyn e nos dedos dela enroscados nos cabelos dele que ele não escutou as vozes se aproximando da cozinha até chegarem à entrada.

"Bem, essa não é uma visão fofa."

As bochechas de Jordyn ficaram cor-de-rosa enquanto escondia o rosto. Lucian ficou envergonhado, considerando que a primeira pessoa a falar fez seu sangue ferver apenas por estar perto dele.

Kate Catrolli Grovatti era um monte de coisas. Ser um aborrecimento para Lucian era apenas uma delas.

"Boa noite, Kate", Lucian cumprimentou, incitando Jordyn a voltar para o fogão com ele do lado dela.

Havia várias pessoas que deveriam aparecer no jantar em família, como em todos os domingos. Nem todos eram parentes, mas eles eram membros da *Cosa Nostra* de alguma forma. Normalmente, capos mais próximos, afiliados importantes e convidados de qualquer um dos irmãos. A única família de verdade que vinha era Kate, o irmão mais novo de Antony, que era um dos advogados deles e um primo ou dois.

Atualmente, o grupo de três que estava na cozinha e observava Lucian e Jordyn com interesse extra incluía Kate, Gio e um homem que Lucian não conhecia.

Lucian brevemente se perguntou se ele tinha sido convidado por Kate ou por um de seus irmãos.

Era só Lucian descobrir. "Uh, Gio, quem é esse?"

"Lucian, Salvatore. Um amigo meu. Salvatore, Lucian, meu irmão.

Lucian assentiu, entendendo imediatamente. Era amigo do irmão dele. Ao apresentar este Salvatore como amigo dele, Gio deixou perfeitamente claro, sem declarar, que o homem era simplesmente um associado e afiliado só ao negócio. Se ele tivesse apresentado o homem como um amigo nosso especificamente, significaria que ele era um homem feito em uma família *Cosa Nostra*.

"São só vocês?" Perguntou Jordyn.

Ela acenou para o fogão como se dissesse que havia muita comida se fosse.

"Não", Lucian disse, rindo. "Ainda há mais alguns que aparecerão."

"Dante convidou Jess, ou mamãe convidou por ele", acrescentou Gio. "Além disso, papai está conversando com Camden e Ross."

"Nosso primo e tio", Lucian explicou a Jordyn antes que ela pudesse perguntar.

"E quem é essa?" Kate perguntou, olhando para Jordyn como se ela fosse curiosa demais para o seu próprio bem.

Lucian odiava essa mulher. Desprezava-a até.

"Esta é Jordyn."

"Jordyn quem?"

O maxilar de Lucian se apertou, mas a mão de Jordyn entrando na dele o acalmou instantaneamente.

"Hum, mamãe sabe que Jordyn está no fogão, certo?" Perguntou Gio, rondando a tia de forma quase desdenhosa.

"Sim, ela sabe", Lucian respondeu. "Até a deixou acrescentar algumas coisas."

"O quê? E a casa ainda está de pé?

"Eu sei. Não pergunte. E é melhor você também não perguntar a ela sobre isso."

"Jordyn, quem?" Perguntou Kate outra vez, mais claramente da segunda vez. "É a sua gatinha do mês, Lucian?"

"Gatinha?" Jordyn sussurrou. "Eu sinto que isso deveria me ofender de alguma forma."

E deveria, mas Lucian balançou a cabeça para afastar o assunto de Jordyn, tentando, desesperadamente, ignorar Kate ao mesmo tempo. A mulher não fazia ideia do que estava falando. Nenhuma mulher foi trazida para esta casa por um irmão Marcello, a menos que fosse uma relação de amizade. Jess era uma exceção para Dante, e isso era principalmente provocado pela mãe deles, não porque Dante a quisesse lá.

"Ela é uma boa amiga minha." Lucian tentou soar despreocupado. A última coisa que ele queria era dar mais munição a Kate do que ela já tinha. Então, para deixar claro, ele acrescentou: "*Muito* boa."

"Sim", Gio concordou calmamente, disparando para Jordyn um sorriso malicioso. "Ela também pode ser parte da família." Gio pareceu registrar seu erro imediatamente, dado que Lucian estava olhando para seu irmão. "Ei, Sal, vamos conversar com o chefe sobre os rapazes em Las Vegas."

Aparentemente, nada de negócios aos domingos não se aplicava aos amigos de Gio.

Não tinha se passado nem cinco segundos que eles tinham ido antes de começar.

"Oh." Kate deu um passo à frente, aquele olhar cintilando rondando Jordyn. Lucian entrou na frente de Jordyn para protegê-la da mulher instintivamente. "Não me diga que estou olhando a primeira *principessa* da família Marcello. Estou?"

"Não, Kate", advertiu Lucian.

"Eu estou, não estou? Jesus, qualquer um acharia que minha irmã teria me contado sobre *isso*." Kate sorriu, a visão se tornando sinistra em um instante. "Quanto tempo?"

Jordyn olhou para Lucian por instrução, seus dedos entrelaçados aos dele.

"Não muito tempo", respondeu Lucian. "E isso é tudo o que vamos dizer sobre isso. Antony está lidando com outras coisas e essa situação não precisa ser espalhada como fogo agora por qualquer um querendo fofocar."

"Mas eu não sou apenas qualquer um, Lucian."

"Eu sou sua *tia*", disse Kate, piscando os dentes brancos com um sorriso sarcástico.

Jordyn não estava prestando atenção em Kate, porque ela finalmente entendeu.

Ela não podia acreditar que tinha levado tanto tempo para entender e, francamente, ela se sentiu como uma maldita idiota por não ter percebido antes.

A mãe de Lucian o chamou de príncipe mafioso, como todos os filhos. Eles consideravam sua família uma dinastia do crime, governada pelo nome e pelo sangue. Era óbvio para Jordyn que todos os meninos Marcello eram jovens homens com objetivos focados em relação ao negócio deles, mas o fato era que eles ainda eram considerados jovens.

Possivelmente, muito jovens para estar onde estavam.

Mas não se seu pai fosse o chefe.

Lucian tinha sido claro em sua explicação sobre o que era ser quem ele era em sua família. Jordyn só tinha levado um pouco mais de tempo para entender por causa da escolha de palavras que ele fez.

"Para nós, La Cosa Nostra é mais do que um rótulo, é uma cultura. Desde o momento em que nascemos, somos jogados de cabeça e criados com todas as regras que vêm junto com isso. Isso é para a vida toda. Nosso status é um direito. Eu sempre serei esse homem. Eu sempre serei um Marcello."

O que Lucian quis dizer, e Jordyn só estava percebendo agora, era que ele sempre seria considerado a realeza da máfia em seu mundo, um príncipe. Alguém que era respeitado e adorado simplesmente por causa de quem ele era, embora tantas expectativas e responsabilidades viessem com esse título.

Dante tinha chamado Jordyn de princesa. Kate estava fazendo isso agora.

Lucian nem sequer negava isso, mesmo que ele estivesse visivelmente irritado.

Ele mesmo disse isso. Para pessoas como eles, essa palavra significava algo completamente diferente do que para o resto do mundo.

A mente de Jordyn não havia juntado tudo, mas era, sim.

Era demais.

Kate estava rondando Jordyn novamente, trazendo-a de seus pensamentos atordoados.

"*Parla Italiano? Di dove è?*" Kate perguntou a ela.

Jordyn hesitou. "O quê?"

"Ela não fala-"

"Não", Lucian interrompeu com raiva. "Porque ela não é italiana. Deixe-a em paz.

"*Não* é italiana?" Kate zombou, balançando a cabeça. "Entendi. Agora eu entendo por que Cecelia não queria me falar sobre ela. Só você mesmo para escolher alguém como ela, Lucian."

Finalmente, Jordyn saiu de seu estupor com um estrondo. "Com licença? Como eu? O que isso significa?"

"Ah, filha", Kate praticamente murmurou, embora fosse muito doce para ser verdade. "Não importa se você não entendeu, porque Lucian entendeu. Assim como Cecelia e Antony, ou os irmãos dele aliás. Você sonhou alto demais, querida. Você vai entender logo, logo.

Então, Kate deu outro passo à frente, examinando Jordyn mais de perto. "E se essas marcas em seu pescoço são alguma indicação, espero que você descubra, entenda e suma. Parece que ele é muito parecido com o pai, mais do que achávamos. Ele também a beija depois e diz que se arrepende de todos os abusos?"

As próximas palavras de Jordyn saíram por causa do choque e raiva, e uma necessidade de proteger Lucian, considerando que ele não tinha feito nada além de ser bom para ela. Esta mulher era má. "Eu não conheço você e, honestamente, eu não quero. Sugiro, no entanto, que você leve em conta o negócio deles. Porque, se eu entendi direito, você não decide nada. Certamente, não mais. Isso é o que mais irrita você?

Kate recuou como se tivesse levado um tapa. "Sua vadi-"

"Kate, que bom ver você", Antony disse na entrada da cozinha, interrompendo as próximas palavras da mulher. Os olhos dele encontraram instantaneamente os do filho, e Jordyn foi pega olhando rapidamente entre os dois, querendo ver se havia feito algo errado. Pelo jeito, não, se a forma como Lucian estava sorrindo de volta para ela fosse qualquer indicação. "Eu vejo que você conheceu Jordyn. Ela é linda, não é?"

Jordyn engoliu a raiva por um momento. Essas foram as primeiras palavras que Antony Marcello falou direcionadas a ela e, estranhamente, ela sabia que elas eram importantes de alguma forma.

"Minha esposa está bastante impressionada com ela", continuou Antony aparentemente inconsciente da tensão na cozinha. "Meu filho também, embora eu devesse dizer *filhos*, considerando que todos os meninos estão cuidando dela do seu próprio jeito. Espero que você entenda por que a mantivemos como nosso segredinho, já que ela ainda é nova na família e as coisas são complicadas."

Isso era um eufemismo.

Novamente, eles estavam falando sobre Jordyn como se ela fosse membro permanente de sua família.

"Como assim?" Perguntou Kate.

Antony sorriu severamente. "Isso não é problema seu. É de Lucian e meu.

Ao seu lado, Jordyn sentiu a mão de Lucian apertá-la de forma tranquilizadora.

Antony passou por Kate da mesma forma que Gio tinha feito antes, como se ele estivesse dispensando-a. Parando na frente de Jordyn, o homem mais velho lhe ofereceu um sorriso suave enquanto falava baixinho para Kate ouvir.

"Desculpe por não ter tido tempo para falar com você mais cedo, Jordyn. Posso vigiar o fogão um pouco até Cecelia estar pronta se você precisar de um momento. Kate pode ter esse tipo de efeito sobre as pessoas. Você precisa de um segundo?"

Jordyn assentiu. Ela precisava de mais de um. "Sim."

"Vá então."

Jordyn não precisou que falassem novamente. Ela estava fora da cozinha em um instante, fazendo o seu caminho através do casarão, sem ideia de onde estava indo. A única coisa que ela queria fazer era ficar tão longe do som das vozes ecoando o quanto pudesse, voando por um lance de escadas e fazendo a curva que tinha feito quando chegou. Ela precisava pensar.

Lucian estava logo atrás dela o tempo todo.

Eventualmente, ela parou em um corredor no segundo andar.

"Sinto muito por Kate", disse Lucian atrás dela. "Não ligue para ela."

"Eu não me importo com aquela mulher horrível. Ela pode ir para o inferno." Então, Jordyn estremeceu. "Seu pai biológico, ele não batia nela, batia?"

"Do que todos acreditam por causa da predileção dela em contar mentiras quando ninguém dá crédito a ela, não. Não havia nada visível e, sendo a esposa dele, ela sempre foi tratada com respeito, tirando a coisa da amante. E eu lembro dele com minha mãe também. Ele nunca levantou a voz. John não era um homem difícil de lidar.

"Você se lembra dele?"

"Claro. Embora ele quisesse manter minha mãe e eu em segredo de sua esposa, o que significava que ele precisava esconder isso de todos os outros também, ele passava muito tempo comigo. John assinou minha certidão de nascimento, que não era conhecida por seus amigos e familiares até depois que ele morreu, então ele deveria ter estado no hospital quando eu nasci ou pouco depois. Foi assim que Antony descobriu sobre mim. Ele sabia da minha mãe, mas nunca tinha encontrado com ela e, quando ele a procurou, ele encontrou minha documentação. John me ensinou a ler na verdade, e aprendi a maior parte da língua italiana com ele. As poucas lembranças que tenho são muito boas. Eu sei que ele me amava, e é isso o que importa."

"Você está certo. Kate não é importante." Jordyn passou pelo corredor, suas emoções ameaçando transbordar. "Por que ela é detestável e amarga? O que você poderia ter feito com ela quando você era apenas um menino?"

Lucian encolheu os ombros. "Francamente, ganhei setenta e cinco por cento da propriedade do meu pai depois do assassinato. Como esposa dele, ela só ganhou vinte e cinco. Talvez não fosse justo, mas era isso que John queria quando combinou com os advogados se ele tivesse filhos. Eu era um filho legítimo a partir do momento que ele assinou minha certidão de nascimento. Ela não conseguiu protestar, mas tentou. Assim que eu fiz dezoito anos, eu tive controle total sobre a minha parte da propriedade e do dinheiro, enquanto ela está em seus 40 anos e ainda precisa viver de uma parte restrita que ela recebe mensalmente. Caso contrário, ela o desperdiçaria como se tivesse tudo."

"Oh..." Jordyn não sabia o que dizer. Algo mais a incomodava terrivelmente. "Se era isso que significava, você deveria ter me contado, Lucian."

"Do que você está falando?"

Jordyn se virou, a raiva fervilhando. "*Principessa*? É como avançar rapidamente com o dobro de velocidade que a normal. Falando sobre isso a torto e a direito. Você nem se importou em me contar, mas parece que todo mundo entende muito bem!"

"Jesus, não faça isso", Lucian retrucou. "Não deixe toda essa besteira a incomodar. São apenas aspectos práticos, Jordyn. Semântica para a política da família. Não é importante."

"Você está mentindo. É importante para todos aqui. Não é?"

Lucian passou os dedos pelos cabelos suspirando pesadamente. "Sim, mas isso não significa que deve ser para a gente. Ok? Isso é tudo que eu quero que você entenda. Você e eu, nós temos que nos relacionar na velocidade que desejarmos. Lento, rápido ou recuar. Eu preciso de você perto de mim. Isso é importante para mim."

Ele continuava dizendo isso.

Jordyn simplesmente não sabia o que significava.

"Afinal, o que isso significa?"

"Isso significa o que diabos eu quero que signifique. Isso significa que eu gostei de acordar com você esta manhã, porque eu não dormi direito em duas semanas. Isso significa que eu gosto da maneira como você me beija e como isso não me parece estranho. Eu gosto de fodê-la, porque não parece inteiramente como uma foda. Eu gosto de você sentada ao meu lado na igreja. Gosto de lhe proporcionar coisas bonitas. Gosto de mantê-la segura comigo. É isso que isso significa. Quer algo mais definido agora?"

"Não. Mas eles-"

"Não se importe com isso. Eles não se importam. É tão simples, querida. Nada sobre nós será completamente normal. Isso é algo que você precisa entender hoje se continuaremos com isso. Eu também tenho que desempenhar um papel. E se eu quiser dizer a todos que você é a primeira *principessa* escolhida por um filho Marcello porque é verdade, então é exatamente o que eu farei."

Jordyn ficou sem palavras. "Mas... o que isso quer dizer?"

"Quer dizer muitas coisas, mas, principalmente, um futuro", disse Lucian, seu tom se tornando muito mais baixo do que era antes.

"É isso, um futuro?"

"Basicamente. Isso em si carrega muito peso."

Sim, sim.

Jesus.

Por que Jordyn tinha que gostar da maneira que ele apertava os lábios tão casualmente?

"Somos um pouco estranhos, você e eu", disse Jordyn. Como o fato de que ela não podia negar como ela se sentia por dentro quando ele estava por perto ou como ela se sentia com ele perto, mesmo quando ele não falava uma palavra. Algumas pessoas podem chamar isso de química e outros podem chamar isso de destino.

Jordyn chamava isso de assustador.

"Talvez seja normal para nós", respondeu Lucian. "E, até agora, eu gosto do jeito que isso está indo."

"Avançando rápido, deixando-me de cara o tempo todo."

"Se isso funcionar..."

Jordyn mastigou o interior da bochecha. "Você vai dizer às pessoas o que eu sou para você?"

Lucian encolheu os ombros. "Ainda não."

"Por quê?"

Melhor ainda, por que importaria se ele não dissesse? Algo dentro dela exigiu.

Jordyn ignorou sua voz interior.

"Porque eu preciso que você queira isso também."

Jordyn não teve tempo para responder. Cecelia chamou do andar de baixo, dizendo a quem não estava na sala de jantar que o jantar estava pronto para ser servido.

"Vamos", disse Lucian oferecendo sua mão. "Há mais pessoas para você conhecer."

Jordyn não hesitou em aceitá-la.

Antony mergulhou um bolinho no molho que ele tinha despejado sobre seu macarrão, dando uma bocada. Instantaneamente, sua testa franziu e ele olhou para onde a esposa estava sentada esperando na longa mesa. "Tem algo diferente, *tesoro*."

"É bom?" Perguntou Cecelia.

Jordyn escondeu o sorriso com a taça de vinho. Lucian percebeu imediatamente, balançando a cabeça com uma piscadinha.

Quão apaixonado estava um homem pela sua esposa para perceber algo tão simples quanto a receita do molho diferente, mesmo que apenas um pouco?

Era fofo, de qualquer forma, mesmo que tivesse sido Jordyn quem tinha adicionado os temperos.

Naquele momento, Jordyn percebeu que queria o que essas duas pessoas tinham. Um amor assim com um homem que percebia tudo sobre ela, mesmo que fosse bobo e ridículo. O coração de Jordyn acelerou quando a mão de Lucian encontrou seu joelho debaixo da mesa, apertando suavemente.

"Você está bem?" Lucian perguntou calmamente. "Hoje foi louco, eu sei."

"Mais do que bem", disse Jordyn com sinceridade.

Antony continuou olhando para sua esposa como se o resto das pessoas à mesa não estivessem observando sua troca com atenção. "Eu não disse que não era bom. É muito bom. Eu disse que está diferente. Está, não é?"

Cecelia assentiu. "Está."

"É tudo o que você vai me dizer? Quero saber por que a mudança repentina."

"Coma sua comida, Antony. Não posso dar detalhes a ninguém, a menos que seja uma mulher Marcello, você sabe disso. Mudar é bom."

"É apenas uma antiga receita da família. Você deveria parar com essa coisa do segredo. Eu sou seu marido, e até mesmo eu não posso saber?" Cecelia ainda se recusou a dizer qualquer coisa. Antony balançou a cabeça, suspirando. "Eu amo você, mas, às vezes, você é tão difícil de entender, *tesoro*."

"E você também não fica muito para trás", Cecelia acrescentou com um sorriso, ignorando a observação dele. "Ande logo com isso. O resto de nós está com fome."

CAPÍTULO TREZE

Jordyn estava apaixonada pelo apartamento de Lucian em Manhattan.

Bem, ele chamava de apartamento, mas estava mais para uma cobertura com acesso parcial ao telhado que se estendia como um grande deck. Não podia ser apenas um apartamento, pelo que Jordyn entendia, porque era muito grande. Só a cozinha e a sala de estar eram grandes o suficiente para acomodar o apartamento inteiro dela. Sem incluir os três quartos, um dos quais estava trancado. Havia também um escritório com uma biblioteca, uma sala que foi transformada em uma academia e uma sala de entretenimento com uma tela plana grande o suficiente para estar em um teatro e duas filas de cadeiras macias para sentar e apreciar a vista.

Poderia ter sido uma casa profissionalmente decorada dentro de um prédio alto.

De acordo com Lucian, seu apartamento não era nem o maior do prédio.

Jordyn duvidava disso.

No início da manhã, as amplas janelas de parede a parede iluminavam os quartos com luz natural. Ao pressionar um pequeno botão nos interruptores de luz, todas as cortinas das janelas naquele quarto particular subiriam automaticamente. Jordyn não precisava acender uma única lâmpada.

Ela não teve a chance de explorar a casa de Lucian quando chegaram na noite anterior. Depois do jantar com sua família três noites atrás, ele comentou sobre sua casa em Manhattan, a qual ele preferia por alguns motivos diferentes. Um, porque era onde ele se sentia mais confortável e dois, porque mais seguro.

Jordyn não se importou. A única coisa que conhecia era a vida que ela viveu antes, a qual não podia voltar. Não se ela quisesse viver, e ela queria, muito. Certamente, ajudava estar com o homem de olhos castanhos exibindo um sorriso malicioso que parecia que jamais sairia do seu lado.

Ela também não queria que ele saísse.

Quando Lucian se ofereceu para lhe dar o que ela precisava, e ela pediu segurança, ele dedicou-se completamente a isso.

Jordyn não tinha certeza do que ela e Lucian eram. Se estavam juntos ou não. Um casal ou apenas companheiros. Amantes, definitivamente. Era confortável de estar perto, sim. Ela adorava o modo como a boca dele provava sua pele pela manhã e não podia deixar de se perder ao olhar para ele quando ele não estava prestando atenção. Lucian, às vezes, era reservado, mesmo que ele não quisesse ser. Essa aura confiante e perigosa era quase sufocante de uma maneira que alimentava os desejos mais sombrios dela. Jordyn estava um pouco mais do que caidinha por esse homem.

Confuso? Um pouco.

Era mais fácil não rotulá-los e, em vez disso, simplesmente aproveitar o que os dois eram.

O que quer que fossem, estava funcionando.

Jordyn estava tão acostumada a Lucian a acordando pela manhã na última semana que, quando ela acordou antes e ele não estava lá, ela ficou confusa. Não demorou muito para descobrir onde ele estava. A porta do banheiro estava bem aberta e o chuveiro estava ligado. Ele também deixou um terno preto à beira da cama.

Depois que ela trocou o curativo de sua queimadura que, finalmente, estava começando a parecer que poderia realmente se curar, Jordyn decidiu explorar. Ela agarrou a camiseta que Lucian deixou no chão na noite anterior que ainda tinha o cheiro dele, vestiu-a e seguiu seu caminho alegremente.

O escritório de Lucian estava rapidamente se tornando seu lugar favorito.

Com o teto alto e livros em todas as direções, Jordyn não poderia ficar entediada na sala. Sempre havia algo novo a ser encontrado. Lucian colecionava pequenos enfeites de bronze, parecia que ele gostava de futebol, como todo bom menino americano, e ele era terrivelmente organizado de forma desorganizada quando se tratava de seu trabalho. Se isso fosse possível. Ela estava com medo de mover ou pegar coisas em sua grande mesa de carvalho com receio de que ele não fosse capaz de encontrá-las de novo.

Os álbuns de fotos empilhados em uma das muitas estantes de livros chamaram sua atenção. Os dois primeiros de cima eram, na maior parte, fotos da família Marcello. Cada uma era datada e legendada. Os irmãos quando eram mais jovens. Fotos do dia do casamento de Antony e Cecelia. Fotos de bebê, embora não houvesse nenhuma de Lucian. Viagens familiares e coisas assim. Todos pareciam tão felizes nas fotos.

Jordyn pegou outro álbum e começou a folheá-lo também.

Os irmãos eram mais velhos neste. Claramente na adolescência. Foi nessas fotos que Jordyn notou que as personalidades únicas de Dante, Gio e Lucian realmente começarem a assumir o controle. Adolescentes privilegiados, vestidos com o melhor, sorrindo e felizes. Quando adolescentes, eles pareciam ser ainda mais próximos e, nas fotos, o pai deles estava quase sempre presente.

A foto do baile de formatura de Lucian e uma bela garota de olhos verdes pausaram Jordyn por um momento. A menina vestia um vestido de lantejoulas rosa-claro com uma fenda até a coxa direita que, literalmente, abraçava cada curva. Lucian, com seu terno preto, colete e gravata combinando, não parecia estar muito interessado na câmera, mas em algo ao lado.

Abaixo, havia a data e os nomes das pessoas na foto.

Lucian e Reagan.

Jordyn não esperava ver uma foto dele com outra mulher, embora todos os outros minutos de sua vida estivessem documentados nos álbuns. O que foi ainda mais surpreendente foi a centelha do ciúme flutuando por seu estômago.

"Eu odiei esse baile."

Jordyn quase deixou cair o álbum de fotos enquanto se virava, ficando cara a cara com um Lucian sorridente.

"Foi horrível, mas eu realmente queria a festa que vinha depois. O acordo de Cecelia era que, se eu fosse ao baile, ela me daria as chaves da casa. Então, eu fui."

Jordyn avaliou a visão dele em nada além de uma toalha, gotas de água ainda agarradas à sua pele e cabelo. Luxúria e o desejo arderam, mas ela os afastou. "Com Reagan."

"Aparentemente, eu precisava de um encontro. Ir sozinho não era aceitável. Ela frequentava a mesma escola particular que eu. Funcionou."

"Ahn. Ela era sua namorada?"

Bem sutil, pensou Jordyn.

"Reagan?" Lucian riu, pegando o álbum de Jordyn e fechando-o. "Não. Uma amiga de um amigo. O encontro dela cancelou no último minuto, ou algo assim. Cecelia deu um jeito quando descobriu que eu estava planejando ir sozinho e ir embora logo depois de chegar. Então, Reagan e eu fomos juntos ao baile de formatura."

"Literalmente ou figurativamente?" Perguntou Jordyn.

O sorriso de Lucian se tornou um sorriso amplo. "Você está com ciúmes de algo que aconteceu há dez anos?"

"Não."

"Mentirosa, é isso que você é. Você até mesmo está com as bochechas ficando rosadas. Eu gosto disso."

"Você gosta que eu esteja com *ciúmes*?" Jordyn não conseguia entender.

Lucian deu um passo à frente, agarrando Jordyn contra a estante de livros, com seu calor e aroma fresco. Ela nem tentou se afastar, em vez disso, apoiou ambas as mãos na prateleira atrás dela. A toalha cobrindo a metade inferior dele atraiu o olhar dela mais uma vez, diretamente para as linhas definidas de seu abdome e o V de sua virilha.

Quanto de Lucian ela teria que provar antes que Jordyn pudesse sentir como se ela fosse capaz de respirar de novo?

"Sim, eu gosto", Lucian murmurou baixinho. "É uma onda de calor. Indo direto para meu peito. Raiva e descrença. É assim, certo?"

Jordyn assentiu. "Sim, assim."

"Possessividade em um só golpe. É intenso. Assume tudo. Não precisa ser racional nem mesmo satisfatório. É o que é. Mas isso significa algo positivo."

"O que é?"

"É um sinal claro de que você considera algo ou alguém só seu, querida."

Lucian se inclinou para a frente, passando o nariz ao longo do dela antes de outro sorriso dividir seus lábios. "Como depois do jantar com meus pais, quando eu ameacei arrancar os olhos do amigo de Gio se ele olhasse para você mais uma vez. Pelo menos, meu irmão achou engraçado.

Jordyn tentou não deixar transparecer o quanto suas palavras a afetaram e falhou miseravelmente. "Você não pode fazer isso."

"Por que não? Você é linda, eu sei. Isso não significa que eu quero todos os outros homens neste mundo admirando algo que não é deles. Uma vez é bom o suficiente, uma segunda vez é pedir por problemas. E eu sou exatamente o tipo de homem que gosta de um pouco de problemas em sua vida. Você, certamente, está ajudando nisso."

"Você realmente não machucou ele, não é?"

Lucian riu profundamente, o som balançando-a direto para o centro. "Não, mas eu teria se ele não estivesse na casa em que estava. Ele não tomou minha ameaça a sério. Eu sempre cumpro. Todas as vezes."

Algo malicioso e tentador provocou Jordyn. Lucian estava certo, ela gostou do ciúme dele, mesmo que não tenha feito muito sentido.

Dois dedos deslizaram debaixo do queixo dela, aproximando os olhos dela para os dele. A outra mão de Lucian veio descansar na coxa dela, os dedos apertando sua carne, despertando seu desejo novamente. "Não fique com ciúmes, Jordyn."

"Por que eu não preciso ou por que você não é meu?" Perguntou ela em voz baixa.

"Porque eu não vi essa garota em uma década, mas eu estou vendo você todos os dias."

"O mesmo poderia ser dito a você, então."

Lucian riu maliciosamente. "Desculpe, querida, mas não funciona assim para mim. Quando se trata de você, provavelmente, nunca o funcionará."

"Venha aqui, *bella*."

No bar, Jordyn se sentou em um dos muitos bancos, as pernas cruzadas e a mente perdida em um dos livros que ela trouxera. Lucian tinha que ir trabalhar no Cazza, um de seus muitos restaurantes, e ele também tinha uma importante reunião depois com um oficial da cidade. Em vez de deixá-la sozinha durante todo o dia em seu apartamento, ele ofereceu para ela vir junto.

Claro, ela ficaria a salvo em Manhattan sem ele, pelo menos por um tempo, mas Lucian não gostou de vê-la muito longe dele.

O pequeno vestido preto, os saltos prateados e a maquiagem leve que ela usava ficaram lindos sob a iluminação especial na sala de jantar. Especialmente quando ela atravessou o piso de madeira para encontrá-lo na mesa que ele havia preparado com papéis e sobremesas.

"Sente-se, eu quero que você prove isso comigo", disse Lucian, balançando a cabeça para a bandeja de sobremesas especiais que o *chef* trouxe cinco minutos antes. "Eu preciso da opinião de uma mulher. Eu acho que as mulheres têm o paladar melhor que dos homens, honestamente."

A risada de Jordyn era quase como sinos ao vento. "Você acha?"

"Claro. As mulheres tendem a se concentrar mais no sabor e na textura do que simplesmente enfiar na boca, mastigar e engolir quando vão jantar. Além disso, estou distraído, então acho que minha atenção total nisso seria inútil hoje. Você também pode acabar gostando. Cory precisa da minha última palavra para o novo menu de sobremesas até esta noite. Andei meio sumido nas últimas semanas."

Lucian estava feliz. Jordyn não perguntou qual era a distração dele porque isso a envolvia. Não ajudou ele ter estado muito ocupado naquela manhã, tentando começar o dia para acordá-la daquele jeito. Entre suas coxas, saboreando seu sexo em sua língua e deixando-a louca.

Por enquanto, a paixão insana de Lucian estava sendo satisfeita pela forma como ela apoiava o queixo na palma da mão enquanto lia ou como ela batia no pé esquerdo quando ela chegava a um trecho que a interessava mais que o resto.

Na verdade, ele simplesmente gostava de observá-la.

Jordyn não decepcionou usando o pequeno garfo e experimentando quinze amostras de sobremesas durante a próxima meia hora também.

Nem é preciso dizer que Lucian não terminou completamente o seu trabalho no restaurante. Cazza era o favorito de todos os seus negócios. Era o lugar onde ele passava a maior parte do tempo quando trabalhava, geralmente, porque não precisava de um escritório em tempo integral.

Sem mencionar o lado *Cosa Nostra* das coisas.

Ao contrário das últimas semanas no Brooklyn, recebendo pequenos pagamentos de seus associados de rua, ter um lugar como o Cazza era muito melhor para os negócios maiores. Era de classe alta. A maioria dos homens que passavam pelas portas para vê-lo era do mesmo calibre. Eles, certamente, não queriam se encontrar com um capo mafioso em um buraco sujo ou em uma loja caindo aos pedaços.

Era preciso olhar para frente, afinal.

"Então, eu tenho uma reunião em dez minutos", disse Lucian atraindo a atenção de Jordyn da última sobremesa que ela estava provando.

"Você quer que eu desapareça lá para trás por um tempo?"

"Jesus, não. Por que eu iria querer isso?"

"Eu não sei. Você foi quem falou da reunião."

Lucian assentiu. "Em primeiro lugar, eu estava bem ciente do que eu faria hoje, então, se eu achasse que você não deveria se envolver, eu poderia ter pedido a outra pessoa para lhe fazer companhia."

"Você quer dizer babá", disse Jordyn, seu nariz enrugando só de pensar.

"Jordyn, minha mãe não sai de casa sem dois agentes de segurança atrás dela."

Os olhos de Jordyn se arregalaram. "Sério?"

"Sério. Eles foram seus guarda-costas pessoais desde que Antony se tornou chefe. Ela raramente os percebe, e eles só precisaram intervir em um punhado de vezes para lidar com algo. Então, não, eu não considero um serviço de babá. Dante não estava ocupado hoje e ele gosta da sua companhia."

"Ele gosta de me provocar, Lucian. Principalmente sobre você."

"Porque ele é meu irmão. Isso significa que ele gosta de você."

"Fantástico", ela respondeu secamente.

"De qualquer forma, a questão é, eu marquei essa reunião já tem um tempo. Não me importo que você esteja aqui. Vou apresentá-la, mas, depois disso, deixe-me falar. Sorria, porque você é linda e eu gosto de ver isso e tente não ficar entediada."

Jordyn afastou o prato. "Algo mais?"

"Apenas uma coisinha, nada demais", murmurou Lucian. "Você pode ouvir coisas que não parecerão corretas, e você saberá que não são. Este homem que vem aqui é um oficial da cidade do alto escalão. A última coisa em que ele deveria estar envolvido era com a *Cosa Nostra*. Tudo e todos são corruptos de uma maneira ou de outra, especialmente em Nova York."

"Então, não falar nada?"

"Eu apreciaria. Eu entendo se você não quiser um assento na primeira fila para isso. Não é exatamente o mesmo que pessoas deixando um envelope e indo embora sem você ouvir muito ou entender o que está acontecendo. Se for esse o caso e você não quiser, você pode ir conversar com o *chef* enquanto meu convidado está aqui."

Jordyn inclinou o queixo, um vislumbre desafiador em seu olhar. "Ouvir e não relatar um crime me faz uma cúmplice, não é?"

Lucian respondeu em voz baixa. "Ninguém disse nada sobre um crime acontecendo, querida."

"Você também não disse que não era."

"Não, eu não. Eu não quero que você se sinta incomodada."

Jordyn voltou a descansar na cadeira. "Eu acho que vou ficar com você."

Por dentro, a confiança que Lucian tinha por essa mulher poderia ter aumentado mais. "Ótimo. Eu quero você nesse lado da mesa comigo, então."

Ela estava indo se sentar ao lado dele sem precisar de mais encorajamento.

Lucian levou dez minutos para conseguir que o *chef* do Cazzo voltasse ao salão. A mesa estava livre de pratos e sobras, o menu de sobremesas retornou, e um pedido para dois copos de Grey Goose e vinho tinto foi feito e era para ser trazido quando seu convidado chegasse. A atenção de Lucian estava de volta em Jordyn pelo curto tempo que ficaram sozinhos.

Como esperado, o convidado de Lucian chegou na hora, como o homem sempre chegava. Tão pontual que chegava a ser um defeito, Frank Deveroux nunca chegava atrasado. Assim como sempre tinha sido, o *chef* deixou que o homem entrasse pela porta dos fundos para diminuir as chances de que Frank fosse visto adentrando um restaurante de um conhecido mafioso. No início dos seus cinquenta anos, Frank não parecia ter mais que quarenta e cinco, já que estava em forma, era alto e sempre sorridente. Era por isso que o público gostava tanto dele quanto eles. Era difícil encontrar uma falha em um homem carismático.

Lucian levantou-se para cumprimentá-lo, mantendo a mão firmemente plantada em Jordyn para levantá-la com ele. "Frank, que bom ver você."

"Lucian." Frank sorriu, apertando a mão que Lucian ofereceu. "Você sabe que você é meu favorito de todos os garotos Marcello."

"Mentiroso. Gio é, e nós dois sabemos por quê."

"Bem, ele sabe como proporcionar diversão. Quem é essa coisa amável?" Perguntou Frank, levando a mão para Jordyn.

Ela aceitou imediatamente.

"Este é minha Jordyn", disse Lucian. "E ela é muito amável, obrigada."

Jordyn agradeceu aos elogios sorrindo. Lucian podia ver uma curiosidade no olhar dela, no entanto. Ela reconheceu Frank, mas não se lembrou dele imediatamente. "Olá."

"Sente-se, sim?"

Frank assentiu, tirando a jaqueta antes de se juntar a Lucian e Jordyn em seus assentos. O broche da cidade em sua gravata brilhava sob a iluminação, e Jordyn percebeu imediatamente. Enquanto o *chef* trazia a bandeja de bebidas que Lucian pediu mais cedo, Jordyn finalmente pareceu se lembrar quem exatamente era esse homem na mesa deles. Ela se encolheu, como um ratinho, apertando a mão de Lucian com surpresa.

"Jordyn, conheça o prefeito da cidade de Nova York."

Jordyn levou um momento para falar, olhando entre os dois homens encarando-a inquisitivamente. "Eu acho que deixei passar alguma coisa aqui."

Frank riu. "Não, posso lhe assegurar que você não deixou."

Lucian disse que o homem era um oficial da cidade de alto escalão.

Você não poderia ser muito maior do que o prefeito.

Lucian gesticulou para o convidado. "Frank tem quase todos na palma da mão: juízes, funcionários da prefeitura, famílias do alto escalão, capitães do Departamento de Polícia de Nova Iorque. Sua família tem um longo legado em Nova York, há muito envolvidos no transporte de mercadorias, possuindo uma grande parte disso. Isso ajuda em certos aspectos do nosso negócio, é preciso dizer. Vimos enquanto trabalhamos juntos o que funciona para nós e que, muitas vezes, também funciona em benefício próprio. Financiamos certas campanhas, ajudamos a manter a cidade longe da dívida e, em troca, Frank nos mantém... bem cuidados. É um bom arranjo."

"É, sim", Frank concordou, relaxando em sua cadeira, vodca na mão. "Então, hora de trabalhar, sim?"

"A diversão acabou, infelizmente," respondeu Lucian. "Eu sei que você está sem tempo aqui."

"Eu tenho meia hora ou mais. Eles me viram entrar em um restaurante a duas quadras de distância, mas eles não me viram sair pelos fundos e entrar em um carro pessoal. Eram bons. Vamos acabar com isso."

Lucian imitou a pose tranquila de Frank, mas, enquanto se debruçava, puxou as pernas de Jordyn para o colo dele, apoiando as mãos nos tornozelos cruzados dela. Ele acariciou suas panturrilhas enquanto falava. Ela não parecia se importar, e a nova posição a mantinha de frente para ele enquanto ela tomava o vinho tinto e ouvia a conversa.

"A cidade está prestes a propor o novo orçamento para seus planos de construção no próximo ano, para as renovações de edifícios do governo mais antigos, sim?"

Frank assentiu. "Deveria chegar ao comitê na próxima semana na verdade."

"Qual é o custo estimado até agora?"

"Dez milhões. E, desta vez, é a reforma no telhado. Nada exagerado."

"Dez milhões parece meio exagerado", disse Jordyn calmamente. "Esse é um grande número."

Frank ofereceu um dar de ombros enquanto explicava. "Uma vez que você administra contratos e custos para uma dúzia de edifícios, consome toda a quantia."

"Sim", disse Lucian. "Mas sempre está bem superfaturado, não está?"

"Sim", confirmou Frank.

"Dante e Antony querem entrar no lado do empreiteiro. Pelo menos dez por cento do custo final de todo o contrato. Antony garantiu um retorno de cinquenta por cento para você. Quando chegar a hora de elaborar a lista de contratados para o trabalho final, a empresa deles precisa estar nela."

"Quinhentos mil não é ruim", pensou Frank.

Lucian sorriu. "Antony leva setenta por cento de qualquer coisa que eu ou qualquer outra pessoa faz, então, não, certamente não é."

"Um milhão é complicado."

"Então descomplique. Dez contratos menores se divididos. Eles têm mais de uma empresa capaz de colocar o nome deles na pauta. É facilmente escondido dessa maneira."

Apenas pelo olhar distante de Frank, Lucian sabia que ele estava considerando os números e a proposta do acordo, se valia a pena, se podia funcionar e como tudo chegaria até a parte final. Frank era, particularmente, bom com números e decisões. Não era a primeira vez que eles faziam um acordo como este.

Permanecendo em silêncio para dar ao homem um tempo para pensar, Lucian passou a mão no joelho de Jordyn antes de esfregar o tornozelo no mesmo ritmo lento. O copo de vinho dela se inclinou até os lábios mais uma vez para esconder o sorriso.

Lucian tinha que admitir que gostava dela ali, ouvindo e aprendendo seus trejeitos. Havia alguns aspectos de seus negócios que eram preferíveis serem vistos do que falados. Aconteceu de esse ser um deles.

"Podemos fazer isso", Frank finalmente disse. "Gio e você não estão querendo entrar nisso, acredito eu."

"Não", respondeu Lucian. "Nós gostamos de mexer com transporte, como sempre fizemos."

"Ah, e é isso que eu estou esperando. Datas?"

"Próximo mês. Três embarques chegarão na próxima semana. Pode ser qualquer dia, dependendo do clima", explicou Lucian. "A segurança precisa ser minimizada nas docas do Oeste."

"E eu?" Perguntou Frank seguramente.

"Cem por remessa, e eu quero todos dentro e fora da área antes que seja pago."

"É possível. Eu vou trabalhar nos detalhes e ligo para confirmar. Algo mais?"

Lucian balançou a cabeça, dando um gole rápido em sua Grey Goose. "Não, mas obrigado por ter vindo."

"É sempre bom fazer negócios com você, Lucian. Deus sabe que com os Marcello é mais fácil trabalhar do que com algumas das ofertas mais legítimas."

"Bem, é porque sabemos o que queremos desde o início. Diga olá a sua esposa para minha mãe, Frank."

Frank sorriu. "Pode deixar."

Quando Frank saiu pelos fundos do restaurante e o *chef* veio encher seus copos, Jordyn viu o sorriso malicioso de Lucian. "Acabei de ver você extorquir um contrato de construção da cidade?"

"Algo parecido."

Jordyn bufou. "É como ter seu nome em uma lista de convidados de uma festa porque você conhece alguém influente, não porque você realmente foi convidado ou alguém quer você lá."

"Exceto que não vamos à festa", Lucian disse com indiferença.

"Não?"

"Não. No papel, parece que sim. Na verdade, nunca aparecemos."

"Então você está dizendo..." Jordyn inclinou a cabeça para o lado considerando. "Sério?"

"*Sì, amore*. Antony e Dante acabaram de conseguir quinhentos mil dólares, e eles não vão fazer nada, além de colocar uma empresa que reforma telhados para assinar a papelada. Brilhante, não é?"

Jordyn riu. "É tão repugnante."

"Bem-vinda a nossa Nova York, querida."

Lucian voltou para a papelada que ele ainda precisava terminar antes de poder ir, mantendo o olho em Jordyn o tempo todo. Havia segundas intenções por trás dele, querendo que ela se sentasse em seu encontro com o prefeito, e isso era, principalmente, para avaliar as reações dela a algumas das relações mais antiéticas de sua família com pessoas que deveriam ser muito éticas. Afinal, eles não eram apenas comerciantes de drogas bem vestidos, havia muita coisa acontecendo nos bastidores também.

Dando o último gole no vinho, ela ainda estava com um sorriso malicioso, quase privado. Claramente, ela não tinha pirado durante a reunião. Ela, certamente, não estava correndo para as colinas. Isso dizia algo.

Mais uma vez, Jordyn o surpreendeu, mas Lucian não deveria estar surpreso. Ela estava provando ser mais do que capaz de lidar com seu estilo de vida e profissão.

Curiosamente, Lucian descobriu que ele estava excitado como nada mais por causa desse fato. Certamente, ajudou que ele tivesse uma ótima visão de suas pernas bem torneadas descansando em seu colo e ele sempre teve uma queda por mulheres de salto alto. A calça que ele usava pouco fez para esconder o comprimento de seu pau já começando a endurecer, embora a atenção de Jordyn estivesse totalmente longe dele por enquanto.

Algo estava errado com ele, com certeza. Não era como se ele se importasse.

Alimentar aquela fome com ela era tão natural como respirar.

Lucian não conseguiu parar de pôr a mão na panturrilha dela e subir até o joelho antes de se mover para debaixo do vestido e para o meio de suas coxas. A suavidade da pele dela contra a palma da mão dele era demais. Em vez de puxar a mão de volta como antes, Lucian a deixou na coxa dela, apertando firmemente. Então, ele subiu um pouco mais até que a seda da calcinha dela estivesse na ponta dos dedos dele.

O copo de vinho de Jordyn foi colocado sobre a mesa enquanto suas coxas se fechavam ao redor da mão dele, impedindo-o de continuar sua exploração. "O que você pensa que está fazendo?"

Lucian sorriu para seus papéis. "Tocando você."

"Não aqui", ela meio que sussurrou, lançando um olhar para a área da cozinha. "O *chef*-"

"Está bem ciente de que não gosto de ser incomodado depois das reuniões e está ocupado preparando a comida para o turno dele. Ele nem sequer espera que eu me despeça quando sairmos.

Jordyn choramingou um som sexy quando as pontas dos dedos dele deslizaram por debaixo da calcinha dela, sentindo a trilha de pelos suaves e aparados que levava ao seu lugar mais doce. "Não podemos simplesmente... sair daqui?"

Lucian riu, balançando a cabeça. "Oh, *bella mia*. A razão pela qual não estamos fora daqui é porque fiquei muito distraído olhando para você e desejando foder você esta manhã para fazer meu trabalho antes da minha reunião. É culpa sua se você pensar sobre isso."

Finalmente, as pernas dela se abriram o suficiente para deixar a mão dele continuar. Lentamente, ele subiu mais por entre suas coxas para cobrir seu sexo, acariciando os lábios sedosos e carnudos de sua boceta e sentindo-a estremecer com a ação. Já podia sentir sua boceta quente e molhada sob o toque dele, e isso só deixava tudo muito mais difícil.

"Minha culp-" As palavras de Jordyn foram engolidas por um gemido enquanto as pontas dos dedos de Lucian escovavam seu clitóris com quase nenhuma pressão. "Lucian!"

"Hum?"

"Deus, você é terrível", ela gemeu, as bochechas se tornando o mais bonito tom de rosa.

"Claro, mas será bom pra caramba para você, linda."

Em seguida, a almofada do polegar dele circundou seu pequeno clitóris pulsando antes de abrir os lábios de seu sexo para escorregar até a entrada. Lá, ele deixou seu polegar deslizar pelo seu canal apertado, sentindo os músculos dela abraçarem um dedo e molhá-lo com sua essência.

"Sua calcinha está encharcada", Lucian disse a ela, deixando apenas seu polegar massagear suas paredes internas. Todo toque do dedo dele foi respondido com o sexo dela apertando ao redor dele, a excitação deixando-o sem fôlego. "Seu corpo me responde tão bem, Jordyn. Sente isso?"

Jordyn suspirou, rolando os quadris na mão dele enquanto o salto da sandália dela arranhava a coxa dele. Ela abriu as pernas um pouco mais, um tremor sacudindo as coxas dela. Ser canhoto certamente foi útil para Lucian. Ele fingiu mexer nos papéis dele com a mão esquerda enquanto a direita dele trabalhava com vontade.

Ela estava tentando arduamente manter seus ruídos baixos, dado o jeito que seus dentes estavam apertando o lábio inferior. Lucian não gostou disso.

"Você vai tirar sangue, querida. Pare, ou eu vou."

Os olhos de Jordyn se abriram para encontrar os deles, seus dentes soltando o lábio inferior. "Não pare."

A satisfação tomou conta de Lucian como uma droga. Ainda assim, ele queria ver mais dela.

"Ajude-me, Jordyn", pediu Lucian, deixando seu polegar deslizar para fora do sexo úmido dela apenas o suficiente para ser substituído por dois dedos. A maneira como ela se afundou na cadeira, as costas arqueadas e os saltos pressionando a perna dele disseram que ela estava gostando muito disso. "Coloque sua mão aqui e me mostre o que você gosta. Vá logo, antes que eu mude de ideia.

Jordyn gemeu, o ar saindo de seus pulmões. "Jesus, eu-"

"Ah, ah, ah." Os dedos de Lucian pararam de mexer na boceta dela, curvando-se bruscamente sem aviso prévio, encontrando o lugar dentro de suas paredes que a fazia jorrar toda vez que ele localizava. O corpo inteiro de Jordyn tremeu ante o estímulo áspero no ponto G. "Ajude-me agora ou eu paro."

Ela não perdeu tempo em colocar a própria mão debaixo do vestido depois disso. Jordyn levantou os quadris da cadeira o suficiente para puxar a metade inferior do vestido até os quadris. Isso permitiu a Lucian uma visão de sua calcinha encharcada e sua mão debaixo dela. Usando o polegar, ele enganchou o tecido de seda da calcinha dela e moveu-a, segurando-a lá para que ele pudesse observar seus dedos mergulharem dentro de sua boceta mais e mais.

"Isso, é melhor assim", disse Lucian, recostando-se na cadeira enquanto a mão de Jordyn pulava entre as coxas. O dedo indicador dela entrou em sua boceta ao lado dos dedos dele, juntando umidade para esfregar em seu clitóris. Repetidamente, ela deixou seu próprio dedo rolar pelo seu clitóris antes de deslizar para baixo para entrar com os dois dele. Os tremores que balançavam as pernas dela só pareciam aumentar com cada curvatura encorajadora da ponta dos dedos dele em suas paredes apertadas. "Rosa e inchada. Molhada e latejando. Perfeita. Quanto tempo você acha que vai durar, hein?"

"Não muito tempo", Jordyn gemeu, a mão subindo até a boca, abafando o gemido gutural que ela soltou. "Mais rápido, por favor."

Lucian atendeu ao seu pedido, apreciando completamente os sons da boceta dela sugando seus dedos e o leve cheiro de sua excitação começando a saturar o ar. Ele adorava fodê-la com os dedos, porque só a deixava louca de desejo para mais dele mais tarde.

Maldita seja, seu pau era tão duro que doía. Sem falar em inchado.

"Apresse-se então", disse Lucian, incapaz de controlar o tom luxurioso de sua voz. "E então eu poderei te levar até o banco de trás do meu carro em cinco minutos para fodê-la adequadamente."

Quando as paredes internas dela começaram a vibrar em torno dos dedos dele e os dentes dela morderam a própria palma, Lucian sabia que ele a tinha. Também não levou cinco minutos para levá-la ao carro.

CAPÍTULO QUATORZE

"**Lucian**, só me escute-"

"Eu disse não, Jordyn!"

Como seu tom, as palavras eram tão afiadas e talvez também tenham acertado o corpo inteiro de Jordyn como uma bofetada. A última coisa que se esperava desse homem era ele gritar com ela, ou estar tão bravo com ela como ele parecia estar, aliás.

Ainda assim, Jordyn não abaixaria a cabeça. Especialmente, não sobre algo tão estúpido.

"Você não pode me dizer o que posso ou não posso fazer, ou onde posso e não posso ir. Eu não sou criança, Lucian."

"Então pare de agir como uma", grunhiu Lucian.

A espinha de Jordyn se endireitou com aquela declaração. "É assim que você vê isso? Como uma infantil? Porque eu sou seis anos mais nova do que você, então você deve ser mais inteligente do que eu quando se trata disso? Adivinhe só, Lucian, passei tanto tempo nas ruas quanto você. A única diferença é que eu não estou usando ternos de dois mil dólares enquanto eu faço isso!"

"É mesmo? Porque as roupas que você está usando agora custam isso ou mais", ele respondeu de volta, os olhos encarando os dela com raiva. "E não pense nem por um segundo que, se você levar essa bela bunda para aquele lado do Brooklyn, ninguém vai lhe notar. Eu aposto cada centavo que eu tenho que aquele bastardo tem olhos por todas as ruas, e você não duraria cinco minutos. O que você acha que ele faria com você, hein? Diga-me, querida. Mate-me com isso. Vamos."

Um ruído travou na garganta de Jordyn áspero e doloroso. Não era por causa da ameaça de Will Vetta e seu pessoal, mas o golpe baixo sobre o dinheiro. Claro, ela pode ter começado com isso, mas havia uma grande diferença entre Lucian e Jordyn. Ele não estava vivendo à custa dela e, independentemente de quão veementemente ela tentou recusar as coisas que ele chamava de necessidades, Lucian ignorava suas recusas quando ela dizia que não queria nada.

Tinha passado apenas um mês e meio em seu arranjo às vezes incompreensível, mas principalmente bom. Lucian não falou sobre os *The Sons of Hell* nem o que estava acontecendo. Repetidamente, ele disse a ela para não se preocupar com isso. O fato era que ela não conseguia.

Estar no apartamento dele em Manhattan deu a Jordyn uma grande visão sobre a vida diária de Lucian. Ele estava constantemente ocupado, mais do que ela achava que ele seria. Os dois telefones celulares nos bolsos dele nunca paravam de tocar por mais de alguns minutos. Não era de admirar que seu espaço de escritório fosse bagunçado, porque ele começava a fazer algo ali e logo depois tinha que sair.

No começo da semana, Jordyn acordou com nada além de uma nota na mesa de cabeceira dizendo que ele voltaria logo. Não havia nenhuma outra explicação. Era desconcertante e preocupante.

Lucian não lhe devia nada, e Jordyn sabia disso. Mesmo assim, Jordyn queria fazer algo. Coisas normais. Ter um trabalho. Sair para uma caminhada. Ser capaz de conversar com este homem sobre o apartamento dela no Brooklyn sem que ele tornasse isso uma Terceira Guerra Mundial. Depois do comentário sobre suas roupas, a irritação de Jordyn se elevou até um nível que ela não conseguia segurar.

"Vá para o inferno", disse Jordyn. "Eu não vou fazer isso com você, Lucian. Não vou dormir na sua cama e ser sua prostituta. Eu não dou a mínima para quem você é, eu preferiria estar morta."

Lucian congelou enquanto ia em direção ao elevador. O elevador permitia que ele entrasse e saísse do apartamento sem um corredor que se ligasse a um andar com outros apartamentos. Ele se virou tão rápido que Jordyn nem teve tempo de piscar.

"O que você acabou de me dizer?" Ele perguntou, as palavras saindo sufocadas.

Então ela recuou dele, precisando se afastar. Talvez fosse um antigo instinto, mas usar o desrespeito desse jeito com os homens que a cercavam diariamente não iria resultar em nada além de uma bofetada forte.

"É o que você pensa que é para mim, minha prostituta?"

Jordyn engoliu o caroço para que ela pudesse falar e voltou outro passo. "Eu-"

"Pare de se afastar de mim como se eu fosse atacar você! Eu nunca a toquei para machucá-la!"

Afastar o impulso de recuar diante de sua raiva era mais fácil dizer do que fazer. De alguma forma, Jordyn conseguiu. "Eu sei, eu sou tão..."

"Pare", Lucian cortou soando cruel. "Se é assim que você se sente sobre isso, como se você fosse uma prostituta, então isso pode ser corrigido, querida. Rapidinho."

Jordyn inclinou o queixo para cima, olhando nos olhos. "Ameaças não me assustam, Lucian."

"Isso não é uma ameaça. Se você não percebeu o quanto eu preciso de você perto de mim, você nunca irá. Ou talvez eu tenha tomado o rumo errado em algum lugar ao longo do último mês e meio e misturei seus sinais com os meus de alguma forma. Que pena. Nós estávamos indo tão bem."

"Você foi o único que sentiu a necessidade de me lembrar quanto dinheiro gastou na minha roupa", respondeu Jordyn, o calor subindo pelas suas bochechas. Ela que começou, mas Jordyn não achou que era a mesma coisa. Talvez fosse, ela não sabia. "Você acha que eu preciso desse lembrete?"

O maxilar de Lucian apertou. "É disso que se trata agora? Porque, se for, não tenho tempo para isso."

"Não, é claro que você não tem", murmurou Jordyn, rindo amargamente. "Deus me livre de ter que tentar conversar com você uma e outra vez sobre algo importante para mim e ser negligenciada porque não tenho horário em sua agenda."

"Estamos brigando por causa de *roupas*?"

"Não, Lucian! Onde você esteve nos últimos dez minutos? Estamos falando da minha *vida*."

"Jordyn-"

Lucian foi interrompido por uma vibração vindo do seu bolso esquerdo. Outra chamada. Jordyn não ficou surpresa. A derrota nos olhos dela enquanto ele suspirava com dureza e enfiava a mão no bolso para silenciar a ligação disse muita coisa.

"Eu realmente não posso fazer isso agora", disse Lucian quase suplicando.

"Apenas vá. Preciso de cinco minutos para respirar e pensar sozinha.

"Eu preciso que você me escute primeiro, Jordyn. Se eu quisesse uma prostituta, eu teria uma. Se tudo o que eu precisasse fosse uma foda boa, eu teria. Ela não estaria dormindo na minha cama, conhecendo minha família, frequentando a mesma igreja que eu ou se misturando com meus negócios. Francamente, ela provavelmente nem saberia meu nome. Você sabe o que ela seria? Uma foda rápida num beco escuro. Talvez eu a escolhesse em um clube e esquecesse dela antes mesmo de eu ir embora. Ou talvez, se ela tivesse sorte, chegaria ao banco de trás do meu carro.

"Você me pediu para te dar uma coisa", Lucian continuou sem tirar o olhar frustrado dela nem por um momento. "Você precisava estar segura, e eu fiz isso. Isso significava que eu precisava me certificar de que você não precisaria voltar para aquela vida. Você não teria que entrar naquele apartamento de novo e ver seu sangue na banheira ou seu vômito no chão. Você não teria que se machucar ao ver essas coisas. Então, se isso significa substituir o que eu lhe tirei, é exatamente isso que vai ser. Desculpe-me se a minha riqueza lhe ofende, mas isso não me incomoda nem um pouco. E vou gastá-la em tudo o que eu quiser, quer você goste ou não. Se eu quiser gastar tudo com você, eu farei exatamente isso."

"Não é sobre o dinheiro", Jordyn tentou dizer.

"Oh, eu entendi. Não se preocupe."

"Não, você não entendeu nada, Lucian."

Uma expressão ferida arruinou os belos traços dele, transformando a boca que beijou e amou seu corpo tão bem em uma careta. Isso deixou claro para Jordyn que ela era a causa, mas ele ainda não estava ouvindo.

"Leve seu tempo, querida. Descubra o que você precisa descobrir. Não foi o que eu lhe disse desde o início?"

Foi. Isso foi o mais difícil.

"Eu não posso ser alguém diferente para você, Lucian. Eu não posso simplesmente me deixar para trás. Trocar pijama por vestidos não faz uma nova mulher. Preciso que você me ouça agora."

Mais uma vez, o telefone no bolso dele vibrou.

"Eu tenho que ir", Lucian disse calmamente. "Quando voltar, se você precisar de algo diferente, também podemos resolver isso."

Poderiam mesmo?

Jordyn não disse mais nada quando ele entrou no elevador e as portas se fecharam atrás dele. Ela não pensou direito quando pegou dinheiro suficiente da mesa dele para um táxi e saiu dez minutos depois também.

A distração de Lucian não passou despercebida.

Uma vez por mês, Lucian tinha que agir como nada além do capo que ele era por algumas horas e dar tchau para o resto do mundo, mas ele não conseguiu fazer isso hoje. Os impostos costumavam ser a parte que ele mais gostava em qualquer mês. Todos os dezenove capos da família Marcello se reuniram para fazer seus pagamentos a seu pai em um clube que eles sempre usavam para esse propósito.

Normalmente, os negócios eram discutidos, as questões observadas, bebidas eram trazidas e assim por diante. Era, essencialmente, a máfia na sua forma mais antiga. Durante décadas e décadas, esse evento e a tradição que mantinha a *Cosa Nostra* nunca mudaram, pagar ao chefe o que era seu direito.

Lucian estava em outro lugar.

"Onde Gio está, porra?" Antony perguntou do outro lado da mesa.

Lucian deu de ombros, não se importando. "Ocupado, talvez."

"Ele não está ocupado hoje, Lucian."

Dante lançou a seu irmão um olhar duro misturado com preocupação. Talvez fosse seu flagrante desrespeito pelos homens que o cercavam ou as conversas em que alguns tentavam atacá-lo, mas Lucian não podia fazer isso.

"Você já tomou alguma decisão sobre os *The Sons of Hell*?" Perguntou alguém.

Aquilo chamou a atenção de Lucian brevemente.

Antony não disse nada imediatamente, deixando a pergunta no ar enquanto todos esperavam. "Os capitães deles não estão trabalhando com meus capos ou pagando pelo lugar pelo menos. Algumas pessoas me disseram que estão tentando lidar com eles. A atenção da polícia e da mídia está finalmente começando a mudar de direção depois da bagunça com meu cassino."

"Era isso que você esperava", disse Lucian, sentindo-se ridículo por não ter percebido antes.

Seu pai repetidamente descartou as tentativas de Lucian de discutir o que precisava ser feito sobre Will Vetta e seus homens. Principalmente, porque ele só queria retaliação pelo que tinham feito a Jordyn. Além disso, com Will longe ou pelo menos incapacitado até o ponto em que ele não tivesse poder suficiente para ir atrás de Jordyn novamente, ela estaria segura.

Lucian franziu o cenho e tomou sua bebida com um gole longo e ardente ao pensar no nome dela. Claramente, eles ainda não tinham terminado com a briga.

"Sim", confirmou Antony. "Eu não poderia enviar um dos meus homens para dar uma dura neles enquanto a atenção ainda era pesada sobre eles."

"Nem eles nem ninguém", disse Lucian olhando para o pai. "Precisa ser eu."

"Não teria pegado bem. A atenção poderia ter virado para nós. Este é um problema que não precisamos."

"E agora?" Perguntou Lucian.

"Onde está Gio?" Antony perguntou novamente, desviando a pergunta. "*Mio Dio*, Lucian. Eu juro que vou empurrar meu pé tão fundo na bunda dele que ele vai sentir o gosto das minhas botas até o próximo mês se ele me evitar hoje. Não estou com paciência para lidar com ele agindo como um puto *cafone*.

"Eu não sei onde ele está", Lucian grunhiu. "Eu não sou a babá dele."

"Mas ele é seu irmão mais novo."

Lucian olhou para o pai. "Assim como Dante, mas ninguém precisa ficar de olho nele."

Francamente, Lucian estava muito ocupado com a vida, seu trabalho e Jordyn para correr atrás de Gio. Em algum momento, seria tudo ou nada. Gio teria que crescer e fazer o que precisava ser feito ou ele não faria e se afogaria.

"Esse é o meu trabalho", respondeu Antony. "Dante é meu subchefe. Eu espero que você fique atento a Gio, assim como você sempre esteve. *Vaffanculo* e descubra onde está seu irmão."

Lucian estava ciente de que todos os olhos da sala se voltaram para ele. Havia uma linha entre respeito e desrespeito quando Antony era o chefe e seu pai. Ele tinha se perdido completamente e saltado sobre a situação com um estrondo e um poderoso vá se ferrar.

"Desculpe, chefe", Lucian disse calmamente. "Eu vou descobrir onde ele está."

"Faça isso. E rápido, antes que a pouca paciência que tenho com você também se esgote."

Lucian saiu da mesa e passou pelos homens até chegar na parte de trás do clube, onde havia privacidade. Tirando o telefone do bolso, Lucian rapidamente percebeu que ele não tinha colocado o celular para tocar ou vibrar quando o tinha colocado no silencioso antes. Sua tela inicial dizia que ele tinha várias chamadas e mensagens perdidas de Gio, algumas naquela manhã quando Lucian estava discutindo com Jordyn.

Ele amaldiçoou baixinho, discando o número de Gio. Gio atendeu depois de dois toques.

"Sim, eu sei, estou indo. Diga a ele para não ter um ataque por causa disso", Gio falou no momento em que ele atendeu. "Hoje não é o meu dia, cara."

Lucian suspirou. "O que diabos aconteceu?"

"Eu deixei um monte de mensagens!"

"Eu não vi. Eu sou um idiota. Entendi. Você é mais uma pessoa que não precisa me dizer isso esta manhã, Gio."

O irmão mais novo ficou quieto antes de perguntar: "O quê? Ei, alguma coisa aconteceu que eu não sei?"

"Nada. Não é nada. De qualquer forma, o que aconteceu com você?"

Gio riu. "Eu comprei umas asas de frango na noite passada naquele lugar perto de casa. Eu dei a Cain os restos esta manhã, e o que ele fez? Engoliu um osso, porque ele come como se nunca tivesse sido alimentado! Respira e engole, ele nem mastiga. Ficou entalado na garganta. Assustou-me para cacete. Eu amo aquele cachorro como ninguém imagina. Quase matei uma pessoa no caminho até o veterinário. Estive aqui toda a manhã. Estou indo embora.

Alívio correu por Lucian, embora ele se sentisse mal pelo amado Rottweiler de Gio. "Ele está bem agora?"

"Eles vão mantê-lo lá por um dia ou mais, apenas para se certificar de que não houve nenhum dano ao seu esôfago, mas parece que ele está bem. Aquele vira-lata não queria que eu fosse. Você sabe como é ter alguém que você ama olhando para você como se você estivesse morrendo só porque você está indo embora? Não consigo encontrar uma mulher que me interesse, mas esse cão é meu dono. É ridículo."

Lucian riu do amor doentio e incondicional de seu irmão por seu cachorro. Mesmo assim, ele ainda estava chateado. Gio pode não ter conseguido entrar em contato com Dante ou Antony naquela manhã porque seus telefones estavam sempre desligados durante as reuniões, mas ele tinha outras maneiras de falar com Lucian.

"Por que você não ligou para o meu apartamento?"

"Eu liguei", disse Gio parecendo confuso. "Uma dúzia de vezes depois que eu tentei seu celular. Eu pensei que você estava sendo um idiota e me ignorando."

Depois?

"Jordyn deveria ter atendido", Lucian murmurou mais para si mesmo.

"Ninguém atendeu. Foi para o correio de voz. Você não a trouxe hoje, não é?"

Deus, não.

Lucian não respondeu seu irmão porque, de repente, ele entrou em pânico.

"Você tem certeza de que você ligou para o meu apartamento?" Perguntou Lucian, as palavras difíceis para sair.

"*Sì*, Lucian. Tocou até cair. O que há de errado com você?"

"O veterinário de Cain é no Brooklyn, certo?"

"Sim."

"Você está mais perto do que eu. Preciso que você vá ao antigo apartamento de Jordyn e veja se ela está lá.

Gio sorriu silenciosamente. "Papai vai chutar minha bunda."

"Não, ele vai chutar a minha", respondeu Lucian. "Eu lido com isso."

"Ela deveria ir lá?" Perguntou Gio. "Você está sendo muito burro em deixá-la vagar pela cidade sozinha."

"Não, mas tivemos uma briga sobre isso esta manhã. Não queria que ela chegasse perto do apartamento dela. Ela não ouvia ou talvez não estivesse ouvindo o que eu estava tentando dizer.

"Isso soa como você."

"O que você quer dizer com não pode me dar as chaves extras do meu apartamento?" Jordyn perguntou com raiva. "É meu apartamento. As minhas coisas estão lá dentro. O aluguel está pago até a semana que vem. Dê-me as chaves extras."

O senhorio do prédio balançou sua cabeça careca. "Escute, linda, o Sr. paletó pode ter pago os danos à porta da primeira vez, mas ele não pagou pela segunda rodada, ok? Isso está saindo do meu bolso, porque até mesmo seu depósito de danos não cobrirá. Nem mesmo perto. Isso é digno de um despejo, entendeu? Sinta-se afortunada de não ir atrás de você pelos custos."

"Sr. Paletó?"

"Alto, italiano, olhos castanhos, vestido como se ele pudesse tirar o dinheiro do bolso para comprar esta merda se ele quisesse. Sr. paletó."

Lucian pagou os danos para substituir sua porta e não contou a ela? Por quê?

Jordyn deixou as perguntas para lá. "O que você quer dizer com segunda rodada?"

Suspirando, o senhorio a olhou com curiosidade. "Onde você esteve, hein? Os vizinhos dizem que não a viram em um bom mês."

"Fora", respondeu Jordyn vagamente.

"Saiu logo após o primeiro arrombamento, não foi?"

Arrombamento. Certo, esse era um bom termo para o ataque dela. Não.

"Naquela época, sim. Saí por algum tempo para respirar. Ouça, você vai me dar as malditas chaves ou o quê? "

"O despejo já foi emitido. Não é negociável após todo o dano. Está pregado na segunda porta nova que tive que colocar no seu apartamento este mês."

Jordyn tentou se manter calma, ela realmente tentou. "Então, deixe-me adivinhar, depois que Lucian lhe pagou para consertar a primeira porta quebrada, você gastou tudo antes de fazer isso. Alguém entrou enquanto a porta parafusada ainda estava lá e estragou meu apartamento novamente. Foi isso que aconteceu?"

"A porta foi consertada dois dias depois do primeiro arrombamento", ele respondeu com cansaço. "Na semana passada, um monte de homens de jeans e couro entrou no prédio e derrubou a porta novamente antes de destruir o lugar. Talvez estivessem procurando algo, linda. Você tem alguma ideia do que poderia ter sido?"

O coração de Jordyn parou quando a bile subiu em sua boca. "Eles voltaram aqui?"

"Eu não sei quem *são,* mas alguém com certeza você sabe."

"E você não pensou em chamar a polícia?"

"Para que, para eu perder meia dúzia de inquilinos com policiais vindo para cá ver algo que eles não consertam?"

"Sinto muito", Jordyn se apressou em dizer. "Eu pagarei pelo que fizeram. Eu realmente preciso entrar no meu apartamento. Toda a minha vida está lá... Ouça, minha mãe morreu quando eu era mais nova. Tudo o que tenho dela está nesse apartamento. Eu preciso pegar."

O homem lhe deu um olhar de simpatia, mas encolheu os ombros. "Eu acho que você não entendeu. Eles arruinaram tudo. Vou deixá-la entrar, e você tem dez minutos antes de a querer fora desse edifício para sempre, mas não acho que você vai achar o que você veio procurar."

Jordyn agradeceu ao homem antes de fechar a porta. Ela esperou enquanto ele pegava as novas chaves e depois o seguiu até o segundo andar, onde estava o apartamento. Sem dúvida, uma nova porta e batente foram instalados, bem como o mandato do despejo que ela puxou assim que viu.

No momento em que seu senhorio destrancou o apartamento, Jordyn entendeu exatamente o que ele queria dizer. Ela mal conseguiu segurar a súbita vontade de vomitar. Não foi apenas um arrombamento, foi um maldito desastre.

O sofá tinha sido jogado, junto com uma mesa de café quebrada. As duas cadeiras iguais para a pequena quitinete tinham sido usadas para abrir buracos enormes na parede. Cacos de vidro estavam espalhados por toda parte. Os poucos livros que ela conseguiu coletar ao longo dos anos também estavam espalhados e com as páginas arrancadas. A geladeira tinha sido esvaziada, comida apodrecendo e deixando um cheiro horrível no ar. Todas as fotos e enfeites nas paredes foram derrubados e arruinados.

O apartamento de Jordyn nunca tinha sido grande coisa. O prédio era uma espelunca, os inquilinos podiam ser assustadores e não estava no melhor bairro, mas ainda era dela. Ela adorava, tinha vivido aqui desde os dezoito anos, e foi a única coisa que ela sentiu que os *The Sons of Hell* não poderiam tirar dela.

Mas eles tiraram.

Lágrimas brotaram imediatamente em seus olhos, ameaçando derramar.

"Sinto muito", ela sussurrou para o senhorio. "Mesmo."

"Você esteve aqui na primeira vez, sim?" Perguntou.

Jordyn não queria, mas ela assentiu de qualquer maneira. "Sim."

"Imaginei, com o sangue e vômito. Eles lhe bateram muito. Não sei por que você voltou, linda, mas vendo o que fizeram pela primeira vez, foi por isso que não tentei ir atrás de você por causa dos danos. Você não deveria estar aqui se é isso que eles são capazes de fazer quando não a encontram. Você não entendeu isso? "

Novamente, Jordyn assentiu sombriamente. "Apenas me dê um segundo para pegar minha caixa e eu irei. Eu também tenho algum dinheiro, se ainda estiver aqui..."

Era só uns quatrocentos dólares em dinheiro que Jordyn guardou para o caso de, alguma vez, precisar. Claramente, ela devia muito pelo que aconteceu aqui. Provavelmente, não cobriria todos os danos, mas isso poderia ajudar.

O senhorio foi para o corredor enquanto Jordyn vasculhava a bagunça. Ela passou pelos cacos, indo direto para o quarto dela. Foi lá que ela mais sentiu.

Os lençóis em sua cama tinham sido puxados, expondo um colchão com um corte no meio, a espuma de dentro saindo. Um forte cheiro de urina impregnava o quarto, vindo da cama. No meio do colchão, o cinto que Will usara para espancá-la quase até a morte repousava como se estivesse sido colocado lá para ela lembrar, o sangue seco nos pinos.

Seu sangue.

Jordyn tentou, por tudo o que era mais sagrado, ignorar o cheiro e a visão, tropeçando sobre cobertores espalhados quando ela se aproximou para abrir o pequeno armário. Um pequeno alívio surgiu ao ver sua caixa de memórias na prateleira superior onde ela a deixou. Não tinha muito lá dentro, além de seu dinheiro, algumas fotos antigas de sua mãe, ingressos de filmes, de uma feira e um colar, mas era tudo para Jordyn.

Absolutamente tudo.

Virando-se para sair com a caixa apertada firmemente em seu peito, algo chamou a atenção de Jordyn na parede. Uma faca tinha sido usada para rasgar um pedaço de papel na parede. Em letras grossas e pretas, um aviso foi escrito.

Você pegou algo que nos pertence. Nós queremos de volta.

Jordyn engasgou de medo.

Mais rápido do que antes, ela precisava sair. Jordyn cometeu um grande erro, e ela sabia disso.

"Quem diabos é você?" Ela ouviu seu senhorio perguntar.

"Um amigo. Com licença."

A voz familiar fez Jordyn tropeçar para fora do quarto, seus olhos encontrando Gio na entrada.

"Eu fodi tudo", Jordyn sussurrou. "Eu realmente, realmente estou bem, Gio."

"Sim, certo, que bom que há alguém na família, além de mim, que fode com as coisas de vez em quando." O mais novo Marcello balançou a cabeça, passando pelo pequeno apartamento e indo até Jordyn que estava tremendo. "Está bem. Vamos, precisamos ir. Lucian ligou, ele não vai demorar.

De um jeito estranho, ela acenou em direção ao quarto. "Não, é ruim. Está na parede. Eu realmente ferrei tudo, não é?"

"Talvez. Apenas não admita isso para Lucian. Ele nunca esquecerá do que você fez." Gio riu tentando animá-la, mas não funcionou. "Nada vai acontecer. Você está segura. Tudo bem?"

Mas por quanto tempo?

Provavelmente, não demoraria muito para que alguém voltasse até lá.

Jordyn não encontrou forças para se importar. Havia apenas uma coisa que ela realmente precisava agora por muito motivos.

"Eu quero Lucian."

Gio assentiu. "É para isso que eu estou aqui."

CAPÍTULO QUINZE

Lucian encontrou Gio descansando no sofá na sala de estar do apartamento. Um olhar foi compartilhado entre os dois quando Lucian tirou a jaqueta de couro que ele usava.

"Foi ruim", disse Gio olhando para o chão. "Ela conseguiu o que queria, eu acho, mas o dano está feito. Definitivamente, há olhos naquele edifício."

Lucian molhou os lábios, considerando as palavras de seu irmão. "Quão ruim?"

"Acabaram com o lugar. Completamente. Mesmo que você esteja puto com ela, não seja tão duro sobre isso.

Cazzo.

"Para que fizeram isso?"

"Humilhá-la", respondeu Lucian. "Mostrar a ela o que ela significa para eles. Ela podia dormir na urina, e eles nem se importariam. Para eles, ela vale menos do que o mijo que sai do pau deles."

Gio fez uma careta. "Jesus."

Sim, era algo muito fodido, especialmente em relação a alguém como Jordyn. Lucian nem quis considerar o que o MC faria com Jordyn se eles pusessem as mãos sobre ela, e não apenas nas suas coisas.

"Eu sei que você estava esperando que o MC achasse que ela tinha mudado de cidade, mas não acho que seja esse o caso", informou Gio.

"Por que não?"

"Por causa disso." Gio levantou uma nota para Lucian ver. Mesmo de seu lugar, ele podia ler as palavras ameaçadoras e as entendeu muito bem. "Além disso, Jordyn foi quem encontrou. Então também há de se pensar sobre o seu fim."

Oh, dolce Cristo. A garganta de Lucian estava tão apertada com sua fúria que mal podia falar. "Sim."

"Você sabe..." Gio disse, limpando a garganta e parecendo desconfortável. "Você não pode realmente ficar com raiva dela por causa disso."

"Estou ciente."

"Ótimo. Só estou dizendo isso tudo, porque, no caminho de volta, ela ficou questionando como ela não sabia. Que ela não entendia. Não conseguia entender por que você não tinha explicado o quão sério isso era e o que estava tentando fazer por ela."

Lucian encolheu os ombros, concentrando-se na parede atrás da cabeça de seu irmão. "Eu expliquei. Tim-tim por tim-tim. Eu estava mantendo-a segura, e ela sabia disso. Eu pensei que, se eu simplesmente a escondesse por tempo suficiente, ele desistiria ou se foderia."

"Mas você explicou do jeito certo?" Perguntou Gio.

"Provavelmente, não", admitiu Lucian. "Para mim, estava claro. Para ela? Essa é uma situação diferente."

"Você está realmente gostando dessa garota, hein? Quero dizer, para onde ela foi quando chegamos aqui? Direto para sua cama. Por quem ela perguntou quando me viu? Você. Eles a espancaram, e você cuidou dela. Alguns podem chamar isso de herói."

Uma risada profunda retumbou de Lucian. "Mais ou menos. É estranho, não é?"

"Ela está tão apaixonada por você e nem sequer sabe disso."

"Jordyn sabe disso. Eu sei disso. Brigamos como se estivéssemos apaixonados. Nós fodemos assim também. Você teria que ser estúpido para não perceber isso."

"Obrigado por isso", murmurou Gio devagar, esfregando os olhos.

"É simplesmente mais fácil não rotular tudo agora. Com a situação em que estamos, coisas assim só complicam ainda mais. As coisas normais não avançam tão rápido. Eu queria dar a ela uma chance de estar comigo longe de todas essas bobagens e depois ver como funcionaria a partir daí."

"Como isso é normal?" Perguntou seu irmão. "A maneira como você e Jordyn se encontraram não foi normal. Nada sobre isso é, Lucian. Por que você espera que seu amor por ela seja normal também?"

"O que você sabe sobre essa palavra?"

"Eu sei que chorei todo o caminho até o veterinário com Cain sufocando quase até a morte no meu colo esta manhã. Perguntei-me o que ia me manter voltando para casa todas as noites se ele não estivesse lá, querendo sua comida e uma caminhada. Talvez não seja o mesmo tipo de amor, mas eu amo esse cachorro. Eu apenas amo. Eu o amei desde o momento em que o encontrei naquela loja. Ele era meu, sabe? Ele também sabe disso."

"Você acabou de comparar Jordyn com um cachorro?"

As sobrancelhas de Gio se arquearam. "Sério?"

"Não", disse Lucian, rindo. "Dê o fora daqui, e obrigado por ir buscá-la."

De pé, Gio jogou a nota que Lucian queria queimar no sofá. "Tem certeza de que você não quer que eu fique um pouco? Ela ficou meio histérica por um tempo logo que chegamos."

"Não, eu... eu acho tenho desculpas a pedir."

E, de verdade, as mãos de Lucian estavam tremendo para tocar Jordyn apenas para saber que estava bem. Toda a raiva que ele pensou que ele sentia por ela antes tinha desaparecido com sua preocupação.

Havia chances de que seu irmão não iria querer ouvir o que aconteceria depois disso.

Quando Gio passou por Lucian, ele tocou o ombro do seu irmão mais velho com brincadeira. "Então, podemos sair com ela agora?"

"O que você quer dizer?"

"Você sabe o que quero dizer", disse Gio, sorrindo. "Mamãe queria levá-la para sair ao estilo Marcello, mas papai disse que tínhamos que esperar pela sua aprovação."

"Sério?"

"Jesus, pensei que estava tudo bem quando você a levou para a igreja e depois ao jantar. Claramente, eu deixei algo aqui passar."

Não, Gio não tinha. Lucian estava sendo um idiota total.

"Tem algum plano?" Lucian perguntou.

"Dante comprou três entradas para o setor VIP daquela ópera que acontecerá mês que vem, para o aniversário da mãe. Haverá uma festa antes também. Uma coisa de caridade ou alguma merda dessas. Políticos, gente importante, trabalho."

"Ainda vai demorar."

"É verdade, mas isso seria ir a público para a família. Para nós, precisamos levá-la e deixá-la se divertir, certo? Na manhã seguinte, já estaria espalhado pelas colunas da sociedade. A sua festa de aniversário junto a de Dante está chegando também, então isso pode funcionar."

Lucian considerou as ofertas de seu irmão. "Deixe-me falar com Jordyn primeiro. Depois de hoje, a última coisa que ela pode querer é ir a público comigo ao seu lado.

Gio bufou. "Certo. Você não tem jeito."

Uma vez que Gio se foi, Lucian soltou um suspiro. Olhando ao redor da sua casa, ele não pôde deixar de notar as mudanças desde que

Jordyn começou a viver com ele. Sobretudo, a vida de Lucian estava em constante estado de desordem, porque ele se movia perpetuamente e nada parecia realmente terminar.

Jordyn começou a ajeitar aqui e ali.

As coisas nunca estiveram tão organizadas. Tão simples quanto isso poderia parecer, para Lucian era enorme. Ela cuidava dele e se importava com ele sem que lhe pedissem. Jordyn simplesmente fazia isso porque queria. Lucian ainda não conseguia entender onde ele havia errado. Como ele poderia ter feito com que ela se sentisse como sua prostituta?

Essa era uma palavra suja e horrível. Algo que era usado para descrever sua mãe morta e o relacionamento que ela tinha com seu pai. Também era usado para envergonhá-lo porque ele era um produto deles juntos.

Lucian nunca faria isso com uma mulher. Foi por isso que ele, essencialmente, demorou tanto tempo para encontrar alguém que queria e poderia amar. A última coisa que ele pretendia fazer com a vida dele era casar com alguém com quem ele não se importasse o suficiente para ser fiel e amoroso. Ele não queria esconder outra família para compensar o que ele não tinha em casa.

Mas ele queria Jordyn. Precisava dela também.

Quando ele entrou no quarto, Lucian notou uma caixa aberta na cama. Ele pegou os itens com cuidado, observando o que eram e algumas das datas carimbadas em ingressos e entradas. Uma fina corrente de ouro com um S estava no fundo da caixa. As poucas fotografias de uma mulher com uma Jordyn muito mais jovem disseram a Lucian que eram coisas privadas e pessoais que ele não deveria estar olhando sem sua permissão.

Então, ele as colocou de volta dentro da caixa e virou-se para o banheiro, onde o chuveiro estava ligado. Jordyn não tinha fechado a porta. Era uma briga que Lucian ainda não conseguia superar desde que a encontrou depois da surra. Ele ficou chocado, espantado e triste ao saber que ela ainda mantinha as portas abertas para ele, mesmo que ele não estivesse lá. Ele tinha uma visão perfeita de sua figura nua através do box do banheiro.

A água escorria, criando uma cascata constante de água correndo sobre a pele dela. Os cabelos encaracolados e escuros estavam molhados e lisos, caindo sobre os ombros delgados e cobrindo os seios. A maioria dos hematomas tinha desaparecido, embora os piores, em torno das áreas onde os pinos do cinto tinham cortado a pele, ainda permaneciam com uma tonalidade amarelada. A tatuagem de flor de cerejeira se movia com o balanço de seu corpo como arte viva.

Bonita.

Bellissima.

Dele.

Ela estava chorando. Gritos baixos e trêmulos como o de uma gatinha estavam sendo afogados pela água. Lágrimas pequenas e brilhantes umedeciam seus cílios e desciam pelas bochechas.

Lucian se sentiu tão machucado ao ver aquelas lágrimas.

Antes mesmo de perceber o que estava fazendo, Lucian estava atravessando o banheiro e abrindo a porta de vidro do chuveiro. Jordyn o deteve. Virando-se ao vê-lo no espaço, a mão dela pousou no pequeno puxador como se fosse mantê-lo fora. Não o teria realmente parado se ele quisesse entrar.

Gotas de água espirraram quando Jordyn balançou a cabeça. "Apenas... não."

"Desculpe", disse Lucian, precisando falar. "Eu deveria ter ouvido você esta manhã, mas eu sabia que tipo de dia seria e não a ouvi. Eu não queria brigar com você. O que eu disse era verdade, mas eu poderia ter dito isso de um jeito melhor."

"Lucian-"

"Apenas me deixe pedir desculpas, Jordyn. Eu não quero que você seja outra pessoa. Eu não preciso que você seja ninguém além de ser exatamente quem você é. Talvez o jeito que eu tenha feito isso tudo fez parecer que sim, mas eu quero você por você. Desculpe-me por você não poder voltar. Desculpe-me pelo bastardo ter tirado tanto de você. Desculpe-me se você se sentiu sozinha, mesmo em pé ao meu lado. Eu lhe darei tudo, *qualquer coisa*, para substituir o que você não tem, porque isso não é nada menos do que o que você merece. Não é porque estou pagando as coisas para você ou para nós."

"Eu não queria voltar", sussurrou Jordyn. "Eu só queria as coisas que você não poderia substituir."

Lucian assentiu finalmente entendendo esse fato. "Desculpe, não te ouvi quando me contou a primeira vez. Culminou em algo diferente, e eu só ouvi o que não era importante. Você me assustou hoje, querida.

"Eu sinto muito."

"Não é sua culpa. Eu não expliquei o suficiente sobre o que estava acontecendo além de nós. Francamente, fiquei mais preocupado e focado em você para me preocupar com isso. Achei que era isso que você precisava.

"Era", respondeu Jordyn rapidamente. "Eu sei que estou segura com você. Eu sei."

"Mas você também precisa de mais", disse Lucian suavemente. "Uma vida, porque você já teve uma que eu lhe tirei, e ela não gira em torno de mim. Também não posso esperar isso.

Jordyn fungou, olhando para longe. "Ele sabe que você está comigo, não é? Foi o que essa nota quis dizer."

"Apenas significa que não tenho que mantê-la mais escondida. Isso é tudo."

"Eu ferrei tudo indo até lá."

"Não", Lucian correu para dizer. "Jordyn, não se culpe. Você só fez o que eu lhe pedi para não fazer. Nada aconteceu, e você está bem. É isso que importa."

"Estou, mas?"

"Por enquanto, é isso. Um dia de cada vez, como sempre foi."

"Eu não quero que ele me machuque de novo."

O coração de Lucian se quebrou. "Ele não vai. Você sabe que não vou deixar isso acontecer."

Finalmente, ela soltou o puxador do box do chuveiro. Lucian abriu a porta de vidro mais rápido do que achava ser possível. Nem mesmo pensando ou se importando com a água caindo, ele entrou no box para pegar o que mais queria.

Jordyn.

Instantaneamente, as costas dela estavam na parede enquanto ele a pressionava contra ela. Lucian agarrou seu rosto, beijando-a mais forte do que nunca, a paixão cobrindo cada afago de seus lábios nos dela enquanto suas línguas encontraram um ritmo familiar e abrasador. A água encharcou suas roupas diretamente, mas ele não se importou.

Jordyn arqueou o corpo, suspirando o nome de Lucian, suave e cheio de necessidade. Isso o fez doer de dentro para fora. O peito dela arfava com cada respiração que tomava. Seus seios estavam quentes sob o toque dele, e seus mamilos rosados endureceram em picos duros quando ele roçou os polegares calejados.

"Eu quero você", Lucian falou entre os dentes cerrados. "Em mim, me encharcando, me fodendo como você faz."

"Agora", exigiu Jordyn.

"Só você."

Lindos olhos azuis se aproximaram para encontrar os dele. "Apenas eu."

Quando os dedos dela agarraram a camiseta molhada dele, puxando-a para cima, Lucian não impediu Jordyn de tirar o material ensopado. As calças e a cueca que ele usava foram puxadas e se arrastaram por seus quadris, liberando seu pau ereto para a mão de Jordyn. Suavemente, ela o agarrou, puxando-o para mais perto com cada aperto de seus dedos.

Lucian gemeu baixinho quando ela caiu de joelhos sem aviso e levou-o à boca. Devagar, o calor úmido envolveu seu eixo. Pinceladas da língua dela golpearam contra a veia palpitante ao longo da parte inferior de seu pau. Lucian descobriu que não conseguia pensar com os lábios envoltos em seu pau, e a mão dela escorregou para apalpar seu saco.

Cazzo, a boca dela era incrível.

Saliva umedeceu o pau dele enquanto ela o levava mais para dentro da garganta, uma e outra vez. Lucian estava enlouquecendo mais rápido do que nunca. Um gemido baixo se construiu no peito dela e vibrou todo o caminho através do eixo dele, indo diretamente para suas bolas. Ela o observou através de espessos e úmidos cílios, os olhos dela encontrando os dele.

"*Porra...*", ele sibilou, os dedos tecendo em seus cachos. "*Dio*, sua boca é o céu."

Isso era um eufemismo. Ele *amava* a boca dela.

Mas Lucian não tinha um pingo de controle quando ela o chupava. Retardar o seu orgasmo era quase impossível assim.

"Jesus, pare, querida. Eu quero estar te fodendo quando eu gozar, e não na sua boca."

Jordyn soltou Lucian, sorrindo enquanto beijava o comprimento de seu eixo e levantava. Quando ela foi pressionada contra ele de novo, ele a beijou longa e fortemente, provando o sabor de seu próprio pré-sêmen na boca.

"Você é linda, sabe disso?" Ele murmurou ao longo dos lábios dela.

"Quantas vezes você vai me dizer isso?"

Lucian sorriu. "Todo dia. O tempo todo. É a verdade."

"Todos *os* dias?"

"O tempo todo", ele repetiu.

Jordyn agarrou seu quadril e puxou-o para frente, movendo o pau dele em seu estômago tonificado. "Agora, sim?"

"Com certeza."

Lucian não se importou em pensar nos preservativos a poucos metros de distância ou no fato de que não demoraria muito para ir e pegar um. Ele nunca na sua vida fodeu sem um. Ele estava muito perdido no momento com essa mulher que ele adorava tanto. Jordyn era dele, de qualquer forma.

Quando Jordyn passou a perna em torno do quadril dele, Lucian a ergueu do piso do chuveiro em um movimento rápido. Ela guiou seu pau com uma mão entre seus corpos, permitindo que ele deslizasse em seu calor liso e apertado, sem qualquer hesitação. As paredes sensíveis de seu canal flexionaram em sua intrusão. A cabeça de Jordyn caiu contra a parede de azulejos, seus lábios se abrindo com um gemido tão doce que o acertou no peito. O sexo dela o aceitou com um forte impulso, até o talo.

Por um breve momento, Lucian simplesmente a sentiu. Ela toda. Sem preservativo e natural, agarrando-o firmemente, levando-o mais fundo. Parecia que cada nervo no corpo dele tinha sido ligado para ela, hiperconsciente de cada respiração que ela dava, o piscar de seus cílios e a forma como seu corpo se encaixava perfeitamente no dele.

"Eu preciso que você se mova", disse Jordyn com a voz rouca. Todo músculo do corpo dela ficou tenso como uma mola enrolada pronta para estalar. "Por favor, apenas se *mova*."

Lucian riu profundamente. "Nós paramos de brigar, querida?"

"Paramos. Foda-me."

Não era como se ele pudesse negar a ela uma maldita coisa.

Punitivamente bom foi a melhor maneira para descrever como ele a pegou contra a parede do chuveiro. Estocadas duras e fortes que pressionaram as costas e ombros dela contra os azulejos repetidas vezes. Com a boca aberta na bochecha dele, os gemidos quebrados dela rolaram sobre os sentidos dele para impulsioná-lo. Ele foi perverso enquanto agarrava o traseiro dela e a puxava mais forte com cada movimento de seus quadris.

Os dedos de Jordyn cravados nos ombros dele para se apoiar, as unhas dela marcando a carne dele. Só quando ele se virou para beijar seus lábios trêmulos que ela finalmente soltou o rosto dele. Grandes olhos azuis com pupilas tão dilatadas que dava para ver seu próprio reflexo fitá-la de volta.

Ela se desfez ao redor dele, conscientemente desnuda e disposta, tremendo com o nome dele em sua boca. Lucian já estava se perdendo dentro dela também.

Jordyn acordou em uma cama mais fria do que de costume. Ela esperava ver um pequeno sinal da manhã entrando no quarto pelas janelas, mas apenas a escuridão estava lá fora.

Rolando para o lado, ela se aproximou para ligar a lâmpada. Não havia nenhuma nota na mesinha de cabeceira dizendo a ela que Lucian saiu no meio da noite, e o relógio mostrava um horário muito cedo para ele estar rondando como às vezes fazia. Na verdade, virando-se para o outro lado, ela podia ver que a amada Eagle dele estava brilhando em sua própria mesa.

Lucian não deixaria o apartamento sem sua arma.

O banheiro em anexo estava escuro, deixando Jordyn ainda mais confusa. Nenhum ruído veio da porta aberta do quarto. Chamando o nome dele, ela não recebeu resposta. Na verdade, ela não estava preocupada, mas estava curiosa.

Jordyn não se incomodou em vestir nada, em vez disso, enrolou o lençol cinza da cama em seus ombros. Enquanto andava silenciosamente pelo apartamento para encontrar Lucian, ela tentou, inutilmente, desenredar a bagunça que seus cachos se tornaram.

O sexo contra a parede do chuveiro se moveu para o balcão e de lá, para a cama.

A lembrança dele se ajoelhando entre as pernas dela, empurrando-a para a cama enquanto a boca dele conectava-se a sua buceta fez o estômago dela apertar com luxúria novamente. Ele nem pareceu se importar com o fato de ele ter gozado no sexo dela depois da transa frenética. Ela estava tão sensível desde o orgasmo mais intenso que teve antes que apenas um movimento da língua dele no clitóris dela a fazia gozar.

Lucian, quando estava querendo acabar com suas frustrações reprimidas, poderia ser francamente insaciável.

Jordyn não reclamaria.

Se ela tinha pensado antes que Lucian não a queria de todas as maneiras que ele pudesse tê-la, esses pensamentos já tinham ido embora.

E, mesmo que ele não tivesse dito isso, Jordyn tinha certeza de que o homem estava apaixonado por ela.

Louco, possessivamente, totalmente apaixonado por ela.

Os olhos dele sempre falavam mais do que sua boca.

Não demorou muito para que Jordyn encontrasse Lucian no terraço. Descansando em uma das cadeiras que combinavam com a mesa de refeições ao ar livre, ele estava inclinado para trás, então ele só estava sentado em duas das quatro pernas. Com os pés descalços apoiados na borda do guarda-corpo de metal, ele parecia estar negligenciando as luzes e o movimento de uma cidade ainda acordada.

Uma fumaça grossa se desenrolava de seus lábios quando exalava, atraindo o perfume pungente da erva na direção de Jordyn. Apesar de ela ter sentido o cheiro nele antes, era a primeira vez que o via se entregando à droga inofensiva.

"Você poderia ter me acordado", disse Jordyn atrás dele.

Lucian não se surpreendeu com a sua intrusão. Na verdade, ele levantou uma das mãos para o lado de sua cadeira, esperando que ela segurasse. No momento em que a palma da mão dela encontrou a dele, ele a puxou para mais perto. Ela se sentou no braço da cadeira cuidadosamente equilibrada enquanto ele dava outra tragada no baseado antes de soltar a fumaça para o céu escuro.

"Você parecia tão tranquila", Lucian respondeu. "Eu não gosto de acordar você quando você está sonhando."

Jordyn sorriu. "Não?"

"Não. Os sonhos não devem ser interrompidos por homens egoístas, Jordyn."

"Você está chapado."

"Um pouco", Lucian concordou sorrindo preguiçosamente. "O que você está fazendo, afinal?"

Jordyn deu de ombros sob o lençol cinza. "Eu esqueci de lhe dizer algo antes."

Lucian deu outra tragada longa no baseado, efetivamente terminando antes de jogá-lo no cinzeiro de aço aos seus pés. "O que foi, querida?"

"Que eu voltaria."

Um sorriso curvou os lábios de Lucian relaxados por causa da maconha. Jordyn sorriu ao vê-lo tranquilo e despreocupado. "Hoje, você quer dizer?"

"Sim. Depois que eu pegasse o que eu queria, eu ia pegar outro táxi para voltar para cá."

"Eu não percebi que você tinha pensamentos estressantes o suficiente para que eles a acordassem e você viesse me contar sobre eles."

"É claro que sim", disse Jordyn fingindo uma ofensa. "Esse tipo de coisa é *muito* importante."

"Por que isso?"

Jordyn engoliu o nervosismo. Não era hora para isso. "Porque, Lucian... eu também te amo."

A cadeira que Lucian estava inclinado em duas pernas caiu no terraço com um baque, quase a afastando. Durante muito tempo, ele não disse nada. Jordyn não deixou seu silêncio acabar com a segurança que ela tinha de seus próprios sentimentos ou o conhecimento do quão forte eles eram por ele.

Simplesmente era.

Era melhor ela começar a admiti-los agora.

"É?" Lucian finalmente perguntou, seu braço forte envolvendo a cintura dela.

"Sim. Eu só queria lhe dizer para que você soubesse. Não há dúvidas sobre isso ou enrolação. Eu apenas amo. Isso meio que foi fácil. Um pouco assustador também."

Jordyn sentiu a testa de Lucian pressionada nas costas dela. "É, você está certa."

Então, ele estava se movendo e puxando-a sem aviso prévio. Jordyn se encontrou de costas sobre ele na cadeira, mas os braços dele a mantinham longe do metal duro. O lençol tinha caído de suas mãos e abriu com o movimento inesperado, expondo sua nudez ao ar frio e escuro e ao olhar acalorado de Lucian.

"Você me ama, hein?"

"Estupidamente", respondeu Jordyn.

"Ótimo. Eu estava terrivelmente preocupado de estar nessa sozinho. O amor pode transformar um homem mau em um monstro."

"Enquanto ele também continuar me amando..."

Lucian agraciou-a com outro de seus sorrisos perversos. "Oh, ele definitivamente ama você."

CAPÍTULO DEZESSEIS

Antony Marcello era um homem enigmático e intimidante.

Jordyn achou que entendia as muitas máscaras que ele usava diariamente, do pai para o homem de negócios, para o marido, para o chefe do crime da máfia. Achar era a palavra-chave, porque, francamente, ela não entendia merda nenhuma sobre o homem.

Seus interruptores ligavam e desligavam tão rápido que era difícil acompanhar seus modos. O riso fácil entre ele e seus três filhos poderia rapidamente se transformar em pensamentos tensos e desconfortáveis e pequenas desculpas antes de alguém conseguir piscar. Antony raramente tinha que dizer uma palavra para ganhar essas desculpas.

Também era claro que ele adorava e amava seus filhos.

Para Jordyn, era uma mistura complexa e confusa de relacionamentos que ela tentava não pensar demais.

Então, quando ela saiu do quarto que ela compartilhava com Lucian depois de seu banho matinal, totalmente vestida e pronta para o dia, ela poderia ter recuado instintivamente um passo ou dois ao ver Antony na mesa da cozinha.

Intimidante na verdade.

Jordyn não diria que ele parecia despreocupado em seu terno elegante e bem passado, óculos de sol enfiados para dentro de seus cabelos e um copo de café na mão, mas, no mínimo, ele parecia relaxado.

"Bom dia, Jordyn", Antony a cumprimentou. Ele acenou para um segundo copo na mesa. "Lucian levou o dele, mas este é todo seu. Três açúcares e dois cremes, de acordo com meu filho."

"Hum... obrigada?"

"Esse é um começo decente", ele brincou com um sorriso. "Eu ignorarei sua falta de habilidade sociável porque é de manhã. Venha, sente-se."

Jordyn fez o que ele queria, agarrando o café quente no momento em que ela se sentou e abrindo a boca para tomar um gole. A bebida açucarada e amarga a despertou ainda mais.

"Onde está Lucian?" Perguntou Jordyn.

Seu amante não disse nada sobre precisar sair mais cedo nem se importou em dizer a ela que seu pai estaria por perto. Parecia que pelo menos um dos membros de sua família geralmente estava por perto ou aparecia inesperadamente. Jordyn havia aprendido que havia pouca privacidade ou segredos na família Marcello. Os três filhos poderiam já ser homens adultos, mas ser italiano e *Cosa Nostra* significava que eles eram um pouco mais próximos do que o normal e mais apertados do que nós.

"Meus filhos estão lidando com um problema hoje."

Jordyn mordeu o lábio. "Ah."

"Você está dormindo com meu filho", Antony disse do nada.

Jordyn quase engasgou com o café enquanto engolia. "Com licença?"

"Meu filho, você está dormindo com ele. Perdoe-me, sou novo nisso."

"Você quer dizer sobre conversar com uma mulher? Porque, geralmente, não começa assim."

"Não", murmurou Antony suspirando. "Eu quis dizer que eu sou novo em conversar com uma mulher que um dos meus filhos está intimamente envolvido ou até mesmo preocupado. Eu, geralmente, não conheço essas meninas, não que eu não quisesse. Não quero ser desanimador, mas isso é diferente para mim."

"Eu sou apenas uma garota", disse Jordyn calmamente.

"Certo. Uma garota por quem meu filho mais velho está apaixonado. Aquela com quem ele compartilha coisas que ele jamais compartilhou com alguém antes. Para mim, isso significa que não posso tratá-la como uma garota qualquer, Jordyn. Não funciona assim."

Jordyn não sabia como responder a isso, então soltou outro simples, "Oh."

"Você já tem planos hoje?" Perguntou Antony.

"Lucian ia me buscar para jantarmos no Cazza mais tarde."

"Ele estará de volta a essa altura. Eu quis dizer antes, querida. Para o dia, você tinha algo específico em mente?"

Jordyn encolheu os ombros. "Se eu tiver que encarar a bagunça na mesa dele por muito mais tempo, vou queimar tudo."

Antony riu profundamente, o som fácil surpreendeu Jordyn. "Ele não ficaria zangado com você por fazer isso?"

"Talvez, mas eu aposto que ele começaria a arrumar as coisas depois disso. Às vezes, ele é pior do que um adolescente. Veste cinco camisas diferentes antes de escolher a que ele mais gosta, e o resto fica onde quer que tenha caído."

"É uma característica hereditária", explicou Antony. "Receio que isso será uma batalha perdida para você. John era igual, mas ele sempre sabia onde estava tudo, estranhamente.

Hum.

Agora Jordyn estava curiosa. "Foi estranho para você criá-lo?"

"Lucian? *Cristo*, não. Ele foi um presente para mim, Jordyn. Aos oito anos de idade, Lucian estava ansioso para encontrar o que ele havia perdido, e eu também. A morte de John foi a primeira tragédia real que experimentei vivendo no estilo da *Cosa Nostra*. Isso me fez lembrar que ninguém estava seguro, e não importava o quão importante ou amado você era pelas pessoas ao seu redor."

A testa de Jordyn se enrugou. "Oito?"

"Hum, *sì*. Suponho que é por isso que é mais fácil para Lucian do que para os meus outros meninos separarem meu posto como pai deles e como seu chefe quando precisam. Nós não o tivemos desde que ele era bebê. Ele já sabia quem era sua mãe e pai, mas ele estava aberto a ter outro par para amar."

"Cecelia disse que os pais dele morreram quando ele tinha seis anos."

Novamente, Jordyn se lembrou do intervalo de dois anos que Lucian não explicou.

Antony limpou a garganta, olhando-a da ponta da mesa. "Sim, Jordyn."

"Mas... o que aconteceu por dois anos? Ele ficou em um orfanato?"

"Não, não ficou." Antony se levantou da mesa, ajeitando a jaqueta. "Eu assumi que, como ele tinha falado sobre seus pais biológicos, ele também teria explicado o resto. Se ele não explicou, não sou eu quem deve lhe contar. Essa é a história de Lucian, e até hoje dói muito. Às vezes, ele até mesmo sonha com isso. Ele ainda anda pelos corredores à noite?"

"Mais frequentemente do que eu gostaria. Eu pensei que era apenas a natureza dele, ocupado como ele é."

"Não, são os sonhos. Ele tem isso desde criança, mas ele não gosta de admitir. E eu já disse demais." Antony riu, mas não pareceu verdadeiro. "De qualquer forma, sobre o seu dia..."

"O que tem ele?"

"Bem, eu estava pensando se você gostaria de passá-lo comigo."

Os olhos de Jordyn se arregalaram, algo que ela não esperava sentir borbulhando em seu peito. Gratidão. Essa era a maneira de Antony recebê-la? "O que esse dia envolve?"

"Eu sou um homem muito ocupado, Jordyn. Isso envolve muita coisa. Francamente, eu poderia precisar da sua ajuda, e é por isso que estou aqui esta manhã. Eu acredito que você pode precisar da minha também."

"Como assim?"

"Estou precisando, desesperadamente, de alguém em quem eu possa confiar para me ajudar com as coisas do cotidiano. Muitas vezes, meu negócio legítimo se mistura com a minha outra vida e, às vezes, se torna... difícil de gerenciar. Lucian pode ser feliz e estar indo bem com o trabalho no restaurante porque ele nunca assumiu mais do que ele conseguiria, mas não posso dizer o mesmo. A Indústria Marcello é, de certa forma, como outro filho para mim. As assistentes raramente duram mais do que alguns meses trabalhando para mim."

Jordyn ficou boquiaberta com o homem. "Você está me oferecendo um emprego?"

"Algo parecido. Não será das nove às cinco como de costume. Vai ser mais para coisas privadas e tal."

A conversa que ela teve com Lucian na semana anterior após a briga e a ida dela ao Brooklyn veio à sua mente instantaneamente. Ele tinha admitido que precisava voltar a uma rotina mais normal que funcionasse para ela. Especialmente, quando se tratava de sua vida e achar que estava fazendo alguma coisa.

Mesmo assim, Jordyn não gostou de pensar em ganhar trabalho porque alguém, especificamente Lucian, pediu. "Ele pediu que você fizesse isso?"

Antony ergueu uma sobrancelha. "Meu filho?"

"Quem mais? Sim, quis dizer Lucian. Ele pediu para que você fizesse isso?"

Jordyn foi recompensada com outra risada de Antony que a pegou desprevenida. "Absolutamente não, embora eu tenha contato a ele sobre os meus planos na noite passada."

Jordyn estava ainda mais confusa. "Então por quê? Não é como se eu tivesse experiência com esse tipo de coisa. Tenho certeza de que você poderia encontrar alguém muito mais qualificada que eu."

"Cecelia, na verdade. Minha esposa é incrivelmente difícil quando quer ser, Jordyn. Não posso explicar de forma adequada como ela é particular. Eu a amo, e ela certamente é a melhor metade entre nós. Ela sabe quanto tempo faz desde que eu tive alguém cuidando dos meus assuntos pessoais e gerenciando meu tempo e horários. Quando ela começa a reclamar, eu costumo ouvir. É mais fácil."

"E?" Jordyn pressionou.

"E eu argumentei que não tinha alguém em quem eu pudesse confiar para coisas mais sensíveis. Ela mencionou você.

"Mais uma vez, não tenho experiência para isso."

"Você vai ter", garantiu Antony. "Todos aprendemos de alguma forma. Isso funciona em benefício de ambos, considerando que você ainda precisa de segurança até que a bagunça com o MC acabe, e você está precisando, desesperadamente, de algo para fazer. Eu, por outro lado, preciso de alguém para me ajudar, já que sou um homem ocupado, e esse alguém não pode me fazer querer matá-lo. Tenho certeza de que você pode lidar com isso."

Jordyn bufou. Claro que podia. "Hoje é o meu primeiro dia?"

"Oh, não, querida. Hoje é para nós."

"O quê?"

Antony sorriu. "Parece-me que negligenciei conhecê-la adequadamente. Outra coisa que minha linda esposa decidiu apontar em suas divagações. Bem, você é a primeira *principessa* da minha família. Isso é muito importante. Em poucas palavras, agora trato você como a princesa que você é para todos verem. E esperei muito tempo para ser capaz de fazer exatamente isso por uma mulher que um dos meus filhos ama."

Jordyn olhou para o jeans e a camisa que ela usava. Como deveria discutir com ele? Tinha a sensação de que seria inútil. "Posso me trocar primeiro?"

"Hum. Claro. Coloque algo apropriado, como o que você usa para a igreja. Além disso, você está muito bem. Apresse-se, temos reservas para o café da manhã com Cecelia antes que ela vá para aquela horrível galeria de novo. Ela terá um ataque se chegarmos atrasados.

Dez minutos depois, Jordyn saiu do escritório de Lucian com saltos pretos na mão. Ela não queria explicar como eles acabaram lá, então ela ficou quieta enquanto voltava pelo corredor. Pelo canto do olho, algo incomum a fez parar. A porta do quarto que ela assumiu ser um quarto extra não utilizado estava ligeiramente entreaberta. Havia um teclado eletrônico na porta, igual ao do escritório de Lucian e do elevador. Às vezes, era melhor não perguntar. Estava sempre trancada, então, ver isso aguçou a curiosidade dela.

Mesmo assim, Jordyn sabia que não tinha tempo para explorar, já que Antony estava esperando. Com isso em mente, ela agarrou a maçaneta da porta para fechar por completo.

A repentina presença de Antony perto de Jordyn a deteve. "Não. Ele deixou isso aberto?"

Jordyn se virou para o homem. "Sim."

"Então, podemos assumir com segurança que ele pretendia que você visse o que tem aí dentro. Lucian nunca deixaria isso desbloqueado caso contrário. Nem quando morava sozinho. Continue, abra a porta."

"Mas-"

"Abra", repetiu Antony. "Nós temos alguns minutos. Melhor você ver isso comigo do que sozinha."

Jordyn abriu a porta sem argumentar. O quarto era tão grande como o quarto principal do apartamento. Sem janelas, não havia luz, então a vitrine de vidro não estava bem iluminada. Certamente, não o suficiente para distinguir o que havia nelas. As prateleiras cobriam as paredes do chão ao teto. Muitas pareciam ser gavetas fechadas. No meio do quarto, havia uma ilha, como se fosse usada para guardar coisas, mas não muito mais.

Antony ligou um interruptor de luz atrás de Jordyn, iluminando tudo. Outro interruptor foi ligado e as prateleiras foram iluminadas automaticamente, quase sem som.

O coração de Jordyn subiu para a garganta. "Ah."

Armas. Munição. Clipes. Todos os acessórios que qualquer entusiasta de armas poderia desejar. Armas o suficiente para deixar Jordyn em completo silêncio. De revólveres à semiautomáticas, revólveres vintage, armas especiais de atiradores de elite, rifles e uma variedade de armas semiautomáticas. Elas estavam todas lá. Ela tinha certeza de que até havia armas de grau militar também, embora não tivesse certeza de como Lucian conseguiria pôr as mãos nelas.

"Ele tem um grande passatempo, não é?" Perguntou Antony.

Jordyn se forçou a respirar através do choque. "Há muitas armas neste quarto."

"Umas cem, mais ou menos. Estas são apenas as que ele mantém em casa."

Todas estavam em exibição, algumas nas caixas abertas, outras em cima de um veludo cinza que combinava com as paredes e as prateleiras.

Por que Lucian queria que ela visse isso quando ele não estava aqui? Jordyn não entendeu.

Havia uma caixa de uma arma aberta na ilha sem arma, comprando a outras, pelo tamanho e forma, ela deduziu que era uma das armas semiautomáticas. Não era a única que não estava lá, ela notou. Em uma das vitrines de vidro mais caras, onde as Magnums e Eagles estavam, uma tinha sumido.

Lucian estava tentando dizer algo a ela.

"Eu achei que ele gostasse da Eagle que ele sempre carrega com ele", disse Jordyn sem saber o que mais dizer.

Antony fez um ruído desdenhoso. "Ele gosta. Gio queria algo de calibre maior, acredito eu."

"Ele está cuidando de um problema, certo?" Perguntou Jordyn.

"Sim. Por volta das três da manhã, um dos meus muitos apartamentos foi... danificado. Queimado até o chão. Vários inquilinos não conseguiram sair, infelizmente, e o departamento de incêndio disse que o combustível usado arruinou o lugar em minutos."

Jordyn mastigou o interior da bochecha, nervosa. "Sério?"

"Pouco antes do incêndio, testemunhas relataram motociclistas na área. Muito incomum naquela época, pois eles têm regulamentos de ruído bem rigorosos."

É claro que os *The Sons of Hell* estariam envolvidos em algo horrível assim. Considerando que era propriedade de Antony, Jordyn poderia facilmente assumir que era por causa dela. Aparentemente, sua ida até o Brooklyn na semana anterior não passou despercebida como ela esperava.

"Antony, me desculpe."

"Não é sua culpa. No entanto, temos regras sobre esse tipo de coisa."

"Como o quê?" Perguntou ela.

"Se eles ferirem um dos nossos, enviaremos um deles ao túmulo. Eles machucaram você, então agora é hora de retaliar. Esperamos tempo suficiente."

"Onde você pegou isso?" Lucian perguntou do banco do passageiro.

Dante encolheu os ombros quando levou o SUV preto para um estacionamento relativamente silencioso. "Mencionei com um amigo que eu precisava de um veículo que ele não quisesse de volta. Um amigo de um amigo estava querendo um pagamento do seguro. Funcionou."

Não seria prudente arriscar o veículo que eles usavam para cometer um crime que poderia ser gravado em vídeo e, mais tarde, se tornar um carro pessoal de um Marcello. Pelo menos, assim, o amigo de um amigo teria uma desculpa válida dizendo que seu veículo tinha sido roubado e usado para cometer um crime. Só deixava sua história melhor.

"*Dio*! Eu amo essa arma", disse Gio no banco de trás.

"Eu também. Arranhe ela e acabo com você, Gio."

"Eu não faria isso."

"Antony foi claro", disse Dante mudando o assunto rapidamente. Abrindo o compartimento entre o condutor e o assento do passageiro, ele tirou uma Glock .22, desfez o clipe, verificou o cartucho de munição e o colocou novamente com um barulho audível. "Entre, faça rápido e dê o fora."

"Assim como foder", brincou Gio.

Lucian gemeu. "Não comece, Gio."

"Desculpe."

Dante se recostou no banco, olhando para seu irmão. "Está tudo bem para você fazer isso?"

Claro. Seria bom descarregar um pouco a tensão. Lucian esperou muito tempo para conseguir dar algum tipo de troco pelo que aconteceu com Jordyn. Não era o trabalho em si que o incomodava. Era a bola de raiva se construindo dentro dele quanto mais perto eles chegavam de seu destino. Lucian precisava controlar essa merda.

"Estou bem", Lucian finalmente respondeu. "Você?"

"Eu não faço isso já tem um tempo, mas não acho que dessa vez seja diferente."

"Isso é porque o pai o mantém por perto", disse Gio. "Você perdeu muito esses últimos dois anos. Nós nos divertimos."

Sim, diversão. Essa era uma maneira de descrever isso.

"Ninguém vai se machucar hoje, exceto por alguns membros do MC", Dante respondeu parecendo cansado. "Estamos prontos?"

"Eu estou", disse Lucian.

Gio se inclinou entre os assentos. "Eu também."

"O plano é simples", explicou Lucian. "Estamos a meio quarteirão de distância. Gio, entre no beco dos fundos, entre os prédios. Mantenha-se fora da vista até você estar na parte de trás do clube. A tranca na porta dos fundos não deve ser difícil de quebrar. Entre pelo corredor, limpe os quartos e nos encontre no meio. Com esse rifle, trinta tiros por segundo, apenas encoste no gatilho e qualquer pessoa aleatória vai cair no chão e fechar os olhos. É o que queremos."

"Você vai apenas entrar pela porta da frente?"

Dante sorriu. "Por que não?"

"Eu não sei... parece uma má escolha óbvia."

Lucian revirou os olhos. "E eles são tão arrogantes que, provavelmente, não colocaram ninguém na frente a essa hora do dia. São onze horas da manhã. Quer apostar que metade deles está apenas começando a acordar por causa da noite passada?"

Não era difícil conseguir informações quando era posto um preço nas ruas. O dinheiro falava alto. Parece que, depois de destruir um dos prédios de Antony na noite passada, eles decidiram comemorar no lugar favoritos deles, *Legs and Leather*. De acordo com uma fonte, eles estavam festejando antes de queimarem o prédio e continuaram muito depois também. Tendo em conta os sofás e cadeiras acabadas na parte de baixo do clube de strip-tease, Lucian duvidava seriamente que muitos membros do clube tivessem saído.

Não se houvesse álcool de graça, drogas e um monte de buracos dispostos a serem preenchidos.

Esses homens nojentos eram nocivos e previsíveis.

Aparentemente, festas privadas eram comuns para eles.

"Vamos esperar que ele esteja lá", disse Dante calmamente, tirando Lucian de seus pensamentos.

"E se ele não estiver?"

"Então isso realmente vai irritá-lo."

"Vale a pena", acrescentou Gio parecendo estar ansioso para começar. "Podemos ir?"

"Sim", Lucian disse com um forte aceno de cabeça. "Vamos."

Todos os três irmãos levantaram os capuzes de suas blusas para manter seus rostos protegidos de qualquer possível câmera de segurança na parte externa dos edifícios. Dante nem sequer se preocupou em tirar as chaves do carro ou desligar o motor. A partir do momento em que um tiro fosse escutado, eles teriam pouco tempo para sair da área, mesmo que, provavelmente, as pessoas por aqui esperariam até que terminasse para chamar a polícia.

Francamente, eles não estavam preocupados com a polícia rastreando-os, porque os *The Sons of Hell* não eram tão estúpidos quanto pareciam. Ninguém queria policiais em seus negócios. Quando os oficiais apareciam, era provável que os que ficassem vivos não conseguiriam identificar os atacantes e diriam que era um assalto.

Fácil de entrar e fácil de sair.

Esse tipo de negócio era melhor conduzido nas ruas do que em uma sala de audiências.

Legs and Leather estava apenas a meio quarteirão de distância de onde estacionaram. Quando Gio entrou no beco, Lucian e Dante focaram para a rua da frente com armas escondidas na parte de trás das calças e as cabeças para baixo.

A frente do clube de strip-tease confirmou os pensamentos anteriores de Lucian. Fileiras de motocicletas preenchiam o estacionamento. A maioria das luzes externas nem tinha sido desligada para sinalizar que o lugar estava fechado.

A porta de aço nem estava trancada.

Quão fácil e estúpido era isso?

Lucian balançou a cabeça enquanto a abria. "*Cafones*."

O cheiro impressionante de sexo, álcool azedo e fumaça acertou Lucian diretamente na cara. Seu estômago torceu. A única coisa em sua mente era Jordyn. Ela já tinha visto coisas assim antes, embora tenha tido proteção contra isso por um longo tempo. Conhecendo os planos de Will para ela antes que Lucian a tirasse dele, ele também sabia que essa era uma das coisas que ela não teria escapado.

Era revoltante.

Lucian odiava essas pessoas.

O corredor curto levava diretamente para a cova do leão. Os homens estavam desmaiados no chão e mesas, esparramados sobre cadeiras. Garrafas e copos vazios cobriam cada superfície. Mulheres usando quase nada, nada na verdade, estavam na mesma situação que os homens. Algumas estavam começando a se mexer enquanto outras pareciam totalmente fora, e uns homens nas mesas do fundo conversavam calmamente, embora não tivessem notado a entrada do irmão.

Lucian contou rapidamente o que podia ver. Talvez trinta homens e, possivelmente, sete meninas.

Era sujo.

Lucian se sentiu imundo apenas em estar lá dentro.

Ele precisava chamar a atenção de todos e rápido.

Uma fileira de máquinas caça-níqueis estava à esquerda. Ele tirou uma das suas Eagles da parte de trás de sua calça e desceu uma rodada em cada uma, criando um vulcão de ruído de todas as máquinas enquanto eram pulverizadas, sem mencionar o som dos tiros ecoando no espaço.

"Acordem!" Gritou Dante. "Acordem, filhos da puta! Hora de acordar, temos negócios para cuidar!"

Isso deu jeito. Pessoas saltaram, recuando e se espalhando como baratas para onde elas assumiam ser seguro. O segurança não estava em lugar algum. Alguns ameaçaram pegar armas que, provavelmente, deveriam estar onde deixaram, mas não estavam, porque estavam muito fodidos para lembrar onde eles as colocaram.

Um homem enorme veio correndo para Lucian como se estivesse atacando ele. Ironicamente, era o mesmo segurança que Lucian pegara atacando Jordyn no beco dos fundos.

A vingança era doce.

A dois metros de distância, a Eagle de Lucian encontrou a testa do homem, parando-o. "Eu disse que isso explodiria seu rosto."

E ele fez.

Lucian não se encolheu ante ao spray de fluido, sangue e carne.

"O que diabos você está fazendo?" Gritou alguém da sua direita. "Este não é o seu-"

Dante inclinou a arma para trás e disparou uma bala diretamente acima da cabeça do homem, calando-o instantaneamente. "Quieto. É desrespeitoso interromper alguém. E só para deixar claro, eu não errei, idiota."

"Seu filho da puta."

Com um suspiro, Dante voltou a puxar o gatilho. Desta vez, a bala atingiu o alvo, bem no peito, derrubando o homem para trás com força. O sangue salpicou a parede enquanto seus olhos arregalados rolavam, já morrendo. Gritos femininos ecoaram depois do tiro.

"Não façam isso de novo", disse Dante, voltando para o salão frio e sem emoção. "E, com isso, quero dizer xingar minha mãe. Eu não gosto disso."

"Puxem uma arma, e eu vou atirar em vocês", Lucian disse em voz alta. "Movam-se, e eu vou atirar em vocês. Olhem-me nos olhos, e vou atirar em vocês. É bem simples. Quanto mais rápido nós falarmos o que queremos falar e conseguirmos o que queremos, mais rápido nós iremos embora."

"Alguém botou fogo no prédio do meu pai na noite passada", continuou Dante para seu irmão. "Isso não deixa um Don muito feliz. Imagine seu choque ao descobrir que os *The Sons of Hell* estavam envolvidos com esse tipo de absurdo. Achamos que tínhamos deixado claro a última vez em que estivemos aqui. Não é verdade?

Nem todos os homens pareciam ter medo, mas as meninas sim. Lucian não dava a mínima para elas.

"Ei, ei..."

Um idiota de couro que se levantou de uma mesa, ainda claramente bêbado pelo jeito como balançava, foi interrompido pelo tiro rápido vindo de trás. Mais uma vez, todos no lugar que Lucian podia ver pareciam ter duas reações. Ou congelavam, ou tentavam correr para um abrigo seguro.

"Deve ser meu irmão", disse Dante com um sorriso cruel. "Ele realmente é rápido no gatilho."

"Então, aqueles que estão no quarto dos fundos não vão salvar você com ideias heroicas", Lucian terminou.

Eles esperaram os trinta segundos que Gio levou para descer o corredor dos fundos até se debruçar na entrada que separava os fundos do espaço principal. Gio assentiu para dizer que tinha lidado com a situação.

"Onde está Will?" Lucian perguntou às pessoas.

Silêncio lhe respondeu de volta.

A frustração aumentou, e ele apontou sua Eagle no membro MC mais próximo, esperando que isso ajudasse. Matar esses homens não o incomodava, não depois do que eles fizeram com Jordyn.

"Eu só vou perguntar mais uma vez e então, vou começar a atirar. Espero, sinceramente, que vocês, idiotas, possam arrumar essa bagunça antes que a polícia comece a derrubar as portas. Onde está Will Vetta?

Mais uma vez, ninguém respondeu.

Lucian puxou o gatilho sem piscar. Nenhuma emoção passou por ele. Ele não se incomodou em observar o homem enquanto gritava de dor e caía de sua cadeira. Mais sangue encharcou o piso barato. As duas pessoas na mesa também não fizeram nenhum movimento para ajudá-lo. Todo mundo tinha que fazer sacrifícios.

"São três", informou Dante. "Querem chegar a quatro?"

Pelo canto do olho, Lucian observou alguém se levantar de trás do balcão do bar, uma arma apontada para Dante. Nenhum dos irmãos pareceu notar a ameaça, e a Eagle de Lucian ainda estava voltada para as pessoas.

Rapidamente, ele pegou a outra arma escondida na parte de trás de sua calça, destravou a segurança, abaixou o cão da arma e apontou. Lucian não errou, e a força da bala entrando na mandíbula do homem o empurrou para a parede com um estrondo.

"Jesus", Dante murmurou. "Obrigado."

"Olhos abertos, cara", respondeu Lucian. Ele voltou para a sala, esperando seriamente que todos percebessem que ninguém estava de brincadeira. "Segunda melhor pergunta. Onde está Ron?"

"Bem aqui", veio a resposta brusca e baixa da parte mais escura da sala.

Ron Daney ergueu a mão da mesa de homens que estavam conversando quando Lucian e Dante entraram no clube. Virando lentamente em sua cadeira, Ron encontrou o olhar de Lucian do outro lado aparentemente sem medo. Ele parecia cansado e, talvez, até se achasse superior ao que estava acontecendo ao seu redor.

"Onde está Will?" Lucian perguntou a Ron.

"Não está aqui."

"Onde então?"

"Como eu soubesse", murmurou Ron. "Ele não voltou depois do incêndio. O que você espera que eu diga? Eu não sou a babá dele."

"É o segundo no comando", Lucian retrucou calorosamente, sua raiva aumentando novamente. "Você não pergunta onde ele está?"

"Não executo este show, mafioso."

"Eu duvido disso", disse Dante ao lado de seu irmão, ainda varrendo o chão com seu olhar afiado para ter certeza de que ninguém estava tentando fazer alguma coisa. "Seu presidente está tão fodido com a violência e as drogas dele que ele não consegue tomar nenhuma decisão adequada sobre nada. Se você confiasse nele, ele acabaria com sua facção."

Isso pareceu acertar alguns dos homens. Alguns o encaram abertamente, lutando claramente contra o desejo de gritar suas negativas e obscenidades. Dado o fato de estarem enfrentando três homens sóbrios e sem medo com armas prontas para disparar, eles sabiamente escolheram ficar quietos.

"Você sabe o que ele fez com ela?" Lucian perguntou a Ron, ignorando todos os outros. "Como ele a espancou?"

"Eu ouvi falar", respondeu Ron de forma seca. "Jordyn conhecia as regras e ela as quebrou. Eu não poderia ajudá-la depois disso."

Fúria inundou as veias de Lucian. "Que malditas regras? Ela não era dele para fazer o que ele queria, para começar!"

"Sua vida não é como a nossa", disse Ron com indiferença.

"Obviamente que não", Gio cuspiu. "Nossas mulheres nunca seriam tratadas como gado para serem usadas e abusadas como acharmos conveniente."

“Ao contrário de vocês, cuidamos e protegemos o que é nosso”, acrescentou Dante.

Lucian rangeu os dentes, tentando acalmar a onda de adrenalina. “E ela é minha.”

O encarar entre Lucian e Ron durou segundos. Como se eles já estivessem nessa situação por muito tempo, precisava acabar e rápido.

“Seu filho, ele a amava, se importava com ela... e você não fez nada para ajudá-la”, grunhiu Lucian. “Se eu não puder acabar com Will hoje, eu acabarei com o segundo no comando como um prêmio, Ron. Eu acho que nós dois merecemos isso.”

“Eu não quero Jordyn”, Ron tentou dizer.

Lucian encolheu os ombros. “Mas Will quer. Não vou deixar que ele a pegue, e você é um bom exemplo para isso.”

Isso efetivamente encerrou a conversa para Lucian.

E a vida de Ron.

CAPÍTULO DEZESSETE

Os nervos de Jordyn chegaram a proporções épicas enquanto esperava a chegada de Lucian ao Cazza. O plano original era ele pegá-la no apartamento e levá-la para jantar, mas isso mudou durante o dia. Antony a informou o novo plano, encontrar todos os meninos no restaurante para que pudessem comer juntos.

Quando ela perguntou por que a mudança, Antony apenas sorriu severamente e não disse nada.

Agora, as costas dele estavam voltadas para ela enquanto assistia uma transmissão de notícias na grande televisão de tela plana localizada na parede mais distante da sala de jantar VIP privada do restaurante. Estava ligeiramente baixo, mas Jordyn não era estúpida. Ela era mais do que capaz de ver as palavras piscando na parte inferior da tela.

Legs and Leather. Conhecido como o lugar favorito da infame gangue MC *The Sons of Hell*. Cinco mortos. Dezenas de testemunhas que não conseguiram dar uma descrição precisa dos assaltantes. Os primeiros relatórios sugeriram um assalto. Os oficiais não descartaram que o incidente fosse relacionado à gangue de motociclistas.

Depois do tiroteio, os investigadores removeram várias armas e substâncias ilegais do clube de strip-tease que eles acreditam não ter envolvido o incidente, assim como os frequentadores do clube. A ATF também foi chamada. A *Legs and Leather* foi fechada até novo aviso. Vários membros do MC, cujas fotos e nomes piscavam pela tela, foram presos por porte ilegal de armas e drogas. Os nomes das vítimas não estavam sendo divulgados naquele momento.

Jordyn sentiu vontade de vomitar.

Não foi a cena sobre as notícias que realmente a incomodou, mas o fato de não ter ouvido nada sobre Lucian o dia inteiro.

"Isso me faz uma pessoa horrível, não me importar com esses cinco sacos para cadáveres porque estou muito preocupada em ver Lucian?" Perguntou Jordyn.

Antony encolheu os ombros sem virar as costas. "Estou moralmente falido e tenho estado durante muito tempo, então não acho que sou a melhor pessoa para responder a isso, Jordyn."

Sua honestidade foi surpreendente. "Eu nunca perguntei a Lucian o que ele achava, mas como você lida com a sensação desse jeito, ou melhor, agindo assim..." ela terminou com um aceno entre Antony e a televisão.

"Eu rezo."

A testa de Jordyn se enrugou. "Reza?"

Antony assentiu. "E eu peço perdão. Embora não pareça ser o suficiente pedir desculpas pelas escolhas que faço diariamente e todos os erros que cometi antes, é o suficiente para mim. Confissão e penitência são meus maiores amigos. Bem, isso e meu anjo de esposa. Sua compreensão, amor e aceitação a mim nesta vida é um pilar constante e inabalável que eu preciso para sobreviver. Ela é a única alma na Terra que eu não aguentaria ver ferida por minha causa, então eu me asseguro de que ela nunca seja."

Jordyn não teve a chance de perguntar mais nada. A chegada dos três irmãos Marcello cessou a conversa. Antony e Jordyn pararam na mesa para cumprimentá-los.

Antony sorriu, qualquer preocupação em seus traços tinha instantaneamente ido em bora. "O dia foi bom?"

"Perfeito", respondeu Dante. "Diga-me que você já pediu. Estou faminto."

"Já. O de sempre."

"Impressionante", murmurou Gio, puxando uma cadeira.

Jordyn não pôde deixar de notar como eles estavam todos vestidos com seus ternos habituais, limpos e passados. A televisão continuou transmitindo notícias, mas ninguém parecia se importar.

O único com quem ela queria conversar era o mais silencioso. Havia tensão no rosto mal-humorado de Lucian, uma raiva em seu olhar. Lucian ofereceu a mão para Jordyn e inclinou a cabeça para o lado, como se quisesse pedir-lhe que viesse com ele. Ela o fez, seguindo-o para o outro lado da sala onde eles tinham alguma privacidade.

"Desculpe-me", Lucian disse calmamente.

"Pelo quê?"

"Não acabou, querida. Eu estava esperando que sim e que eu pudesse lhe dizer isso, mas não acabou. E me desculpe. "

Will não se foi.

"Ele vai tentar de novo. Algo, eu não sei. Estaremos prontos. Não quero que você se preocupe com ele.

"Ok. Eu estava mais preocupada com você, Lucian."

Lucian sorriu abertamente. "Você não deveria estar. Como foi o seu dia?"

"Ocupado. Antony me manteve ativa."

"Ele é bom nisso. Alguma coisa nova para me dizer?"

Jordyn bufou. "Antony agora tem uma assistente."

Lucian se encolheu. "Sim. Boa sorte. Não estou dizendo que você não pode fazer isso, mas ele tem o mau hábito de mastigá-las e cuspi-las."

"Ele precisa de alguém que o mande calar a boca de vez em quando."

"E você é boa nisso. Será um desafio interessante."

Essa conversa parecia muito normal e calma para Jordyn. Talvez ela tenha pensado que haveria alguma emoção ou, possivelmente, culpa de seu amante. Não havia nada, assim como nos outros três homens sentados atrás deles na mesa, brincando e rindo.

Que tipo de mulher ela era para estar perfeitamente bem com o comportamento deles?

"Bonito", observou Lucian, seus dedos se aproximando para segurar o colar de diamantes que Jordyn agora usava. Ela estava tentando seriamente não pensar no preço da peça, não se importar com os outros presentes que Antony enviou para o apartamento. "Meu pai?"

"Você sabia que é altamente ofensivo para a sensibilidade dele quando alguém nega seus presentes? Foi isso que ele disse. *Altamente ofensivo*, Lucian. Você não pode sequer discutir com ele, porque ele simplesmente olha para você e sua opinião não tem qualquer importância para a decisão final dele."

Lucian assentiu. "Bem-vinda a minha vida. O colar combina com você, estou impressionado. Antony tem bom gosto."

"Eu não irei fazer compras com ele de novo se isso for o que ele faz."

"Eu odeio dizer, querida, mas ele não será o único. É melhor você se acostumar com isso."

Jordyn não achava que se acostumaria.

"Esta coisa de acordar sozinha está começando a me dar nos nervos."

Os ombros de Lucian ficaram tensos com a voz de Jordyn, mas ele não parou o que estava fazendo. Desta vez, ela não o encontrou no deck ou fingiu estar ocupado em seu escritório como nas últimas duas noites. Esta noite, ele estava em seu quarto com as armas, com todas as luzes acesas e a porta bem aberta.

Não era tanto a falta de sua presença na cama que a acordava, mas o barulho.

"Você sabe que eu amo você", disse Lucian. "Não se preocupe com isso."

"Eu não estou preocupada. O que você está fazendo? São duas na manhã, Lucian.

"Reparando minhas armas."

Ele estava parado em nada além de cueca boxer, trabalhando sobre a mesa, sentado no meio do quarto. Estresse retesou seus músculos, as costas flexionadas enquanto ele pegava o que parecia uma broca de pequeno comprimento e algum tipo de peça de metal com sulcos na ponta. O barulho que a despertou começou de novo, fazendo Jordyn se encolher.

"Elas estão quebradas, ou você está quebrando-as? Porque eu não acho que é assim que você conserta uma arma!"

"Reparando", ele repetiu quando o ruído parou. "É um desperdício se livrar delas se elas ainda têm uso."

"Com uma broca?"

Jordyn estava tão confusa que nem era engraçado. Isso estava ficando ridículo.

Lucian acenou com a mão e Jordyn se moveu para o lado dele. Na mesa, estavam duas Eagles e um rifle semiautomático desmontado. Uma garrafa de solução de limpeza, um jarro de óleo e cotonetes gigantes estavam todos dispostos sobre toalhas de papel. Jordyn observou enquanto Lucian repetia o processo da broca no tambor da arma, depois a solução de limpeza em uma ponta do cotonete e, finalmente, seguiu o óleo. Ele repetiu o processo em silêncio.

"Cada bala que sai da câmara tem um certo conjunto de marcas que é deixado no tambor. Cada arma deixa marcas diferentes, como uma impressão digital. Os testes balísticos podem traçar uma rota da bala até a arma usando somente isso. Eu odeio jogar minhas armas fora. Isso — disse Lucian, segurando a broca — é uma maneira rápida de mudar as marcas dentro de um tambor sem estragar a arma. Ele cria padrões totalmente novos, o que significa que a próxima bala que sair não terá as mesmas marcas. A solução de limpeza livra todos os fragmentos de metal deixados lá dentro, de modo a não ter que se preocupar com a arma falhar, e o óleo faz bem para a peça depois de um tratamento severo como esse.

Curiosamente, Jordyn se sentiu interessada diante de suas explicações. Na verdade, ela decidira há muito tempo, desde que estivesse perto dele, que não se importava com as armas. Na verdade, a natureza perigosa das armas combinava bem com o jeito de Lucian na maioria dos dias e era meio sexy.

"Então, você decidiu fazer isso nas primeiras horas da manhã, por quê?"

Lucian encolheu os ombros. "Eu não conseguia dormir e precisava ser feito."

Jordyn bateu seu quadril no dele brincando. "Estou ali na cama, sabe. Você pode me acordar para conversar ou o que quer que seja. Eu não me importaria."

Claro, seguir Antony ao redor das Indústrias Marcello nos últimos dias foi cansativo de inúmeras maneiras, principalmente porque Jordyn tinha muito a aprender, mas ela sempre tinha tempo para Lucian.

"O que há de errado?" Perguntou Jordyn suavemente.

"Nada, querida."

Jordyn não acreditou nisso nem por um minuto. Lucian era um homem quieto, mas ele estava especialmente silencioso desde o incidente no *Legs and Leather*. Ele também tinha se aproximado dela desde que aconteceu, como se tivesse medo de deixá-la sair da vista dele. Ele só se sentia confortável em deixá-la se um de seus irmãos estivesse por perto ou se ela estivesse trabalhando com Antony.

Havia um preço pela cabeça dela. Lucian não escondeu isso. Era assustador, claro, mas Jordyn estava determinada a superar isso. Não fazia sentido deixar o medo gerir a vida dela. Era dela, afinal.

"É sobre seus sonhos?" Perguntou Jordyn quando Lucian terminou de limpar o tambor desmontado do rifle.

A peça foi colocada na mesa com o maior cuidado. "O quê?"

"Seus sonhos. Eles estão mantendo você acordado ultimamente?"

O maxilar de Lucian cerrou quando ele se virou para olhar para ela com olhos cor de avelã que ardiam. Foi a primeira exposição real de raiva que ela havia visto direcionado a ela desde a briga que tiveram. "Por que você me perguntaria isso?"

"Porque você saiu da cama muito antes de vir para cá. Você anda pelos corredores. Como isso é saudável para alguém? Você precisa dormir e você não está conseguindo dormir o suficiente."

"Então meus padrões de sono fazem você pensar que eu tenho sonhos?"

"Não", disse Jordyn mantendo a calma. "Antony mencionou-"

"Maldito seja meu pai por dizer essa merda!" Lucian disparou, calando-a instantaneamente. "Isso não é da conta dele e, com certeza, também não é da sua, Jordyn!"

Isso doeu, mas Jordyn se recusou a demostrar isso. "Não é?"

"Não!"

"Então, o que estou fazendo aqui com você, Lucian?"

Lucian ficou ainda mais reto, os dedos apertados em torno da borda metálica da mesa até seus dedos ficarem brancos com a pressão. "Foi você que saiu da cama."

"Seu barulho me despertou", lembrou Jordyn.

"Bem, eu terminei agora. Volte para a cama e deixe isso para lá."

"Não, obrigada. Vamos conversar."

"Prefiro comer pedra na verdade."

Que maduro, Jordyn pensou sem saco.

"Você está falando sério? Você nem sequer se incomodará em me explicar por que você está tão bravo a ponto de nem me olhar?"

Lucian virou-se para encará-la diretamente nos olhos novamente. "Feliz?"

"Não, você está com raiva de mim."

"Eu quero saber por quê! Você esteve pelas minhas costas discutindo coisas privadas sobre o meu passado com meu pai. Se há alguma coisa que você quer saber quando se trata de mim, eu sou a única pessoa que você precisa perguntar."

"Eu não fiz isso", Jordyn respondeu no mesmo nível de calma. "Antony perguntou se você ainda andava pelos corredores, eu disse que sim, e ele mencionou que você, às vezes, sonha com as coisas. Engraçado, porque ele assumiu que você já tinha me explicado isso. O que estou deixando passar aqui, Lucian?

"Nada", ele murmurou. "Deixe isso para lá, porra."

"Está vendo, é por isso que tenho que me perguntar o que estou fazendo aqui."

"Porque eu amo você!"

"Mas você não confia em mim."

"Isso não é verdade. Vá dormir, Jordyn."

"Você tem vergonha? Dói falar sobre isso? O que é?"

As mãos de Lucian bateram na mesa, balançando tudo em cima e fazendo Jordyn se encolher. "Pare com isso. Não vou discutir isso. Não vou falar de novo."

"Um casal faz mais do que simplesmente foder, Lucian. Os relacionamentos não são apenas sobre a parte física. Eles conversam. Eles criam uma base pautada em passados separados e o desejo de um futuro mútuo. É necessária confiança para que isso funcione. Você não entende isso?"

A língua de Lucian saltou para molhar os lábios enquanto sussurrava, "Volte para a cama."

Jordyn não tinha acabado, mas podia dizer, pela recusa de Lucian em dar atenção a ela, que não ele falaria com ela sobre o assunto que ela trouxe à tona. Pelo menos, não esta noite.

Com o coração pesado, ela se virou para sair do quarto, mas a voz baixa e cheia de raiva de Lucian a parou. "Vou dormir no quarto de hóspedes, querida."

Jordyn suspirou. "É melhor mesmo."

O tempo passou lentamente, e Jordyn não dormiu por um tempo. Lucian também não, considerando que o ouviu andar pelo corredor por um bom tempo antes de não ouvir mais nada. Não demorou muito para que a figura dele aparecesse na entrada do quarto, bloqueando a luz do corredor.

"Eu aprendi algo na última vez que isso aconteceu", Lucian afirmou com ironia.

Ele estava tentando ser engraçado? A paciência de Jordyn estava chegando ao fim. "E o que foi?"

"Que isso machuca mais que tudo."

"Ah".

"Eu não gosto de brigar", murmurou Lucian. "Com você, principalmente. Com qualquer outra pessoa, tanto faz."

Jordyn rolou na cama, encarando qualquer coisa, menos ele. "Eu não achei que minha pergunta era tão irracional que exigia que você fosse um idiota completo ao responder."

"Não foi. Eu sei."

"E?"

"E talvez uma desculpa fizesse muito sentido se você realmente entendesse pelo que eu estou pedindo desculpas."

"É verdade", respondeu Jordyn.

"Eu não precisava mexer nas minhas armas esta noite."

A testa de Jordyn franziu quando ela rolou para suas costas. "Eu não entendo."

"Todo esse barulho, eu não precisava fazê-lo. Eu nem sempre ando pelos corredores porque sonho. Às vezes, eu simplesmente não quero dormir, ou não consigo. Esta noite foi uma dessas noites. Havia muito barulho dentro da minha cabeça, então fiz um barulho diferente para fazê-lo desaparecer. Outra coisa para pensar por um tempo. Foi por isso que levantei."

"Que tipo de barulho?" Perguntou Jordyn.

"Ultimamente, tem sido sobre minhas preocupações com você."

"Mas não é só isso."

"Não", Lucian confirmou, a palavra tão baixa que ela se esforçou para ouvir. "A data em que Antony me encontrou está chegando. Às vezes, passa sem que eu perceba e, outras vezes, quando tenho muito a pensar em relação à minha vida, eu me concentro nisso mais do que percebo. Você é importante na minha vida, uma mudança muito grande, então, desta vez, eu estou pensando mais sobre isso.

"E você estava certa", ele continuou mais baixo. "Isso me deixa envergonhado e embaraçado. Machuca-me. Eu não quero ser visto como um menininho perdido novamente. Eu não deveria ter que me sentir fraco e desamparado, mas é exatamente isso que essas memórias me fazem sentir por dentro. Não importa quanto dinheiro eu tenha, quão seguro eu estou, ou quão frio e cruel eu pareço para os outros, sempre serei Luciano Grovatti por trás dessa pessoa. Eu sei quem eu sou sob este novo sobrenome: uma criança cujos pais foram assassinados, um menino sem casa e quebrado por causa disso."

"Você realmente é isso?" Perguntou Jordyn, não querendo pressionar o botão errado novamente.

"Como Lucian? Não."

"Mas você não poderia ser Lucian se não fosse Luciano primeiro."

Lucian limpou a garganta, trocando o peso do pé. "Você não vai perguntar sobre o que eu quis dizer?"

"Sobre Antony encontrar você?"

"Sim."

"Somente se você quiser", respondeu Jordyn.

"Eu prospero neste mundo. A violência dela, a ganância; as regras com as quais cresci e a compreensão do que se esperava de mim. Eu sei exatamente onde vou quando Antony terminar. Sempre fui destinado a ser o subchefe de Dante, e eu estou bem com isso. Não me importo de derramar sangue por esta vida. Querida, você não tem ideia de quanto sangue mancha minhas mãos."

"Eu também não me importo."

"Eu sei. E isso me tranquiliza mais do que você pode entender. Haverá noites em que não voltarei para casa e, se voltar, ficarei no chuveiro por horas me limpando com água sanitária. Algum dia, se compartilharmos um sobrenome, você provavelmente será a minha maior confidente, porque eu odeio confessar e não falo honestamente há muito tempo. Gosto de saber que, mesmo preocupada, você não vai esperar acordada porque confia em mim. Estas coisas são boas para mim, para nós."

"Ok." Jordyn se sentou, apoiando as costas na cabeceira da cama. "O que isso tem a ver com a coisa sobre Antony?"

Lucian encolheu os ombros e se moveu um pouco mais para o quarto. "Eu sempre me perguntei o que meu pai biológico queria para mim. Ele me manteve em segredo de todos, mesmo de seus melhores amigos. É ridículo também, porque, se alguém considerar as datas, nasci meses antes de John se casar com Kate.

"Eu não era um produto de um caso. Kate e John não estavam de forma alguma envolvidos antes da noite de núpcias. Era tudo um negócio. E, mesmo que estivessem, Kate teria sido a outra mulher, porque meu pai estava envolvido com minha mãe há anos antes dela. O pai dele teria desaprovado o status econômico e herança meio italiana e meio americana dela. Meu pai poderia ter anunciado publicamente meu nascimento, Jordyn, mas ele não fez. Ele ainda me manteve em segredo."

"Você perguntou a Antony o porquê disso?"

"Claro. Como eu disse, ele acha que foi porque John sabia que o pai dele criticaria minha mãe e pelo acordo com o pai de Kate. Nós nunca fomos muito atrás disso. Não gosto de falar sobre o que significa para mim, e Antony não me forçou."

"Como se John não quisesse você envolvido na família, você quer dizer?"

"Talvez", Lucian respondeu, sua voz cheia de emoção. "Quero dizer, isso é mais fácil de considerar do que pensar que ele não me queria, certo? Porque, ou ele não queria que eu me tornasse o homem que eu sou agora, ou ele não queria que as pessoas soubessem que ele tinha um filho com uma mulher que ele não considerou ser apropriada para se casar. O que você quer ser, o fracasso de um homem morto ou um segredo sujo?"

"Lucian, não..."

"E aí? Qual?"

Jordyn respirou fundo, forçando sua crise interna a se acalmar. "Nenhum dos dois. Eu gostaria de ser exatamente quem eu quis ser. É o que devemos fazer de qualquer maneira. Encontrar e fazer o nosso próprio caminho. Fazer o que temos que fazer. Nós somos únicos para nós, Lucian. Nós não somos as pessoas que vieram antes. Se isso funciona para você, é isso que importa."

"Então, por que estou me concentrando no que não importa?"

"Eu acho que importa, sim, também. Você tem perguntas para pessoas que não estão aqui. Eu acho que a coisa mais importante para você lidar é saber se você pode ser feliz sem encontrar as respostas."

"Eu gosto de quem sou, Jordyn."

"Então fique feliz com o que você é, Lucian. Você espera que seja a mesma coisa, e eu acho que não é. Lucian, o homem, e Luciano, o menino, são a mesma pessoa. Você não pode gostar de quem você é se você não está feliz com o que você era. Não pode ser varrido como sujeira para debaixo de um tapete. Eventualmente, tudo é posto às claras."

Lucian estava de pé ao lado da cama e mexia no cobertor. "Desde quando você se tornou tão bem versada sobre a mentalidade humana?"

Jordyn bufou indelicadamente. "Desde que nasci de uma mãe viciada que se importava mais com suas drogas e homens do que em alimentar sua própria filha. Ser uma adolescente lutando para encontrar um pouco de autoestima quando a mulher que lhe deu a vida não valia muito pode realmente ferrar com sua cabeça. Não foi nenhuma surpresa que eu me agarrasse a pessoas mais próximas que eu achava que me tratariam como família, porque eu não fazia ideia de como uma família real era."

Os dedos de Lucian entravam debaixo do cobertor, sua mão descansando na perna de Jordyn. "Às vezes, eu acho que minha família é muito intrometida. Sempre por aí, enfiando o nariz onde não deveria... Eu poderia pedir a eles que se afastassem, mas, provavelmente, não faria diferença."

"Eu vou perguntar sobre Antony ter o encontrando agora", advertiu Jordyn.

A voz de Lucian ficou mais grossa quando ele disse: "Sim, tudo bem."

"O que aconteceu?"

"Não me lembro muito até os seis anos, mas depois que John foi morto, minha mãe, de alguma forma, sabia que tinha a ver com ela e comigo. Ela tentou me proteger; nos levou de um lugar para outro por um tempo. Motéis, abrigos e coisas assim. Qualquer coisa para ficarmos longe do radar. O problema era que ela não saíra de Nova York. Esta era a casa dela também.

"O problema maior era que ela dependia do meu pai", Lucian continuou, suspirando. "Ele mantinha as coisas pagas e bancava tudo. Tudo o que ela tinha, provavelmente, acabou muito rápido. Ela colocou tudo a perder quando foi até sua irmã pedir ajuda. Ela me deixou em um abrigo e me disse para me esconder que ela voltaria. Lembro-me de chorar, porque achava que ela sabia."

"E ela não voltou", Jordyn assumiu.

Lucian balançou a cabeça tristemente. "Não. Depois de dias sem que ela aparecesse, as pessoas que dirigiam o abrigo começaram a falar. Eles chamariam as autoridades porque eu tinha sido abandonado. Tinha enfiado na cabeça que elas não eram boas pessoas e não me ajudariam. Meu sobrenome não era seguro, e eu precisava me esconder. Então, eu fugi. Eu fiz exatamente o que minha mãe me disse para fazer e me escondi em todos os lugares. As ruas foram minha casa por dois anos. Eu dormi em vielas que estavam mais quentes por causa das aberturas de aquecimento, eu fiquei longe da chuva porque não tinha roupas se a minha fosse arruinada.

"Alguns dos sem-teto me ajudaram quando eu os deixei", Lucian acrescentou, um tremor em suas palavras. "Alguns me deram comida, outros, roupas se tivessem. Alguns, apenas me mantiveram a salvo dos predadores, porque há monstros terríveis que se escondem nessas ruas. E ninguém se importa, porque não é seu filho ou sua família que as pessoas caçam."

As emoções de Jordyn ameaçaram derramar, mas ela as obrigou a recuar o suficiente para perguntar: "Como Antony o encontrou?"

"Eu estava escondido em um beco ao lado de um de seus restaurantes para encontrar algo para comer. Alguns de seus homens me notaram lá antes. Eles tentaram me seguir uma vez, mas me perderam. Eu acho que acabei murmurando em italiano, e um deles percebeu. Naquela época, Antony já havia ido em busca de minha mãe e achou meus documentos no antigo apartamento dela. De qualquer forma, naquela noite, quando ele falou o nome do meu pai, confiei nele. Ele me pediu desculpas e depois ele me levou para casa."

"Lucian-"

"Antony pagou pelo enterro de minha mãe, porque a família dela não podia pagar. Eu nunca estive em seu túmulo."

Jordyn sentiu a mão dele chegar até sua perna, como se ele estivesse se sentindo em casa. "Ei, olhe para mim."

Lucian não olhou. "Eu me aproximei de Dante primeiro, porque ele era o mais próximo da minha idade, mas ele me assustava metade do tempo. Ele era muito mais alto do que é agora. Gio falava muito e suas brincadeiras sempre causavam problemas, e ainda causam. Eu gostava da casa, porque era grande, mas, às vezes, era grande demais, então eu me escondia nos armários por horas até que alguém, finalmente, me encontrava. Cecelia odiava isso, mas ela jamais me repreendeu por isso. Alguns meses depois do meu nono aniversário, Antony me encontrou debaixo da mesa dele, brincando com uma faca de bolso. Em vez de me punir por estar com a faca, ele me mostrou como descascar uma maçã, e eu o chamei de pai desde então."

"Eu sinto muito."

"Não sinta", murmurou Lucian. "Essas pessoas me deram tudo."

"E você se sente culpado porque sente falta do que foi tirado de você."

"Às vezes. Principalmente, porque não consigo descobrir o que eu deveria ser.

"Você me disse uma vez que você sabia que John o amava", disse Jordyn calmamente. "Foi mentira?"

"Não, absolutamente, não."

"Então ele não se importaria com quem você é, Lucian. O filho que Antony criou ou o menino que ele ajudou a fazer. Não importa."

"Mas eu nunca vou saber com certeza."

"Como eu disse antes, você precisa descobrir se não ser capaz de ter respostas é algo com o qual você pode viver. É a sua vida. De mais ninguém. Você quer seguir com seu futuro que é exclusivamente seu e não ter nada a ver com seu passado? "

"Você", Lucian disse instantaneamente. "Eu quero você."

"Você me teve antes de me dizer tudo isso. Eu gostaria de pensar que você também me terá por muito tempo depois."

"Ninguém mais irá", afirmou ele, uma possessividade enchendo seu tom e enviando um arrepio pela espinha de Jordyn. "Eu não os deixaria."

"Ninguém", ela murmurou. "Venha para a cama. Está tarde, e você está cansado, Lucian."

Lucian foi, mas ele não se arrastou para o lado dele como Jordyn pensou que faria. Em vez disso, ele tirou o cobertor dela e deslizou entre suas coxas, afundando em um abraço apertado. Por um longo tempo, ele ficou assim, imóvel e silencioso.

Foi só quando os dedos talentosos dele começaram a desfazer os botões da camisa que ela colocou antes de encontrá-lo mais cedo que Jordyn finalmente entendeu o que ele queria. Lucian abriu a camisa para expor o peito dela sem dizer uma palavra, a boca dele caindo ao longo dos seus seios, até a clavícula e debaixo da mandíbula. Gentilmente, doces beijos e movimentos suaves da língua dele provaram sua pele.

Suavemente, ele a tocou, os dedos dele passeando na carne dela, acordando nervos e desejos. O calor ondulou sua barriga, fazendo com que suas coxas se fechassem em torno de Lucian enquanto seu comprimento duro pousava sobre seu sexo nu. Instintivamente, as mãos delas encontraram as linhas fortes das costas e ombros dele, seus dedos cravados para mantê-lo mais próximo e para senti-lo melhor. Excitação ensopou suas coxas, e ela ansiava que ele a preenchesse e a fodesse.

"Eu quero fazer amor", ele murmurou ao longo da curva do peito direito dela. "Fazer amor e depois dormir."

"Nós podemos fazer isso", ela respondeu em um gemido. Os dentes de Lucian cravaram em seu mamilo, fazendo Jordyn arquear para sua boca e ofegar. "*Jesus, Lucian.*"

"De novo", ele exigiu, movendo mais forte sobre o sexo dela, seus dedos agarrando-se firmemente aos quadris dela. "Meu nome na sua boca assim, querida. Como se você me adorasse e me amasse, só a mim. Como se eu fosse tudo o que você precisa e quer.

Jordyn gemeu baixinho. "Você *é*."

"Diga, Jordyn."

"Lucian, por favor..."

Ele só se afastou de seu corpo por um momento, tempo suficiente para pegar o que ele queria da mesa de cabeceira, mas cada polegada dela sentiu. Uma perda, uma parte dela se foi. Não era normal.

Jordyn não queria que fosse.

Quando ele voltou entre as coxas abertas dela, sua cueca boxer tinha desaparecido, e um preservativo estava escorregando pelo pau duro dele. Mais umidade se acumulou na boceta de Jordyn, seu sexo apertando só de olhar a mão de Lucian em seu comprimento.

Ela estava sempre tão molhada para ele. Seu corpo queria mais, ansiava por ele constantemente. Seu toque, sua boca, suas mãos. Tudo. Ele todo.

Esta vez, não foi exceção.

Jordyn deu as boas-vindas ao peso de Lucian enquanto cobria seu corpo com o dele. Lucian entrou nela sem aviso prévio, o olhar dele penetrando nela enquanto seu pau entrava em seu núcleo. Ela estava pronta para ele, o corpo dela aceitou sua intrusão sem qualquer problema. Os tecidos sensíveis de seu sexo se curvaram ao redor dele, estendendo-se... tanto. Ela gritou de prazer quando ele entrou até o fim, um gemido suave foi apanhado em sua boca tomando a dela.

Acima da cabeça dela, os dedos deles se enroscaram contra os travesseiros.

Foi apenas por um segundo que ele ficou parado, mas ela sentiu tudo. O pulsar de seu eixo que parecia combinar com os batimentos cardíacos acelerados dela. O músculo dele se contraindo enquanto se segurava para entrar e sair dela novamente. O pequeno tremor no lábio inferior dele pastando sobre o dela.

"Não chore por mim", ela o ouviu dizer.

Ela estava chorando? Jordyn nem sequer percebeu que as lágrimas que tinha segurado finalmente começaram a cair.

Jordyn ergueu os quadris para incitá-lo a se mexer. Lucian fez, dolorosa e tortuosamente lento. Era o mais suave que ele já amara seu corpo, mesmo na primeira vez, quando não havia emoções e a gentileza se misturando com isso.

Cada vez que ele entrava no corpo dela, o calor aumentava, uma mola pronta para expandir. O cheiro do sexo já estava começando a permear o quarto. O encontro rítmico da pele contra pele, dos pés dela escavando as costas dele e suas mãos se entrelaçando mais forte nos travesseiros.

Jordyn amava esse homem. Adorava-o inteiramente, completamente. Amava o jeito que ele fazia amor com ela.

Olhos castanhos olharam para os dela enquanto gemidos ofegantes se transformavam em gritos. Não havia nenhuma artimanha no amor deles, nenhuma palavra rápida e suja sendo proferida. Não era necessário. O corpo dela respondia muito bem sem isso.

Ela não estava inteiramente certa de quanto tempo ficaram assim. Depois que um orgasmo a varreu suavemente com um prazer que fez seu sangue e voz engrossarem, o segundo foi se acumulando com uma intensidade maior, deixando-a consciente de cada centímetro e de cada impulso até que ela estava em um precipício e caindo. Completamente perdida para Lucian, ela o observou se soltar, a umidade nos olhos dele e o beijo dela em sua boca.

"Não chore", ele disse novamente, beijando a mandíbula dela.

"Isto é o que as pessoas que amam fazem, Lucian. Elas choram quando alguém que ama está sofrendo."

"Mas eu não sofro quando estou com você, Jordyn."

CAPÍTULO DEZOITO

"**Jordyn,** não pode ser tão ruim, querida", Lucian tentou tranquilizar.

"Sim. É horrível. Você percebe que ele chama Cecelia particularmente o tempo todo? Mas ele é o homem mais difícil de trabalhar que eu já conheci. Ela não é difícil de lidar em comparação a ele. Eu vou matá-lo. Eu vou. Com essa coleção de faca bonita no escritório dele. Ninguém sequer suspeitará de alguma coisa."

Lucian se forçou a não rir, ou acertar repetidamente a cabeça no volante do Lexus. Qualquer um teria funcionado, porque ele estava preso entre diversão e frustração.

"Você está rindo de mim", murmurou Jordyn. "Isso não é engraçado!"

"Eu não estou!"

Não por fora, Lucian corrigiu internamente.

"Você está!" Jordyn bufou na outra extremidade do telefone, e Lucian jurou ter ouvido o pé dela pisar forte. Talvez ela estivesse mais agitada do que ele pensava. "Tudo bem, vou desligar."

"Não, não." Lucian esfregou a testa, olhando pela janela para os veículos que passavam. "Eu te disse que ele era difícil de trabalhar. Eu não estava mentindo. A última assistente dele durou menos de duas semanas, e a anterior, um mês, no máximo. Há uma razão pela qual elas desistem e não é porque Antony as demite."

"Ele é... completamente irritante."

O fato era que Lucian sabia que Jordyn realmente gostava de trabalhar com Antony. Ela realmente se destacou em algo que ela nunca experimentou antes. Ela era muito boa em gerir o tempo dele e fazer com que ele sempre estivesse no caminho certo. O trabalho a deixava ocupada, Antony gostava e a respeitava como pessoa, e era um ambiente saudável que dava a Jordyn algo para fazer. Foi um testemunho de sua capacidade de, mais uma vez, adaptar-se a uma nova situação.

Dante riu no banco do passageiro, tendo ouvido a conversa em silêncio até então. "Quem está na pauta de reunião dele depois do jantar?"

Lucian passou a pergunta para Jordyn, não que ele entendesse por que importava, e então apenas decidiu colocar o telefone no viva voz.

"Joseph Crony. Todo o resto, exceto a data do jantar de Cecelia, foi passado para o cara."

"Lá vai você", Dante disse como se explicasse tudo. "Joseph é um dos maiores rivais do pai em investimentos em desenvolvimento. Isso deixa Antony louco, mesmo que ele tenha uma linha de fundo maior do que a de Joseph."

"Ele está agindo dessa maneira por causa do *dinheiro*?" Jordyn gritou.

"Não apenas dinheiro. Concorrência. Antiga rivalidade. Joseph faliria para manter seus números de investimento imobiliário dentro de uma margem de cinco por cento da de Antony. Antony quebraria para comprar as firmas de Joseph e, acredite em mim, ele tentou. É um toma lá, dá cá que nunca acaba. Eu acho que, secretamente, eles gostam um do outro, mas papai muda de humor sempre que ele tem uma reunião com esse homem, e eles têm pelo menos uma vez por mês, apenas para manter as aparências amigáveis."

"Ótimo", grunhiu Jordyn. "Vamos todos voltar para o ensino médio."

Dante encolheu os ombros, dando a Lucian uma expressão simpática. "Pode parecer infantil, mas está acontecendo há anos."

"Como você sabe tudo isso?"

"Porque eu possuo uma participação de quarenta por cento nas Indústrias Marcello", Dante respondeu de forma objetiva. "Essa era a minha garantia de herança após a universidade. Eu gosto de trabalhar ao lado do papai na maioria dos dias. Por que você acha que eu tirei o dia de folga hoje, Jordyn?"

"Devia tê-la mantido na cama comigo esta manhã", Lucian disse em voz baixa. "Seria muito mais divertido do que isso."

Dante ignorou o comentário. "Eu sugiro que você faça uma pesquisa rápida e suja sobre Joseph e seus negócios antes da reunião. Tenha em mente que ele nunca ultrapassou o lucro de Antony até mesmo em um por cento, e isso é o que mais interessa ao meu pai, independentemente do que Joseph tenta dizer. Atualmente, Antony está classificado como um dos quatro homens mais ricos da América do Norte, Estados Unidos e do mundo inteiro. Lembre a Antony disso, e ele vai se acalmar um pouco."

"Eu não posso acreditar que isso é sobre dinheiro", disse Jordyn novamente claramente exasperada. "Isso é ridículo."

"A maioria das coisas em nosso negócio é", respondeu Dante. "Dinheiro faz o mundo girar."

Lucian tirou o telefone do alto-falante e segurou-o de volta ao ouvido. "Você vai ficar bem?"

Jordyn suspirou profundamente. "É afundar ou nadar, Lucian."

"Enquanto você não se afogar, querida... Eu não a deixaria de jeito nenhum."

"Dinheiro, sinceramente. Eu tenho que ir. Eu te amo, *tá*?"

"Eu também."

Lucian desligou o telefone com uma risada, deixando o dispositivo no colo.

"Ela ficará bem", disse Dante, sorrindo. "As outras pessoas que trabalham ao redor dela estão com um ciúme do diabo. Antony não ladra para Jordyn como faz com as outras porque ela não tem medo de revidar. Elas têm medo dele, ela não. É bom para ele."

"Ela é durona", Lucian concordou.

"Tem que ser, para estar dormindo com você. Mantenha-a na cama, hein?"

Lucian sabia que seu irmão não tinha ignorado esse comentário como tinha fingido. "Na verdade, era mais como o balcão da cozinha. Ela tem gosto de doce. É viciante. O amor é louco, Dante. Eu acho que finalmente estou amando."

"Jesus. Eu acredito em você."

"Antony estava preocupado com as pessoas de olho em mim, mas acho que elas estarão mais de olho em você agora."

Dante franziu a testa. "Eu não quero me casar, Lucian."

"Então você também não quer ser chefe."

"É uma tradição estúpida e arcaica. A comissão precisa se esquecer disso."

"Você sabe que não vão", respondeu Lucian. "Se acontecer alguma coisa, eles vão pressionar Antony ainda mais para você escolher uma esposa e se acalmar."

"O casamento não é para todos. Não estou dizendo que ficaria mais feliz sozinho, mas, certamente, não compartilho muito bem. Não é isso que é um relacionamento? Compartilhar sua vida? Não tenho muito para oferecer a uma mulher. Eu gosto da minha vida do jeito que ela é."

"Isso também é egoísta."

"Então, que assim seja", murmurou Dante.

"Você já considerou deixar o pai arrumar-"

"Não. *Vaffanculo* com esse absurdo."

"Bem, — Lucian falou devagar, puxando os óculos escuros — se você não quer um casamento por amor, então tenha um por negócios. Gostando ou não, você precisa de uma esposa para ser elegível para assumir a família. Essa é a realidade."

"Não vou deixar o meu pai escolher minha esposa como se ela fosse um presente para ser desembrulhada. Eu vou arranjar uma eu mesmo."

Alguma coisa no tom de voz de seu irmão chamou a atenção de Lucian. "Você já arranjou?"

"Ainda não."

"Mas você está considerando isso?" Lucian perguntou surpreso.

"Eu não quero mais falar sobre isso. Vamos começar logo com isso. O cara de Gio primeiro, sim?"

Lucian assentiu, deixando o assunto para lá. "O cara de Gio primeiro."

Ambos os irmãos saíram do Lexus, deixando-o estacionado no lado da rua enquanto atravessavam a estrada. Eles não ficariam no lugar por muito tempo, então Lucian deixou o carro ligado. Lucian examinou os pequenos sinais no prédio com o endereço que ele havia recebido, notando que o advogado com quem precisavam falar tinha um escritório perto do beco.

"Pronto para alguma diversão Marcello?" Lucian perguntou enquanto abria a porta.

Dante sorriu. "Sempre estou."

Trinta minutos depois, Lucian estava na frente de um advogado conhecido por sua habilidade de ação no tribunal e seu vício de jogo nas ruas. Ele não era suficientemente importante para Lucian chamar o homem pelo nome, mas o dinheiro que era devido a qualquer irmão era dinheiro devido ao pai.

Essa merda não poderia ficar assim.

Dante se recostou na poltrona de couro sem braço na frente da mesa do homem e cruzou o tornozelo esquerdo sobre o joelho direito. Às vezes, especialmente quando seu irmão mais novo agia assim, Lucian ficava surpreso com o quanto ele imitava seu pai sem sequer perceber. Como se não fosse nada, a máscara de Dante era posta e, de repente, ele não era apenas um jovem, mas um homem endurecido, frio e sem emoção, nascido do crime.

"Duzentos mil. Essa é uma grande dívida a pagar. E você já deve... tem o que, oito semanas agora? Isso é inaceitável. Pelo que entendi, nenhuma das mensagens anteriores de Giovanni para recuperar o empréstimo funcionou."

"Mensagens?" O advogado engasgou.

"Você é um advogado, certamente você entende." Lucian encolheu os ombros. "É um termo melhor do que ameaças e menos ilegal."

"É", concordou Dante. "E este é muito mais próximo e pessoal para você. Não são muitas vezes que os devedores conseguem uma reunião cara a cara com o subchefe hoje em dia. Considere-se afortunado."

Lucian não tinha feito muito para o advogado além de assustá-lo e estapeá-lo enquanto Dante estava sentado em sua cadeira, calmo e imperturbável, explicando por que eles estavam lá e o que aconteceria durante a reunião. Fazia alguns anos que Lucian e Dante conseguiram trabalhar juntos assim... e parecia como nos velhos tempos.

Boas memórias.

"Então, — Dante continuou, colocando o pé de volta no chão e parando a cadeira — é assim que vamos fazer isso funcionar, Sr. Crain. Sem enrolação, você tem uma semana para pagar o empréstimo."

"Uma semana?" Perguntou o homem, ainda sem fôlego por causa do soco na costela.

Dante se moveu rápido, muito rápido para o homem reagir. Não que ele pudesse ter reagido enquanto Lucian ainda estava se aproximando dele, uma ameaça que ele não podia esquecer. Com um piscar de olhos, as mãos de Dante agarraram o advogado, levando a mão dele até a extremidade da mesa.

"Oh, eu queria ter trago meu canivete de bolso comigo hoje apenas para coletar o primeiro pagamento em atraso", disse Dante, olhando o homem diretamente nos olhos e sorrindo. "Eu não gosto de me repetir, então ouça bem a partir daqui. Uma semana. Para cada semana que você atrasar, vou cortar um dos seus dedos para ser usado como sino de vento no deck do meu apartamento na Fifth Avenue. Deve combinar com a vista de vinte milhões de dólares. Você pode adicionar um extra de quinze por cento sobre o dinheiro que você já deve, porque você testou minha paciência hoje. Entendido?"

Engolindo com dificuldade, o advogado assentiu freneticamente. "Sim... Sim... O-Ok."

"É bom mesmo." Dante o soltou. "Lucian?"

Com o avanço de Dante como um aviso final, a mão de Lucian bateu na parte de trás da cabeça do advogado com uma força esmagadora. Porque ele não estava esperando, não houve resistência. O rosto do homem atingiu o topo da madeira firme e dura de sua mesa com um barulho nauseante. Sangue, dentes, saliva e cartilagem saíram da boca e nariz quebrados.

"Pare de sorrir tanto naqueles seus comerciais terríveis", Lucian disse em cima dele. "Isso deve ajudar. Alguém voltará para vê-lo na semana que vem, Sr. Crain.

Quando o irmão saiu do escritório do advogado e percorreu o corredor para onde a secretária esperava, Dante cumprimentou a mulher atrás de sua mesa com um sorriso charmoso e confidencial. "Ele me disse para avisar que ele está um pouco cansado, então ele vai tirar uma soneca. Novamente, desculpe-nos pela reunião inesperada, mas ele sabia que estávamos chegando."

"Tudo bem, mas não ouvi seu nome", disse a garota.

Lucian sorriu. "Você não precisa saber."

Descendo a longa escadaria que levava ao beco, Lucian ajeitou sua jaqueta e gravata pela quinta vez. Assim que ele se moveu para abrir a porta, o som rápido dos tiros o fez abaixar na porta e pegar a arma na parte de trás da calça. Dante fez o mesmo, agachou-se na parede com uma Magnum nas mãos.

Tão rápido como o tiroteio veio foi embora.

O som de um alarme de carro familiar disparando pela rua era alto e claro.

"Esta não é uma parte da cidade onde tiroteio é comum", disse Dante, olhando para Lucian.

Não, certamente não é.

"Fique aqui, sim?"

Dante o encarou fixamente. "Não."

"*Sim*, idiota", gritou Lucian. "Porque papai me mataria se algo acontecesse a você. Você nem sequer deveria estar comigo hoje. Dê-me vinte segundos. Isso é tudo."

Recusando argumentar com o irmão mais novo, Lucian saiu pela porta de entrada do beco e caminhou calmamente pela calçada, a arma ainda engatilhada. Suor subitamente se formou nas palmas de suas mãos e o coração dele acelerou. Não era como se ele estivesse nervoso, mas algo parecia errado. Tão errado.

O alarme do carro era muito mais alto lá fora.

Sob o brilho da rua, Lucian encarou o Lexus em estado de choque.

O lado inteiro do motorista do carro tinha sido pulverizado com balas. As janelas estavam destruídas, o veículo estava arruinado e ainda estava ligado, assim como Lucian o deixou. O Lexus era o único carro da rua que fora atingido.

"*Dolce cazzo*", exclamou Dante por trás dele.

"Eu disse para você esperar!"

"Alguém tentou nos matar?"

Não seria a primeira vez.

Lucian não achava que o alvo fosse seu irmão, no entanto. Ninguém sabia que Dante estava trabalhando com ele além de Gio, e isso simplesmente não era possível. Desesperadamente, ele tentou pensar e se lembrar de alguém o seguindo naquela manhã.

Nada veio.

Alguém poderia ter desconfiado que ele iria estar na área e procurou seu veículo. Isso era possível. Com o carro ligado, pode ter parecido que ele estava lá dentro, porque as janelas eram tão escuras ao ponto de serem ilegais.

"Lucian?"

"Não, alguém tentou me matar".

"Você não ia para a academia hoje?" Antony perguntou, virando-se rapidamente sobre Dante com seu olhar estreito.

"Mudança de planos."

Antony bufou. "Mudança de planos, Dante. O que teria acontecido se você estivesse nesse carro, filho?"

"Nós não estaríamos tendo essa discussão, eu imagino", Dante respondeu indiferente.

Resposta errada. Lucian gemeu internamente.

"Não estaríamos tendo essa-" Antony beliscou a ponta do nariz, bufando como um touro irritado. Lucian sabia o que estava por vir e se moveu ligeiramente para a frente de Jordyn para bloqueá-la. Um copo foi jogado na parede e se espatifou quando a ira de Antony explodiu. "Saia da minha frente agora antes de eu fazer você ter estado naquele fodido carro!"

Curiosamente, Jordyn não pareceu reagir ao show de raiva de Antony. Ela simplesmente continuou olhando as mãos em seu colo enquanto Dante deixava o escritório na casa de seu pai com o dedo do meio levantado e murmurando sobre precisar beber de qualquer jeito.

"Lucian-"

"Ei, não jogue isso em cima de mim de novo", Lucian interrompeu seu pai bruscamente. "Ele tem vinte e seis anos, quase vinte e sete. Não consigo controlá-lo. Além disso, isso não era problema há dois anos, quando nós três estávamos juntos como um bando de cachorros."

"Eu não disse que isso foi sua culpa!"

"Disse há dez minutos quando você estava gritando comigo."

Antony olhou para a parede onde a tinta foi arranhada pelo copo que a acertou. "E eu estava gritando com Gio há uma hora por não ter se lembrado de arrumar a própria cama no último domingo de manhã antes da missa. Eu grito. Isso é o que eu faço quando estou frustrado."

"Gio tem vinte e cinco", Lucian resmungou. "Ele não precisa que seus pais o alertem sobre a cama bagunçada."

"Precisa quando ele dorme na minha maldita casa, e a mãe dele se recusa a me permitir contratar outra empregada doméstica e então se queixa do estado da cama dele."

"Ouça, eu lidei com os policiais", Lucian começou. "Uma declaração rápida, número de contato, o de praxe. Eu não tinha nada a dizer, não vi nada, e foi isso. Eles podem ligar para meu advogado se quiserem algo mais."

"Oh, eu sei." Antony balançou a cabeça e fez uma careta. "No entanto, eu odeio que eles fiquem rondando. Não é bom eles ficarem perto de nós por motivo nenhum. Isso me perturba. Não é natural que nos comuniquemos com a polícia, a menos que eu esteja comprando informações."

"Eles estavam interessados em por que eu estava na área", Lucian acrescentou como uma reflexão tardia.

"E?"

"E nada. Eu disse que estava visitando um amigo. Eles queriam saber quem, e eu disse a eles que não fazia diferença quanto ao motivo pelo qual meu carro estava envolvido em um tiroteio. Eles não podiam exatamente discordar. Como eu disse, eles têm o número do meu advogado."

"Isso era sobre mim?" Jordyn perguntou suavemente do sofá. "Ou era os *The Sons of Hell* de novo?"

"Sim", Lucian disse imediatamente, porque era o que ele tinha assumido.

"Não", afirmou Antony ao mesmo tempo.

Lucian girou no calcanhar. "O quê?"

Antony encolheu os ombros. "Eu não acho que foi o MC."

"Isso é uma piada, certo?" Perguntou Lucian. "Depois do nosso pequeno show com o clube de *strip*, você não pode esperar que eles não tentem algo."

"Bem, a menos que eu tenha ouvido errado, não são eles, Lucian."

Lucian não gostou do quão estranhamente silenciosa Jordyn estava atrás dele. Ela tinha estado assim desde que o carro particular buscou ela e Antony das Indústrias Marcello logo após o tiroteio e os levou para a casa em Tuxedo Park. De acordo com a mãe e o pai dele, seguramente.

Talvez ela estivesse assustada. Lucian não sabia. Considerando que não falava com ele.

"O que você ouviu?" Lucian perguntou, tentando se distanciar de sua preocupação interior.

Antony se demorou em puxar a cadeira do escritório e se sentar, aproximando-se da mesa. Abrindo uma gaveta, ele tirou um arquivo e jogou-o na mesa desanimado. Lucian não fez nenhum movimento para pegar o arquivo porque não tinha certeza se ele deveria.

"Isso... melhor que isso não seja uma daquelas merdas que você me entregou na última vez que me mostrou uma pasta", disse Lucian baixando o tom. "Não agora."

Na última vez, ele quis dizer sobre o passado e a vida de Jordyn.

"Uma vez foi o suficiente", Antony respondeu devagar. "Você sabe por que eu fiz aquilo, então não encha meu saco de novo."

"O que é, então?"

Antony suspirou pesadamente. "Will Vetta está morto."

A espinha de Lucian estalou quando ele se esticou ouvindo as palavras, mas não acreditando que as compreendia corretamente. O ruído silencioso e choro vindo de trás dele também não passaram despercebidos. Era quase como se ele pudesse sentir o choque e a confusão de Jordyn irradiando em suas próprias veias.

"O quê?" Lucian perguntou, a voz grossa.

"Will está morto", repetiu Antony. "Seu corpo foi encontrado sob uma ponte do Brooklyn por um corredor no início da semana passada."

A mente de Lucian correu para fazer a matemática. "Mas, espere... Não, isso não está certo."

"Está, sim. Tenho os relatórios, filho. Eu paguei um bom dinheiro para obtê-los antes de serem lançados como registro público, considerando que há uma investigação ativa em torno do clube agora. Segundo a estimativa do legista, ele morreu pelo menos dois dias depois de terem ido ao *Legs and Leather*. Já faz um tempo, Lucian.

"Um dos caras dele, então. Talvez seguindo as ordens dele antes de morrer."

"Não, acho que não", murmurou Antony. "Nós deixamos claro quem manda. Três homens entraram no clube dele e esclareceram sobre os negócios. Nós quase não precisamos fazer nada. Eles não nos esperavam. Eles nem sequer podiam revidar. Foi apenas uma pequena prova do que somos capazes, e acho que eles sabiam disso."

"Sim, entendi", respondeu Lucian.

"Sem ofensa, mas não vale a pena se arriscar tanto por causa de uma mulher. Pelo menos, não para eles. Eles têm mais três dúzias para substituí-la. Homens inteligentes, mesmo que sejam criminosos, sabem quando foram vencidos e quando recuar. Eu também lhe ensinei essa lição, filho."

Lucian concordou, mas ele ainda estava tentando entender tudo. "Então isso significa..."

Não, ele não conseguiu terminar a frase.

Jordyn se levantou do sofá e atravessou a sala para pegar o arquivo. "Morto?"

Antony assentiu. "Sim."

"Como?" Ela perguntou.

"Os relatórios iniciais dizem que parecia uma superdosagem de drogas. Heroína, para ser específico. No entanto, o corpo foi levado para a ponte depois da morte. Isso certamente não seria incomum para as pessoas que não querem ser pegas com drogas por precisar chamar um serviço de emergência para alguém. No entanto, não era a única coisa suspeita."

"O que mais?" Exigiu Jordyn.

Lucian queria pedir a ela para parar, respirar um pouco e considerar o que tudo isso significava, mas ele não podia. Ele estava tão congelado quanto Jordyn parecia estar, preso em um tempo que não parecia real nem certo.

Quando Antony não respondeu imediatamente, Jordyn pegou o arquivo e abriu. Lucian observou enquanto seus olhos percorriam o relatório, a umidade se acumulando ao longo de seus cílios inferiores quanto mais ela lia.

Então, ela foi à próxima coisa no arquivo.

Não era um relatório. Era uma foto.

Will Vetta morto em uma mesa de autópsia. Um lençol o cobria do peito para baixo. Os sinais óbvios de uma overdose de drogas eram evidentes nos brancos amarelados de seus olhos e o líquido seco e borbulhado em sua boca.

"Eles encontraram isso na boca dele?" Perguntou Jordyn.

"Sim", confirmou Antony.

"Encontraram o quê?" Lucian não tinha ideia do que eles estavam falando.

"O patch dele, aquele que mostrava seu status. Foi rasgado de seu colete, junto com o patch do clube, e foi empurrado para dentro de sua boca, para dentro da garganta. Ele pode ter morrido de uma overdose, mas o ato depois foi intencional e uma mensagem muito clara", explicou Antony, mantendo sua calma exterior. "Foi por isso que eu disse que acabou entre nós e os *The Sons of Hell*."

"Ele está morto. Assim como o problema", sussurrou Jordyn. "Se foi."

Lucian não teve a chance de dizer nada ou consolar Jordyn se era o que ela precisava, porque, um segundo depois, ela estava voando para fora do escritório. Ele olhou para a porta vazia e aberta pelo que pareceu uma eternidade sem saber o que fazer.

"A mãe morreu dela de uma overdose de heroína. Ela não precisava ver essa foto."

"Jordyn que pegou o relatório, Lucian. Eu não disse para ela."

"Mas você poderia ter avisado!"

"Não", Antony respondeu friamente. "Ela precisava ver, ter provas. Ela está segura. Era o que ela precisava, Lucian. Você deu isso a ela. Agora, dê-lhe um momento para entender toda essa informação.

Lucian estava apenas começando. "Não era sobre ela hoje. O atirador não tentava provar algo ou acertar Jordyn."

"Não, filho."

Era sobre Lucian. Alguém *estava* tentando matá-lo.

CAPÍTULO DEZENOVE

"Ei, querida."

Jordyn acenou a mão como resposta a Lucian. Descansar no sofá de couro no quarto que já foi dele na casa da família Marcello era a única maneira de sentir que podia controlar as ondas apressadas de choque e náusea.

"O que você está fazendo aqui?" Lucian perguntou.

"Este é o seu quarto, não é?"

"É. Esta casa também possui quartos de hóspedes, uma pequena academia, uma minibiblioteca, duas salas de entretenimento, piscina coberta e muito espaço em outros lugares. Você poderia se perder nos corredores sozinha. Só estou curioso sobre por que você escolheu este lugar para se esconder.

Jordyn encolheu os ombros. "Parece com você."

"Oh. Certo, tudo bem." Lucian entrou no quarto e fechou a porta atrás dele. "Você correu de lá muito rápido, então não tive a chance de ver como você estava se sentindo."

"Não estou particularmente bem", Jordyn murmurou do braço do sofá.

"Sim", Lucian inclinou-se humildemente. "Eu imaginei que não estivesse mesmo. Quer conversar?"

"Na verdade, não."

Com os olhos cobertos, Jordyn confiou na audição para imaginar o que Lucian estava fazendo. Era o som da cama se mexendo que lhe disse que estava sentado a poucos metros de distância dela. Ela queria se curvar mais para dentro do casaco que encontrou no armário dele mais cedo e se perder no sofá. Foda-se o resto do mundo, eles não precisavam dela agora.

"Jordyn?"

"Hum?"

"Você mexeu nas minhas coisas aqui?"

"Sim."

Lucian riu. "Você pode ficar com o casaco."

"Muito tarde. Você não iria conseguir pegá-lo de volta de qualquer maneira."

"Ótimo."

"Além disso, o baseado escondido na caixa na prateleira dos fundos do seu armário está bem seco. Você deve se livrar dele. Eu não acho que seria uma boa fumaça."

A risada de Lucian era um bálsamo para seus nervos sobrecarregados. "Vou jogar fora. Provavelmente, esteve aí por uns dez anos.

"Eu achei que você dormia aqui nas noites de sábado para tomar o café da manhã e ir à missa aos domingos." Questionou Jordyn.

"Antes de você chegar, claro. Fiquei um pouco distraído ultimamente.

"A família é importante, Lucian. Não me use como uma desculpa para ignorar suas responsabilidades."

"Você soa como minha mãe", respondeu Lucian, parecendo completamente perturbado. "Eu não gosto disso. Não faz nada além de me assustar. Pare antes de se tornar um hábito e ficar preso nisso. Se você quer arruinar a nossa vida sexual, essa é uma ótima maneira de começar."

"Ela está certa", disse Jordyn com um suspiro. "Não me importaria de ficar aqui nas noites de sábado."

"Se é isso que você quer, querida. Eu não quero ouvir nada quando você for surpreendida com discussões sobre dormir na mesma cama, sexo antes do casamento e pecado. Isso acontecerá, eu prometo isso. Antes de perceber, Cecelia a convencerá de que o único jeito de você ir para o céu é se você entrar na igreja em um vestido branco assim que humanamente possível. Ela pode organizar um casamento em uma semana, incluindo pagar o padre para esquecer o aconselhamento do casal de seis meses requerido. Não subestime os poderes manipuladores dessa mulher."

"Eu vou lidar com isso", ela murmurou. "Além disso, ela provavelmente só incomodará você."

"Verdade."

Finalmente, Jordyn afastou o braço para poder ver Lucian. Um sorriso fraco apareceu na boca dele, mas a preocupação em seu olhar embriagador era muito clara.

"Ele está realmente morto, hein?" Perguntou Jordyn em um sussurro.

Lucian assentiu. "Sim, *bella*. Will está morto. E pode apodrecer no inferno onde ele pertence.

"Você parece zangado."

"Eu estou."

"Por que, isso não é bom? Quero dizer, deveria ser."

"Claro que é. Exceto que eu não consegui fazer nada com ele como eu queria. Eu não consegui fazê-lo sangrar por marcar seu rosto, ou quebrar os ossos dele por tê-la machucado. Ele não teve sofrer ou chorar ou implorar... *nada*. Sinto que fiquei a ver navios. Isso foi muito fácil para ele, Jordyn. Não era nada como o que eu teria feito com ele pelo que ele fez com você."

Jordyn sentiu o arrepio se arrastar pela espinha diante da raiva e escuridão de Lucian. Ocasionalmente, a natureza traiçoeira da alma dele brilhava bruscamente, lembrando-lhe que sob suas mãos suaves e doces havia um homem perigoso. Ela adorava tanto quanto se preocupava com isso.

"Às vezes, a vingança nos deixa em lugar nenhum além de frio, Lucian."

Ele mostrou os dentes, bufando. "Não, acho que teria me deixado no céu."

"É só difícil de acreditar", Jordyn disse suavemente, se desfazendo na palma quente de Lucian enquanto ele se movia para acariciar a bochecha dela. "Depois de tudo, é assim que acabou comigo e com ele. Eu nunca vou saber o que fiz para que esse homem me odiasse, ou porque eu merecia sua amargura e rancor."

"Talvez não tenha sido o que você fez, — Lucian comentou, encolhendo os ombros — mas o que alguém não deu a ele."

"Minha mãe, você quer dizer."

"Esse é o primeiro lugar que eu começaria a procurar."

"Eu acho que ele a amou uma vez", murmurou Jordyn. "E ela não o amava."

"Homens maus criam monstros, querida."

Jordyn afastou as emoções. Elas pareciam inúteis agora. "Eu acho que simplesmente não entendo esse modo de pensar."

"Eu acho que é provável que ele tenha ido atrás da próxima melhor pessoa para machucar. A pessoa mais próxima em quem ele poderia atirar sua crueldade e, infelizmente, isso foi em você."

"Isso é o que você faria também, se você não pudesse ter o que você ama?" ela perguntou.

Lucian soltou uma respiração dura. "Não. Eu comeria minha arma antes de machucar alguém que amo, especialmente você."

"Parece muito fácil, e não sei para onde ir daqui. O que eu faço agora?"

"Comigo?"

"Com quem mais eu faria?" Jordyn perguntou, encarando-o. "Sim, com você."

"Vivemos."

Os lábios de Jordyn continuaram com um sorriso que combinava com o de Lucian, mas desapareceu muito rápido. "Com exceção de alguém metralhando o Lexus esta manhã esperando que você estivesse lá dentro."

Sem dizer nada, Lucian a empurrou até se sentar no sofá. Ajoelhando-se entre os joelhos dela, ele traçou os contornos de suas bochechas e lábios com os polegares suavemente. À medida que seu dedo rolava novamente sobre o lábio inferior dela, Jordyn o beijou.

"Eu esperava que você não tivesse percebido isso ainda", disse Lucian.

"É claro que sim."

"Você é tudo menos estúpida, eu sei. Suponho que pedir que você confie em nós e nos deixe lidar com isso sem que você se preocupe é inútil, certo?"

Jordyn encolheu os ombros fracamente. "Eu te amo, Lucian. Não posso ignorar isso.

"Sendo quem eu sou, eu sempre estou em algum tipo de problema, Jordyn. Todos nós estamos."

"Mas é sempre tão gritante?" Ela perguntou.

"Não", ele admitiu baixinho. "Nada vai acontecer."

Jordyn queria acreditar nele mais do que qualquer coisa. "Se você estivesse no carro-"

"Eu não estava."

"Eu, às vezes, odeio como isso funciona entre mim e você", Jordyn disse a ele enquanto a mão dela segurava seu maxilar. "Fazem uma ligação, um carro aparece, me mandam ir, e é isso. Fico preocupada até ver o seu rosto e, mesmo isso, não ajuda realmente."

"É melhor levá-la a um lugar seguro do que perder tempo com informações."

Jordyn o encarou, a frustração aumentando. "Não é por mim!"

"Desculpe, mas é assim que funciona."

"O que fazemos agora?" Perguntou Jordyn, acenando para o nada.

"Sobre a ameaça a mim, esperamos até a próxima."

Algo horrível se alojou na garganta dela. "Esperar pela próxima vez?"

Lucian não se incomodou em evitar o olhar dela enquanto respondeu: "Esperamos e confiamos que a próxima não seja um atentado tão vago e que alguém erre. Haverá uma próxima vez, e isso limita a quantidade de pessoas."

"Eu não gosto disso", murmurou Jordyn. "Só bancar o durão e esperar para ser morto."

"Ninguém vai me matar. Pare com isso."

Jordyn suspirou, sabendo que não iria chegar a lugar algum com ele sobre isso. "Obrigada."

A sobrancelha escura de Lucian se arqueou. "Pelo quê?"

"Por manter sua promessa e me dar segurança. Por me tirar de algo que não conseguiria escapar sozinha. Por ser você, eu acho."

"Somente por você, *bella mia*." Então, Lucian sorriu do seu jeito provocador em um instante. "Além disso, algo bom veio disso."

"É mesmo?" Jordyn bufou e revirou os olhos. "Eu duvido disso."

"Certo. Vou comprar um carro na semana que vem. Que homem não quer um motivo para comprar um carro novo? Você pode me ajudar a escolher."

Jesus Cristo.

"Isso é horrível", ela disse a ele seriamente. "Nem é engraçado. Francamente, está muito perto de ser digno de você dormir em outro lugar que não perto de mim esta noite."

"Comprar carro é um negócio sério, Jordyn. Eu nunca falei sobre isso." Lucian se levantou, inclinando-se para beijar a testa dela. "Falando sobre esta noite, você não se importa de ficar aqui, não é? É tarde, e não estou com vontade de pegar um carro para nos levar de volta a Manhattan. Antony já pediu o Mercedes no armazém para eu usar até comprar outro veículo, mas ele não chegará aqui até amanhã de manhã."

"Um Mercedes? Quantos carros ele tem?"

Lucian encolheu os ombros parecendo desconfortável. "Eu coleciono armas, ele coleciona carros. Além disso, é o único veículo em sua frota com vidro à prova de balas."

Ótimo, pensou Jordyn. *Porque ele precisa disso agora.*

"Eu quero ir dormir", ela disse ao invés de expressar seus pensamentos. "Já está na hora desse dia terminar."

Lucian riu. "Ok, podemos fazer isso. Teremos um grande dia amanhã afinal.

Droga. Jordyn mal escondeu seu gemido. Por causa dos acontecimentos durante o dia, ela esqueceu completamente da festa amanhã à noite. Dante e Lucian faziam aniversário dentro de alguns dias. Lucian faria vinte e oito anos em uma semana, e Dante estava fazendo vinte e sete na quarta-feira. Aparentemente, os homens geralmente compartilhavam uma festa, já que tinham apenas um ano de diferença e o mesmo interesse quando se tratava de uma celebração adequada.

Até mais cedo, ela estava ansiosa para a festa. Seria a primeira vez que todos sairiam juntos e se divertiriam apenas por se divertir. Jordyn não tinha certeza de que este era o momento certo para uma festa depois do que aconteceu.

"Você tem certeza de que é o melhor momento para isso?"

"O presente de Gio para nós foi a seção VIP em seu clube no sábado. Ele está locado pelos próximos seis meses. Além disso, os Marcello não se escondem, Jordyn. Não somos homens medrosos."

"Talvez esse seja o problema, Lucian. Você não tem medo."

Ele não discutiu.

Algum tempo depois, depois que Jordyn tinha adormecido e o casarão estava quieto, Lucian murmurou baixinho no ouvido dela, beijou sua bochecha e a mão dele escorreu para a cintura dela.

Jordyn gemeu na escuridão, virando-se para o outro lado. "Pare com isso. Não vamos fazer sexo na casa de seus pais. Você foi quem me avisou que as discussões iriam vir."

"Esse não era exatamente o plano, mas obrigado pela rejeição antes mesmo de eu chegar tão longe", murmurou Lucian.

"O que era?"

"Eu queria dizer que o dia acabou."

Jordyn sorriu, vendo a hora que marcava depois da meia-noite no despertador da mesa de cabeceira. "Ótimo. Podemos voltar a dormir?"

"Não, levante-se."

"*Lucian.*"

Se essa fosse uma das suas artimanhas, ela iria estripá-lo de manhã.

"Sério, Jordyn, levante-se. Eu quero te mostrar algo."

Encarando-o e resmungando o tempo todo, Jordyn fez o que ele exigia. Lucian nem a deixou colocar um par de calças de dormir de suas antigas roupas, disse que não precisaria delas e a camiseta e a calcinha que ela usava estavam bem. Claro que sim. Ele a levou através da casa silenciosa e escura até que eles estavam no piso inferior, na parte de trás, onde levava ao prédio anexo, para a piscina interna. Silenciosamente, Lucian introduziu números no teclado de segurança nas portas francesas e as abriu.

As luzes subaquáticas brilhavam sob a água da piscina, as cores mudando rapidamente de uma para outra. Jordyn estava quase ocupada admirando a visão para notar que Lucian estava tirando a camiseta e as calças de dormir. Ele não tinha nada por baixo.

"Lucian, o que você-"

As palavras de Jordyn foram cortadas quando ele mergulhou na piscina sem aviso prévio.

Nem dois segundos depois, ele apareceu de novo, os olhos castanhos olhando para ela como um predador querendo sua presa. "Entre na água, Jordyn."

"O quê? Não. Você está louco."

"Eu não estou. Tire suas roupas e entre na água comigo. Está quente, eu prometo."

"Eu não me importo! Eu te disse, não nesta casa."

Lucian sorriu. "Nós não estamos tecnicamente em casa, querida. Entre na água e não me faça contar, ou eu irei te buscar."

Sabendo que ele não fazia ameaças vazias, Jordyn lançou um olhar para a casa escura. Todos dormiam. Ninguém saberia.

Ela decidiu que nem se importava.

As roupas de Jordyn seguiram o mesmo caminho que as de Lucian antes de entrar na água de forma muito mais silenciosa do que ele. A piscina estava quente, mas ainda era fria o suficiente para ser um choque. Ela nem teve a chance de respirar quando voltou à superfície antes que Lucian estivesse na frente dela levando-a para debaixo da água novamente.

Lá, ele a beijou, fazendo-a sorrir como uma tola e esquecer as preocupações.

Com a água em seus corpos, a escuridão silenciosa em torno deles e as luzes lançando cores de arco-íris em sua pele, ele a amou. Doce e devagar, com os dedos dele emaranhados nos cabelos molhados dela e então, rápido e duro, com seus dentes beliscando o lábio inferior dela para mantê-la quieta. Talvez, estar onde eles estavam deixou o corpo dela mais consciente do dele e dos tapas quando eles se juntavam uma e outra vez, mas foi glorioso.

Jordyn não tinha que ouvi-lo dizer novamente para saber.

Eles eram lindos.

Lucian, há muito, decidiu que Cecelia e Antony Marcello podiam derrubar barreiras e fazer uma festa tão boa como qualquer um de seus filhos crescidos. Não havia dúvidas sobre isso, os dois podiam beber como peixes e nem pareciam cansados. Eles não se importaram com a música dance nem com as pessoas inundando o clube e foram os primeiros a começar a pedir bandejas de bebidas no momento em que entraram no lugar.

Comemorar aniversários era uma grande coisa na família Marcello. Eles celebraram juntos, todos eles. Sempre foi assim. Nenhum dos irmãos se preocupou com seus pais quando eles derrubaram as bebidas dentro do cordão de isolamento. Embora, com seus pais por perto, era menos provável que Gio ou Dante desaparecessem em algum lugar com uma mulher nos braços.

O convite para a celebração foi aberto a qualquer um de sua família, velhos amigos e *Cosa Nostra*. Jordyn estava aprendendo mais nomes do que podia acompanhar, Lucian sabia, mas ela estava se divertindo, no entanto. A única regra que realmente se aplicava aos aniversários quando se tratava dos irmãos era que eles não pediam nenhum presente. Eles já tinham mais do que suficiente, sua riqueza poderia ser espantosa. Em vez disso, eles só queriam que as pessoas se divertissem.

Lucian também decidiu que adorava ver Jordyn cercada por pessoas tão curiosas e questionadoras. Ela estava indo notavelmente bem e aguentando firme. Jordyn não parecia nem um pouco sobrecarregada pela atenção. Francamente, a presença dela dava a ele um tempo de parte de sua família que ele não gostava tanto, mesmo que ele precisasse ser respeitoso. Outros, como Kate, que infelizmente apareceram, mantiveram sua voz que poderia torcer aço em um rugido baixo na multidão. Pelo menos ela ficou longe de Lucian até agora, e de Jordyn também.

Além disso, Lucian simplesmente não conseguia evitar os olhos de Jordyn por muito tempo, porque ela estava incrível. Um vestido vermelho apertado abraçava suas curvas, mostrando longas e suaves pernas. O vestido tinha um decote na frente, apenas o suficiente para manter o olhar de alguém nos diamantes em volta do pescoço, mas o V profundo que terminava logo acima do seu traseiro arredondado colocava as flores de cerejeira e pele em exibição. Lucian se sentia um pouco mais do que presunçoso pelo fato de sua garota não estar usando nenhuma maquiagem a não ser um pouco de rímel para destacar os espessos cílios e um batom rubi que chamava a atenção para a boca naturalmente carnuda. Ela não precisava de mais. A mulher era sexy como o inferno sem isso. Os saltos vermelhos apenas adicionaram à sua figura bem torneada e acentuaram o gingar de seu andar.

Toda vez que ela se virava, alguém estava olhando.

Lucian estava sorrindo como um idiota. Ele gostava muito de desfilar com Jordyn, porque algo tão lindo não deveria estar escondido.

Contanto que ninguém a tocasse.

Esse era sua regra *e*, até agora, ninguém tinha quebrado.

Ele não hesitaria em cortar alguém se quebrassem.

Lucian recostou-se em uma parede, finalmente conseguindo escapar de alguns dos convidados e da família comemorando. Nas sombras onde ele podia ficar sozinho e tranquilo, ele observava Jordyn se misturar com os Marcello como se fosse uma segunda natureza.

Foi só quando uma figura se esgueirou até ele que ele ficou tenso.

"Feliz aniversário antecipado", disse Kate, antes de levantar uma bebida vermelha para tomar um gole.

Lucian não sabia quantas vezes ele teria que aguentar essa vil mulher antes que ela finalmente fosse torturar outra pessoa. É claro que, na maioria das vezes, ele respondia a Kate com tanta aspereza quanto ela. Não era como se ele fosse se curvar diante das besteiras dela.

"Eu diria obrigado, mas, vindo de você, eu sei que não é verdadeiro."

"Ah, você estaria certo", Kate respondeu com um sorriso sarcástico. "No entanto, Cecelia teria um ataque se eu ignorasse você a noite toda. Ela percebe essas coisas."

Lucian resistiu ao desejo de ranger os dentes. "Isso teria sido um ótimo presente de aniversário. Só para deixar claro, ela também percebe quando você me irrita. Ela não ficará satisfeita se você me encher o saco esta noite."

"Claro." Kate suspirou, colocando uma mão no quadril enquanto seguia o olhar de Lucian para a multidão onde Jordyn estava rindo do lado de Antony. "Jordyn fica linda de vermelho."

Lucian quase engoliu a língua em estado de choque. Sinceramente, Kate e Jordyn só interagiram um punhado de vezes. Geralmente, durante o jantar de domingo na casa dos Marcello depois da missa e ambas eram mutuamente respeitosas, embora o desdém fosse claro. Ele não tinha certeza se ele deveria agradecê-la pelo elogio ou não. O próximo comentário de Kate trouxe sua atitude habitual para frente, lembrando a Lucian que tudo que ela fazia era apenas pela imagem dela.

"É só para mostrar, suponho."

Oh, Lucian nem queria saber.

Porque ele estava claramente com vontade de se irritar, ele perguntou de qualquer maneira. "Mostrar o que, Kate?"

"Que lixo pode ser iluminado com algo útil e bonito", disse ela, suspirando. "Mas eu não deveria me surpreender. É só ver o que minha irmã e seu marido fizeram de você."

Por um breve momento, Lucian ficou muito atordoado para falar. Suas mãos se fecharam em punhos apertados em seus lados. Ele jamais quis machucar uma mulher como ele queria agora. A bravata dela era inacreditável. Se houvesse um exemplo perfeito de alguém que precisasse descer da porra do pedestal, esse alguém era Kate. Então, a raiva assumiu o choque.

"Você acabou de chamar Jordyn de lixo?" Perguntou Lucian, seu tom assumindo um timbre ameaçador.

Kate não pareceu nem um pouco afetada. "Eu pesquisei sobre ela. Estava apenas curiosa, sabe, já que Cecelia e Antony me disseram para me comportar e ficar fora disso.

"Como você deveria fazer", Lucian cuspiu. "Minha vida privada não é, nem tem sido da sua conta."

"Eu entendo por que eles não querem falar sobre ela agora, é claro. É quase completamente vergonhoso que seja esse o tipo de mulher que você escolheria, considerando a gama de mulheres que você pode escolher. É loucura o quanto vocês têm em comum, então não estou surpresa por você se dar tão bem com ela. Pequenos órfãos praticamente. Envolvendo-se com pessoas muito além do seu tipo. Pais que não queriam nenhum de vocês. Mães vadias. Farinha do mesmo saco, você e ela. Eu estaria disposta a apostar que seus filhos serão uns fedelhos adoráveis — um imprestável como pai e lixo como mãe."

Lucian se afastou da parede tão rápido que tudo ao seu redor era um borrão. Antes que Kate pudesse se afastar do caminho, ele a empurrou contra a parede, olhando para ela como a cadela que ela era. A fúria em seu corpo apertou seu peito até um ponto em que ele não podia respirar. Kate jamais tinha sido tão má com suas palavras como estava sendo hoje à noite.

"Você, puta", Lucian grunhiu humildemente.

"Ai, essa é uma palavra desagradável, Lucian."

Lucian bufou. "Se fala e anda como uma, provavelmente é uma *puta* do caralho."

Sinceramente, Lucian sabia que Kate estava apenas querendo que ele reagisse, e ela conseguiu. Ele nem conseguiu encontrar forças para se importar naquele momento.

"Você não é nada além de uma cadela acabada, desagradável e amarga", disse ele, adorando ver seus olhos arregalados. "Todo mundo está tão de saco cheio com sua festa de piedade, e você simplesmente não consegue lidar com isso, consegue? Pobre Kate, o marido dela fodia por aí e agora é viúva. Não teve filho ou outro homem para levá-la para uma vida de riqueza. Pode chorar. Você fez isso com você mesma, não comigo nem com ninguém. O que eu fiz para você?"

"Você nasceu", ela sibilou.

O maxilar de Lucian endureceu diante dessa admissão. "Atire quantas pedras quiser em mim, Kate. Eu sou um homem suficientemente grande para aguentar o tranco. Eu tenho feito isso por anos e não estou pior por causa disso. Mas deixe-me esclarecer uma coisa entre nós. Nunca mais volte suas palavras vis para Jordyn novamente, certamente, não na minha frente. Se você quiser uma maneira rápida de me irritar o suficiente para acabar com sua vida inútil, essa é uma ótima maneira de começar."

Kate riu bruscamente. "Você não tem coragem."

"Você quer testar essa teoria?" Perguntou Lucian. "Quem a protege agora? Ninguém."

"Você não acha que eles saberiam, Lucian?"

"Francamente, eu não dou mais a mínima. Você não teve a chance de machucar alguém que eu amo desde que eu era criança, mas não sou mais um garotinho. Se você acha que eu a mataria rápido, saiba que não. Pela minha mãe e meu pai, eu observaria você sangrar e apreciaria a vista. Mas pela Jordyn? Por ela, eu cortaria suas cordas vocais para poder ver você gritar por dias e não ouvir merda nenhuma. Você não faz ideia do que sou capaz de fazer por essa mulher. E você realmente não quer descobrir."

"Essa violência, — disse Kate com um *tsc* — você a beija com essa boca? Será que o gosto dela é tão sujo quanto o seu?

"Não comece, Kate. Estou farto de suas besteiras."

Lucian mostrou os dentes em alerta, mas uma mão macia pousando entre suas omoplatas o impediu de dizer mais. O toque de Jordyn o acalmou instantaneamente. Ele conhecia seu cheiro, sua aura e sua presença em qualquer lugar sem que ela precisasse dizer nada.

"Lucian?" Perguntou Jordyn em voz baixa. "Tudo bem?"

Não, ele queria dizer. Estava longe de estar tudo bem.

O fato era que ele estava muito perto de Kate e, para a segurança dela, precisava se afastar.

O braço de Jordyn se curvou ao lado dele, empurrando-o para trás para que ela pudesse se mover quase protetoramente na frente dele. Isso só o irritou ainda mais, porque agora ela estava muito perto da cadela contra a parede.

"Boa noite, Kate", Jordyn cumprimentou, sua mão pousando no peito de Lucian para mantê-lo parado no lugar atrás dela. "Não tivemos a chance de nos falar esta noite, então vamos fazer isso agora."

"Eu acho melhor não", disse Kate. "Eu vou procurar minha irmã."

"Oh, não, acho que não vai", Jordyn respondeu severamente.

"Querida..." Lucian começou a dizer.

"Quieto." A palavra de Jordyn efetivamente calou Lucian. "Você sabe o quanto os irmãos dele o adoram, Kate?"

Quando Kate não disse nada, Jordyn lançou um olhar sobre o ombro de Lucian que mostrava um sorriso gentil.

"O suficiente para que eles entrassem no quarto dele às sete da manhã para jogar água fria porque ele não tinha acordado cedo para fazer isso antes com Dante. Eu não sabia, mas é uma tradição entre os três. O problema era que eu estava na cama, e eles nem pensaram duas vezes. O engraçado é que Lucian nunca tinha sido encharcado em sua manhã de aniversário em anos, porque ele nunca conseguiu dormir tão bem como consegue ao meu lado."

"E Cecelia, — Jordyn continuou como o mesmo tom suave de voz — ela sabe que ele é um homem adulto que certamente não precisa ser mimado ou adulado, mas ainda beijou sua bochecha, deu bom dia e cantou um feliz aniversário, como fez com o irmão dele. E quanto a Antony? Lucian não queria presentes de sua família, mas seu pai não escutou. O relógio personalizado que ele está usando com o brasão da família Marcello... é apenas outro lembrete de onde ele pertence."

Kate parecia ter engolido cianeto. "O que você quer com isso?"

"Isso corrói você, não é?" Perguntou Jordyn docemente. "Que eles o amem e o abracem muito mais do que fazem com você. Deve ser horrível saber que ele cresceu e até mesmo prosperou neste mundo que deveria ter sido seu. Os pesadelos que você deve ter sabendo que o pai dele garantiu que ele tivesse tudo que podia querer, mas o homem nem sequer se incomodou em lhe deixar a cama a qual ele a fodia."

"Sua puta-"

"Oh, eu não começaria assim, Kate", advertiu Jordyn. "Porque garanto que os nomes que você tem para mim não se compararão aos já estão rotulados e presos a você pelo resto da vida. Você não vê? Você pode me chamar de qualquer coisa que não vai fazer diferença. Infelizmente, para você, não importa quanto silicone e plástico esteja sob sua pele para torná-la bonita, todo mundo sabe exatamente quem você é debaixo de tudo isso. Você é tão suja. E essa sujeira em suas mãos você não consegue tirar, não importa quantas vezes você as lave? Isso é chamado de imundície. Está enraizada em seus poros. Nunca vai sair."

"Jordyn", Lucian murmurou, apertando sua cintura gentilmente. "Tudo bem, *bella*."

"Não, não acho que esteja tudo bem", respondeu Jordyn, encolhendo os ombros. "Eu acho que alguém precisa dizer isso."

"Eu não tenho que ouvir nada de você", Kate disse tentando parecer desprezível, mas falhando miseravelmente. "Você certamente não vale a pena o esforço."

"Não?" Jordyn zombou discretamente. "Dê uma boa olhada em mim, Kate, e depois olhe para ele também. Deus, deve lhe corroer por dentro pensar que ele é feliz. Isso faz de você uma pessoa horrível e terrível."

Lucian decidiu que Jordyn não precisava que ele interferisse depois disso. As pessoas estavam longe o suficiente para não ouvir a conversa, e ela não tinha levantado a voz nenhuma vez. Ela era o tipo de mulher que não precisava gritar para deixar claro seu ponto de vista e isso o deixou ainda mais orgulhoso dela.

"E o que mais a incomoda, Kate, acima de tudo, é o que ele tem e tudo o que ele é, apesar do que você fez para machucá-lo", disse Jordyn em um murmúrio, inclinando-se um pouco mais perto. "É que Lucian poderia ter sido seu filho, e ele não foi. Negue que quando você olha para ele, você vê o pai dele em seus olhos olhando para você, o homem com quem você se casou e não recebeu nada por isso. Negue que ele poderia ter sido seu bebê, seu filho para mimar e para amar. O pai dele não deu isso a você, porém, deu? Eu aposto que ele sabia o tipo de mulher que você era e não conseguiu nem imaginar deixar você criar um filho dele."

Kate abriu a boca para falar, mas Jordyn a calou. "Lucian nasceu para uma mulher muito melhor do que você, para ser criado por alguém que tem mais valor no dedo mindinho do que você tem em todo o seu corpo. Eles o fizeram exatamente quem ele é, e ele é maravilhoso. Nada sobre você é bom enquanto tudo sobre ele é. E, absolutamente, *mata* você por dentro ver e saber que Cecelia o ama, apesar do seu ódio, e que Antony se orgulha dele, independentemente do seu sobrenome."

"Você é veneno", sussurrou Jordyn sombria. "Há ruindade em seu coração e raiva em sua alma. Tudo o que você teve se transformou em ruínas e foi tudo por suas próprias mãos. Se você quer destruir as coisas que a cercam, tudo bem, mas você não vai destruir o que não era seu para começar. Lucian nunca foi seu, e é isso que mais a machuca. Espero que, algum dia, isso a mate também. Não sufoque com seu ciúme, Kate. É uma grande pílula para engolir."

Com um ruído sufocado na garganta, os olhos de Kate se arregalaram antes de se afastar da parede e correr para se esconder em algum lugar da multidão atrás deles. O orgulho de Lucian por Jordyn aumentou quando viu que ela respirava devagar o suficiente para fazer seus ombros subirem. Então, ela se virou para ele com um sorriso apologético.

"Desculpe", disse ela.

Lucian riu, alto e claro. "*Dio, bella*! Pelo quê? Isso foi ótimo."

"Mesmo assim..." Jordyn fez uma careta, suspirando.

"Não faça isso, querida", disse Lucian enquanto balançava a cabeça. "Não se sinta mal por ela ou por machucá-la com a verdade. Você estava certa, ela mereceu ouvir isso. Eu mordi minha língua o suficiente quando se tratava do abuso dela, porque, de alguma forma, eu sentia que devia a ela sua raiva. Kate sempre teve que olhar para mim sabendo de onde eu vim. Não duvido que tenha sido difícil, mas ela não facilitou, com certeza."

"O que ela realmente conseguiu com isso?" Perguntou Jordyn.

"Nada. Confundir-me e machucar, talvez. Especialmente quando eu era mais novo."

"Chega disso. Ela não é importante o suficiente para merecer isso de você."

Lucian assentiu. "Sim, eu sei."

"Lamento que ela tenha tentado arruinar sua festa."

"Ela não conseguiu, não tinha como. Você está aqui. Nada me deixa mais feliz do que você."

Jordyn agradou Lucian com um de seus brilhantes sorrisos. O desejo de beijá-la surgiu rápido e furioso em seu âmago, então Lucian fez exatamente isso. O beijo foi duro e apaixonado, como costumava ser entre eles. Ele podia sentir o gosto de vodca russa na língua dela enquanto Jordyn caía em seus lábios e o abraçava, suspirando suavemente.

Mesmo os assobios súbitos que vieram da multidão não os impediram.

CAPÍTULO VINTE

“Então, o que você acha?” Fraser, um vendedor de carros Lexus luxuosos que os Marcello frequentemente usavam, perguntou.

Lucian bufou em indecisão, olhando novamente para o Lexus LFA Supercar. Era um modelo esportivo que oferecia uma fantástica potência e um ótimo design. Nada disso era problema dele, no entanto.

“Eu prefiro a cor prata cromada.”

“Estou ciente. Se quiser essa cor, vou precisar encomendar e você terá que esperar.”

Jordyn encostou o quadril de Lucian no dela para chamar sua atenção. “Não me importo com o estilo mate.”

Essa foi a primeira vez que Jordyn abriu a boca para falar sobre os veículos desde que chegaram há uma hora. Além de explicar muito claramente que, se ele comprasse para ela um carro sem o consentimento, ele dormia no quarto de hóspedes por um mês, ela não havia dito mais nada ou emitido uma opinião.

“É escuro. Sempre parecerá sujo”, explicou Lucian, olhando a pintura preta. “Eu sei que esta nova tinta mate é popular, mas não sei. Talvez…”

“O quê?” Perguntou Jordyn.

“Se você dirigisse, então talvez eu comprasse”, Lucian terminou, escondendo o sorriso ao olhar para longe.

Jordyn suspirou. “Lucian.”

“Bem, se você gosta e for usar, eu teria outro motivo para suportar a cor.”

“É apenas um carro.”

“Que eu tenho que ser visto dentro”, disse Lucian brincando. “Os carros de cores escuras caem muito melhor para as mulheres no volante.”

“Isso é verdade”, acrescentou Fraser, sorrindo encorajadoramente para Jordyn. “Normalmente, as mulheres escolhem cores escuras com mais frequência do que as mais claras.”

“Mas eu não estou escolhendo um carro hoje”, respondeu Jordyn docemente. “Lucian, pare de tentar me manipular para deixar você me comprar um carro. É ridículo que você ache que seja ingênua o bastante para me apaixonar por isso. Achei que você tinha percebido o quão dura é a cama no quarto de hóspedes, mas acho que não. Ou você quer este carro, ou não. Faça uma escolha e acabe com isso."

Maldito seja.

Não havia nada como Jordyn e seu sarcasmo quando queria provar algo.

"Tudo bem, vou comprar essa merda", ele murmurou infeliz. "Já estou cansado do Mercedes de Antony."

"Ótimo", disse Fraser, batendo palmas. "Você está ciente do preço, já que enviei um e-mail com os detalhes. Tudo o que resta é escolher a forma de pagamento, Lucian."

Não era incomum que Lucian, seus irmãos ou seu pai pagassem por seus veículos de maneira pouco comum, em dinheiro vivo que o vendedor poderia esconder alguns milhares de dólares debaixo da mesa.

"Dinheiro," ele respondeu. "À vista. Prepare a documentação e você terá o dinheiro."

"O Mercedes é mais seguro, porém", Jordyn apontou baixinho para o vendedor não ouvir enquanto Fraser se afastava. "Bem mais seguro."

"Eu sei, mas se alguém realmente quiser me matar, meu amor, o vidro à prova de balas não vai me salvar."

Jordyn franziu a testa. "Obrigada pela tranquilidade."

Bem, a honestidade era a melhor política.

Lucian entrelaçou os dedos com os de Jordyn, puxando-a mais perto de seu lado. "Esqueça isso."

"Certo, como se isso fosse fácil."

"Venha, vamos até o Mercedes buscar o dinheiro. Eu aposto que ele sabia que eu ia comprar o carro e já deixou a papelada praticamente pronta, só faltando minha assinatura."

Jordyn não pareceu totalmente satisfeita com a pouca preocupação sobre a ameaça ainda se aproximar da vida de Lucian, mas ela o seguiu pelo estacionamento sem pressioná-lo. Ele estava grato, de verdade, porque querendo admitir ou não, ninguém chegaria mais perto de descobrir quem ou por que alguém estava querendo acabar com sua vida assim.

Não havia nada a ganhar com isso, honestamente.

Claro, a posição de Lucian como um capo da *Cosa Nostra* dos Marcello colocou um alvo em suas costas, mas isso não era nada. Seria mais provável que alguém viesse atrás dele quando Dante fosse chefe e Lucian subchefe. Pelo menos assim sua morte ofereceria a alguém a chance de entrar para a família. Ninguém conseguia herdar a riqueza de Lucian por agora, então isso estava fora de questão.

Simplesmente não fazia sentido.

Sua morte seria inútil.

Isso tornava as coisas ainda piores.

"Ei, onde você foi?" Jordyn perguntou quando Lucian abriu o porta-malas para pegar uma bolsa preta.

"Muito longe na minha cabeça", respondeu Lucian.

Jordyn se inclinou para o lado dele, a boca macia dela pressionando um beijo em sua garganta que o fez estremecer e seu pau endurecer. "Bem, anda logo com isso. Quanto mais rápido nós voltarmos para o apartamento, mais rápido eu vou tirar isso da sua cabeça e colocar outra coisa lá."

Lucian sorriu maliciosamente. "Você, eu espero."

"Talvez, se você for bonzinho."

"Se isso é o que você quer, não tenho chance, Jordyn."

Jordyn riu levemente, sua mão subindo para pastar sugestivamente ao longo da virilha dele. "Bom, eu gosto de você quando você é mau."

Cazzo, Lucian amava essa mulher.

"Não vamos perder tempo, então."

Na viagem de volta para onde o Lexus estava estacionado, Lucian notou Fraser vindo com a papelada e uma caneta na mão. Lucian não disse nada enquanto assinava seu nome e data onde os papéis apontavam que ele precisava, e então entregou os documentos de volta.

"Eu não preciso contar, preciso?" Perguntou Fraser, olhando para a bolsa preta antes de lançar um olhar sobre o ombro de Lucian.

O tremor na voz do homem atraiu o interesse de Lucian. Nunca tinha fodido um vendedor antes, então até mesmo brincar com isso era ofensivo. Algo fez a parte de trás do pescoço de Lucian arrepiar, fazendo que seu cabelo estivesse de pé.

Mais uma vez, Fraser olhou para algum lugar atrás de Lucian, como se estivesse procurando algo ou alguém. Foi só então que Lucian notou que o vendedor não trouxe as chaves do Lexus. Lucian soltou a bolsa de dinheiro no chão, apenas para ver o que Fraser faria.

Então, quando Fraser fez um movimento para pegar a bolsa, o homem recuou para longe de Lucian o mais rápido que pôde. Quando o vendedor olhou pela terceira vez sobre o ombro de Lucian, ele sabia que algo estava errado com a situação. Ele pressentiu que, se tentasse ver o que Fraser estava olhando, não acabaria bem.

Algumas pessoas chamavam isso de instinto, mas Lucian sabia que a sensação que borbulhava em seu peito era mais sobre a súbita estranheza em seu entorno do que qualquer outra coisa.

Os silenciadores abafaram o som de uma arma disparando. Não era suave, mas mais como um estalo abafado. Lucian mal registrou o som da arma disparando de algum lugar atrás dele, um carro ligado, mas ele ouviu.

Lucian reagiu no que pareceu milissegundos. O peito de Jordyn encontrou o braço de Lucian, levando-a para o chão. Ela tentou se segurar quando Lucian caiu, o grito de dor e surpresa dela o atingindo diretamente no coração quando seus olhos azuis encontraram os dele aterrorizados.

"Lucian?"

"Shhh," ele sussurrou, calmamente. "Está tudo bem, querida."

Foi só então que ele notou que Fraser estava começando a se afastar.

"Não se mexa!" Lucian rosnou para o homem. "Vou colocar uma bala entre os olhos antes mesmo de você ter a chance de correr, seu bastardo."

Oh, alguém estava com muitos problemas. Lucian estava chateado.

Sabendo que enquanto eles estavam no chão, quem tinha atirado não teria uma segunda chance de atirar, Lucian obrigou Jordyn a ficar lá até o guinchar de pneus soarem nas proximidades. Rapidamente, ele levantou do chão bem a tempo de ver um sedã escuro que não teria chamado sua atenção antes desaparecer para longe de sua vista.

"Levante-se", Lucian ordenou a Jordyn, oferecendo as mãos para ela e mantendo seu olhar afiado em Fraser. "Entre no Mercedes."

"Lucian-"

"Entre!"

Ela estava praticamente vibrando, seus olhos atraídos para o braço dele enquanto as lágrimas brotavam. "Mas-"

"Jordyn, não é a hora de discutir!"

"Mas seu braço!" Ela chorou.

Quando Lucian tentou puxar o celular do bolso, uma leve picada correu pelo seu braço direito. Umidade quente penetrou no paletó. Olhando para baixo, ele soube imediatamente o que aconteceu, mas sua adrenalina estava muito alta para realmente sentir dor ou se importar.

A bala lhe acertou o braço antes de continuar para onde ela finalmente parou.

Merda. Essa foi perto.

Eles estavam mirando as costas dele.

Jordyn caminhou de um lado para o outro no quarto, ouvindo Lucian amaldiçoar para Paulie tão alto quanto podia, enquanto o médico costurava seu braço no banheiro. Aparentemente, a falta de paciência dela e constante expressão de sua preocupação não era necessárias no banheiro, então a mandaram para o quarto e ficar lá. Ela não gostou disso.

Dante saiu do banheiro com os olhos baixos quando Lucian amaldiçoou com raiva novamente.

"*Cazzo*. Enfie essa maldita agulha mais uma vez, Paulie, e eu juro por Deus..."

"Cale-se. Aperte os dentes. Se você é baleado, tem que fazer pontos. Você sabe disso."

Jordyn estremeceu. "Ele-"

"Está tudo bem," Dante interrompeu, encarando-a. "Ele só está agindo como uma criança porque precisa de alguns pontos."

Jordyn soltou o fôlego instável, desejando que a vontade de chorar desaparecesse. "Onde está Gio?"

Normalmente, se um irmão aparecia, o outro também aparecia. Lucian se recusou a ir para o hospital, explicando vagamente que seria relatado e a polícia se envolveria. Eles acabaram voltando ao apartamento.

"Questionando Fraser", disse Dante sombrio.

Um arrepio percorreu a espinha de Jordyn pelo que essas palavras implicavam.

"Antony?" Perguntou ela.

Onde estavam essas pessoas, Jordyn queria gritar.

"Com Gio", explicou Dante. "Provavelmente se divertindo muito falando com o homem."

Oh.

"E antes que pergunte, — ele continuou, armando uma sobrancelha — minha mãe estava histérica até o ponto de entrar em colapso, então Antony exigiu que Paulie a sedasse. Ela não ficará feliz quando acordar, e você pode ter certeza de que ela virá para cá sem ser convidada, derrubando as malditas portas para ver Lucian."

"Não me importo", murmurou Jordyn. "Ela é a mãe dele. Ela tem o direito de se preocupar."

"Nem todas as mulheres sentiriam o mesmo. De qualquer maneira, Paulie está quase terminando. Lucian está extremamente irritado, então você pode querer dar um tempo para ele relaxar e deixar os analgésicos fazerem efeito. Durma um pouco ou algo assim. Nós vamos ficar por aqui."

Jordyn nem queria pensar em se afastar de Lucian mais do que já estava. "Não posso, Dante."

"Você pode ou vou te obrigar. Vá, Jordyn."

"Mas-"

"Meu irmão pode gostar de você ser teimosa e relutante, mas eu não. E, para ser justo, não estou apaixonado por você. Lucian não pensa claramente quando você está envolvida. Só pedirei mais uma vez para você dar espaço a ele. Agora, mesmo que ele ache que não, ele precisa disso. Francamente, todos nós precisamos ter uma conversa a qual você também não deveria ser incluída."

Derrotada, Jordyn assentiu solenemente. "Diga a ele que vou dormir no escritório ou algo assim. Tentar, de qualquer forma."

"Obrigado", Dante disse enquanto Jordyn se virava para sair.

Ela bufou alto e grosseiramente, recusando-se a agradá-lo com uma resposta a seu comentário. O que diabos havia para agradecer?

Bem... Lucian estava vivo. Havia isso.

Apesar da ansiedade comer seu coração, uma vez que Jordyn estava sozinha no escritório de Lucian com a porta fechada, se sentiu um pouco melhor, o bastante para respirar, pensar e chorar. E ela, deitada no sofá de couro com as mãos cruzadas contra a boca, soluçou. Chorou até o peito doer e seu rosto estar encharcado de lágrimas.

Por menos de trinta centímetros, a bala não entrou pelas costas de Lucian, acertando seu coração.

Como ela deveria lidar com isso?

Jordyn já não estava correndo perigo com Lucian sendo seu protetor. Pelo menos, quando tinha sido assim, era mais fácil administrar o medo. Agora, ela se sentia inútil. Não havia nada que pudesse fazer para ajudá-lo.

Era assim que seria?

Toda vez que deixaram a segurança do apartamento, eles precisavam manter o olhar atento por um homem armado à espera de seu alvo?

Eventualmente, as emoções que alcançaram Jordyn a dominaram até a exaustão e, por um tempo, ela dormiu.

Algum tempo depois, Jordyn foi acordada por gritos ecoando pelo apartamento. A discussão era alta e calorosa o suficiente para manter Jordyn quieta.

"Eu disse não! Chega disso", gritou Lucian.

"Filho, ouça-me", Antony disse suplicante. "Só por um tempo. Tempo suficiente para me dar tempo de descobrir o que tudo isso significa e tentar resolver."

"Não conseguimos nada de Fraser", acrescentou Gio à conversa. "O idiota aceitou dinheiro de alguém que ele não conhecia e não consegue identificar, além de obter um grande lucro do dinheiro que você pagaria pelo Lexus. O cara que o pagou não explicou por que, apenas disse que não voltaria à concessionária. Não temos nada para continuar, Lucian. Nem sequer uma pista sobre quem é esse cara. Inferno, poderia ser um de nós e você nem saberia. Papai está certo, sair do estado por um tempo e se afastar desse mundo pode ser a melhor escolha por enquanto."

Lucian soltou uma risada amarga. "Vá para o inferno. Não me escondo de quem quer que seja, como se eles tivessem me assustado. Pode estar tudo bem para você, mas isso não funciona para mim."

"Lucian", Antony advertiu bruscamente. "Ele está apenas tentando ajudar."

"Minha resposta é *não.*"

"Não é você quem dá a palavra final", retrucou seu pai rapidamente. "Os fatos que conhecemos são claros. Poucas pessoas sabiam que você iria escolher um carro hoje. Isso reduz a nossa lista."

"Para eles e todas as pessoas para quem que contaram", grunhiu Lucian. "Isso não diminui muito essa merda. Tenho trabalho para fazer aqui. Não posso tirar um tempo e ir viajar. Além disso, eu também tenho que pensar em Jordyn."

"Jordyn ficará bem com sua mãe e comigo, ou até mesmo aqui se ela estiver mais confortável", disse Antony.

"Até parece!"

"Lucian Johnathan-"

"Não", disse Lucian interrompendo seu pai. "E não me venha com o nome completo. Eu sou muito velho para isso. Não me peça para deixar o estado e me esconder e depois, na mesma frase, me pedir para deixá-la para trás. Por que, pai, quem está tentando acabar comigo pode ir atrás da próxima melhor coisa para destruir. É isso que você está tentando fazer aqui? Você não arriscaria Cecelia assim, então não espere que eu também coloque Jordyn na mesma posição."

"Eu não estou fazendo isso. Ela seria cuidada, e eu colocaria um guarda com ela, como sua mãe tem."

"Mas você está", argumentou Lucian. "Isso é exatamente o que você está me pedindo para fazer e não vou. Fim de discussão."

"Ei, você pode perguntar a Jordyn", Gio começou a dizer.

"Eu não vou dizer mais nada. A resposta é não. Pare de pressionar."

Antony suspirou pesadamente. "Lucian... Você é meu filho. Meu único trabalho é mantê-lo seguro, não importa por quê. Não estou lhe dando uma escolha aqui."

"Por favor." A voz de Lucian veio do lado de fora da porta fechada do escritório. Parecia doloroso, machucando Jordyn ainda mais. "Não me faça fazer isso."

"Você tem até de manhã para decidir onde você quer estar nas próximas duas semanas", Antony respondeu em um tom que dizia que sua decisão era definitiva. "Se você lutar contra isso, vou pegar sua mão e levá-lo para fora do estado sem o seu consentimento. Eu sinto muito."

"Mas, Jordyn-"

"Até de manhã", repetiu Antony. "Eu vou trazer sua mãe antes de você ir. Ela não me perdoaria, caso contrário."

"Apenas vá", Lucian quase sibilou. "Vá."

"Por dentro, você sabe que não estou fazendo isso para machucá-lo, filho, apenas para ajudar. Vamos descobrir quem está fazendo isso."

"Se você quer ajudar, pare de perder tempo com quem está tentando me matar e descubra por quê. Garanto que o motivo o levará diretamente a quem."

Jordyn esperou até que parecesse mais calmo do lado de fora do escritório antes de se levantar do sofá e ir abrir a porta. Em vez de encontrar Lucian de pé no lado de fora, ela o encontrou com as costas pressionadas na parede oposta e agachado no chão com a cabeça nas mãos. Ela estava de joelhos em um piscar de olhos, puxando os punhos apertados do rosto dele.

A dor nos olhos castanhos de Lucian era insuportável enquanto ele olhava para Jordyn. "Eu não irei."

"Está bem. Vai ficar bem. Talvez eles tenham razão."

Lucian riu amargamente, balançando a cabeça. "Não, eu duvido seriamente disso."

Dante estava certo, Jordyn percebeu. Lucian não pensava claramente quando ela estava envolvida.

"Vamos, Lucian... tente olhar isso objetivamente. Se eles não conseguem encontrar quem fez isso, eles não podem machucá-lo. Jesus, você quase morreu hoje. Você não entende isso?"

"E você? E você, Jordyn?

"Isso não é sobre mim agora."

"Mas pode ser. Se eu ficar muito tempo fora, eles podem acabar indo atrás de você para me tirar do esconderijo."

"Eu duvido muito que isso aconteça. Mas se colocarmos isso na mesa como uma possibilidade e se eu estivesse disposta a aproveitar essa chance?" Perguntou Jordyn suavemente.

"Pare", murmurou Lucian. "Este não é o momento para heroísmo."

"Faça o que eu digo. Não faça o que eu faço."

"*Jordyn*."

"Sim!"

O olhar silencioso entre os dois durou mais do que Jordyn gostaria. Afastando-se de seu olhar, ela não pôde deixar de notar a nova lesão que ele tinha na parte superior do braço direito. O corte tinha pelo menos três centímetros de comprimento e era tudo menos limpo. Era mais como se um pedaço irregular tivesse sido arrancado de seu braço e a aparência a fez estremecer.

"Isso dói?"

"Não", Lucian respondeu bruscamente.

Jordyn enrugou o nariz. "Você tem certeza?"

"Sim. Eu fumei um baseado e engoli um par de pílulas de morfina com uísque. Eu não sinto nada. É fantástico."

Ótimo, pensou Jordyn com um suspiro interno.

"Estou bem, prometo", disse Lucian quando ela não falou.

"Foi perto demais, Lucian."

"Às vezes, é assim que funciona, querida."

"Não quando você vê isso como algo normal. E eu não acho que você deveria beber e fumar enquanto toma medicações de dor também."

Lucian encolheu os ombros com indiferença. "Nunca me machucou antes."

"Você está é sendo muito engraçadinho sobre tudo isso", ela apontou novamente, irritada.

"Pare de se preocupar comigo."

Jordyn bufou, revirando os olhos. "Sim, porque é assim que funciona, Lucian."

"Eu sei que Antony está certo, querida, mas isso não facilita."

"Eu sei que não" ela respondeu em um sussurro. "Ainda vou estar aqui."

"Jordyn?"

Ela levantou o queixo para encontrar os olhos de Lucian mais uma vez. "Sim?"

"Você sabe que eu a amo, certo?"

"Claro."

"Ótimo", Lucian murmurou pesadamente. "Porque, esta noite, eu quero te foder como se eu não amasse."

"O quê?"

Por que isso parecia tão bom quando ela sabia que ele estava ferido, chapado e meio de coração partido por ser forçado a se esconder?

"Se eu tiver que partir amanhã, não poderei tocar você sabe Deus por quanto tempo. Quero que você me sinta por dias, *bella*. Em você, dentro de você... meu punho em seus cabelos, meus dedos escavando sua cintura, deixando marcas, meus dentes na sua pele... em *todos os lugares*."

O ar ficou preso na garganta de Jordyn, segurando suas palavras. Um calor se formou em seu estômago, inundando seu sexo apertado. Ela estava certa de que a umidade já estava começando a molhar o pijama que ela colocou antes em sua pressa para sair da roupa que o sangue de Lucian tinha manchado.

"Eu preciso saber se está tudo bem em fazer isso", Lucian disse em voz baixa, uma rouquidão saturando suas palavras.

Jordyn ainda não podia falar por causa da sua surpresa com a declaração dele. Ela acenou com a cabeça e quase não teve tempo de reagir quando Lucian se afastou da parede e pulou em direção a ela. A resposta que ela deu quando o peso dele caiu sobre ela, levando-a para o chão e sua boca esmagou a dela foi um gemido.

Foi isso. Um *gemido*.

Eles sempre se beijaram tão apaixonadamente, ela explorando, e ele dominando. Isso era diferente. Lucian reclamou a boca dela com a língua e a mordeu com os dentes, empurrando-a para o piso do escritório, ele nem a deixou tomar tempo para respirar.

Os olhos de Jordyn se abriram, um suspiro áspero sugando seus pulmões quando Lucian mordeu seu lábio inferior o suficiente para tirar sangue. Um brilho rápido de dor misturado com o calor acumulado dentro dela enviou choques de desejo e prazer diretamente para sua buceta.

Impulsivamente, ela envolveu as pernas em torno dos quadris dele, aproximando-o, a pressão do cume rígido da ereção debaixo do zíper pressionava sua pelve e estômago. Os gemidos que saíram dos lábios de Lucian cada vez que seu corpo se encontrava com o de Jordyn eram inebriantes. Os dedos dele cravados em seus quadris a prendiam no chão, mantendo-a presa entre a madeira e o peso dele.

Pensamentos passaram pela mente dela muito rápido para acompanhar. Ele estava bem para fazer isso? Isso prejudicaria sua lesão? Ele se importava?

Jordyn achava que não, considerando que Lucian mal reagiu quando seu braço machucado deslizou sob as costas dela, as mãos dele agarrando os cabelos dela para puxá-la até que seu pescoço estivesse curvado para trás e nu. Uma e outra vez, a boca quente dele pousou na carne dela, mordendo, chupando e marcando. Toda vez que ele fazia isso, a sanidade dela sumia enquanto as necessidades carnais começavam a assumir o controle.

Nunca antes Jordyn teve vontade de sentir que era de propriedade de um homem. Que tudo o que ela era, seu corpo, coração, alma e mente, eram apenas dele. Lucian fez isso com ela, *por* ela. Ele afastou todos os pensamentos racionais.

Lucian puxou o decote da blusa frágil que Jordyn usava, esticando o tecido sob sua força até ele rasgar, o peito dela estava exposto. A força do algodão sendo puxado contra a pele dela ardeu, sem dúvida, deixando marcas vermelhas ao longo de sua clavícula e garganta. Ela não conseguia se importar, uma vez que os lábios dele aliviavam a sensibilidade persistente.

"Diga-me que quer que eu foda você", ela ouviu o pedido de Lucian.

Jordyn soltou o ar para poder falar. "Sim."

"Não, *diga*- me. Diga as palavras."

"Eu..."

Os pensamentos de Jordyn se afastaram novamente quando os dentes de Lucian envolveram seu mamilo, beliscando o botão duro até que seu choro escapou, enviando fortes ondas de dor e desejo para suas veias. Reagindo à ardência de sua mordida, Jordyn procurou agarrar onde pudesse, o que acabou por ser o cabelo dele.

A boca de Lucian se curvou com um sorriso perverso enquanto soltava seu mamilo. "Dói, não é? Você gosta de uma dorzinha. Diga-me o que eu quero ouvir, linda, e nós realmente começaremos."

Jordyn gemeu, seus olhos se fecharam quando ela sentiu a mão dele deslizar para seu sexo através de seu short. Ele a acariciou sobre o tecido, seus dedos deixando-a ainda mais molhada. Necessitada dele como ela estava, Jordyn não pôde deixar de arquear os quadris em sua mão querendo mais.

"Querida, diga."

Jordyn puxou os cabelos dele, retribuindo a dor e fazendo-o olhar para ela. "Eu quero que você me foda."

"*Cristo, sì*", Lucian gemeu em resposta.

CAPÍTULO VINTE E UM

Lucian cantou o nome de Jordyn como um mantra, o som de sua voz profunda inundando os sentidos dela como seda líquida quando ele apressadamente removeu as roupas que ela usava. A aspereza de suas ações a incitou a fazer o mesmo com ele, ajudando-o a sair de suas calças, até que elas foram expulsas, e ele estava nu contra ela.

O chão de madeira estava frio pressionado as costas dela, mas Jordyn mal notou. A luxúria queimava dentro dela, engrossando seu sangue e sua mente. Ela não podia impedir que seus joelhos se abrissem mais, seu corpo abrindo-se e convidando-o enquanto ele beijava e mordia um caminho abrasador entre seus seios, descendo para seu estômago e alcançando direto o seu sexo.

Quando a boca dele entrou em contato com sua boceta já latejando, encharcada e inchada de necessidade, ela estava agarrando o cabelo dele novamente, suas unhas arranhando o couro cabeludo dele. Lucian respondeu o grito alto de prazer dela com um baixo tom de aprovação, a língua dele mergulhando entre as dobras carnudas para espalhá-las e provar a excitação.

Ele foi devagar no início, explorando suas partes mais íntimas com sua boca, língua e dentes. Varrer sua língua e dar mordidas gentis na carne sensível, deixou Jordyn tremendo. As mãos de Lucian se agarraram nas coxas dela, empurrando-as para que se abrissem até que os músculos protestassem, a doce dor a fez curvar as costas no chão.

Foi quando Lucian começou. As voltas rápidas com a língua pousaram na entrada dela, movendo-se para cima até o ritmo tortuoso atacando seu clitóris. Lucian foi entre chupar e beliscar o feixe de nervos, a atacando de novo e de novo com a língua. O corpo dela parecia estar prestes a cantar com os tremores de um orgasmo que se aproximava quando ele diminuiu o ritmo, chupando e massageando e deixando-a uma bagunça tremenda. Foi implacável.

Dois dedos deslizaram para seu canal apertado assim que Lucian começou a puxá-la de volta para a beira do precipício. Então, Lucian curvou os dedos para cima, atingindo o ponto carnudo dentro das paredes dela que fez com que sua essência jorrasse em volta da mão dele e o corpo dela voasse. Ao mesmo tempo, a boca dele se agarrou mais forte do que antes, os dentes beliscando seu clitóris enquanto ele chupava.

Não havia como segurar o orgasmo ou se acalmar naquele momento. O movimento era tão óbvio em sua intenção que, por um segundo, a cegou e a silenciou com a dor misturada ao prazer que correu de seu útero para fora.

Quando o fôlego finalmente preencheu o peito dela, Jordyn soltou um barulho tão alto que reverberou pelo espaço. O ataque de Lucian ao seu sexo não abrandou até que ela estava chorando e sensível por toda parte, quase pronta para se afastar.

"É isso, *bella*. Eu quero você molhada para mim. Você sabe o quão gostoso é seu gosto na minha boca? É doce, Jordyn."

"Jesus", Jordyn ofegou, levantando seu sexo para a boca dele novamente enquanto esperava a excitação do corpo dela diminuir. "Isso é tão bom."

"Vai ficar melhor", prometeu Lucian sombriamente. "Muito melhor."

Jordyn não teve a chance de dar uma resposta compreensível, porque Lucian estava agarrando sua cintura e movendo-a para trás. O olhar predatório passando pelos traços dele tirou o fôlego dela. Quando o couro do sofá se encontrou com suas costas, Jordyn congelou.

"Vire-se", Lucian exigiu, a voz grossa. Seus dentes apareceram enquanto falava, a persistente umidade dela brilhando em seus lábios sorridentes. "Joelhos no chão, mãos no sofá. Eu quero sua bunda para cima e seu rosto para baixo. Rápido."

Não eram muitas vezes que Lucian passava para uma natureza mais dominante quando fodiam. Jordyn deu o seu melhor, mas quando ele começou a dar ordens, algo totalmente perverso e pecaminoso revirou seu interior.

Ela não discutiu, simplesmente ficou de joelhos e se virou como ele queria. Lucian se afastou apenas tempo suficiente para pegar as calças que ele tinha tirado mais cedo, pegando uma camisinha do bolso. Jordyn esperou enquanto ele, silenciosamente, cobria o pau com o látex. A antecipação rolava pelo estômago dela como bolhas se agitando.

Ela sentiu que ele se ajoelhava atrás dela novamente, a boca dele se aproximando para passear ao longo de seu ombro nu, a respiração quente fazendo cócegas na pele superaquecida dela. Um grito de surpresa se derreteu em um gemido longo quando ele enterrou os dentes no espaço de seu pescoço e puxou seu traseiro para a virilha dele. A dureza de seu eixo deslizou entre as coxas dela, procurando.

"Sinta-me em *todos os lugares*", ele repetiu em seu ouvido. "Por dias."

Os cachos de Jordyn se enroscaram no punho de Lucian quando seu pau entrou por trás. Em um mergulho suave, ele estava enterrado até o fundo e gemendo em seu pescoço. A força de seu corpo encontrou o dela, empurrou o peito de Jordyn no sofá, o couro abafando seu choro. Não houve pausa entre o primeiro impulso e o segundo. Ela também não o sentiu hesitar entre o segundo e o terceiro.

O brilho do lampejo de dor de sua intrusão e a acomodação de seu corpo à sua circunferência se misturaram ao êxtase. Só adicionou combustível à sua luxúria furiosa quando os dedos de Lucian se fecharam em seu ombro, as unhas cortando sua pele, e ele a puxou para trás para encontrar seu pau. Isso fez com que o pau dele chegasse tão fundo como nunca.

Todo choque de desconforto atado ao prazer foi direto para a garganta dela. Cada gemido atrás dela, fez com que gritos escapassem de seu peito.

Os nervos zumbiam. O corpo dela balançava com os tremores. Jordyn não podia pensar, nem respirar, nem... *nada*. Seus corpos se encaixavam tão bem. O sexo entre eles era mais que frenético, era desinibido. Não havia restrição, nenhum controle.

As mãos de Jordyn se emaranharam no couro, puxando o material para se firmar no lugar, exigindo que a virilha dele encontrasse seu traseiro. A excitação dela tinha escorrido por entre as coxas enquanto gotas de suor umedeciam os cabelos e a pele. Ele puxou seu cabelo, trazendo a cabeça para trás até a boca dele encontrar a bochecha dela, enviando uma dor deliciosa sobre o couro cabeludo.

Mais uma vez, os dentes dele rasparam sua carne, a barba por fazer roçando o maxilar suave dela. Ficaria vermelho por causa disso, amanhã. Era magnífico!

A dor.

Queimando.

Seduzindo.

Ela queria mais.

"Mais forte", Jordyn expirou.

"Sim?" Lucian perguntou, tão sem fôlego quanto ela.

"Foda-me mais, forte... *por favor*."

"Que tal um pouquinho disso."

Jordyn não sabia o que ele queria dizer com isso até que ela sentiu a mão dele finalmente soltar seu ombro e deslizar até a sua bunda. Ele a acariciava enquanto o seu pau deslizava pela fenda de seu traseiro. Dois dedos pressionaram no buraco franzido de sua bunda. Esse foi o único aviso que ela teve antes de eles entrarem penetrando no anel apertado dos músculos dela.

Um prazer enorme destruiu o pensamento racional que ela tinha tido.

Lucian abriu os dedos dentro de seu traseiro enquanto seu pau voltava para sua boceta. Enquanto o pau dele abria o sexo dela, esticando-a completamente, seus dedos fodiam seu traseiro de forma oposta.

O prazer lambeu as veias dela como um fogo.

Jordyn podia sentir sua essência molhando ainda mais os dois. O barulho de pele encontrando pele combinava com seus gemidos. Ele nunca a fodeu tão forte antes, ou usou seu corpo até que ela fosse uma bagunça trêmula e confusa debaixo dele. Lucian sempre fazia devagar, adorando cada centímetro dela.

Mas não desta vez. Ele fez o que queria, ela percebeu.

Fodê-la como se ele não a amasse, mas era impossível não sentir isso, mesmo assim.

Enquanto Jordyn se despedaçava com outro orgasmo, Lucian não se incomodou em parar ou diminuir a velocidade.

Ela não sabia disso até então, mas ele conseguiria continuar assim por horas. Era uma das únicas coisas boas que ela poderia pensar sobre a mistura das pílulas de dor com uísque.

Jordyn acordou com o apartamento quieto, além do barulho do despertador do celular. A luz da manhã só estava começando a filtrar através da janela do quarto. A dor nos membros dela e entre as coxas era uma rápida lembrança da noite anterior.

Não importava muito, porém. Ela tinha que se levantar, dizer adeus, mesmo que não quisesse, e continuar o dia dela como se tudo estivesse bem e normal.

Certamente, não como se seu coração e alma estivessem quebrando.

Ela não quis que Lucian visse isso, de qualquer maneira.

Jordyn se demorou para sair da cama, consciente da sensibilidade se espalhando pelos seus músculos. No banheiro, ela olhou para seu corpo e o que ele havia deixado nele. Marcas de dentes nos seios e ombros que quase abriram a pele. Vermelhidão na bochecha e no maxilar por causa da barba dele roçando sua pele. O beijo que a enviou direto para o chão tinha inchado seus lábios e deixado eles mais vermelhos do que costumavam ser. Marcas das unhas dele, de seus dedos e das roupas sendo puxadas do corpo dela. Os cachos dela, geralmente bagunçados e fora de controle, eram uma causa perdida total.

Isso era apenas as coisas que ela conseguia ver.

O que ela não conseguiu encontrar visivelmente, ela podia sentir.

No fundo dos ossos. Uma queimadura nas coxas. Fraqueza, cansaço e melancolia.

Ela não queria dizer adeus. Infelizmente, ela não podia contar isso a Lucian. Era mais seguro que ele fosse. Mesmo que fosse só por um curto período de tempo.

Vestindo algo decente o suficiente para a visita dos pais de Lucian naquela manhã, Jordyn seguiu o aroma do café até a cozinha. As pessoas que estavam lá não eram quem ela esperava tão cedo.

Antony limpou a garganta enquanto Jordyn entrava no espaço. Ela estava bem ciente de que ela parecia completamente fodida e exausta. Ela também não se importava. Se Lucian tivesse avisado que eles estavam lá, ela teria estado mais apresentável.

"Bom dia", disse Antony calmamente.

Jordyn olhou para uma Cecelia chorosa tomando café na mesa.

"Onde está Lucian?" Perguntou Jordyn.

"Estávamos esperando que você pudesse nos dizer isso, Jordyn."

"O quê?"

Antony suspirou, inclinando-se no balcão. "O segurança foi aconselhado a nos deixar subir esta manhã sem interfonar para o apartamento primeiro."

Jordyn não estava entendendo o que ele estava dizendo. "E daí?"

"E daí que eu suspeito que Lucian não queria que eles a acordassem porque, obviamente, ele sabia que ele não iria estar aqui. Eu liguei pouco tempo atrás, eles disseram que ele saiu às seis da manhã."

Algo horrível esfaqueou o coração dela.

Ele não estava aqui.

Lucian tinha ido embora, e ele nem a acordou para se despedir.

"Eu achei que você o mandaria para algum lugar", acusou Jordyn. "Como vamos saber onde ele está ou se ele está seguro se não sabemos onde ele está?"

Antony encolheu os ombros. "Eu acho que Lucian fez isso de propósito. Gio disse isso ontem à noite. Quem está por trás dos ataques pode estar muito mais perto do que imaginamos. Até mesmo um dos membros da família dele sabendo pode ser muito perigoso. Lucian não é estúpido. Ele tem a capacidade de se misturar bem com as pessoas normais, ele tem dinheiro suficiente para ficar fora do radar de alguém. Conhecendo meu filho, ele está perto. E aposto, dado o apego que ele tem por você, que ele não estará muito longe, porém duvido que ele apareça."

Jordyn mordeu o interior da bochecha até que a dor impregnou a boca para evitar que ela gritasse suas frustrações. "E agora?"

Finalmente, Cecelia falou. "Meu aniversário é em duas semanas. Ele não vai deixar de vir. Eu sei que não. Ele nunca deixou de vir ao meu aniversário."

"Você tem certeza?"

"Sim. Planejamos o aniversário de Cecelia já tem um tempo, então Lucian está ciente do lugar e da hora. Mas até então, ele estará tão seguro como ele sempre esteve, Jordyn", disse Antony. "Eu não gosto do jeito que ele fez isso, mas ele fez o que eu pedi, no entanto. Isso é o que é importante e é mais do que eu pensava que ele faria, na verdade."

Jordyn se forçou para ficar calma, e então decidiu que realmente não importava. "Estou tirando o maldito dia de folga."

Antony tossiu com surpresa, murmurando: "Eu acho que tudo bem por hoje."

Sim, como se fizesse diferença.

"Identidade para confirmar o check-in, senhor?"

Lucian jogou a falsa carteira de motorista no balcão.

"Ok, John Antony. Eu tenho um quarto pronto", disse a funcionária. "Você precisa de alguém para trazer suas malas?"

"Não", respondeu Lucian. "Eu acho que posso lidar com isso."

"Duas semanas?"

"Esse é o plano."

A menina sorriu um pouco demais, mas Lucian não estava dando atenção a ela. "Você quer adicionar um cartão de crédito na conta para-"

"Não", ele interrompeu. "Eu pagarei em dinheiro."

Surpresa percorreu os olhos da mulher. "Mas, geralmente, nossos hóspedes que permanecem por um período prolongado preferem pagar a conta no final, não aos poucos."

"Eu não sou um hóspede comum", murmurou Lucian. "Pode entregar meu cartão-chave?"

A mulher demorou um minuto para carregar a informação no cartão antes de entregá-lo com outro grande sorriso. Lucian estava muito exausto e irritado para se incomodar com gentilezas.

Ele nem sequer tomou banho antes de sair do apartamento mais cedo. Depois de pegar um táxi no centro da cidade, então pegar outro que o levou de volta até um certo ponto, ele pagou o motorista, saiu e entrou na multidão da manhã que começava a inundar as ruas.

Usando uma jaqueta de couro, jeans de lavagem escura e um boné, ele parecia com qualquer outro nova-iorquino indo para onde quer que fosse, sempre com pressa para não chegar ao destino. Resumidamente, ele parou em um café para comer algo digno de ser chamado de café da manhã, mas até mesmo se alimentar parecia robótico. Apenas outra coisa que ele deveria fazer.

Sem Jordyn, ele se sentia particularmente instável.

Lucian não gostava de estar tão longe dela. Ele também não podia suportar acordá-la e ver o quão triste a ela ficaria quando ele se despedisse. Ele esperava que ela não estivesse tão brava com ele por isso. Se ela estivesse, ele levaria o tempo que fosse preciso para fazer as pazes com ela.

Depois de se instalar em sua suíte, Lucian desfez a mala que ele trouxe. Eram apenas roupas suficientes para alguns dias, nada mais. O hotel oferecia serviço de lavanderia, e ele, definitivamente, usaria. Além das roupas, ele não trouxe mais nada. Vinte mil em dinheiro do seu cofre. Sua arma, é claro, com um clipe totalmente carregado e um de reserva, apenas por precaução. Um livro de sua biblioteca, embora ele duvidasse que sua mente se acalmaria o suficiente para lê-lo.

Não havia outro telefone além daquele em seu quarto, que ele não usaria. Nenhum tablet para verificar seus e-mails. Nada para acompanhar seus negócios, embora ele tenha cuidado disso com antecedência, deixando mensagens para os gerentes de seus estabelecimentos que ficariam curiosos sobre suas férias repentinas.

Férias. Essa era uma maldita piada.

Lucian não sabia como relaxar quando não estava trabalhando nem ao lado de Jordyn.

Estranho como isso funcionava.

Lucian foi tomar banho, limpando o cheiro de sexo e suor da noite anterior ainda persistentes. Enquanto ele limpava os pontos ao redor do ferimento à bala, ele continuava com a mente em Jordyn e em como ela ficava absolutamente incrível debaixo dele para afastar o pensamento da dor irradiando pelo braço dele.

O primeiro dia era sempre o pior.

Paulie deu a ele uma rodada de antibióticos que duraria um par de semanas, então Lucian levou as pílulas, decidindo que ele não poderia ficar mais tempo que isso.

Meia hora, dois táxis e uma curta caminhada mais tarde, Lucian se encontrou olhando para um telefone público.

Jesus, fazia anos que não usava um desses.

Suspirando, ele inseriu uma moeda e discou um número familiar. Um que ignoraria as secretárias de seu pai e essas coisas e o levava diretamente a quem ele precisava falar.

Antony atendeu no quarto toque. "Antony Marcello falando."

"*Papà*", Lucian disse calmamente. "Eu estou bem. Instalado. Seguro."

Um suspiro de alívio ressoou pelo telefone. "Obrigado, filho. Sua mãe não está feliz. Compre algo muito bom para o aniversário dela para compensar isso. Eu vou reservar um quarto com um nome qualquer e deixar algo apropriado para você usar no hotel em frente ao Opera Theatre. Chegue na hora, por favor."

"Já está feito. O presente estará na cozinha de vocês quando ela acordar no aniversário dela.

"Tchau, Lucian."

"Até mais tarde, pai".

Lucian desligou o telefone e, logo depois, discou o número de um telefone celular que ele deu para Jordyn algumas semanas antes. Ele tinha a sensação de que ela não iria trabalhar hoje, então ele não se incomodar em ligar para o celular que Antony tinha dado para ela no trabalho. Ela atendeu mais rápido do que Antony atendeu o dele.

"Olá?"

"Jordyn... Ei. Já estou com saudade, linda."

O silêncio respondeu Lucian.

"Eu não posso falar por muito tempo, mas eu queria ligar e pedir desculpas por não te acordar esta manhã."

Jordyn gemeu baixinho. "Lucian?"

"Sim, querida. Esta será a única vez que eu vou te ligar, Ok?"

"Ok", ela sussurrou.

"Deixe Cecelia levá-la para escolher algo bonito para o aniversário dela. Se você precisar de alguma coisa, você sabe a senha do meu cofre. Está tudo lá."

"Menos você", disse Jordyn, rindo levemente.

"Não vai demorar muito. Nada demais. Eu te amo."

"Amo você também."

Pela primeira vez naquela manhã, Lucian sorriu. "Eu tenho que ir."

"Vejo você em breve."

"Em breve", ele ecoou.

CAPÍTULO VINTE E DOIS

Jordyn tentou não tropeçar pelo vestido que era alguns centímetros longo demais sem os saltos para atender a porta do quarto. Durante as duas últimas semanas, ela ficou principalmente no apartamento, porque se sentia mais perto de Lucian, mas, em uma ou duas ocasiões, ela se encontrou na casa dos Marcello, ficando no quarto dele.

Para o aniversário de Cecelia, ela ficaria na casa dos Marcello desde a noite anterior e durante todo o dia da celebração. Aparentemente, se preparar para este evento era uma coisa importante. Jordyn não acreditou em Cecelia sobre essa questão, até que a mulher estava batendo na sua porta ridiculamente cedo porque precisavam começar a se preparar.

Mais de doze horas antes da festa.

Jordyn, erroneamente, assumiu que apenas arrumar os cachos em algo decente e passar um pouco de maquiagem era suficiente para o evento.

Não era. Ah, não.

Cecelia, tão adorável como a maioria dos dias, poderia ser uma tirana injusta quando se tratava de preparar uma festa. Não era apenas uma simples viagem ao cabeleireiro, o fodido SPA inteiro poderia muito bem ter vindo até elas. Segundo ela, a festa antes da ópera provavelmente era mais importante do que ver o espetáculo em si. Jordyn não estava inteiramente certa do porquê, mas só alguns nomes estavam na lista, incluindo o dos Marcello. Todo mundo que era alguém na política de Nova York, socialites e famílias ricas deveriam estar lá.

Era desconcertante.

Lucian falou uma ou duas vezes que sua família não se esquivava da atenção do público. Caridades, manobras políticas e negócios incluídos. Era tão importante para o lado legal do Império Marcello quanto para o lado ilegal.

Esta noite, Jordyn seria oficialmente introduzida nesse mundo... ao lado de um filho Marcello.

Ela sabia que era importante. Não apenas para ela ou para Lucian, mas para a família como um todo.

Jordyn não estava inteiramente certa de como se sentir sobre isso. Ser importante apenas para ser importante nunca foi um objetivo dela. Na verdade, ela passou a maior parte de sua vida tentando passar despercebida.

Dessa vez, não seria nada disso.

Jordyn abriu a porta do quarto, encontrando-se cara a cara com o sombrio Antony.

"Você está linda", ele disse a ela.

Jordyn bufou, soprando um cacho perdido de seus olhos. "Obrigada, mas sua esposa ainda é horrível."

"Às vezes", concordou Antony. "Ela vai compensar isso. Eu tento ver isso pela perspectiva dela. Você é a primeira mulher que um de seus filhos trouxe para casa para mimar e adorar. Esta é apenas a maneira dela de lhe mostrar o quanto ela se importa."

Certo…

"Ela tem muita sorte que o aniversário dela é hoje. Eu não gosto de ser cutucada, puxada e tocada como gado em um mercado de carne. Ela pode chamar esses tratamentos de beleza do que ela quiser, mas são como uma tortura. Nenhuma mulher sã gosta desse absurdo."

"Cecelia está ciente disso. Amanhã, ela voltará ao seu eu normal e maravilhoso."

Jordyn bufou. Antony nem sequer se preocupou em negar a loucura de sua esposa. "Estou quase terminando de me vestir, se foi por isso que ela o enviou até aqui."

"Não. Eu vim aqui para outra coisa. Não é sobre ela, e ela está ocupada sendo mimada por Dante e Gio enquanto Lucian não chega. Então, agora é a hora ideal de fazer isso."

A ansiedade de Jordyn aumentou. "É sobre Lucian?"

Duas semanas sem Lucian não foram fáceis para Jordyn. O silêncio era ensurdecedor. A cama era fria. O trabalho não a manteve ocupada o suficiente para não estar constantemente preocupada e pensando sobre ele. Ela não estava dormindo bem e seu apetite tinha quase desaparecido.

A única coisa que ajudava era que, a cada nova manhã, significava que ela estava um dia mais perto de ver Lucian novamente.

Curiosamente, no entanto, Jordyn tinha uma suspeita furiosa de que Lucian estava mais perto do que qualquer um imaginava. Especialmente dela. Mais de uma vez nas últimas duas semanas, ela sentiu alguém de olho nela. Inferno, era Nova York. Quem não estava de olho? Mas ela não se sentiu assim e também não a fez se sentir insegura. Em vez disso, era reconfortante. Olhos castanhos, cabelos escuros, um aceno rápido e uma piscadinha e, rapidamente, desaparecia em uma multidão sempre que ela se virava para olhar.

Oh, sim. Lucian estava de olho.

Isso era ainda mais difícil.

"Pelo que sei, ele deve estar bem", Antony finalmente respondeu, arqueando uma sobrancelha. "Se ele se atrasar esta noite, no entanto, não poderei dizer o mesmo quando a mãe dele pôr as mãos nele."

A mão de Jordyn caiu para o peito para acalmar o órgão correndo. "Você está tentando me causar um ataque cardíaco, Antony?"

"Eu não sabia que, quando nos falamos, a primeira coisa que eu preciso dizer é que Lucian está bem. Eu vou manter isso em mente para referência futura." A paciência de Jordyn estava tão desgastada que ela simplesmente olhou para ele e confiou que seu aborrecimento tivesse sido claro. Aparentemente, foi. "De qualquer forma..."

"Eu preciso terminar de me arrumar", disse Jordyn, esperando que ele captasse a mensagem.

"Em um momento", Antony respondeu, dando um passo para dentro do quarto. A porta estava fechada atrás dele, efetivamente fechando o resto da casa. "Chegou uma coisa para você ontem, entreguei ao meu *consigliere*."

A testa de Jordyn enrugou. "Você quer dizer Paulie?"

"Quando eu o chamo de Paulie, ele é apenas um amigo. Quando ele é meu *consigliere*, ele está fazendo negócios para a família."

A família era o lado *Cosa Nostra* das coisas. Jordyn entendeu o que ele queria dizer com rapidez.

"Oh. Por que alguém daria alguma coisa para ele me entregar?" Perguntou ela.

"Para provar algo, eu acho", Antony disse, encolhendo os ombros. "Além disso, eu acredito que isso é algo que você terá prazer em receber."

Antony abriu a jaqueta do smoking para retirar um pequeno pacote do bolso interno e entregar a Jordyn.

"Peço desculpas por abri-lo, mas foi designado a mim primeiro e senti que era importante ter certeza de que não era nada ameaçador. Eu posso ir se você quiser ver o que está aí dentro sozinha. O significado é claro o suficiente, você não precisa que eu traduza para você."

Jordyn agradeceu a Antony, esperando até que ela estivesse sozinha no quarto antes de se sentar à beira da cama. Abrindo o pacote, Jordyn puxou o conteúdo para a colcha prateada.

Os três itens que caíram não eram o que ela esperava.

Um cheque. Sua rescisão, na verdade, da *Legs and Leather*. Curiosamente, foi preenchido à mão, não os que Ron costumassem imprimir no banco. A assinatura do nome de um homem que ela não reconhecia estava no final.

Esse pedaço de papel provavelmente teria sido suficiente para que Jordyn entendesse o que Antony queria dizer com o significado... se o pequeno anel de casamento que ela não tinha visto em anos não estivesse ao lado do cheque também.

Era o anel de casamento da sua mãe. Sandra não o usava no dedo, mas, em um colar que Jordyn tinha na caixa de memórias. Quando ela encontrou a mãe morta por overdose, o colar foi quebrado e o anel tinha sumido.

Jordyn achou ter perdido em seu apartamento bagunçado quando procurou por ele. Ela também se perguntou por tanto tempo se a morte de sua mãe não era exatamente como parecia. De repente, o anel apareceu novamente e dizia muito.

Será que Will o roubou do corpo de sua mãe e ficou com ele todo esse tempo? Onde ele guardou isso?

Jordyn não pensou muito nisso. Ela simplesmente pegou o anel de ouro e o colocou no dedo indicador por segurança.

O último item cimentou todos os pensamentos tumultuosamente confusos de Jordyn.

Era uma nota, rabiscada na mesma caligrafia que o cheque.

Nossas desculpas, estava escrito.

A liberdade nunca é de graça.

Jordyn não percebeu o quão verdadeiro isso era até que ela estava olhando para as duas palavras que não significavam nada para ela e absolutamente tudo ao mesmo tempo.

Jordyn mal conseguiu domar sua agitação enquanto esperava o elevador levá-la até o andar mais alto do hotel. Ela não tinha certeza por que tinha sido enviada até aqui com uma caixa de veludo preto, mas foi um pedido de Antony para que ela desse um pulo até lá para ele antes da festa.

Toda bem vestida, de saltos, os cabelos presos e a maquiagem impecável.

Por que ele não podia esperar até segunda-feira, ela não sabia.

Suspirando com impaciência, no momento em que o elevador parou e se abriu no último andar, Jordyn passou pelas portas abertas, indo pelo corredor para encontrar o número do quarto. Ela estava muito mais interessada em ver Lucian ou o que diabos estava prestes a acontecer esta noite do que entregar este pacote estúpido.

Jordyn quase queria abrir a pequena caixa apenas para saber o que tinha lá dentro e se era realmente tão importante. Mas ela não fez isso. De alguma forma, Antony saberia e não ficaria satisfeito. Jordyn não iria invadir a privacidade dele e de outras pessoas, de qualquer forma.

Finalmente, ela encontrou o quarto no final do corredor, uma placa de *não perturbe* pendurada na maçaneta da porta.

Que pena, pensou Jordyn.

Ela não deu tempo para que quem estivesse lá dentro acordasse da soneca, da sessão de foda... ou o que quer que seja. Ela bateu com força suficiente na porta para ser irritante, Jordyn sorriu quando ouviu passos atrás da porta.

Quando a porta se abriu, Jordyn quase tropeçou para trás com os sapatos de quinze centímetros, surpresa ao olhar sorridente encarando--a. Ela quase derrubou a caixa que ela segurava também.

"Boa noite, querida. Você sentiu minha falta?"

Lucian parecia incrível em seu smoking preto e com o colete azul-marinho combinando com seu vestido. Ela engasgou as palavras tentando falar enquanto o olhava mais uma vez. Nada estava diferente nele, além da barba por fazer que ele costumava manter raspada. Olhos castanhos brilhantes ainda a encaravam como se fosse a coisa mais importante na sua presença.

"Sim, senti sua falta", ela finalmente conseguiu dizer. "Estive esperando por você o dia todo."

Lucian riu. "Deus, como eu senti sua falta, *bella mia*."

Essas palavras eram todo o encorajamento que Jordyn precisava. Ela entrou em seu abraço, praticamente empurrando Lucian para dentro do quarto do hotel à força. O cheiro de sabonete misturado com a colônia que ele estava usando penetrou em seus sentidos como se fosse uma droga. Só de ser abraçada por ele era uma felicidade que ela não conseguia entender.

Instantaneamente, as mãos dele encontraram a mandíbula dela, agarrando de leve para inclinar seu rosto para que seus lábios pudessem se encontrar. Jordyn percebeu vagamente a porta sendo chutada quando a língua dele mergulhou em sua boca e as mãos dele vagaram pelo vestido sobre o corpete de pedras e a cintura apertada.

Ela se perdeu no beijo, seu corpo reagiu à proximidade e ao toque dele, aquecendo-a por dentro e espalhando-se rápido. Quando ele se afastou relutantemente, ela riu calmamente enquanto limpava o batom vermelho da boca.

"Você está tão bonita, será uma pena quando este vestido encontrar o chão esta noite", Lucian respirou contra a bochecha dela, sorrindo. "Cecelia escolheu bem o vestido. Ela não te torturou muito, torturou?"

"Sim", Jordyn murmurou, balançando a cabeça. "Foi terrível."

"Mas você gostou..."

Jordyn franziu o cenho de brincadeira. "Um pouco. Eu não achei que isso seria tão importante. Eu já me sinto fora de lugar e ainda nem apareci com você."

"Não seja ridícula", disse Lucian sombrio. "Você se encaixa perfeitamente ao meu lado. Por que você ficaria preocupada com isso?"

Encolhendo-se fracamente, Jordyn respondeu, "Eu não sou uma ricaça de confiança ou filha de um. Estamos falando de membros da Ivy League, da alta sociedade e gente rica e famosa. Eu nunca usei um vestido de gala antes, e isso inclui a minha formatura, considerando que não fui. Isso me deixa nervosa. E se eu estragar ou disser algo estúpido?"

"O quê? Como? Oi?" Lucian perguntou sarcasticamente. Então, ele balançou a cabeça, olhando-a diretamente nos olhos com um desses olhares penetrantes que a prendiam no lugar e impediam que ela se movesse ou falasse uma palavra. "Eu não me importo muito com as pessoas que você encontrará hoje à noite. Ninguém, na verdade. Eles gostam de pensar que todos se preocupam com eles, mas esse é um problema que eles precisam lidar sozinhos. Além disso, vamos dar a eles algo para fofocar que não será sobre eles mesmos pelo menos uma vez. Quem sabe, talvez seja humilhante para eles.

"Você é horrível", provocou Jordyn.

"Eu estou ciente." Lucian pressionou outro beijo leve na boca dela. "Sério, não se importe com essas pessoas. Sorria e aproveite a noite. Isso é realmente tudo o que importa."

Jordyn teve outro pensamento, um que enviou tristeza direto para seu coração. "Você vai voltar para casa comigo esta noite ou você tem que ir embora de novo?"

"Você me ouviu dizer que vai ser uma pena quando seu vestido sair, certo?"

O calor preencheu as bochechas de Jordyn. "Então você vai ficar?"

"Eu senti falta da minha cama e de você nela", Lucian respondeu bruscamente.

"Isso significa que eles sabem quem está tentando te machucar?" Perguntou ela.

Lucian bufou. "Matar, não machucar. E não tenho certeza, mas eu dei a Antony as duas semanas que ele queria. Se ele ainda não descobriu, certamente eu vou. Eu duvido que eu serei tão tranquilo quanto ele foi sobre isso."

Um arrepio desceu pela espinha de Jordyn. "Eu não gosto de como isso soa."

"Enfim, eu ainda vou para casa. Não vou continuar me escondendo. Tenho uma vida." Lucian sorriu e acrescentou: "*Nós* temos uma vida, estamos começando ela juntos. Quero voltar para ela."

"Eu não vou a lugar algum, Lucian."

"Oh, eu sei, querida."

"Hum, você estava de olho em mim, não é?"

Lucian encolheu os ombros. "Eu não consegui ficar longe de você por muito tempo."

Jordyn se lembrou da caixa que ainda segurava e tentou entregar. "Do seu pai."

"Na verdade, — Lucian disse daquele jeito arrogante dele — é meu para você. Eu pedi que ele pegasse para mim alguns dias atrás. Eu queria que você tivesse alguma coisa minha esta noite para usar com seu vestido. Vá, abra."

Sem estar inteiramente certa do que esperar, considerando que o último presente que recebeu de um Marcello veio em uma caixa como essa com milhares de dólares em diamantes, Jordyn respirou fundo e abriu. Por um momento, ela não olhou, não querendo ser surpreendida novamente por joias que ela nunca poderia pagar por conta própria.

"Olhe, querida. Eu prometo que não é exagerado e você vai adorar."

Confiando nele, ela finalmente olhou o presente. Um cordão de pérolas brancas com brincos combinando estavam dentro da caixa. Entre cada bolinha, havia um minúsculo diamante separando as pérolas. A peça não era ostensiva. Na verdade, tinha um design delicado e simples e combinava muito com ela. Ela nem sequer pensou em joias essa noite, e foi uma coisa que Cecelia não se preocupou em mencionar.

Agora Jordyn entendeu por quê.

"É lindo", ela sussurrou ainda impressionada. "Obrigada."

"De nada. Parecia com você. Eu me perguntei como ficariam. Posso?" Lucian perguntou, acenando para as pérolas.

"Sim, por favor."

Com cuidado, Lucian removeu as pérolas da caixa e, sob suas mãos, Jordyn se virou para que ele colocasse o cordão em sua garganta. Dedos quentes roçaram ao longo da extensão do seu pescoço enquanto ele fechava o colar, soltando as joias e beijando o lado do pescoço dela. Ele a deixou colocar os brincos em si mesma, recusando-se a remover seus lábios da garganta dela o tempo todo.

Jordyn suspirou com o beijo. "Sim, eu definitivamente senti sua falta."

"De me amar também?"

"Claro."

"Ótimo", Lucian murmurou enquanto seus braços a envolviam mais uma vez. "E eu sei que você está preocupada com hoje à noite, mas você realmente não precisa, Jordyn. O dinheiro pode dar às pessoas todo o controle e poder do mundo que podem comprar, mas não lhes dá o que é mais importante. Vestidos chiques não dão beleza a uma mulher se ela não é incrível por dentro. Os diamantes não dão sua dignidade se ela não tiver nenhuma bondade em sua alma. A educação não faz um homem digno. Um sobrenome não garante respeito, a menos que eles possam trabalhar por isso. Essas são coisas que ganhamos sendo quem somos. Você é maravilhosa. Eu não gostaria que mais ninguém estivesse comigo esta noite enquanto comemoro o aniversário de minha mãe."

Estranhamente, essas palavras eram todas que Jordyn precisava ouvir para fazer desaparecer o nervosismo.

"*Buon compleanno, mamma*", Lucian murmurou no ouvido de sua mãe quando ele apareceu atrás dela, desejando-lhe um feliz aniversário.

Antony encontrou o olhar de seu filho e sorriu, o orgulho brilhando fortemente. "É bom te ver, filho."

"Você também."

Os lábios de Cecelia se separaram com um sorriso largo quando ela se virou para enfrentar Lucian. "Você veio!"

"Claro que vim e na hora certa, como você exigiu. Você está linda", Lucian avaliou, tocando a seda branca e o vestido de chiffon que Cecelia usava. "Angelical. Adequado para um dos anjos da minha vida cuidando de mim."

Cecelia pode não ter lhe dado vida como sua mãe, mas ela lhe deu a melhor coisa depois: o amor. Ela era a segunda mulher na Terra a mostrar a ele que era possível amar algo com uma fúria incondicional. Enquanto a mãe biológica dele havia desistido de sua vida para salvá-lo, Cecelia tinha devolvido sua vida de uma maneira totalmente nova. Cecelia ensinou-lhe essencialmente a amar os outros... como Jordyn. Lucian não perderia o aniversário da mãe por nada no mundo.

Sua mãe piscou, olhando por cima do ombro para Jordyn, que já conversava com Gio. "Eu me saí bem?"

"Foi perfeita", assegurou Lucian. "Ela está linda. Obrigado."

Cecelia ergueu a mão e encostou no canto da boca dele. "Bem, mesmo se você não tivesse dito nada, eu teria adivinhado pelas manchas vermelhas na boca dela. Tente manter o DPA[9] no mínimo, Lucian. Não há necessidade de marcar seu território em todo o lugar esta noite, meu anjo."

"Pode deixar."

"Estou tão feliz por você."

"Eu sei", ele disse calmamente. "Mas é a sua noite, não a minha. Presumo que ainda estejam servindo aqueles estúpidos coquetéis até que nos permitam entrar no salão de baile?"

Cecelia assentiu, olhando as portas fechadas sobre o ombro dela. "Estou ficando entediada."

"Não vai demorar", disse Antony atrás dela. "Paciência, *tesoro*."

"Você gostou do meu presente esta manhã?" Lucian perguntou a mãe.

"As flores eram lindas. Elas encheram a mesa da cozinha. Não tive tempo de encontrar lugar para todas elas."

"Havia um objetivo nisso. Eu comprei vasos para cada quarto da casa para que você não continuasse movendo-as de um quarto para outro como você fez a última vez que eu comprei flores."

"Eu percebi", disse Cecelia com ironia. "Ainda tenho que decidir onde eles precisam ficar nos quartos, no entanto. É um processo, Lucian. Algum dia você entenderá."

9 Demonstração pública de afeto.

"Você olhou dentro das flores?" Ele perguntou propositalmente.

"Não, por quê?" Cecelia o olhou com curiosidade, sorrindo ainda mais. "O que você fez?"

"Há algo especial em cada um dos buquês. Certifique-se de verificar todos eles, sim?"

"Lucian... as flores eram suficientes."

Não, eles certamente não eram. Não para sua mãe.

"Eu te amo, mãe", disse Lucian. "Sempre."

Cecelia suspirou suavemente. "Eu também te amo, meu filho. Agora, fique de olho em seus irmãos antes que eles roubem Jordyn."

Ela não precisou falar de novo para Lucian. Claro, ele queria falar com seu pai sobre o que ele tinha perdido durante as últimas semanas, e Cecelia, definitivamente, merecia mais tempo, considerando que ele perdeu a maior parte de seu aniversário. Ainda assim, Lucian se sentia fora do lugar quando Jordyn não estava ao seu lado.

"Você é uma mulher especial", Lucian falou para a mãe. "Há um lindo lugar no céu para mães de todos os meninos, especialmente do nosso tipo."

"Tem alguém que sempre me diz isso", Cecelia concordou olhando para Antony. "Vá, Lucian."

Não demorou muito para que Lucian voltasse para onde ele pertencia, sua mão firmemente plantada na curva da cintura de Jordyn. Como alguns dos convidados no salão eram amigos dos pais de Lucian, essas pessoas passaram pela multidão com suas bebidas para desejar feliz aniversário para Cecelia. Isso, é claro, fazia com que fossem dar olá para os irmãos também.

Jordyn não se escondeu atrás de Lucian e, por isso, ele estava orgulhoso. Apresentá-la a apenas algumas pessoas era bom o suficiente, já que eles sabiam que isso começaria a se espalhar entre os outros curiosos e gente querendo saber sem realmente ter vindo conhecê-la pessoalmente. Era também assim que as fofocas começavam a se espalhar, mas ele não se importava.

Não era como se ele tivesse planejado deixá-la sozinha para os lobos.

Depois que as portas foram abertas para o salão de baile, para os convidados importantes que foram invitados no início do evento da Ópera, as coisas se moveram de forma mais fluida. Enquanto a noite inteira era essencialmente sobre o show que aconteceria mais tarde, a festa adiantada também teve um propósito. Um leilão silencioso estava acontecendo no salão de onde eles acabaram de sair, todos os ganhos seriam doados para uma instituição de caridade que Cecelia e Antony gostavam.

A banda ao vivo, no fundo do salão de baile, era de um tipo mais clássico. Certamente, não para os gostos de Lucian, embora sua mãe o tenha puxado para dançar uma valsa com ela pelo menos uma vez. Isso a levou a exigir que ele fizesse o mesmo com Jordyn.

Como ele deveria negar a sua mãe quando era seu aniversário?

"Deixe-me guiar, querida", Lucian disse a Jordyn depois que ela murmurou pela quarta vez que ela não sabia dançar uma música como essa. Após os primeiros passos, Jordyn percebeu que a valsa era um simples movimento que seguia o mesmo padrão repetidamente. Era sobre o homem mostrando a beleza de sua parceira. "Está vendo, fácil."

Jordyn piscou, depois olhou em volta. "As pessoas estão nos observando de novo."

"Ótimo. Coisas bonitas devem ser observadas. Elas brilham."

"Você não parece impressionado", disse Jordyn calmamente.

Lucian encolheu os ombros, lançando um olhar sobre o ombro para a cortina que mantinha a cabine privada fechada. "Ópera e teatro não são minhas coisas favoritas. Cecelia adora, então Dante não conseguiu resistir a nos conseguir assentos para o aniversário dela.

"Eu acho fascinante. A elegância e o poder misturados são meio que surpreendentes."

"Fascinante, hein?" Lucian estava feliz por ela estar se divertindo. "Isso é tudo o que importa, então."

"No entanto, cansa depois de um tempo."

Jordyn lançou a ele um sorriso de sua cadeira de couro macia perto dele. Entre eles, seus dedos se entrelaçaram, o polegar dela roçando calmamente o lado da mão dele. Era a única coisa que impedia Lucian de cochilar no assento mal iluminado, mesmo com o canto enchendo o teatro. O toque inocente dela garantia que o corpo de Lucian estivesse completamente acordado e hiperativo pela proximidade.

Oh, ele sentiu falta daquela mulher.

"Mais uma hora", disse Jordyn, lendo o roteiro do evento na mão. "E então você estará novamente livre."

Lucian gemeu baixinho. "Ou podemos sair agora. Eu reservei um quarto de hotel para hoje. Seria uma pena desperdiçá-lo e a banheira de hidromassagem que nem cheguei a experimentar."

Os lábios de Jordyn se arrastaram para cima com um sorriso malicioso. "Será que Cecelia ficará terrivelmente brava?"

"Ela nem vai saber."

Sua amante estava se levantando antes que Lucian pudesse dizer outra palavra.

CAPÍTULO VINTE E TRÊS

No momento em que as portas do elevador se abriram, Lucian empurrou Jordyn para dentro do pequeno espaço.

Jordyn tinha o provocado e tocado com suas mãos suaves e boca doce todo o caminho até o hotel. As palavras sussurradas em seu ouvido o deixaram cheio de desejo. Lucian estava tão duro como uma haste de aço sob suas calças de smoking e estava ficando completamente dolorido.

Ele iria encontrar o melhor alívio entre o céu das coxas dela.

Lucian apoiou Jordyn no canto do elevador vazio, seus lábios se encontram com os dela. Mais uma vez, ele queria deixar marcas em seu corpo e senti-la por dias depois. Estarem separados, mesmo que só por algumas semanas, o levou a uma lenta insanidade de desejo. A língua dela escorregou no calor da boca dele, explodindo suas papilas gustativas com seu sabor e fazendo com que seu pau crescesse ainda mais.

Os banhos e as sessões de masturbação simplesmente não tinham ajudado muito. Lucian precisava disso.

"Eu queria tanto lhe foder", Lucian murmurou contra a boca de Jordyn. "Provar seu gozo por toda a minha língua. *Mio Dio*, eu senti falta disso."

Jordyn soltou uma risada ofegante enquanto os dentes e lábios dele atacavam seu pescoço. "Não aqui, Lucian."

"Por que não? Vamos fazer um show para as câmeras, querida."

Lucian tomou o olhar silencioso de desejo nos olhos dela como um consentimento. Levantando a saia acetinada de seu vestido, ele se deleitou com a suavidade de suas coxas nas palmas das mãos. Com o vestido acima de seus joelhos, Jordyn soltou um barulho constrangedor que o impediu.

Foi só então que Lucian percebeu que as portas do elevador finalmente começavam a fechar.

Um olhar sobre o ombro dele disse que alguém tinha entrado no último minuto e estava a poucos metros de distância, a atenção totalmente desviada para as portas fechadas do elevador. Lucian suspirou de forma irritada e apoiou a testa no queixo de Jordyn, sentindo o sorriso dela quando ele soltou o vestido de volta no lugar.

"Droga", ele murmurou.

Jordyn riu. "Paciência é uma virtude."

"Eu não sou um homem virtuoso", Lucian respondeu muito silenciosamente. "Não quando se trata de você."

Ainda assim, ele não podia deixar de pensar que a presença da pessoa atrás dele era estranha. Era um hotel, sempre cheio e bem conhecido de fato. Mas esse não era realmente assunto dele. Francamente, era tarde, o que significava que a maioria dos hóspedes estava em seus quartos ou ainda se divertindo na vida noturna de Nova York.

A maioria das pessoas costumava tomar consciência de um casal se pegando em um elevador e fazia um esforço para deixar as portas se fecharem e esperar pelo próximo, não querendo ser rude ou interromper.

Pelo menos, era o que Lucian faria.

Este hotel tinha quatro elevadores. Por que diabos era tão importante?

Lançando outro olhar firme sobre o ombro, algo mais do convidado no elevador fez com que Lucian parasse quando o elevador começou a subir. Assim como Lucian e Jordyn, o homem parecia bem vestido em um smoking, mas o boné que ele também usava destoava de todo o resto. O cara estava com as costas voltadas para eles e a cabeça baixa, garantindo que seu rosto estivesse escondido da vista.

Assim como o boné teria escondido das câmeras acima.

Ninguém precisava manter o rosto escondido, a menos que não quisesse ser visto.

Mais uma vez, como no dia em que ele foi baleado, Lucian estava tendo aquela sensação assustadora. Algo não estava certo. Talvez, ele tivesse um instinto que ele nunca notara antes; que, com certeza, estava aparecendo agora.

Jordyn não pareceu notar o súbito desconforto de Lucian, recostando-se na parede com as mãos apoiadas na barra na parte de trás do elevador. Ou, talvez, ela simplesmente supusesse que ele estava tenso por ser interrompido.

"Jordyn?"

Seus olhos azuis encontraram Lucian com um calor que queimava por trás das írises. "Hum?"

"Beije-me."

"O quê?" Jordyn sussurrou, sorrindo de novo.

Lucian teve a sensação de estarem presos em um espaço confinado de três por três em uma situação ruim e, mesmo esperando que estivesse errado, ele provavelmente não estava. Os elevadores só subiam e desciam. Eles não pararam para abrir nos andares superiores para pegar outros, a menos que esses hóspedes tivessem pressionado o botão para cima também. Ninguém em um hotel queria subir a menos que eles fossem para o quarto deles. As possibilidades eram de que o elevador não pararia até chegar ao último andar. Como sempre, sua sempre fiel Eagle estava às suas costas, mas só ajudaria até certo ponto.

Então, sim, Lucian queria beijá-la.

Lucian não se incomodou em pedir a Jordyn de novo, ele simplesmente se inclinou para frente e tomou o que queria, pressionando-a na parede do elevador sob as mãos enquanto seus lábios reivindicavam o dela. Jordyn não se esquivou do beijo, em vez disso, gemeu baixinho e lhe concedeu acesso à boca dela. Intenso nem começava a descrever adequadamente a forma como seu corpo inteiro parecia se sintonizar com ela, com a pessoa atrás dele e com tudo o mais à sua volta.

"Feche os olhos", Lucian murmurou humildemente. "E não importa o que, não se mova. Não vai ajudar."

O barulho distinto de um fio se desenrolando soou atrás dele. Lucian conhecia esse som. Não foi a primeira vez que ele ouviu ou até mesmo tinha ele mesmo usado, aliás.

A testa de Jordyn franziu quando olhou para ele. "Do que você está falando?"

"Apenas feche seus olhos e não se mexa, querida. Confie em mim."

Ela não precisava ver isso. O que quer que fosse.

Os olhos de Jordyn se fecharam e Lucian pressionou um leve beijo em sua bochecha antes de dizer a ela para ficar assim, não importasse o quê. Então, ele começou a se afastar.

Apesar de Lucian ter falado baixo, muito baixo para o homem ouvir, ele esperava que o cara pensasse que toda sua atenção estava em Jordyn. Geralmente estava, mas ele estava acompanhando os movimentos que ele podia ouvir também.

O homem recuou alguns centímetros de sua posição anterior, e ele estava ligeiramente virado agora. Era apenas um milésimo de segundo antes que o indivíduo tivesse completamente se virado e o fio envolvido em volta da garganta de Lucian, puxando-o para trás com uma força inesperada. A Eagle em suas costas caiu, batendo no chão com um barulho. Lucian chutou a arma, não querendo que o atacante a pegasse.

Imediatamente, todo o ar nos pulmões de Lucian saiu. Foi uma reação natural do corpo expulsar o ar em choque. Também era por isso que os que sofriam morte por estrangulamento morriam rapidamente. O instinto de luta ou fuga chutava a vítima, todo o desejo completamente focado na única coisa: na necessidade de respirar.

Mas não importava quão ferozmente a vítima lutava para respirar com um atacante atrás dela e um fio na garganta cortando todo oxigênio para sua traqueia danificada era uma luta inútil. Muita energia estava focada na necessidade de respirar, e não no fato de que precisavam encontrar uma saída para a situação.

Um fio era rápido, silencioso e eficaz. Era mais eficiente em uma situação mano a mano do que a maioria das outras armas quando um trabalho precisava ser feito silenciosamente. Não havia nenhuma bagunça ou sujeira para limpar, além de um corpo com uma marca ao redor do pescoço. Poderia, basicamente, acabar com um homem de noventa quilos com pouca ou nenhuma luta em poucos minutos, senão segundos, quando feito corretamente. Poderia haver uma multidão de pessoas a poucos passos de distância, e eles nunca ouviriam nada até que o corpo fosse encontrado.

Lucian não era um homem estúpido. Ele já tinha usado esse ataque silencioso antes. Era bom, de verdade.

Apesar de saber que a última coisa que ele precisava fazer era lutar para respirar e, em vez disso, lutar para tirar o fio do pescoço dele, Lucian não podia evitar a inundação imediata de medo e adrenalina que guerreava em seu corpo. Pressionado contra o forte peito de seu atacante, as mãos de Lucian lutaram para agarrar qualquer coisa nesses primeiros segundos. Ele queria apoio, algo para mantê-lo firme. Ao invés disso, ele se viu agarrando o ar porque ele estava entrando em pânico.

O choro estrangulado saiu por vontade própria. Outra reação natural de um corpo no modo de sobrevivência.

Os olhos de Jordyn então se abriram, olhando diretamente para Lucian.

Ela demorou apenas um instante para olhar ao seu redor e perceber o que estava acontecendo. O medo foi imediato, quebrando o coração dele, pois ele não podia dizer a ela para fechá-los novamente se ele não podia falar. Lucian não queria que ela visse isso acontecendo com ele. Quando ela se afastou da parede para tentar ajudá-lo, ele conseguiu balançar a cabeça, o que a fez recuar para o canto. Ela poderia ter pegado a arma dele e atirado no homem, com certeza, mas ela não estava muito familiarizada com armas ou como usá-las. Não havia nada mais perigoso do que alguém, com pouco ou nenhum conhecimento de como usar uma arma brandindo-a.

Quem sabia o que essa pessoa atrás dele faria a Jordyn, mas a intenção de Lucian era clara o suficiente para que ele continuasse com a atenção nela tanto quanto pudesse. Lucian também não tinha certeza se o fio era a única arma que o atacante tinha.

Aqueles olhos azuis dela que se encheram de lágrimas, escorrendo por suas bochechas e a mão pressionada sobre a boca ajudou Lucian. Por um breve momento, acalmou-o. O pânico saturou seus sentidos o suficiente para deixá-lo pensar e considerar mais do que apenas estava acontecendo.

O homem atrás dele era forte, mesmo com as unhas de Lucian cravando-se profundamente nos antebraços fortes atrás do seu pescoço, mantendo o fio mais esticado, o atacante não falou nenhuma palavra. Na verdade, ele quase não parecia respirar enquanto apertava mais. A falta de cheiro também captou a atenção de Lucian. As pessoas usavam coisas... desodorantes, perfumes ou colônias, shampoos e sabonetes. Se não o usavam, uma pessoa cheirava a suor ou à falta de higiene. Esta pessoa não tinha cheiro.

Porque eles queriam ser invisíveis, Lucian percebeu.

O homem deveria passar despercebido. Apenas outro hóspede no canto do hotel, conversando em um telefone ou lendo um artigo. Ninguém é importante ou motivo de preocupação.

Um profissional.

Talvez o homem estivesse no hotel mais cedo, mas sua chance de fazer uma jogada havia sido perdida por algum motivo.

Lucian rapidamente decidiu que essa também seria.

Tanto quanto seu corpo e sua mente gritavam em protesto contra a escolha, Lucian se obrigou a soltar os braços do homem e parar de agarrar o fio ao redor de sua garganta. Não seria bom para ele neste momento. Ele tentou pensar quantos segundos haviam passado com ele no estado de pânico — trinta, talvez.

Dentro de seu peito, seus pulmões queimavam com a necessidade de respirar. A saliva estava sufocando-o. Seus olhos pareciam secos. Seu coração batia muito rápido e fora de controle, e sua mente estava confusa, mas clareando devagar. A dor do corte que o fio fez em seu pescoço não era nada em comparação com o resto. A vontade de tossir, embora nenhum som saísse, borbulhou repetidamente.

Trinta e cinco segundos.

Trinta e seis…

Trinta e sete…

Aos quarenta, Lucian forçou seu corpo a relaxar.

O homem não afrouxou o fio nem por um segundo.

Um profissional não faria, Lucian sabia. Eles não deveriam parar até o trabalho ter sido concluído.

Lucian odiava o que sua vida era agora, um trabalho.

Mais uma vez, Lucian encontrou os olhos lacrimejantes de Jordyn. Ele estava ciente do que ela estava vendo e como estava congelada, porque não havia nada que ela pudesse fazer. Era provável que o rosto dele estivesse ficando vermelho, os vasos sanguíneos em seus olhos estourando, preparando-se para explodir com a falta de oxigênio. Talvez um tom azulado começasse a escorrer pelos lábios dele.

Quarenta e cinco, ele contou em silêncio.

Lucian queria se casar com Jordyn. Ele não sabia quando exatamente, mas ele tinha a sensação de que não importava tanto, já que ela já era dele. Todo dia e toda noite, ele queria amá-la. Ele não conseguiria, jamais, se cansar dela. Estranhamente, ele prometeu que Jordyn seria uma mãe incrível para seus filhos, algo que ele nunca considerou, mas que queria com ela tão desesperadamente. Ele nem sequer se importou de que ela estava em sua vida apenas há poucos meses quando algo dentro dele sussurrou que ela jamais iria embora.

Às vezes, era assim que o amor funcionava.

Era o pior momento para perceber essas coisas, mas a mente tem uma maneira engraçada de lidar com as situações.

Cinquenta segundos...

Uma escuridão estava começando a se infiltrar nas bordas de sua visão. Se ele não agisse em breve, a privação de oxigênio o faria apagar.

À medida que o elevador subia devagar até chegar ao último andar, a porta apitou e começou a abrir. Era o momento que Lucian estava esperando. Ele só precisava sobreviver à viagem, já que seu atacante, sem dúvida, assumiu que seu trabalho seria concluído dentro desse prazo. Resumidamente, o fio afrouxou apenas o suficiente para dizer a Lucian que o homem tinha se virado para verificar as portas se abrindo. Lucian aproveitou para respirar, tão fundo e com o pouco de ar que podia, embora doesse fazê-lo.

Nesse ponto, ele atacou de volta.

Um de seus cotovelos pousou com força punitiva no meio do estômago do homem, tirando o ar de seus pulmões com um barulho vacilante. Ao mesmo tempo, apesar do protesto e da dor do fio em sua garganta, Lucian usou a força que tinha sobrado para recuar o suficiente para que seu outro cotovelo pudesse acertar o rosto do atacante.

O barulho de um nariz se quebrando lhe disse que ele o atingiu bem em cheio.

"Merda", ele o ouviu sibilar atrás dele.

Talvez o homem não esperasse que Lucian tivesse forças depois de ter sido estrangulado até quase desmaiar, mas os golpes inesperados funcionaram. O fio escorregou de uma mão enluvada, soltando o aperto na garganta de Lucian.

Depois disso, o tempo se moveu muito mais rápido.

Lucian não podia pensar em Jordyn ainda pressionada no canto ou em como ele lutou para respirar enquanto se virava para encarar o homem. Ele chutou o fio que caiu no chão para longe, fora do alcance dele. Rapidamente, seus punhos pousaram, um após o outro, em um rosto sangrando e quebrado, que ele não reconheceu. Lucian não percebeu seus nós dos dedos abrindo nos dentes do homem enquanto continuava seu ataque até que o sujeito estava de costas para o outro lado do elevador.

Raiva agravou cada golpe. Lucian tremia por toda parte. O homem acenou cegamente para ele, talvez em um esforço para bater de volta, mas o sangue estava, sem dúvida, o cegando, e a força dos seus movimentos defensivos era fraca na melhor das hipóteses.

Com toda a força que ele conseguiu, o joelho de Lucian pousou no estômago do homem, tirando o ar dele de novo. Gemendo, o homem se curvou, caindo de joelhos no chão. Depois, ele alcançou o painel do elevador para fechar as portas antes de apertar no botão do térreo para levá-los de volta. Lucian exalou exausto, seus punhos em bolas apertadas em seus lados.

"Tenho sessenta segundos antes desta coisa parar de novo", Lucian disse ao homem. "Isto é, sessenta segundos só você e eu, idiota. Sessenta segundos em uma caixa de metal de três por três onde você planejou me matar, mas da qual você não vai sair mais. Imagine o dano que posso fazer com você em um minuto. Comece a contar."

"Lucian..."

O sussurro doloroso de Jordyn atrás dele fez Lucian ficar tenso por toda parte. "Estou bem."

"Ok", ela respondeu tristemente.

"Cinquenta e cinco", Lucian informou ao homem debaixo dele. "Diga-me quem contratou você, e eu vou pegar leve."

O homem riu, apesar de parecer doer. "Eu duvido disso."

Lucian o acertou com um chute que enviou a cabeça do homem contra a parede. Um riso amargo respondeu ao soco. "Quem?"

"De todas as pessoas, você deveria saber que isso não funciona assim", o homem forçou para falar, cuspindo sangue entre os dentes quebrados. "Eu não recebo os nomes de quem contrata, apenas o contrato e o valor."

O maxilar de Lucian apertou. "Quanto?"

"Duzentos e cinquenta mil antes, o mesmo valor depois de feito, mas não receberia até pelo menos trinta dias depois do enterro."

Jordyn ofegou calmamente. Lucian nem reagiu.

"Você cometeu um grande erro", disse Lucian.

"Não", o homem tossiu. "Eu simplesmente subestimei você."

"É a mesma coisa."

Uma última vez, Lucian chutou o homem. A força por trás do chute fez com que ele cuspisse mais sangue, e o homem perdesse a consciência. Vinte segundos depois, as portas do elevador se abriram. Foi só então que Lucian se virou para Jordyn.

Ela estava tremendo.

"Venha aqui, querida", insistiu Lucian, a garganta seca. "Estou bem, eu prometo."

Jordyn não hesitou antes de se afastar do canto para seu abraço aberto. "Eu queria-"

Lucian falou baixinho, segurando-a com mais força. "Eu sei. Eu sinto muito. Eu te amo. Eu sinto muito."

As palavras se tornaram um mantra enquanto alguém do lado de fora do elevador pedia ajuda. Jordyn não foi a única que chorou naquela hora.

Jordyn caminhou pelo corredor sem se dar conta do tempo passando por ela. Ela já tinha sido liberada depois de dar seu depoimento e de uma curta entrevista com os detetives. Eles estavam mais interessados no que ela poderia falar sobre Lucian Marcello e sua família do que no homem que tentou matar seu amante em um elevador duas horas atrás.

Não que ela fosse contar alguma coisa, porque não tinha nada para contar. Ela nunca faria isso.

Entretanto, a entrevista não durou muito. Um advogado, um que Jordyn não conhecia e não pediu porque não achava que precisava de um, foi rápido para entrar na entrevista e parar com ela. Contratado por Antony Marcello, o homem explicou. Se os detetives não tivessem mais nada para perguntar a Jordyn sobre o incidente no hotel, ela iria embora com ele, e eles poderiam contatá-lo se tivessem mais perguntas ou solicitações dali para frente. Entrar em contato com Jordyn diretamente sem ele presente só levaria a uma reivindicação de assédio que a polícia não precisava, ele advertiu.

Jordyn rapidamente percebeu que Antony Marcello não brincava quando se tratava de sua família e negócios.

Depois disso, ela foi colocada em um carro e levada para a casa dos Marcello.

De novo...

Ela realmente queria ir para casa com Lucian.

Onde quer que ele estivesse.

Jordyn suspeitava que ele ainda estava na delegacia sob o pretexto dos detetives querendo depoimentos. Ou dizendo que eles precisavam de mais informações. Talvez eles supusessem que Lucian sabia mais sobre o homem na terapia intensiva do que dizia. Era difícil dizer, já que ela não o via há horas.

Não ajudava que Antony tivesse se enfiado em seu escritório sem dizer uma palavra, mas Jordyn estava no corredor, perto da porta, tendo todo o acesso que precisava para ouvir suas frustrações e raiva. Tudo o que ela entendeu era que ele estava ao telefone com advogados, a segurança do hotel e sabe lá mais quem. Antony queria Lucian fora da delegacia imediatamente. Seu filho não era o agressor, e sim a vítima. Tudo estava sendo gravado. Por que ele não era liberado?

Obviamente, os policiais estavam tentando tomar isso como a chance de se aprofundar nos segredos familiares, e Antony não permitiria.

Jordyn também soube que o pai de Lucian não estava mais perto de descobrir quem estava por trás desses ataques, ou mesmo por que, aliás. O homem que tentou matar Lucian esta noite, no entanto, havia sido identificado. Christophe era simplesmente um homem contratado — um dos bons, aparentemente, pelo que Jordyn entendeu. Qualquer um que tivesse contatos no mundo dos Mafiosos poderia facilmente contratá-lo para um trabalho específico, e o cara era conhecido por fazer isso de forma rápida, correta e sem problema.

Lucian era a única vítima do homem que tinha sobrevivido.

Dante, quando Jordyn ganhou coragem para perguntar, explicou que Christophe provavelmente não teria tentado acabar com ela, a menos que fosse absolutamente necessário. Como se talvez ela tivesse tentado atacá-lo. Os fatos eram simples, seu trabalho era Lucian, não Jordyn. Ela poderia ter visto seu rosto — o que ela fez — e não teria importado.

O homem era, essencialmente, um fantasma. Ele não tinha nenhuma filiação real a qualquer família criminosa. Sua vida era vivida longe do radar de qualquer coisa digna de ser oficial ou documentada. Tão rápido como ele aparecia em algum lugar, ele poderia facilmente desaparecer.

Se Christophe sobrevivesse a essa noite, ele seria um homem de sorte. Os médicos lhe deram pouca chance. O último dos socos que ele levou causou grandes hemorragias no cérebro, assim como inchaço. Supostamente, ele estava em cirurgia e duraria horas. Uma parte de seu crânio precisava ser removida por causa do inchaço. O sangramento precisava ser estancado. Se sobrevivesse, o homem ficaria severamente incapacitado, com a expectativa de vida de tornar-se inválido, tanto mental como fisicamente.

Bem, ele não voltaria atrás de Lucian de novo. Jordyn ficou tranquila ao saber disso pelo menos.

"Jordyn... querida?"

A cabeça de Jordyn elevou-se ao ouvir a voz doce e calmante da mãe de Lucian. "Sim?"

Cecelia lhe ofereceu um sorriso, mas não alcançou os olhos da mulher como costumava fazer. "Como você está se sentindo?"

"Preocupada", admitiu Jordyn.

"Não fique. Eles não têm direito razoável para mantê-lo lá. Eles certamente não podem acusá-lo de nada. Esta é apenas uma das palhaçadas comuns da polícia. Temos que esperar."

Jordyn assentiu, ainda se sentindo desolada. "E quanto a próxima vez?"

Cecelia limpou a garganta, um tom de rosa pintando suas bochechas. Jordyn não tinha certeza se sua atitude ofendia a mãe de Lucian ou a envergonhava. Talvez não fosse tanto a sua atitude, mas sim a pergunta. A verdade era que Jordyn sabia que as mulheres não deveriam estar envolvidas nos negócios quando se tratava da *Cosa Nostra*.

Orelhas que não ouviam. Olhos que não viam. Bocas que não falavam.

Não importava o que, essas eram as regras.

"Desculpe-me", murmurou Jordyn, olhando para Cecelia. "Eu não deveria ter dito isso".

"Você deve achar que eu vivo uma vida muito feliz e ignorante, querida."

"Eu não disse isso."

Cecelia sorriu tristemente. "Houve um tempo em que meu marido achou que coisas lindas e brilhantes seriam desculpas o suficiente para suas noites adentro, portas trancadas e distância. Que as roupas novas, um carro rápido ou até mesmo uma casa de férias me fariam fechar os olhos diante das caixas no porão, da arma escondida na minha gaveta de prataria ou os rolos de dinheiro que eu tirei de seus bolsos em calças sujas."

"Não eram", continuou Cecelia calmamente. "Por um tempo, Antony esqueceu que eu poderia saber o meu lugar e o que era esperado de mim, mas que eu estava longe de ser ingênua em relação aos seus negócios. Eu sabia exatamente quem ele era no momento em que o conheci, e eu sabia exatamente o que ele era quando me casei com ele. O homem tolo esqueceu que eu também estava bem com essas coisas. Ao longo do tempo, ele aprendeu que suas palavras e honestidade conseguiriam muito mais de mim do que um anel de diamante."

Jordyn examinou a admissão de Cecelia. "No entanto, nem todos são assim."

"Não. Mas também não somos um caso especial."

"Então, o que eu faço na próxima vez?" Perguntou Jordyn.

Cecelia encolheu os ombros. "Você não sabe se haverá uma próxima vez."

"Sim, eu sei."

Jordyn tinha certeza disso. A menos que o mandante fosse capturado, isso continuaria até que uma das duas coisas acontecesse. Lucian morresse, ou o autor do crime. Quão sortudo Lucian poderia ser? Eventualmente, a casa cairia.

Além disso, Jordyn teve a sensação de que esse tipo de coisa sempre estava atrás da mente de um mafioso.

Afinal, era a vida deles.

Cecelia suspirou pesadamente. "Suponho que você aprenda a confiar no homem que você escolheu. Eu aprendi."

"Eles não terminaram", disse Jordyn depois de um momento de silêncio. "Quem quer que seja... não terminou. Se eles estiveram dispostos a desembolsar duzentos e cinquenta mil antes e então mais duzentos e cinquenta depois do enterro para garantir a morte de Lucian, quem pode garantir que não pagariam mais para se certificar de que seja morto na próxima vez?"

A boca de Cecelia se abriu para falar, mas, rapidamente, parou e suas sobrancelhas franziram. "Quanto?"

Jordyn repetiu o que o atacante disse no elevador antes de Lucian o socar quase até a morte. "Por quê?"

A mulher geralmente radiante e feliz que era Cecelia Marcello parecia velha e doente. Uma mão trêmula foi até a boca enquanto seus olhos corriam de um lado para o outro entre Jordyn e um ponto na parede.

"Você tem certeza?" Perguntou Cecelia.

"Sim", respondeu Jordyn surpresa com seu tom.

"Eu... eu tenho que falar com Antony", Cecelia conseguiu sussurrar. "Agora."

Jordyn não pensou em dizer a Cecelia que seu marido tinha deixado claro que ele não deveria ser interrompido até que ele pedisse a presença de alguém. Na verdade, Jordyn seguiu a mulher trêmula pelo corredor e, diretamente, para dentro das portas do escritório que Cecelia abriu sem se preocupar em bater.

Dante e Gio olharam para o aparecimento repentino da mãe de seus respectivos assentos nas cadeiras na frente da mesa de Antony. O olhar penetrante e angustiado de Antony voou pela sala diretamente para sua esposa.

"Estou ocupado", ele disse bruscamente.

"Antony..." Cecelia lutou com suas palavras, aparentemente incapaz de encontrar as corretas. "Eu não sabia. Ela é minha... Eu sei que ela é horrível, mas não achei que ela faria isso. Por que eu pensaria, por um momento, que ela me usaria para machucá-lo?"

Antony não se incomodou em dizer nada ao telefone pressionado em sua orelha antes de desligar a chamada e colocar o dispositivo na mesa. "*Tesoro*?"

"Eu acho que fiz algo errado", disse Cecelia.

"Fale comigo", exigiu Antony com dureza. "Use palavras que eu possa entender."

Jordyn sentiu todo o sangue escorrer de seu rosto quando Cecelia deixou escapar a informação que ninguém conseguiu encontrar antes.

"Alguns meses atrás, Kate queria dinheiro. Era suposto ser para algum investimento internacional que seu gerente financeiro ofereceu, mas ela não tinha as contas adequadas ou o dinheiro para que ela começasse. Não chequei, nem pensei em checar."

"Mas você lhe deu o dinheiro", disse Antony, seus dedos curvando à beira de sua mesa até ficarem brancos. "Sem me perguntar?"

"Eu nunca precisei discutir minhas contas com você antes!"

"Porque eu nunca tive um motivo para não confiar em você!" Antony gritou de volta. "Quanto dinheiro você deu a ela pelas minhas costas?"

"Esta foi a primeira vez que ela pediu", Cecelia se apressou em dizer. "Foi por isso que não pensei. Acabei transferindo o dinheiro da minha conta no estrangeiro para aquela que ela designou. Eu nem sei se era dela agora."

Antony soltou uma exalação audível. "O que você não está me dizendo?"

"Era duzentos e cinquenta mil dólares americanos. O mesmo valor pago pela morte de Lucian. Quão provável é que isso seja uma coincidência, Antony?"

"Como você sabe-"

"O homem que foi contratado contou, e a outra metade do pagamento deveria acontecer pelo menos trinta dias depois do enterro."

Agora era a vez de Antony ficar pálido. "John confiou... nas cláusulas e adendos... Ele não sabia, Cecelia. Lucian não sabia nada sobre esse dinheiro porque ele não deveria.

"Mas ela, sim", disse Cecelia. "Kate sabia, Antony. O Testamento inteiro foi lido para ela, a pedido dela, antes de encontrarem Lucian."

Nem Dante nem Gio haviam falado durante toda a troca, mas eles pareciam querer. Antony não lhes deu a chance.

"Todo mundo fora do meu escritório, agora!"

Os dois irmãos estavam indo antes de Antony precisar se repetir. Jordyn se virou para sair também.

"Você não, Jordyn", Antony praticamente rosnou.

"Desculpe-me", murmurou Cecelia. "Antony, eu sinto tan-"

"Eu vou matá-la", ele grunhiu. "Assim como eu deveria ter feito há vinte anos!"

"Eu não achei que ela iria machucá-lo", gritou Cecelia.

"Apenas saia!"

CAPÍTULO VINTE E QUATRO

"**Onde** está Jordyn?" Lucian perguntou no momento em que entrou no escritório de seu pai.

"Eu a mandei ir dormir, embora eu tenha certeza de que ela está acordada e esperando por você." Antony suspirou, esfregando a testa enquanto olhava os papéis espalhados pela mesa. "Ela é a única pessoa nesta casa que não testou minha paciência esta noite. Você deveria estar orgulhoso."

"Ei, idiota", Paulie ladrou do sofá. "Eu cheguei a apenas vinte minutos. Dê crédito a um velho amigo quando é devido."

"Então, o que você quiser, pode esperar até de manhã", declarou Lucian, virando-se para sair.

Ele queria Jordyn. Desesperadamente. As feridas em seu pescoço estavam doendo, assim como sua garganta. Os músculos dele gritavam com exaustão e protesto. Todos os cortes ao longo dos nódulos dos dedos ardiam. De qualquer forma, ele precisava de um banho quente, de Jordyn para fazê-lo esquecer o dia e um longo cochilo.

"Não, não pode", Antony murmurou infelizmente.

"Os fodidos advogados cuidarão disso", Lucian criticou com impaciência. "Ligue para eles."

Antony mastigou o interior de sua bochecha, uma ação que Lucian não estava acostumado a ver seu pai fazer. Geralmente, indicava seu nervosismo. "Estive ao telefone com mais advogados do que eu quero conversar hoje à noite, filho. Não é sobre isso. Estou ciente de que os detetives vão apontar isso como autodefesa. Não estou preocupado. Por favor, sente-se e converse comigo. Quando eu terminar, você pode fazer o que quiser. Ir para casa, ficar aqui. Há missa de manhã, mas, certamente, não esperamos que você vá se você não estiver se sentindo bem. Você decide."

A ansiedade percorreu as veias de Lucian. "Não vou me esconder de novo."

"Você não precisará", disse Paulie suavemente. "Sente-se e fale com o seu pai, Lucian. Isso é importante."

Lucian nem estava prestando atenção o suficiente para entender o significado das palavras do *consigliere* do pai.

"Eu só quero Jordyn. Ok?"

"Assim que você me deixar dizer o que eu tenho a dizer", Antony respondeu com um tom firme.

Lucian rapidamente percebeu que discutir com seu pai seria inútil. Francamente, ele não tinha energia para isso também. Ainda assim, ele se recusou a se sentar, inclinando-se para uma parede com os braços cruzados.

Antony tomou isso como seu sinal para continuar. "John considerou muitos caminhos que algum dia você poderia trilhar, Lucian. Eu acredito que havia alguns que ele não queria que você tomasse inconscientemente."

"Eu não estou com vontade de falar sobre mortos esta noite", Lucian disse devagar. "Eu me preparei para deixá-los onde estão por anos."

Sem considerar que ele acabaria se tornando um deles.

"Pare e me escute." O olhar de Antony prendeu Lucian no lugar e o manteve quieto. "O casamento de John o tornou abertamente infeliz, apesar de ter sido arranjado anos antes de finalmente ser concretizado, e ele concordou para o bem de seu pai. Honestamente, eu ficaria surpreso se descobrisse que ele não tinha uma amante e um filho, ao invés de descobrir que ele tinha."

Lucian não sabia para onde isso estava indo. Ele já ouviu tudo isso antes. "E daí?"

"Você pode ter nascido antes de ele se casar com Kate, mas ele sempre o considerou. Onde você iria, como ele iria lidar com você depois que o sogro dele morresse e John assumisse a família. Houve erros que ele não queria que você cometesse, mas ele não queria dizer que você também não poderia cometê-los. Ele queria que as decisões fossem somente suas, porque era o que você queria, se elas eram as corretas ou não; independentemente de ele concordar com elas ou não."

Antony franziu a testa, encarando os papéis novamente. "Você entende o que eu estou te dizendo, Lucian?"

"Eu entendo o contexto, mas como se aplica a mim neste momento, na verdade, não."

"Ok, então me deixe explicar de forma diferente. Você pode ter sido o filho ilegítimo de um homem da *Cosa Nostra*, mas você ainda era filho dele. Eventualmente, você teria sido o filho ilegítimo de um Don da *Cosa Nostra*. A mulher de onde você veio não importava para *famiglia*, apenas o lado do seu pai. Quando certas pessoas se fossem, as ameaças para você, por assim dizer, John poderia ter apresentado você a família dele, e você teria sido aceito."

"A opinião da esposa dele não teria importado", Paulie acrescentou. "Nem sobre sua amante, seu filho ou sua segunda casa. Não se ela quisesse manter seu lugar."

Lucian engoliu o caroço se formando na garganta. "Estou ciente."

"Mas você nunca considerou que esse era o plano dele, não é?" Antony perguntou.

"Eu perguntei-"

"Quando você era jovem", Antony interveio gentilmente. "Quando você era apenas uma criança. Você não me perguntou sobre o que ele poderia ter feito quando era mais velho."

"Como você saberia?" Lucian revirou os olhos. "Você nem sabia sobre mim até depois."

"Eu sei porque eu tenho o testamento dele, Lucian, que afirma muito claramente o que ele queria e não queria para você. Especificamente, qualquer filho dele, mas ficou claro que ele não tinha planos de ter mais filhos e, certamente, não com Kate."

A testa de Lucian franziu quando ele inclinou a cabeça para o lado, processando a informação. "Por que isso?"

"John teve o cuidado de designar o que queria que fosse para o filho sem sequer dar nome à criança. Ele nunca demonstrou o que deveria ser feito se houvesse mais de um filho. Tudo o que ele deu a você foi dado sob o pretexto de que, se ele tivesse um filho, era o que essa criança deveria ter. Nunca mais do que um filho hipotético, você."

"Eu nunca tive acesso ao testamento dele", disse Lucian confuso.

"Eu sei, filho. Ele não queria que você tivesse."

"Por que não?"

"Eu já te dei a resposta para isso", disse Antony.

Lucian procurou em seu cérebro excessivamente cansado o que ele tinha deixado passar. "Ele não queria que eu fizesse o que ele fazia, mas ele também não queria me dizer para não fazer isso."

"Algo assim", Paulie concordou. "Você está entendendo?"

Lucian estava muito cansado para esta merda hoje. "Desculpe, não. Estou muito exausto para esses joguinhos mentais."

"Não é um jogo", Antony disse bruscamente. "É sobre sua vida."

"Uma vida tecnicamente irrelevante porque John está morto e não tem influência no que faço hoje. Eu não tenho que pensar "e se", e eu estou bem com quem eu sou agora."

"Não exatamente, Lucian."

O olhar de Lucian se estreitou. "O quê?"

Antony virou um par de páginas até encontrar o que quer que ele estivesse procurando. Então, ele começou a ler. "O dinheiro guardado em uma conta selecionada para o filho ou filhos produzidos exclusivamente pelo herdeiro único de Johnathan Lucas Grovatti deve ser continuamente guardado até que o filho ou filhos tenham idade legal. A partir desse período, o dinheiro deve ser igualmente dividido entre os herdeiros."

Seu pai deixou dinheiro para os futuros filhos de Lucian?

Lucian não conseguiu entender nada disso.

"Para que o fundo seja aberto pelas descendências futuras, o único herdeiro do Sr. Grovatti é obrigado a se vincular em um casamento de sua própria escolha e até os trinta anos, ou produzir pelo menos um herdeiro", Antony continuou a leitura. "Se o único herdeiro não se casar ou produzir filhos — legítimos ou não — até essa idade, o fundo será transferido para a esposa legal do falecido, Kate Tiffany Grovatti."

Antony levantou os olhos da papelada, uma expressão pesando seu olhar. "Ele também afirma na cláusula que você não deveria estar ciente do fundo porque não era para você especificamente, e John não queria que você fizesse escolhas sobre amor e casamento pelo único motivo de haver dinheiro envolvido. Isso teria refletido os próprios erros dele, mesmo que você não tivesse lucrado com isso."

"Quanto?" Lucian conseguiu perguntar.

"Isso é importante para você?"

Lucian encolheu os ombros, sentindo-se tonto. "Na verdade, não, eu acho. Apenas... curioso."

"Na época, era dois milhões e duzentos mil. Desde então, rendeu e continuará rendendo até que abram o fundo. Você pode assumir de forma segura que será suficiente para pagar por uma educação mais do que adequada aos filhos que você tiver e iniciá-los na vida com melhores perspectivas do que a maioria. A propriedade que John ganhou com a morte de seu próprio pai e do avô certamente o deixou com dinheiro suficiente para proteger o futuro dele e o de sua família."

Paulie tossiu, estremecendo. "Mas só se ele se casasse com Kate."

"Não sou casado e não tenho filhos", disse Lucian.

"*No entanto,* — Antony corrigiu com cautela — diga-me que não passou por sua cabeça desde que conheceu Jordyn."

Lucian sentiu sua mandíbula endurecer com a agitação. "Isso é para eu decidir. Casar ou não casar, ou ter filhos, é minha escolha. Eu não tenho que compartilhar com a família e discutir isso como se fosse o mesmo que eu querer sair de férias. Ainda tenho dois anos, certo?"

Antony assentiu, mas, ao mesmo tempo, recostou-se na cadeira. "Aparentemente, alguém não pensou assim. Você estava perto de alcançar a idade designada e, de repente, você tem uma companheira com quem, obviamente, se importa, sendo vista abertamente com você e quem você mais ama. Certamente, não seria difícil considerar que você poderia estar pensando em se estabelecer. Você realmente acha que vai demorar dois anos para se casar com aquela garota, filho?"

Não, Lucian pensou instantaneamente.

"O que estou deixando passar?" Perguntou Lucian ao invés.

"Kate mandou te matar."

Lucian bufou, o som zombeteiro. "Ela é muito sonsa para fazer isso."

"Posso te assegurar que não é", respondeu Antony. "E eu tenho as transações para provar isso."

"Eu ainda tinha dois anos", insistiu Lucian.

"No primeiro jantar... quando Jordyn conheceu Kate."

"O que tem isso?"

Antony esfregou a testa. "O que ela te perguntou?"

Lucian teve que morder a língua para não se concentrar na raiva que se espalhava por dentro. "Ela queria saber se Jordyn era minha *principessa.*"

"Você disse que sim", Paulie assumiu.

"Não exatamente."

"Você não negou", Antony disse, suspirando.

"Não", Lucian confessou. "Você tem certeza?"

"Positivo." Antony tocou a caneta na mesa, a seriedade em sua expressão se transformando em cansaço. "Foi quase na mesma hora em que ela pediu dinheiro a Cecelia para um negócio que ela afirmou envolver o exterior. Investimento ou alguma tolice dessas. As contas nas quais o dinheiro estava para não serem ligadas à Kate quase posso garantir que vão levar a Christophe."

A vontade de vomitar rolou através de Lucian como uma bola de demolição. "Ela usou minha mãe para chegar até mim?"

"Cecelia não sabia."

"Eu não duvido disso!"

"Acalme-se", murmurou Antony. "Eu sei que você está com raiva-"

"Estou totalmente enfurecido", Lucian cuspiu. "Essa puta maldita... Ela vai se safar dessa também? Toda a minha vida não foi mais que me defender do seu abuso para manter a paz. Eu não vou fazer isso mais."

"Não, ela não vai", respondeu seu pai. "Eu já liguei. De manhã, será feito. Vai parecer um suicídio, imagino, eles nunca pensam em procurar marca de injeção no couro cabeludo."

"Desamparada e aterrorizada", Paulie continuou por Antony, quase sorrindo. "É uma mistura terrível de medicamentos. Usadas separadamente, as drogas não farão muito. Juntas, elas se tornam mortais e se misturam muito no sangue para serem identificadas, mas o que resta para detectar dá a impressão de suicídio. A vítima fica congelada, incapaz de se mover, falar ou respirar. Mas elas podem ver e ouvir. Então, enquanto elas sufocam lentamente até a morte porque seus pulmões não funcionam, elas ficam muito conscientes de sua morte próxima. É perfeito e horrível ao mesmo tempo. Parece uma overdose. Uma garrafa de pílulas vazias na mesa de cabeceira e tudo vai parecer exatamente como deveria.

Lucian congelou. Deveria ser ele a acabar com essa mulher depois de tudo o que ela fez com ele. "O quê? E se... Por que não eu?"

Antony inclinou o queixo. "Ela é uma mulher e, mesmo achando o que ela fez com você incrivelmente errado, filho, ela ainda é a irmã da sua mãe. Você vai poder olhar Cecelia nos olhos amanhã depois de matar o sangue dela? Eu fiz isso uma vez, mas não foi fácil. Apesar de sua mãe ter desprezado o pai dela, ela ainda era a filha dele. Passei anos pedindo desculpas a ela por isso e com razão, porque a necessidade egoísta de me sentir vingado só a machucou. Você poderia fazer o mesmo? "

"Isso não importa."

"E você é um homem muito melhor do que eu", Antony disse, sorrindo tristemente. "Então eu vou responder o que você não respondeu. Não, você não poderia. Vá encontrar sua mulher, Lucian, e lembre-se de dormir sem se preocupar. Já esperou tanto tempo por ela. Por que esperar mais?"

"O que você está fazendo?"

A voz áspera e rouca vindo de alguns metros atrás de Jordyn fez com que ela pulasse. Ela quase caiu do banquinho que ela estava usando para puxar as caixas de sapato da prateleira do armário. Jordyn olhou para Lucian de soslaio, tentando decidir se queria expulsá-lo por assustá-la ou saltar do banquinho e beijá-lo. As marcas de aparência terrível em volta da garganta dele fizeram com que lágrimas inundassem os olhos dela, mas ela se recusou a chorar.

"Você está horrível."

"Eu me sinto horrível", Lucian murmurou, disparando um olhar para o teto. "Cecelia continua me seguindo e tentando me fazer beber chá. Eu odeio chá."

"Pode ajudar", sugeriu Jordyn.

"Sim, assim como as pílulas com as quais eu acabei de me engasgar. Eu não vou beber chá."

Jordyn bufou já irritada com sua teimosia. "Você foi para o hospital?"

"Eu recusei tratamento médico. Estou bem."

"Você soa como", ela respondeu sarcasticamente. "Soa como um fumante que fuma há trinta anos e dois pacotes por dia. Você deveria beber o chá, Lucian."

Lucian olhou para ela totalmente inexpressível. "É seu jeito de ficar brava comigo? Vai me atormentar até eu rastejar?"

Finalmente, Jordyn saiu do banquinho. "Por que eu estaria com raiva de você?"

"Bem, além de eu quase morrer, você teve que ficar lá e assistir. Eu não imagino que tenha sido particularmente divertido, Jordyn."

"Não foi."

Cara, isso era um eufemismo.

"Mas você está aqui, então é o que importa para mim", acrescentou Jordyn com um pequeno sorriso. "Como foi com os detetives?"

"Terrível. Posso quase apostar a minha vida que eu vou ter um par de novos melhores amigos me seguindo em um carro sem identificação por meses. Bastardos." Lucian acenou com a cabeça para as caixas de sapatos que Jordyn estava puxando antes de entrar no quarto. "O que você estava fazendo?"

"Procurando sapatos que combinem com seu terno."

"Por quê?"

"Missa amanhã. Você não pode usar os que usou esta noite, seus sapatos têm sangue por toda parte. Eu estava procurando outro par."

"Não importa. Eles ficaram com meus sapatos e smoking como evidência de qualquer maneira." Lucian riu, esfregando a testa. "Além disso, não precisamos ir à missa amanhã."

"Sim, nós precisamos. Tenho roupas que eu trouxe enquanto eu fiquei aqui. Você tem coisas aqui para usar. Não vejo por que não."

"Porque não tenho interesse em acordar cedo e ir para aquele lugar."

As mãos de Jordyn encontraram seus quadris. "Eu tenho, e nós vamos."

Lucian suspirou, o som quase doloroso. Se ela queria ir à missa, eles iriam. "Bem. Não se preocupe em vasculhar essas caixas esta noite; eu uso o mesmo tamanho que meu pai. Podemos ir para a cama?"

"Não", Jordyn respondeu suavemente.

"Por quê? Estou cansado, *bella mia*. Eu quero você e uma cama. Isso é tudo."

Jordyn entendeu, mas ela viu que havia uma tensão sobre os amplos ombros dele. Era um sinal claro de que ele realmente não dormiria, mas, em vez disso, iria se sentar e passar todas as coisas em sua mente.

"Fale comigo, Lucian."

Lucian franziu o cenho sem encontrar os olhos dela. "Eu não tenho nada a dizer agora."

"Não?"

"Você sabe?" Lucian perguntou de volta.

"Eu meio que juntei tudo", admitiu Jordyn. "Os telefonemas de Antony depois que ele mandou Cecelia sair do escritório também ajudaram. Então, ele me perguntou sobre todas as conversas que tive com Kate. Eu achei um pouco óbvio."

"Mas você sabe por quê?"

Jordyn balançou a cabeça. "Não, mas eu gostaria de saber."

"Eu prefiro que você não saiba", disse Lucian, a voz rouca. "Eu não quero que você pense que minhas escolhas em relação a nós estão amarradas àquela mulher, ou a qualquer outra coisa do meu passado."

Era apenas mais uma coisa confusa para adicionar à pilha de imprecisão que Jordyn estava ficando cansada.

"Isso pode ajudar se fizer sentido", respondeu Jordyn secamente.

Lucian respirou fundo, encontrando-a o encarando. "Você sabe o que passou pela minha cabeça no elevador?"

Jordyn não conseguiu esconder a tristeza. "Lucian..."

"Que minha vida não tinha acabado e que havia coisas que eu não tinha feito ainda que queria fazer. Coisas que eu não tinha pensado antes. Eu estava... eu não sei... a vinte segundos de apagar e tudo o que eu pude pensar naqueles poucos segundos era que queria me casar com você."

Jordyn deu um passo para trás com aquela admissão, tropeçando no banquinho. "O quê?"

"Não essa noite. Essa não é uma proposta. Quando eu lhe pedir isso, eu vou ter um anel e não soarei como se eu tivesse engolido a porra de uma vespa. Mas, eventualmente, em algum momento, eu quero isso com você. Talvez eu te peça em uma semana, ou talvez em um par de meses. Talvez daqui a um ano. Eu não sei, eu simplesmente sabia que queria isso. E filhos", ele afirmou como se fosse uma reflexão tardia. "Isso também. Com você, quero dizer."

Jordyn sentiu sua sobrancelha se arquear por vontade própria. "Foi sobre isso que você pensou?"

Casamento e bebês. Hum.

"Eu sou bastante direto com as coisas que eu preciso e quero. Você é uma delas. Parece ser o próximo melhor passo lógico para consolidar minhas decisões. É assim que eu vejo isso, de qualquer forma."

Casamento...

E *bebês*.

Jordyn piscou para o homem na frente dela. "Comigo?"

"Isso a assusta?" Perguntou Lucian. "Porque eu achei ter deixado isso claro quando disse o quão completamente encantado e apaixonado estou por você. Se não, eu certamente espero que agora esteja."

"Não, estou ciente."

Muito mais do que ciente, na verdade.

"Ótimo. Você não quer que eu peça... você sabe, eventualmente?"

Os pulmões de Jordyn congelaram dolorosamente. "Eu acho que isso deveria acontecer quando acontecer, e você não precisa da minha opinião até que você esteja pronto para pedir."

Lucian assentiu, sua expressão pensativa. "Eu concordo com isso."

"Ainda não entendo o que isso tem a ver com Kate."

"Lembre-se de que eu queria isso com você antes, OK?"

"Tudo bem", murmurou Jordyn.

"Eu tenho que me casar ou ter um filho antes de completar trinta anos para que meus filhos recebam o dinheiro que meu pai biológico deixou para seus possíveis futuros netos. Caso contrário, Kate receberá o dinheiro."

Bem, agora Jordyn entendia por que ele queria que ela soubesse o que ele estava pensando no elevador.

"Você sabia disso desde quando?"

Lucian olhou para o relógio. "Cerca de vinte minutos atrás. Ainda estou processando, acho. Eu não costumo ser tão lento."

"Você não sabia antes?" Ela pressionou.

"Não. Isso foi... hum, um dos pedidos dele, eu acho. Que eu faça minhas escolhas por amor e que eu case porque era o que eu queria fazer, e não porque os outros queriam para mim. Estranho, não é?"

Jordyn bufou baixinho. "É estranho como você se sente sobre isso?"

"Não", Lucian disse novamente. "Estou incrivelmente triste, não posso agradecê-lo por se preocupar com os filhos que ainda nem existem e que eu nem pensava que existiriam até que eu me apaixonei por você. É assim que eu sinto. E com raiva de Kate, mas ela é como sempre foi... sem importância. Para isso, de qualquer maneira."

Jordyn olhou para a cama. Ela estava começando a pensar como Lucian. Realmente, a conversa era mais adequada para outro dia em que as coisas não estivessem tão... sensíveis. "Dormir parece bom agora."

"Sim", Lucian concordou fracamente. "Tem sido um longo dia."

Jordyn esperou enquanto Lucian deixava o quarto para tomar banho. No momento em que ele voltou, ela estava segurando o chá de ervas adoçado com mel que a mãe dele fez, e ele não discutiu antes de tomar o líquido quente, fazendo careta.

Lucian se sentou na beirada da cama, sua cintura envolta em uma toalha enquanto Jordyn tirava as roupas e procurava uma das camisetas velhas dele para usar. Ela não pôde deixar de notar quão silencioso e sombrio ele parecia olhando para a parede, como se estivesse completamente em outro lugar. Não era como se ela o culpasse. A informação que ele recebeu esta noite deveria ter sido muito para ser processada, sem mencionar as escolhas que acompanhavam tudo.

Além disso, havia também Kate e o que ela tinha feito com ele. Claro, a mulher era má. Ela causou a Lucian dor e mágoa mais do que suficiente ao longo dos anos, mas era fácil entender como as pessoas podiam guardar ciúmes e raiva. Quem realmente teria pensado que ela poderia ter chegado tão longe?

Era um pouco devastador.

Jordyn tinha uma suspeita furtiva de que eles não teriam que se preocupar mais com Kate depois de hoje. Ela também tinha ouvido a ligação que Antony tinha feito sobre isso. Ela nem se importou. A mulher tinha machucado a pessoa que Jordyn mais amava em todo o mundo repetidamente. Ela tentou arduamente vencer Lucian com palavras e humilhação por anos, simplesmente porque ele era um lembrete físico de um homem que nunca a amou. Quando isso não funcionou, ela tentou algo um pouco mais cruel, mesmo sabendo o que ela ganharia com isso. O que Kate conseguiria por suas escolhas era exatamente o que ela merecia no que dizia respeito a Jordyn.

Puxando uma camiseta cinza sobre a cabeça, Jordyn se virou para Lucian. "Você está bem?"

"Eu não sei onde estou agora", Lucian disse em voz baixa, sua voz começando a melhorar da rouquidão.

Preso em sua cabeça, provavelmente.

"Onde você quer estar?" Perguntou Jordyn, parando entre as pernas dele.

Lucian riu, estremecendo. "Aqui, com você."

Jordyn sorriu para sua resposta. "Quer que eu o traga de volta?"

"Mais do que tudo."

Isso era todo o encorajamento que Jordyn precisava. Ela não perdeu tempo em puxar a toalha de Lucian antes de subir no colo dele, empurrando-o. Beijos ternos foram colocados em sua testa, bochechas e mandíbula enquanto as mãos dele agarravam a camisa que ela usava, puxando-a. O corpo dele reagiu à sua proximidade e toque, como sempre, rápido e certeiro entre suas coxas, seu pau pressionou entre as dobras dela, espalhando a excitação dela ao longo de seu eixo.

Não demorou muito para que Jordyn estivesse agachada no comprimento de Lucian, um suave suspiro abrangendo o quarto silencioso. Lucian poderia estar cansado, mas suas mãos nos quadris dela a puxaram para o ritmo gentil que ele queria enquanto o rosto dele descansava no pescoço dela.

Uma e outra vez, eles se amaram com palavras suaves e toques gentis, até que o suor escorregou pela pele deles e a felicidade atingiu a mente dela. Ele finalmente gozou com o nome dela na boca, os olhos bem abertos e o coração dele nas mãos dela.

Bem onde pertencia.

EPÍLOGO

Dois meses depois...

O arranjo de assentos na igreja mudou agora. Lucian estava um pouco mais longe de sua mãe e pai. Jordyn sempre se sentou à sua esquerda no banco, com a mão apoiada na coxa para mantê-lo acordado e consciente.

Maldita seja, ela era pior do que a mãe dele quando chamava sua atenção nos domingos de manhã.

Não que ele estivesse reclamando...

Jordyn entrou na vida de Lucian neste mesmo lugar, e nunca deixou de surpreendê-lo com a facilidade e a rapidez com que seu mundo havia mudado a partir desse ponto. Ela era um furacão, e ele, de bom grado, a deixava levá-lo e puxá-lo na direção dela.

Ele não chamaria isso de destrutivo, no entanto.

Desde a morte de Kate, não houve mais atentados contra a vida de Lucian. Parecia que as coisas finalmente estavam se estabelecendo. Jordyn não precisava perguntar o que era. Lucian não sentiu que precisava lembrá-la de que sempre estaria lá, de maneiras diferentes.

Na maioria das vezes, as coisas eram fáceis entre eles. Natural, como respirar e viver. Em outras, era um pouco mais difícil.

Afinal, você não pode tocar em algo tão brilhante e bonito como o sol e não esperar se queimar.

Hoje era um desses dias, Lucian sabia.

Enquanto Jordyn estava sentada ao lado dele, a mão na coxa apoiada como sempre estava, havia tensão e raiva entre os dois. Jordyn quase não falou com ele nos últimos três dias. Lucian descobriu que o sofá e o quarto de hóspedes eram particularmente desconfortáveis. Basicamente, tudo além de sua cama e de Jordyn era desconfortável. Eles nem sequer tinham ido à casa dos pais dele na noite anterior, como costumavam fazer, porque o descontentamento entre eles era tão claro que ninguém mais precisava ser trazido para isso.

Era o tipo de briga silenciosa, que, francamente, só piorava.

Lucian sabia que ele tinha errado. Ele simplesmente não gostava de admitir isso.

O silêncio de Jordyn provavelmente incomodava e o machucava mais.

Suspirando, Lucian se levantou para a benção final e a oração do padre Peter. A missa parecia estar especialmente longa hoje, mesmo que ajudasse ter Jordyn com ele. Ele estava feliz em ver isso terminar.

Quando os paroquianos começaram a desaparecer, Lucian ouviu sua mãe perguntar a Jordyn: "Vocês vêm jantar?"

A pergunta estava carregada com muito mais do que transparecia. Era mais como se Cecelia estivesse sentindo a tensão enquanto as costas de Lucian estavam viradas, assim como a de Jordyn. Aparentemente, até mesmo encarar um ao outro era muito frustrante.

"Devemos ir", respondeu Jordyn. "Certo, Lucian?"

As costas de Lucian se endireitaram em sua consideração por ela. Foram as primeiras palavras que ela falou diretamente para ele em toda a manhã. "Claro, tanto faz."

O olhar culpado de Gio encontrou com o do irmão mais velho, e o homem mais novo encolheu os ombros quase instantaneamente. Lucian revirou os olhos e balançou a cabeça em uma aceitação silenciosa. Não era culpa de Gio que estivessem brigando, na verdade.

Lucian tinha vinte e oito anos e era adulto. Ele sabia que era melhor não preocupar Jordyn não voltando cedo para casa e, quando ele chegou, não deveria estar de ressaca e ainda enrolando as palavras. Gio poderia ter sido uma má influência por ter uma queda por Molly e por um bom licor, mas Lucian tinha a habilidade de dizer não.

Nenhuma mulher estava no meio, pelo menos, não para Lucian. Gio não podia dizer o mesmo, pois já era tarde quando Lucian deixou seu irmão mais novo em sua festinha particular e, de alguma forma, achou o caminho para casa.

Jordyn deixou claro que ela não dava a mínima. Era seu comportamento e ações que eram horríveis.

Sim, ele ferrou tudo.

Parabéns para ele. Todo homem consegue ser um idiota pelo menos uma vez. Certo? Aparentemente não.

Uma mão forte aterrissou nas costas de Lucian, e ele reconheceu seu pai antes de se virar e olhar. "Filho?"

"Hum?" Lucian perguntou, pegando seus óculos de sol Ray-Ban do banco da igreja.

"A confissão é um bom começo. É domingo, afinal."

Lucian queria rir, ele realmente queria. Na última vez que ele tentou confessar, ele acabou tropeçando para fora da igreja como um idiota desajeitado. Além disso, ele tinha certeza de que se confessar não faria com que Jordyn parasse de dar um gelo nele sem ele precisar se rastejar.

Ele não teve a chance de dizer nada a seu pai, porque Jordyn estava dando a Lucian aquele maldito olhar novamente. Aquele que dizia que a tortura não tinha acabado.

"Eu acho que isso seria uma boa ideia", disse Jordyn, passando por Lucian para ter acesso ao corredor. "Eu estarei esperando no carro."

Antony riu profundamente. "Eu gosto dela, Lucian. Você escolheu bem sua metade."

Ótimo.

"Você vai falar comigo agora?" Lucian perguntou, jogando a jaqueta e as chaves do carro no sofá. "Ou vamos ficar pisando em ovos sabe-se lá por quanto tempo?"

A viagem de volta até o apartamento foi desagradável. Assim como a ida para a igreja.

Lucian não conseguia lidar com isso. Ele estava morrendo por dentro.

Jordyn lançou a ele um olhar sobre o ombro enquanto tirava os saltos e colocava-os num canto.

"Desculpe, *bella mia*", disse Lucian, praticamente gemendo. "Entendi. Eu fodi com tudo. Quantas vezes você quer que eu diga isso? Isso é orgulho ou o quê? Apenas me diga o que estou deixando passar aqui."

"*Orgulho*? Não. É uma coisa de respeito." Jordyn bufou, cruzando os braços e virando-se para encontrar seus olhos. "Você me assustou pra caramba. Se você quer se divertir, vá festejar, Lucian. Se você quer se embebedar, sinta-se à vontade. Eu não vou limpar seu vômito, ou levantar sua cabeça do assento do vaso sanitário, no entanto. Eu já lidei com essa merda com minha mãe. Você é velho o suficiente para entender isso de qualquer maneira, e eu não sou sua guardiã."

Lucian assentiu, concordando. "Você está certa. E me desculpe."

"Ótimo, fico feliz que tenhamos resolvido. Mas também vamos esclarecer outras coisas."

"Ahn?"

Jordyn acenou para ele quase desdenhosamente. "Meu trabalho com seu pai não é dependente desse relacionamento. Minha amizade com sua família não depende de estarmos juntos. Eu não precisava de um homem antes de você para cuidar de mim, então não precisarei de um depois de você. Você entende isso?"

Depois dele?

O que diabos?

"Eu posso o amar, Lucian, mas não serei sua boneca. Algo para você brincar quando quiser. Eu não vou me sentar em casa enquanto você anda por aí fazendo sei lá que porra, me ligando sempre que for conveniente ligar e me avisar que, bem, você não voltará para casa hoje."

Depois dele?

Lucian não estava processando essas palavras.

"Jordyn-"

"Não, eu não terminei." Jordyn inclinou o queixo para o lado, a decepção franzindo seus lábios. "Nós somos bons, você e eu. Mas não serei boa apenas ocasionalmente, Lucian. Isso significa que, se o tipo de coisa que você fez na outra noite acontecer de novo e em um dia da semana, eu vou dar o fora deste apartamento, independentemente de quanto eu o amo, e não voltarei. Você quer um relacionamento amoroso e comprometido, bem, aqui está. É dar e receber. Não é incondicional, há limites. Você deve respeitá-los, assim como eu respeito o seu.

"E estar apaixonado não lhe dá um passe grátis para foder quando você bem entender. Sinceramente, esse não é o tipo de amor que eu quero, de qualquer maneira. Eu quero o tipo de amor de um homem que entende e percebe tudo sobre mim. Das pequenas coisas tolas, até as coisas maiores e tudo no meio disso. Esse homem saberia que agir como você agiu me machuca e isso não teria acontecido", Jordyn terminou bruscamente.

Outros podem ter achado que Jordyn estava fazendo um grande estardalhaço por nada. Não Lucian. O passado dela com a mãe a tornou particularmente sensível a problemas como esses. Ela não se importava com um baseado de vez em quando nem com cerveja no jantar. Ela não se importou que ele saísse e se divertisse, desde que ele não voltasse tropeçando para casa como um *cafone,* deixando-a para lidar com as consequências.

O que ela estava pedindo não era irracional.

"Desculpe-me", disse Lucian, esperando que fosse a última vez. "Sinto muito. Não vai acontecer de novo."

"Ótimo. Eu só preciso que você aja a respeito disso, não só diga isso." Jordyn esfregou a testa, suspirando. "Eu vou colocar algo mais confortável e então podemos ir à casa dos seus pais se você quiser jantar. OK?"

Maldição, Lucian só podia assentir e observá-la ir.

Com Jordyn fora de vista, a pequena caixa no bolso da calça dele estava se fazendo notar. A maldita coisa também poderia estar queimando em sua coxa, pelo amor de Deus. Ele estava carregando-a por um par de semanas, esperando o momento certo para fazer o pedido.

Engraçado como Lucian estava pensando nisso agora.

Agora, quando eles estavam brigando, e ela estava brava com ele. Agora, quando Jordyn estava mostrando o quão forte ela poderia ser, sem medo de dizer a ele que não importa o quão ferozmente ela o ame, se ele não pudesse ser um apoio, ser a outra metade do relacionamento deles que ela precisava que ele fosse, ela iria embora.

Sim, ele descobriu o que o depois dele significava.

Não haveria um depois dele, Lucian decidiu.

Inferno, ele já havia decidido isso há muito tempo.

Sentado no sofá, Lucian puxou aquela caixa preta do bolso e abriu a tampa de veludo. O anel de ouro branco era incrustado com pequenos diamantes. A pedra oval de dois quilates no topo lhe serviria perfeitamente. No interior no anel, estava escrito *Ti Amo, Bella Mia*. Ele tinha sido concebido por ele para ela, não simplesmente escolhido de uma prateleira porque brilhava e parecia bonito sob o vidro.

Não, ele queria que ela amasse. Como ele a amava.

Tirando o anel da caixa, ele ficou olhando por um longo tempo, esperando que Jordyn terminasse de se trocar. Às vezes, a vida era sobre esperar.

"Lucian?"

Jordyn estava de pé, na frente dele, e Lucian não tinha ideia de como ela tinha chegado lá. Aqueles olhos azuis dela estavam observando o anel entre os dedos dele com uma mistura de curiosidade e, talvez, um medo.

Lucian não a culpava.

Era importante.

"Lucian?" Perguntou Jordyn novamente.

Lucian sorriu, encolhendo os ombros. Ele não se ajoelhou, ele não faria isso. Ela, provavelmente, não queria que ele fizesse. Não era assim que imaginava que seria quando propusesse a ela, de qualquer forma. Honestamente, ele achou que seria no momento em que eles estivessem na cama, rindo em lençóis que cheiravam a eles e a amor.

Mas não tinha problema.

"Eu sei que você está com raiva", ele começou a dizer.

Jordyn piscou, a umidade escorregando pelos cílios. "Eu estava."

Lucian molhou os lábios com a língua, a calma se instalando. "Eu vou pedir agora."

"Tudo bem", ela murmurou.

"Eu não quero que haja alguém depois de mim, Jordyn, nunca. Case comigo."

Cinco meses depois...

Lucian observou sua esposa há apenas três meses caminhar pela rua tranquila em direção à pequena casa de estilo bangalô amarela, nervosismo aparecendo nas mãos nervosas dela. Esta seria a primeira vez que ela ficaria cara a cara com seu pai biológico desde que ela tinha dois anos de idade.

Era algo que Lucian poderia dar a ela por tudo o que ela lhe dera.

Esta pequena parte de seu passado, algo bom e saudável para ela ter, era tudo que Jordyn Reese-Marcello merecia.

"Eu tenho que ir", Lucian disse ao seu pai no celular pressionado em sua orelha. "Não quero que ela faça isso sozinha."

Antony suspirou. "Ligue de volta, sim?"

"Claro. Eu deveria estar aí, eu sei."

Antony estava fazendo uma reunião com a comissão dos chefes influentes das principais famílias da *Cosa Nostra*, os subchefes e seus homens importantes. Lucian deveria comparecer, assim como os outros dois irmãos, mas ele não queria que Jordyn conhecesse seu pai sozinha.

"Algumas coisas sempre serão mais importantes, filho. Essa é uma realidade no amor e casamento. Além disso, eu só tenho que manter Gio e sua cabeça quente sob controle. Isso não deve ser difícil."

"Não conte com isso, é o que dizem", murmurou Lucian. "Boa sorte."

"Eu vou precisar dela."

Quando o telefonema terminou, Lucian largou o dispositivo no bolso da calça. Por um momento, ele simplesmente olhou para Jordyn do outro lado da rua, esperando por ele.

Ela sempre seria tão linda para ele. Vida e amor ali, em carne e osso. Algo que ele nunca soube que queria até encontrar esses olhos muito azuis no confessionário. Quão louco era isso?

Eles não tinham sido nada além de pessoas arruinadas, ele e Jordyn.

Suas vidas, infâncias, tinham sido tudo menos perfeitas. Para Jordyn, ela tinha quebrado um ciclo de negligência e dependência. Com a ajuda dele, ela escapou de uma vida que ela não queria nem tinha escolhido. Para Lucian, ele se ergueu além da tragédia, algo que o assombrou por anos, embora ele se recusasse a deixar que percebessem. Isso o afetou por tanto tempo. Com a ajuda dela, ele aprendeu que ele era feliz com sua vida, escolhas e as expectativas que ele sabia que as pessoas ainda estavam esperando para ver se ele cumpriria, mesmo que sua vida tivesse feito dele um criminoso.

Jordyn disse, uma vez, que ela queria o tipo de amor de um homem que notava cada pequeno detalhe sobre ela. Coisas pequenas, coisas grandes e tudo no meio disso.

Ela não queria um bom homem. Ela queria o tipo dela.

Três vezes esta semana, ela não tinha chegado ao meio-dia sem vomitar. A pele clara dela estava mais corada do que o habitual. Na cama, quando ele a amava, ela parecia muito mais sensível de um jeito muito bom. Na viagem deles para Maine, ela exigiu que ele parasse e a deixasse usar o banheiro mais vezes do que poderia ser normal. No mês passado, ela não tinha tocado em seus produtos femininos sob a pia do banheiro principal.

Dois meses atrás, ela se esqueceu de tomar três pequenas pílulas por causa das muitas mudanças que eles estavam passando, como se mudar para sua nova casa e começar uma vida de verdade.

Coisas pequenas, coisas grandes e tudo no meio disso.

Oh, Lucian entendeu.

Ele ainda estava esperando que ela entendesse.

Talvez, quando chegassem em casa no final da semana, ela encontraria uma caixa branca e azul no balcão do banheiro esperando para ser usada.

Talvez…

Além disso, ele sabia o que daria porque conhecia essa mulher.

Lucian só esperava que essa mudança particular não fosse tão cedo para ela.

A família de Lucian era um pouco imoral.

Bandidos. Encrenqueiros.

Os irmãos gostam de causar problemas mais frequentemente do que não. Seus pais estavam sempre se metendo nas vidas e nos assuntos pessoais de seus filhos, quer quisessem ou não. Sempre haveria instruções que eles deveriam seguir, tanto em particular quanto em público. Viver em um mundo de crime regado por suas convicções e regras não era tão fácil quanto parecia.

A vida deles não se encaixava nas normas da sociedade. Não era preciso.

Lucian não era um homem honrado com suas raízes na *Cosa Nostra* e uma arma estava sempre escondida em suas costas, mas ele era de Jordyn.

E com ela era bom ser imoral.